# Die andere Seite der Straße

## L'autre côté de la rue

### Roman

### von

### Susanne Tiemann

*Herrn Prof. Dr. Schaub
mit herzlichem Gruß
26.8.2022
Susanne Tiemann*

# Vorbemerkung

Die Idee zu diesem Roman entstand, als 2018 überall in Frankreich Unzufriedenheit mit der neuen Regierung aufkam, die in eine Stimmung einmündete, wie sie in mancher Beziehung auch für den Vorabend der Großen Revolution von 1789 beschrieben wird. Ausgehend vom Widerstand gegen geplante Einzelvorhaben der Regierung entstand die Bewegung der sogenannten Gelbwesten und entwickelten sich breite Massenproteste, wie sie seit den Unruhen von 1968 nicht mehr stattgefunden hatten. Ob die einzelnen Teilnehmer tatsächlich wussten, was konkret sie auf die Straße trieb, mag bezweifelt werden. Vielmehr äußerte sich ganz allgemein ein tiefes Unbehagen an dem jugendlichen Reformeifer der Regierung, den als ungerecht empfundenen Strukturen einer bis heute bestehenden Klassengesellschaft und dem Ungleichgewicht zwischen steigenden Belastungen und Teilhabe am Wachstum einer globalisierten Wirtschaft. Den Ausschlag für den aufflammenden Protest gaben schließlich auch Äußerungen des neuen Präsidenten, die sehr viele Bürger als Ausdruck mangelnden Respekts empfanden.

Der Roman bemüht sich, die Ereignisse dieses Jahreswechsels der Proteste darzustellen. Vor einem solchen Hintergrund behandelt er fiktiv die Lebensumstände zweier Familien aus unterschiedlichen Gesellschaftsschichten und ihre Erlebnisse während dieser Monate.

3

**Erster Teil: Aufbruch**

Auf der Straße liegt etwas. Der Verkehr stockt, und die Autos fahren im Schritttempo, um den Fahrern eine bessere Sicht auf den zu erwartenden Vorfall zu verschaffen. Die Wagen winden sich in bedrückender Stille unter dem grell pulsierenden Blaulicht des Polizeiwagens, das zwei reglose Gestalten auf dem Boden, seltsam in sich verdreht, blinkend beleuchtet. Zwei schwarze Motorräder, wie weggeworfene Spielsachen, liegen verbeult am Straßenrand, daneben etwas schief auf dem Standstreifen ein Wagen mit eingedrückter Kühlerhaube, vor dem ein Mann, offenbar der Fahrer, regungslos betroffen und mit gesenktem Kopf steht.

Nicolas, der das Stauende erst spät bemerkt, bremst scharf und flucht unflätig.

„Verdammte Motos! Das haben sie von dem ständigen Rasen. Früher oder später muss sowas passieren. Unverantwortlich! Bin ich froh, dass die nicht mir auf die Haube geknallt sind!"

An diesem trüben Sommermorgen beschäftigt sich der Wind unter böigem Heulen damit, wieder einmal einen der so zahlreichen regnerisch-grauen Tage vom Kanal herüberzuwehen, an denen es kaum hell werden will. Nicolas ist unterwegs zu seiner Arbeitsstelle, einem Neubau bei Crécy. Pünktlich um 8 Uhr warten die Kollegen auf ihn, um die Verschalung des Kellergeschosses fertig mit Beton auszukleiden, und jetzt zeigt seine Uhr schon 7.45.

Zum Glück bleibt Nicolas heute wenigstens die Fahrt zur Firma nach Amiens erspart. Die gut 60 Kilometer in die Stadt legt er nämlich meist nicht auf der Autobahn zurück, um die Maut zu sparen, und auf der Nationalstraße gerät er oft zu der frühen Stunde, in der er gewöhnlich unterwegs sein muss, in lästige Staus. Für die heutige Arbeit haben die Kollegen das erforderliche Material zum Teil bereits im Morgengrauen aufgeladen, zum Teil befindet es sich schon auf der Baustelle in Crécy, an der sie seit einigen Wochen arbeiten.

An solchen Tagen kann Nicolas immerhin mit Lydie und den Kindern noch frühstücken, bevor auch sie aus dem Haus gehen. Maurice hat es nicht weit, nur um die Ecke zur Renault-Garage von Dupont, deren Inhaber Nicolas gut kennt, so dass er seinem Sohn dort nach dessen Abschluss am Collège eine Lehre als Kraftfahrzeugmechaniker vermitteln konnte. Schon als ganz kleiner Junge interessierte sich Maurice in ganz besonderer Weise für jede Art Fahrzeuge, und nicht nur Nicolas glaubt sich zu erinnern, dass das erste bewusst ausgesprochene Wort seines Sohnes „Auto" war. Maurice ist übrigens sehr froh und seinem Vater ausgesprochen dankbar, dass er diesen Ausbildungsplatz finden konnte, was sich heute in der Regel nicht mehr ganz so einfach gestaltet.

Lydie hat ihre feste Anstellung im Supermarkt in unmittelbarer Nähe des Rathauses, und die „Kleine", so nennen sie sie immer noch, Katja, geht mit ihren 13 Jahren zur Schule. Diese liegt gewissermaßen an der nächsten Ecke, so dass der Lärm aus dem Schulhof eine gewohnte Geräuschkulisse darstellt. Seit einigen Jahren umfasst sie auch das Collège, das einen anerkannten Ruf in der Gegend besitzt. Für Katja stellt es einen Glücksfall dar, dass sie nicht wie Nicolas früher täglich im Morgengrauen aufstehen und den Bus nach Abbeville nehmen muss, der in jedem kleinen Ort der Strecke hält.

Im angenehmen Bewusstsein, über mehr Zeit als gewöhnlich zu verfügen, hat Nicolas sich nun selbst verspätet. Dabei liegt der Grund hierfür nicht etwa in allgemeiner Trägheit. Vielmehr stellte sich gerade heute Morgen die wesentliche

Frage der Urlaubspläne der Familie für das nächste Jahr. Die Erfahrung lehrt, sich frühzeitig ein geeignetes Ziel zu überlegen, um wirklich günstige Angebote sowohl für die Reise als auch die Unterkunft zu finden. So hat die Familie es immer gehalten, und dieses Verfahren hat sich bewährt. Anderenfalls könnten sie sich größere Urlaubsreisen nicht leisten.

Dabei hätte es dieses Mal fast noch grundlegenden familiären Ärger um die Urlaubsplanung gegeben, weil Maurice vorsichtig, aber durchaus trotzig andeutete, es sei nun an der Zeit, das nächste Mal statt mit seinen Eltern mit Freunden zu verreisen. Erwartungsgemäß reagierte Lydie, die wie viele Mütter das allmähliche Erwachsenwerden ihres Kindes lange Zeit mit eingewurzeltem Verdrängungsreflex begleiten, auf eine derartige Ankündigung mit spontaner Empörung. Aber auch Nicolas zeigte sich über den beabsichtigten Bruch alter Gewohnheiten wenig erfreut. Dabei weiß er sehr gut, dass Maurice mit gut 17 Jahren den Urlaub lieber mit seiner kürzlich neu errungenen Freundin verbringen würde, und fühlt auch gewisses Verständnis für einen solchen Wunsch. Trotzdem hofft er noch auf einen Sinneswandel seines Sohnes. Jedenfalls nimmt er sich vor, das Thema besser unter vier Augen wieder aufzunehmen, sobald sich eine geeignete Gelegenheit dafür findet.

Nicolas Brimont wird im nächsten Jahr 40 Jahre alt. Er ist von Beruf Maurer und seit dem Abschluss seiner Lehre angestellt bei einem kleinen Bauunternehmen in Amiens, denn zur Begründung eines eigenen Unternehmens fehlten ihm von Anfang an sowohl die erforderlichen Mittel als vor allem auch die Energie. Täglich fährt er also mit seinem kleinen weißen Kastenwagen, dem Kangoo, von Nouvion nach Amiens oder auch an einen anderen Ort in der näheren Umgebung, je nachdem, an welcher Baustelle sein Chef, Monsieur Sueur, ihn gerade einsetzt. Sueur betreibt in Amiens das Baugeschäft, das er schon von seinem Vater übernommen hat. Es handelt sich eher um ein kleines Unternehmen, und dementsprechend gestaltet sich auch der räumliche Einzugsbereich der Aufträge zum Glück für Nicolas nicht allzu ausgedehnt.

Brimonts wohnen in Nouvion, einer kleinen ländlichen Gemeinde in der Picardie, die sich jedoch ihrer Bedeutung als Hauptort eines der Kantone von Abbeville wohl bewusst ist und die Erinnerung an den vorübergehenden Aufenthalt einiger Könige in ihren Grenzen sowie die kürzliche Entdeckung eines merowingischen Friedhofs mit Stolz herausstellt. Am Rande dieses Ortes hat die Familie nicht weit von der Schule ein Häuschen mit Garten gefunden – vorerst immer noch zur Miete, denn ein eigenes Anwesen konnten sie sich bisher nicht erlauben. Umso mehr versuchen sie zu sparen, um sich mit der Zeit wenigstens ein bescheidenes Eigentum leisten zu können. Für den Aufbau einer auskömmlichen Altersversorgung müssen sie dieses Ziel unbedingt erreichen, und sie wollen ja auch ihren Kindern etwas hinterlassen.

Mit dem gemeinsamen Einkommen kommen Nicolas und Lydie in der Regel recht gut zurecht, wenngleich sie sich keine „allzu großen Sprünge", wie sie sagen, leisten können, vor allem wenn sie ihr Sparziel nicht aus den Augen verlieren wollen. Denn bisher beläuft sich ihr Vermögen nicht auf nennenswerte Summen. Nicolas besitzt seit seiner Erstkommunion ein kleines Sparbuch, das Livret A, das ihm damals seine Großeltern väterlicherseits, belegt mit 1.000 FF geschenkt haben, in früheren Zeiten ein ansehnlicher Betrag, der heute freilich nur noch **etwa 150 €** entspricht. An jedem seiner Geburtstage und auch zu jedem Weihnachtsfest legte sein Großvater mit regelmäßiger Gewissenhaftigkeit 50 € darauf. Seitdem der Großvater nur noch seine kleine Rente bezog, konnte er sich derartige Aufwendungen allerdings nicht mehr leisten. Von diesem Moment an stagnierte also das ohnehin recht zögerliche Wachstum des Sparvermögens. Nicolas und Lydie zweigen nun monatlich jeweils unterschiedliche Beträge von ihrem Einkommen ab, so dass sie durch diese gemeinsamen Anstrengungen bis heute auf dem Livret A etwa 8.000 € ansparen konnten. Dabei handelt es sich allerdings nahezu um totes Kapital, denn es lassen sich seit geraumer Zeit keine Zinsen mehr dafür erzielen; sie bewegen sich vielmehr auf null zu, und die staatliche Förderung solcher Anlagebemühungen wurde im Zuge der nationalen Sparpolitik ebenfalls verringert. Es verwundert nicht, dass in der Folge das Livret A, das in früheren Zeiten als klassisches Instrument kleiner Sparer galt und bei keiner Taufe als willkommenes Patengeschenk fehlen durfte, weitaus an Bedeutung verloren hat.

Um ihr gemeinsames Ziel eines kleinen Hauses oder wenigstens einer Wohnung als Eigentum in greifbare Nähe zu rücken, bemühen sich Brimonts nunmehr seit Jahren, jeden Monat einen besonderen Betrag auf die Seite zu legen, was in unterschiedlicher Höhe meist auch gelingt, und darauf sind sie stolz. Als Erfolg ihrer Bemühungen können sie aller Voraussicht nach damit rechnen, im nächsten Jahr das Haus, in dem sie sich nun seit vielen Jahren wohl fühlen, zu erwerben. Der derzeitige Eigentümer, ein Bauer im Ruhestand, nähert sich den 90 Jahren und wird keine Erben hinterlassen. Da er aus der Erfahrung der vergangenen Jahre weiß, wie sorgfältig die Beiden seinen kleinen Besitz pflegen, deutete er bereits vor einiger Zeit seine Bereitschaft an, ihnen das Haus für einen annehmbaren Kaufpreis, möglicherweise auch mit teilweiser Verrentung, zu überlassen.

Die Aussicht auf den Erwerb gerade dieser Immobilie betrachten sie als einen wirklichen Glücksfall. Hier konnten sie sich nämlich nicht nur ihren Bedürfnissen und ihrem Geschmack entsprechend einrichten, sondern es handelt sich dabei für sie auch um eine ausgesprochen wirtschaftliche Wohngelegenheit. In dem kleinen Garten mit dem großen Kirschbaum in seiner Mitte, den sie mit dem Haus vor Jahren vollkommen verwildert übernommen haben, sät und pflanzt Lydie jedes Frühjahr Gemüse aller Art an, alles was eben auf den fruchtbaren Böden des ehemaligen Schwemmlandes, begünstigt vom milden Seeklima, gedeiht: Bohnen, Tomaten, Karotten, Salat und auch die unvermeidlichen mangoldähnlichen Blettes. Ihren besonderen Stolz setzt sie in die Kürbisse. Dank der vorteilhaften Wetterverhältnisse und sorgfältiger Pflege erreichten diese im letzten Jahr beträchtliche Größe, die selbst die ehrliche Bewunderung der Nachbarn erregte. Lydie verbringt nach Feierabend und am Wochenende erhebliche Zeit mit ihren sorgsam angelegten, gejäteten und gedüngten Beeten und erntet damit einen ansehnlichen Erfolg, der im Übrigen zur Verpflegung der Familie nicht unerheblich beiträgt.

Sie lässt sich auch sonst immer etwas Neues und Nützliches einfallen. Vor einigen Monaten kehrte sie an einem Samstag mit ein paar kleinen braunen Hühnern nebst dazugehörigem Hahn vom Markt zurück, die von der Familie, besonders den Kindern, begeistert begrüßt wurden. Nicolas zimmerte für die Tiere eigenhändig einen geräumigen Hühnerstall und legte ein sorgfältig drahtumspanntes Gehege an. In dieses brach jedoch unglücklicherweise kurze Zeit danach einige Male wohl ein streunender Hund ein, der Lydies arbeitsbedingte Abwesenheit dazu nutzte, der Freude des Hühnerhofs ein blutiges Ende zu bereiten. Nur noch verstreute braunseidene Federn erinnerten an diesen ersten Versuch häuslicher Geflügelzucht. Ernüchtert gab Lydie derartige Pläne und damit auch das Vorhaben der eigenen Verpflegung mit Eiern auf. Sie tröstete sich damit, dass der Gemüsegarten ihr ohnehin Arbeit genug bereite.

Nach dem morgendlichen Ärger über die Verkehrsbehinderung bedrückte Nicolas der Anblick der leblosen Motorradfahrer tagsüber mehr, als er sich eingestehen wollte, und legte sich ihm noch Stunden nachher auf die Seele, so dass er das Unglück mit seinen Kollegen fast den ganzen Tag über immer wieder ausführlich ansprach, während sie den wasserundurchlässigen Beton sorgfältig abfüllten. Der Bauherr legte größten Wert auf dieses Verfahren, wenngleich in Crécy, das sich nicht mehr in unmittelbarer Meernähe befindet, auch ein gemauerter Keller möglich gewesen wäre. Jedenfalls ging die Arbeit auf der Baustelle so zügig voran, dass sich Nicolas bereits recht frühzeitig am späteren Nachmittag wieder auf den Heimweg machen kann. Das trifft sich für ihn gut, denn es bietet ihm die Gelegenheit, wieder einmal bei seinem Vater vorbeischauen. Er bemüht sich, diese Besuche mindestens einmal in der Woche einzurichten. Eine gewisse Regelmäßigkeit betrachtet er in diesem Zusammenhang ganz besonders auch nach dem Tod seines jüngeren Bruders nicht nur als Verpflichtung, sondern er fühlt sich seinem Vater seit seiner Kindheit tatsächlich besonders verbunden.

Hubert Brimont übte Zeit seines Lebens den Beruf eines Eisenbahners aus, das heißt, er war bei der staatlichen Bahngesellschaft SNCF beschäftigt. Nachdem er jahrelang das unruhige und oft auch anstrengende Leben eines Zugbegleiters oder Schaffners, wie es damals hieß, geführt hatte, brachte er es in den letzten Jahren seines langen Berufslebens immerhin zum Schalterbeamten im Bahnhof von Nouvion. Seine Familie und er selbst waren auf die Beförderung nicht nur sehr stolz;

diese Art Tätigkeit entsprach darüber hinaus in hervorragender Weise auch dem ausgesprochen kommunikativen Wesen des alten Eisenbahners. Er verstand es nicht nur, sich sehr schnell in alle Feinheiten der zur Verfügung stehenden Tarife einzuarbeiten, sondern auch die einzelnen Kunden in einfühlsamer Weise zu beraten. Auf die Dauer konnte er sich deshalb einen guten Ruf erwerben und galt neben dem Bahnhofsvorsteher selbst als eine der mit der örtlichen Station untrennbar verbundenen und wohlbekannten Personen.

Seit seinem 58. Geburtstag vor einigen Jahren befindet er sich nun im wohlverdienten Ruhestand. Seine Kollegen fanden damals in großer Einmütigkeit, er nehme seine Rente viel zu spät in Anspruch, und hielten ihm dies vorwurfsvoll auch bei jeder Gelegenheit vor, als handle es sich um eine etwas unverantwortliche Fehlentscheidung.

„Was willst Du warten, bis Du alt und klapprig bist, Hubert? Hast Deine Knochen doch lang genug hingehalten! Du willst doch von Deinem Alter noch wenigstens was haben!"

Sie selbst beabsichtigten, ihre Pension jedenfalls sehr viel früher zu genießen, was Hubert verstand, denn bei manchen von ihnen handelte es sich um Streckenarbeiter mit einer zuweilen sehr anstrengenden Tätigkeit bei Wind und Wetter. Tatsächlich hätte auch dem alten Eisenbahner nach den rechtlichen Bestimmungen der Eintritt in den Ruhestand schon ein Jahr früher zugestanden. Der Gedanke, von seinem Platz im Schalter und von der mit diesem verbundenen täglichen Gesellschaft endgültig Abschied nehmen zu müssen, schien ihm jedoch lange Zeit unerträglich. Hubert Brimont hing an seiner Tätigkeit und hätte gern noch weitergearbeitet, schon weil er eben schon seit jeher gesellig veranlagt war und den Kontakt mit den Leuten schätzte.

Trotz allem entschloss er sich dann doch für den Ruhestand. Dies geschah an dem Tag, als sie von der Krankheit seiner Frau erfuhren. Jetzt bezieht er seine Rente aus dem speziellen beamtenähnlichen Regime für Eisenbahner, immerhin 75 % seines letzten Gehalts. „Damit lässt es sich leben." sagt er sich immer wieder tröstlich. Im Grunde ist er auch etwas stolz auf dieses Ergebnis seiner Lebensleistung, denn er hat seit seinem 16. Lebensjahr, also deutlich über die für die volle Rente erforderlichen 41 Jahre hinaus, bei der SNCF gearbeitet, und fühlt sich unveränderlich als „Eisenbahner" im wahrsten Sinn des Wortes. Vor allem deshalb hatte er sich während seiner ganzen Berufszeit auch in der Eisenbahngewerkschaft eingesetzt. Anlässlich seiner Verabschiedung erhielt er diverse Prämien für sein Engagement, die er als hohe Anerkennung betrachtet und über die er sich entsprechend freute.

Lange konnte das Paar den Ruhestand allerdings nicht gemeinsam genießen, wie sie sich dies seit ihrer Hochzeit immer wieder vorgestellt hatten. Damals wurde ihnen von einem der Trauzeugen immerhin der fromme Wunsch mitgegeben, dass sie in Eintracht und Freude gemeinsam alt werden sollten, worauf sie sich seitdem in unerschütterlichem Vertrauen verließen. Immer wenn sich die Arbeit als drückend erwies, und dies zeigte sich besonders in den Jahren als Zugbegleiter, tröstete Hubert seine Frau: „Wart nur, Mutter, den Ruhestand, den kann uns keiner nehmen. Da geht es uns dann gemeinsam gut."

Es kam letztlich ganz anders. Marguerite, Nicolas' Mutter, starb vor nunmehr fünf Jahren an Brustkrebs. Schon seit dem tragischen Verkehrsunfall vor jetzt fast 20 Jahren, bei dem Nicolas' jüngerer und einziger Bruder Antoine ums Leben kam, konnte sie keine so rechte Freude mehr am Leben gewinnen und kränkelte allmählich auch ständig, obwohl sie früher eine Frau von guter Gesundheit und Lebensfreude war.

Dann begann eine wirklich schwere Zeit für die ganze Familie. Die Krankheit war erst spät entdeckt worden und befand sich deshalb auch schon in einem recht weit fortgeschrittenen Stadium. Die Ärzte ließen, ohne sich auf die nähere Erklärung von Einzelheiten einzulassen, mit mehr oder weniger großer Feinfühligkeit keinen Zweifel an der Ernsthaftigkeit des Zustandes ihrer Patientin. „Sie haben ja Tumore überall in Ihrem Körper." Diese Nachricht eröffnete ihr der Onkologe, der die Untersuchung durchgeführt hatte, ohne weitere Umschweife.

Im Anschluss begann eine lange, aufwendige und quälende Behandlung im Krebszentrum von Boulogne-sur-Mer, das weit und breit den besonderen Ruf als Spezialklinik für solche Fälle genießt. Marguerite ertrug die Strapazen zunächst gefasst, wie es schon immer ihrer Art entsprach. Aber als sie infolge der Chemotherapie ihre langen kastanienbraunen Haare verlor, die seit jeher ihr großer Stolz gewesen waren, fühlte sie sich endgültig untröstlich und gab sich auf. Von dem Zeitpunkt an, als sie jeden Morgen beim Kämmen immer größere Büschel in der Hand behielt, schien sie allen Mut verloren zu haben. Die anschließende Bestrahlung schwächte sie zudem noch in ganz besonderer Weise. Mehrere Wochen lang, die Hubert endlos vorkamen, wartete der Krankenwagen vor dem Haus, um die Patientin nach Boulogne in das Krebszentrum zur Behandlung zu bringen, eine Fahrt von einer guten Stunde für eine Bestrahlung von je 10 Minuten, und von Zeit zu Zeit befand sich der Apparat auch in gestörter oder sogar außer Funktion, so dass sie hin und wieder unverrichteter Dinge abziehen musste. Die kleine Mannschaft von Sanitätern, die mit dem Transport betraut war, begrüßte ihre Passagierin jeden Morgen fröhlich, aber Marguerite stieg jedes Mal in den Wagen ein, als gelte es zu ihrer eigenen Hinrichtung zu fahren.

Das Ganze gestaltete sich als wahre Quälerei, die dann am Ende doch zu nichts führte. Die Metastasen hatten sich trotz aller Bemühungen ausgebreitet. Hubert wusste nicht aus noch ein vor Verzweiflung und sagte ein um das andere Mal mit Tränen in den Augen: „Das hab' ich von vornherein gewusst, dass das alles umsonst ist."

Nach dem Tod seiner Frau zog Hubert Brimont aus der Wohnung im Bahnhof aus, die ihm von der SNCF gestellt worden war. Er hätte trotz seines Ruhestandes dort bleiben können, weil sein Nachfolger die Wohnung nicht in Anspruch nahm, brachte es aber nicht über sich, die Räume noch zu ertragen, in der sie Beide zufrieden viele Jahre gelebt hatten. Seitdem wohnt er in einer kleinen und bescheidenen Hinterhauswohnung im Nachbarort von Nouvion, in Forest-Montier. „Was soll ich mit mehr? Die ist grade recht für mich zum Verkriechen." pflegt er einzuwenden, wenn er auf die Bescheidenheit seiner Unterkunft angesprochen wird.

Dementsprechend lebt er dort auch sehr zurückgezogen. Als Jüngster von zwölf Geschwistern sind ihm nur noch zwei seiner älteren Brüder verblieben, mit denen er gelegentlichen Kontakt pflegt. Hin und wieder trifft er auch einige seiner zahlreichen Bekannten aus der aktiven Zeit zum Boule Spielen oder auch auf ein Bier, während er die Jagd, die er Zeit seines Lebens sehr intensiv mit großer Begeisterung betrieb, ganz aufgegeben hat.

Seitdem er allein lebt, ist er insgesamt „etwas eigen" geworden, wie Lydie findet. Gegenüber früher, als Nicolas sie ihm als seine zukünftige Frau vorstellte, hat er sich entscheidend verändert, so dass sich in dem heute vergrämt in sich zurückgezogenen Greis der damals offene und humorvolle Mann nicht wiedererkennen lässt, der seiner jungen und hübschen Schwiegertochter verschmitzt zuzwinkerte und auch schon einmal einen anerkennenden Klaps auf ihr wohlgeformtes Hinterteil unternahm. Er ist fremd, ein anderer geworden, und aus diesem Grund begleitet Lydie ihren Mann auch nur sehr selten, wenn er seinen Vater besucht. Sie weiß mit ihrem Schwiegervater in seinem anhaltenden Trauerzustand kaum etwas anzufangen, und es fällt ihr schwer, einen Gesprächsgegenstand zu finden. Nur die Festtage wie Weihnachten, Ostern oder auch die jeweiligen Geburtstage feiert Hubert mit der Familie in Nouvion, wie es sich gehört. Nicolas holt ihn zu solchen Gelegenheiten ab und bringt ihn auch wieder nach Hause, obwohl sein Vater mit seinem eigenen Wagen, einem kleinen Clio, noch sehr beweglich ist und hiervon auch Gebrauch macht, um sich mit den verbliebenen Bekannten aus alten Zeiten zu treffen. Keiner weiß aber, ob er sich wirklich darüber freut, mit seiner Familie feiern zu können. Zumindest zeigt er es nicht.

Für Lydie stellt die Sorge ihres Mannes um seinen Vater das angemessene Verhalten eines pflichtbewussten Sohnes dar, wie sie es aus ihrer eigenen früheren Familie kennt. Deshalb lässt sie sich trotz aller Vorbehalte auch nicht anmerken, dass sie die Feste im Grunde viel lieber ohne den alten Mann feiern würde. Überhaupt bewundert Nicolas seine Frau, wie sie sich bei jeder Gelegenheit vernünftig und diszipliniert verhält.

Es begann schon damit, mit welchem Geschick sie sich in der Gegend an der Somme einlebte, als sie nach der Hochzeit hierherkam. Lydie betrachtete es von Anfang an als eine Selbstverständlichkeit, ihrem Ehemann nach Nouvion zu folgen, obwohl sie den Ort und seine Umgebung nur sehr oberflächlich kannte. Lydie stammt nämlich aus der Gegend von Béthune, also nicht aus der Picardie, sondern aus dem Pas-de-Calais, was einen erheblichen Unterschied bedeutet. Ihre Eltern leben dort noch und auch ihre ältere Schwester. Sie betreiben dort mehr schlecht als recht einen kleinen Bauernhof, der mittlerweile ziemlich heruntergekommen wirkt.

Zusammengeführt hat die Beiden letztlich der Ausflug an die picardische Küste, der vom Bauernverband in Béthune für die ländliche Jugend organisiert wurde. Ob es ein Zufall mit sich brachte oder eine schicksalhafte Fügung, wie sie es selbst seitdem gern bezeichnen, mag dahinstehen. Jedenfalls entschloss sich Nicolas gerade an diesem Tag, einem freien Samstag Anfang Juni, mit ein paar Freunden an die Küste zu fahren Jahreszeit noch nicht überfüllt ist. Sie hatten sich einen ausreichenden Vorrat an Bier und Sandwichs besorgt und sich bequem mit ihren Handtüchern auf dem feinen Sandstrand niedergelassen. Marcel, der damals seine Bäckerlehre absolvierte, zeigte plötzlich auf eine Gruppe von Mädchen, die ganz in der Nähe tatsächlich wie ein Haufen Hühner beieinandersaßen und ohne Unterlass redeten und lachten. „Schau mal, da sind ein paar flotte Hühner dabei!" Ohne besonderes Interesse blinzelte Nicolas schläfrig in die angezeigte Richtung, und es traf sich, dass eines der Mädchen gerade in diesem Moment aufstand und sich den Sand vom Rock strich. Er wird nie vergessen, dass es ein weiter Rock war mit einem blauen Blumenmuster.

Die Hochzeit, die nicht lange auf sich warten ließ, fand, wie es sich gehört, in Béthune statt. Danach unternahm das Paar von Nouvion aus auch noch die eine oder andere Fahrt zu den neuen Schwiegereltern, vor allem um ihnen die Enkel zu präsentieren, die sich ohne größere Verzögerungen einstellten. Doch mit der Zeit wurden diese Besuche immer seltener.

Lydie hat ihre Familie nun schon länger nicht mehr gesehen, denn es lässt sich nicht verschweigen, dass Nicolas sich nicht recht gut mit den Leuten aus dem Pas-de-Calais versteht. Er ist, wie alle in seiner Familie seit Generationen, überzeugter Picarde. Außerdem hätte der alte Bauer im Pas-de-Calais für seine Tochter sehr viel lieber einen Landwirt gesehen, der den Hof hätte weiter und vielleicht erfolgreicher betreiben können, als einen hierfür von vornherein ungeeigneten Maurer, noch dazu einen Picarden. Er äußerte seine ablehnende Haltung auch sehr deutlich, schon als sich Nicolas das erste Mal vorstellte. Diese grundlegenden Vorbehalte überdauerten die Jahre, und sowohl die Eltern wie auch die Schwester ließen sie ihrem neuen Familienmitglied gegenüber in ihrem gesamten Verhalten und bei jeder Gelegenheit spüren. „Als ob sich heutzutage für einen so kleinen und heruntergekommenen Hof jemand freiwillig finden ließe!" beschwerte sich Nicolas oft bei seiner Frau über die Verachtung, die ihm bei jedem Treffen, die damals noch hin und wieder stattfanden, unverhohlen entgegenschlug. Nicolas kennt den angeborenen und traditionell überlieferten Familiensinn seiner Frau und weiß, dass Lydie unter den Unstimmigkeiten mit ihrer Familie leidet, obwohl sie sich nichts davon anmerken lässt. Er rechnet ihr das hoch an, hält es aber in jedem Fall für richtig, sich besser aus der Gegend von Béthune fernzuhalten, soweit das irgendwie geht.

Nach dem wöchentlichen Besuch bei seinem Vater, den er heute nicht allzu lange ausgedehnt hat, zumal sich der alte Mann alles andere als gesprächig zeigte, freut Nicolas sich nun auf einen ruhigen Abend mit der Familie. Als er um die Ecke in die Straße einbiegt, in der ihr Haus steht, kann er schon von

Weitem die zwei kleinen Löwen aus Sandstein auf den beiden Pfosten links und rechts des Tors zwischen den Bäumen hindurch blinken sehen. Lydie hat sie sich zu ihrem Geburtstag gewünscht, dem fünfunddreißigsten. Denn sie bewundert seit jeher die zwei überdimensionalen Löwen, die auf ihren mächtigen Podesten die Straße an der Einfahrt nach Nouvion links und rechts zieren, und meinte, dermaßen inspiriert, Ähnliches, natürlich viel kleiner, könnte auch für die Erscheinung ihres eigenen Hauses vorteilhaft wirken. Nicolas und die Kinder waren lange unterwegs, um etwas Entsprechendes zu finden, denn es handelte sich schließlich fast um einen „runden" Geburtstag, zu dem sie etwas ganz Besonderes schenken wollten. Die Suche wurde schließlich in Attin, dicht bei Montreuil, von Erfolg gekrönt. Vater und Kinder stimmten sofort überein, dass sich die beiden kleinen Löwen für den vorgesehenen Zweck hervorragend eigneten, und sie sind sehr stolz, dass sich Lydie über dieses Geschenk ehrlich gefreut hat. Die beiden Figuren gefallen ihnen aber auch selbst sehr gut. Maurice findet sie sogar „großartig". Sie verleihen dem ganzen eher bescheidenen Anwesen eine viel schönere Erscheinung.

Als Nicolas dann in den kleinen Hof einfährt, begrüßt ihn Anais begeistert. Ihr lautes und schrilles Willkommenskläffen ließ sich schon draußen vor dem Tor hören. Nun springt sie aufgeregt in ihrem Zwinger am Drahtgitter hoch, rennt hektisch hin und her und bellt immer wieder in hohen kurzen Tönen. Nicolas öffnet die Gittertür, Anais wirft sich blitzartig hindurch, und die Begeisterung kennt keine Grenzen. Bei Anais handelt es sich um eine braun und weiß gefleckte Setterhündin, seine treue Jagdgefährtin seit nunmehr drei Jahren.

Nicolas ist nämlich wie die meisten Männer der Gegend, zumindest alle seine Bekannten, Jäger und hat seit einigen Jahren gemeinsam mit seinem Freund Marcel eine Hutte nahe bei Nouvion gemietet, die sie sorgfältig pflegen und während der Saison mit Begeisterung regelmäßig nutzen. Die Jagd stellt für ihn wie für sehr Viele in der Gegend traditionsgemäß die einzige Leidenschaft dar – nicht umsonst wurde das Jagdrecht in der großen Revolution hart erkämpft. Darüber hinaus versorgt er die Familie auf diese Weise gelegentlich auch mit ein paar Wildvögeln – Colverts, Becassines oder auch bunte Sarcelles. Lydie versteht es ausgezeichnet, diese Tiere zuzubereiten – ganz natürlich, meist nur mit Kräutern aus dem Garten. Während der Saison jagt Nicolas auch auf den umliegenden Feldern und bringt nicht selten ein Kaninchen oder einen Fasan mit nach Hause. Besonders freut er sich, wenn ihn sein alter Schulfreund Vincent, der in Fort Mahon Plage eine kleine Kneipe betreibt, zu einer Jagd in den dortigen weitverzweigten Dünen einlädt. Leider ergab sich für ihn noch keine Gelegenheit, dort ein Wildschwein oder gar ein Reh zu schießen, obwohl diese Tiere die Dünenlandschaft um das Seebad herum reich bevölkern.

Es erwies sich sehr schnell, dass für die Jagd die Anschaffung eines Hundes nötig wurde. Nicolas fand ihn auf einem Hof gleich in der Nähe, dessen Inhaber ihm einen entsprechenden Wurf meldete. Er begutachtete den kleinen weiß und rot geflecktenSetter und brachte ihn, das heißt in diesem Fall sie, zur besonderen Freude der Kinder mit nach Hause. Seitdem wohnt Anais, wie die junge Hündin als Mitglied eines ersten Wurfes genannt wurde, vor allem während der täglichen Abwesenheit der Familie in einer Art überdachtem Zwinger neben dem Tor. Damit stellt sie auch gewissenhaft die Bewachung des Hauses sicher und bellt aufgeregt jedes Mal, wenn sich eine Person dem kleinen Anwesen nähert. Nun folgt sie ihrem Herrn auf den Fersen, bis dieser die Eingangstüre aufgesperrt hat, und drängt sich, immer eng an seiner Seite, ins Haus, während sie die ganze Zeit über die Schnauze an sein Bein gepresst hält, um sicher zu gehen, dass er ihr nicht wieder entwischt.

Das bescheidene Häuschen ist einfach eingerichtet. Für die Familie bietet es mit dem Zimmer, in dem sie essen und wohnen, der geräumigen Küche und dem Schlafzimmer daneben genug Wohnraum, vor allem aber, seit sie, natürlich mit Genehmigung des Vermieters, oben im Dachgeschoss zwei kleine Zimmer für die beiden Kinder ausbauen konnten. Maurice und Katja müssen sich zwar zum Bad und der Toilette nach unten bemühen, aber diese kleine Unannehmlichkeit hat noch Keinen von ihnen gestört. Insgesamt fühlen sie sich alle wohl in ihrem Haus. Lydie achtet streng darauf, das Ganze immer gepflegt und sauber zu halten, und hierzu übernimmt jedes Familienmitglied seinen gerechten Anteil an der häuslichen Arbeit, ohne sich je darüber zu beklagen.

So lässt auch jetzt Nicolas seine schweren klobigen Arbeitsschuhe mit den verstärkten Schutzkappen vor der Eingangstüre auf der eigens hierfür bereitgelegten Gummimatte stehen, um drinnen keinen unnötigen Schmutz zu erzeugen. Da noch kein anderes Familienmitglied nach Hause gekommen ist, schaltet er wie gewöhnlich als Erstes sofort den Fernsehapparat ein. Immer läuft der Fernsehapparat, wenn jemand aus der Familie sich tagsüber im Haus aufhält. Er ist an der Wand über der Schmalseite des Esstisches angebracht, so dass er allen im Raum Anwesenden jederzeit einen guten Blick auf den großen Bildschirm erlaubt. Die Hintergrundgeräusche der jeweiligen Sendungen und das mehr oder weniger aufgebrachte Gerede der Nachrichtensprecher mit ihren Diskutanten oder auch die unterschiedlichen und ungezählten

Serien in den vielfältigen Programmen, aus denen sie jede Person und die einzelnen Schauspieler kennen, prägen den Alltag der Familie. Lydie sieht sich von Zeit zu Zeit, besonders am Abend, wenn sie wirklich müde von der Arbeit nach Hause gekommen ist und nach dem Abendessen die Füße hochlegt, lieber einen Film an, vorzugsweise einen der rührseligen Sorte, während Nicolas die Sportsendungen bevorzugt, vor allem die Rugby-Spiele, oder auch ein sehenswertes Fußballspiel. Zwischendurch nehmen die Nachrichtensendungen und Magazine breiten Raum ein und berieseln die Mitglieder der Familie, wenn sie müde oder auch anderweitig beschäftigt sind, in unentwegter Folge.

Nachdem er sich mit großer Erleichterung seiner staubigen Maurerkluft entledigt und sich kurz gewaschen hat, öffnet er eine gekühlte Bierflasche und macht es sich mit ihr in dem alten Polstersessel bequem, den er noch aus der Wohnung seiner Eltern mitnehmen durfte. In BFMTV wird wie so oft in diesen Monaten eine langatmige Diskussion über die Reformpolitik der gegenwärtigen Regierung gesendet, die Nicolas etwas langweilt.

Während er überlegt, ein anderes Programm einzuschalten, sich aber aus Trägheit nicht dazu aufraffen kann, weil er die Fernbedienung auf dem Sofa am Kamin hat liegen lassen, muss er daran denken, dass er im frühen Frühjahr dieses Jahres fast ständig vor dem Fernsehapparat saß. Dabei handelte es sich keineswegs um eine freiwillige Entscheidung. Er hatte sich vielmehr einen Muskelfaserriss in der rechten Wade zugezogen und sich damit für mehrere Wochen selbst zur Unbeweglichkeit verurteilt.

Geschehen war dieses Unglück beim Darts. Als Nicolas an einem Samstag noch spät abends in seiner Stammkneipe

„Les Huttiers" mit einem Freundeskreis den Jagdtag in geselliger und recht feuchter Weise ausklingen ließ, entstand die Idee eines Wettbewerbs, den zu gewinnen für ihn, den bekanntermaßen versierten Darts-Kämpfer, mehr oder weniger Ehrensache bedeutete. Zuvor hatte er seinen Kameraden gegenüber noch geprahlt, dass er im Darts ausnahmslos Jeden besiegen könne. Unter dem Eindruck dieses selbstgesetzten Siegeszwangs warf er den Pfeil unter einer so heftigen Anspannung seines Standbeins, dass dieses plötzlich von einem reißenden Schmerz durchfahren wurde. Zuerst wollte er nicht wahrhaben, dass es sich um eine Verletzung handeln könne, biss die Zähne zusammen und spielte, wenn auch unter großen Schmerzen, weiter.

Es bleibt anzumerken, dass er am Ende tatsächlich erwartungsgemäß den Sieg davontrug. Jedoch hatten sich die Schmerzen in der betroffenen Wade in einem Maße verstärkt, dass er nur mit letzter Anstrengung seinen Wagen auf dem Hof hinter der Gaststätte erreichen und bis nach Hause bewegen konnte. Um 2 Uhr nachts humpelte er mühsam und ächzend in das Schlafzimmer und war unter Anspannung seiner wenigen verbliebenen Kräfte nur noch in der Lage, sich zum verständlichen Schrecken seiner schlafenden Frau mit erheblichem Getöse auf das Bett fallen zu lassen. Am nächsten Tag zeigte sich das Bein im Wadenbereich bis hinunter zur Ferse rot und blau angelaufen, und jedes Auftreten erwies sich als ausgeschlossen. Nachdem Nicolas sich zunächst standhaft weigerte, einen Arzt zu konsultieren, getreu seiner Devise, dass alles, was gekommen ist, auch wieder verschwindet, ließ er sich nach einer Woche ohne sichtbaren Besserungserfolg doch zu einem Arztbesuch überreden, was sich letztlich als hilfreich herausstellte angesichts der unmittelbar drohenden Thrombose, die dieser Fachmann feststellte. Es folgten noch drei ganze Wochen der Bewegungslosigkeit, in welchen die

Heilung langsam voranschritt, so dass das Fernsehen seine einzige tröstliche Ablenkung darstellte.

Zu den bemerkenswerten Ereignissen, die er diesem unfreiwilligen Dauerfernsehen verdankt und die ihm nachhaltig im Gedächtnis bleiben, gehört die Amtseinführung des damals frisch gewählten Präsidenten der Republik, die eben in diesen Wochen stattfand. Nicolas würde nie vergessen, wie der noch sehr junge Mann langsam und feierlich mit ernstem Gesicht zu den Klängen der Europahymne an der Glaspyramide im dunkel gehaltenen Innenhof des Louvre vorbeischritt, um sich dem wartenden Publikum zu präsentieren. Nicolas fragte sich dabei allerdings etwas verständnislos, was die umständliche Prozedur bewirken solle, und auch heute noch kann er sich eines unguten Gefühls nicht erwehren, wenn er an dieses feierliche Schreiten denkt. „Sollte der Präsident doch geradezu nach vorn gehen und zu den Leuten sprechen, von denen er gewählt worden ist - einfach so." Dieser Wunsch verstärkte sich in ihm bis zur Unerträglichkeit, je länger die würdige Zeremonie andauerte. Stattdessen folgte aber eine wahrhafte Theatervorstellung, die Nicolas unangenehm berührte. „Der Präsident ist gewählt worden, um für sein Volk zu arbeiten." meint er, „nicht um eine Theateraufführung zu zeigen."

Schließlich erschien auch Madame Macron in einem sehr sportlich modischen Kleid auf der Szene, 24 Jahre älter als ihr Ehemann, seine ehemalige Lehrerin, mit deren eigenen Kindern zusammen der Präsident zur Schule gegangen war. „Damals hat sie was mit ihm angefangen." kommt Nicolas in den Sinn. Die Umstände kennt ja sein gesamter Bekanntenkreis. „Ich würd' schon wissen, was ich machen würd', wenn meinem Maurice so was passiert wär'. Dann könnt' sich die Lehrerin aber warm anziehen. Der Vater war ja wohl auch fuchsteufelswild. Aber solche Leute ziehen sich am

Schluss doch immer irgendwie aus der Affäre. Letztlich," sagt er sich immer wieder, „geht mich das auch gar nichts an. Aber man sieht ja schon, dass es auch bei Macrons jetzt immer noch Schwierigkeiten gibt in der Familie." Denn die Eltern des Präsidenten sind zu seinen Antrittsfeierlichkeiten zwar erschienen, zeigten sich in dem umfangreichen Kreis der Freunde und Unterstützer, der sich am Ende um das Präsidentenpaar scharte, aber eher am Rande.

Politisch hat sich Nicolas selbst im Gegensatz zu seinem Vater, dessen Familie traditionell zu den Wählern der PS, der Sozialisten, zählte, eigentlich nie festgelegt. Entsprechende Orientierungsschwierigkeiten bereiteten ihm die letzten Präsidentschaftswahlen, bei denen er die PS in einem Zustand vorfand, der ihm eine Stimme für den Kandidaten dieser Partei jedenfalls wenig hilfreich erscheinen ließ. Entgegen allen familiären Traditionen favorisierte er nach einiger Überlegung den Kandidaten der Bürgerlichen, Fillon, den früheren Premierminister, aber dann ereignete sich die fatale Geschichte mit den Anzügen.

Dass er als Abgeordneter seine Frau und seine Kinder beschäftigt hat, ohne dass diese wirklich gearbeitet haben sollen, wie es heißt, stört Nicolas weniger. Seiner Meinung nach muss es den Abgeordneten freistehen, die – zugegebenermaßen hohe - Pauschale, die sie erhalten, entsprechend ihrer persönlichen Einschätzung verwenden zu können. Deshalb vertreten auch Viele ohnehin die Ansicht, dass Fillon sich insoweit rechtmäßig verhalten habe. Nicolas' Chef zum Beispiel, Monsieur Sueur, der sich ebenfalls auf die Seite des Kandidaten der Rechten geschlagen hat, vertritt diese Meinung mit großer Überzeugung, die er zudem durch ein unschlagbares Argument bekräftigt. „Er ist ja wohl auch nicht der einzige Abgeordnete, der seine Familienangehörigen beschäftigt. Also, was soll die ganze Aufregung?"

Nicolas mischt sich in die Beurteilung derartiger Feinheiten nicht ein. Aber die Anzüge – das stellt in seinen Augen etwas ganz Anderes dar. Die Anzüge, die Fillon geschenkt bekommen haben soll, stören Nicolas. Zum einen ist es für ihn schwer vorstellbar, dass jemand überhaupt sich von anderen einen Anzug schenken lässt, wenn er nicht sehr arm ist, wobei er in einem solchen Fall wiederum wohl selten Anzüge trägt. Zum anderen fände er selbst es für sich mehr als sonderbar, wenn ihm Derartiges angeboten würde. Außerdem soll einer der besagten Anzüge 7.000 oder 8.000 € gekostet haben, wie berichtet wird, was jeweils fast dem Betrag entspricht, den Nicolas und Lydie insgesamt bisher auf dem Livret A ansparen konnten. Wenn man den Berichten glauben kann, stört ihn gerade dieser sich ihm aufdrängende Vergleich mit seinen eigenen finanziellen Verhältnissen sehr.

Deshalb hat er auch in der Vorwahl schließlich entgegen all seinen Bedenken Macron, den jungen Politiker ohne wirklichen Parteihintergrund, der noch nicht einmal ein ausgearbeitetes Programm vorlegen konnte, unterstützt und eben nicht Fillon, obwohl er diesem sehr viel mehr Vertrauen entgegengebracht hätte. In der zweiten Runde sah er sich dann wie Viele seiner Landsleute folgerichtig wieder gezwungen, Macron zu wählen, denn die Alternative in Gestalt der extrem rechten Madame Le Pen kam für ihn von Vornherein nicht in Betracht. Niemals hatte jemand in seiner Familie auch nur im Entferntesten erwogen, die radikale Rechte zu wählen, obwohl diese sich zuweilen tatsächlich den Anschein gab, Verständnis für die arbeitenden Menschen aufzubringen. Aber so etwas gehörte sich einfach nicht. Auch Nicolas bleibt also diesbezüglich weiter misstrauisch.

Lydie hat sich an der Präsidentenwahl nicht beteiligt. Sie wählt nie. Wenn sie nach dem Grund hierfür gefragt wird, setzt sie eine strenge Miene auf, die möglichst abweisend aussehen soll, und bekräftigt: „Ich hab' schon lang nicht mehr gewählt. Das hat überhaupt keinen Sinn. Die da oben denken doch nur an sich und nicht an uns. Was die machen - das alles interessiert mich nicht mehr. Wir kleinen Leute müssen doch sowieso sehen, wie wir allein zurechtkommen. Nein, zur Wahl geh ich nicht mehr."

Sie legt Wert darauf, ihre Meinung nicht nur in dieser oder ähnlicher Form mitzuteilen, sondern darüber hinaus als ihre unerschütterliche Überzeugung zu verkünden. Nicolas billigt ihre Einstellung zu den öffentlichen Angelegenheiten im Grunde nicht, weil er selbst die Meinung vertritt, dass sie Jeden angehen und zu eigenem Engagement herausfordern. Man ist schließlich Bürger der Republik, und ohne die Bürger, so sagt er gern, „hingen die Regierung und auch das Parlament in der Luft. Man bräuchte sie schlichtweg nicht." Aber wenn er weiter überlegt, muss er seiner Frau trotz allem in ihrer skeptischen Haltung irgendwie auch Recht geben. Außerdem weiß er seit Langem: Wenn Lydie sich etwas in den Kopf gesetzt hat, hilft ohnehin nichts mehr. Er liebt diesen Charakterzug an ihr.

Während Nicolas auf den Bildschirm starrt und mit Anais an seiner Seite vor Müdigkeit fast etwas einschläft, wird die Haustüre laut und heftig aufgeworfen. Die unverkennbar schnellen Schritte seiner Frau sind immer von Eile geprägt, gleichgültig, ob es sich um eine Arbeit oder einfach um den Gang von einem Zimmer zum anderen handelt, und auch wenn ihr alle Zeit der Welt zur Verfügung steht. Lydie kommt schwer beladen und etwas ächzend unter der Last der Taschen herein und schiebt mit dem Fuß die Türe zu, die knallend in ihr Schloss fällt.

Sie muss nach der Arbeit noch eingekauft haben, was sich anbietet, denn Lydie arbeitet seit vielen Jahren an der Kasse des Supermarkts in Nouvion. Glücklicherweise fand sie schon kurz nach der Hochzeit im Wohnort selbst diese Anstellung und wird dort seit Jahren als bewährte Kraft angesehen und geschätzt. Sie engagiert sich aber auch erheblich für diese Stellung. Selbst als die Kinder geboren wurden, setzte sie danach jeweils nur kurze Zeit aus, was ihr der Chef hoch anrechnete. Was Lydie tut, macht sie eben richtig.

„Was ist los?" ruft Nicolas, dem es aus Müdigkeit nur schwer gelingt, sein Bein, das ihm schwer wie Blei vorkommt, von der Armlehne zu nehmen.

„Nichts, Nico, ich hab' nur schon mal für die nächsten Tage eingekauft."

Lydie hat sich bereits ihrer Taschen entledigt und auf den allmählich kahler werdenden Hinterkopf ihres Mannes schnell einen heftigen Kuss gedrückt, bevor sie ihren Einkauf in der Küche unter erheblichem Klappen der Schranktüren und des Kühlschranks verstaut. Nicolas fühlt sich gut – es ist schön, dass sie da ist.

Nicht weit von Nouvion hat Yves Dacourt vorausschauend für seinen Ruhestand ein kleines Herrenhaus an den Hängen über dem Tal der Somme erworben. Maître Dacourt ist Notar und hat seinen Beruf Zeit seines Lebens in Paris ausgeübt. Sein Cabinet in der Rue St. Honoré wurde in all den Jahren nicht nur allgemein – schon wegen der bekanntermaßen fulminanten Entwicklung des Immobilienmarktes in Paris – zunehmend als Goldgrube angesehen. Es galt darüber hinaus als eine Art Treffpunkt der jeweils aktuell Tonangebenden in der Gesellschaft der Hauptstadt, identisch mit den besonders begüterten Mitgliedern dieser Kreise. Auserlesene Schmuckstücke fanden sich immer exklusiv bei Dacourt, ohne dass sie jemals auf dem Immobilienmarkt aufschienen, und auch im Cabinet selbst erfuhren solche Objekte die diskreteste Behandlung. So wurde das prächtige und traditionsreiche Anwesen auf der Ile de la Cité von Maître Dacourt persönlich seinem neuen Eigentümer vermittelt und übertragen, ohne dass die Branche überhaupt von der Verkaufsabsicht, geschweige denn von dem Abschluss des Geschäfts selbst erfuhr. Die maßgeblichen Informationen ergeben sich sowohl für das Cabinet als auch für potentielle Interessenten regelmäßig „unter der Hand", und wer sich als „branché" ansehen darf, partizipiert an diesem Elite-Angebot. Dabei behielt sich Maître Dacourt stets vor, die herausragendsten Juwelen selbst vor seinen Mitarbeitern und sogar vor seinem Juniorpartner geheim zu halten, den er vor einigen Jahren aufnahm, um seine Nachfolge mit der gebotenen Besonnenheit vorzubereiten.

Auf diesen exquisiten Kanälen erfuhr Dacourt auch von dem kleinen Manoir an der Somme. Aus dem Kreis seiner Informanten wurde ihm zugetragen, dass auffallender Weise dringend erforderliche Renovierungsarbeiten an dem herrschaftlichen Haus und seinen Nebengebäuden zurückgestellt worden waren. Als er daraufhin weitere Erkundigungen einzog, stellte sich heraus, dass sich der derzeitige Eigentümer, ein ehemaliger Journalist, der das Haus zwei Jahre zuvor von seinem verstorbenen Vater geerbt hatte, offenbar in finanziellen Schwierigkeiten befand. Wie so oft entpuppte sich auch in diesem Fall eine vordergründig vorteilhafte Erbschaft, der jedoch die Verpflichtung der Familientradition anhaftet, als schwere Bürde.

Als sich der Maître, dessen Interesse geweckt war, nun mit dem Objekt näher zu befassen begann, schien ihm die Lage des Anwesens aus dem 18. Jahrhundert am Hang über dem Tal der Somme ganz besonders charmant. Einige Wochen lang fand er nicht die Zeit zu weiterführenden Nachforschungen. Nachdem er aber feststellen musste, dass seine Gedanken sogar anlässlich der Beurkundung eines Mietshauses im Stil Haussmann von beträchtlichem Wert immer wieder zu dem kleinen Manoir abschweiften, hielt er es doch für angebracht, das Anwesen möglichst bald selbst in Augenschein zu nehmen.

An Ort und Stelle bestätigte ihm der heruntergekommene Zustand der Gebäude, sowohl des Haupthauses als auch der im Carré harmonisch angeordneten Dépendancen, die bereits vermutete notleidende Situation des Eigentümers. Aus seiner langjährigen Erfahrung wusste der Notar, dass der Verkauf also angesichts der offenkundigen finanziellen Überforderung des unglücklichen Erben nur eine Frage der Zeit sein konnte, zur Vermeidung ernsthafter Dauerschäden aber möglichst auch nicht sehr lang mehr hinausgezögert werden durfte, wie er insbesondere aus dem erbärmlichen Zustand des Daches schloss. Zu viele, und zum Teil ansehnliche, Objekte in der Gegend verfielen, weil aufgrund von Erbstreitigkeiten, aber auch wegen finanzieller

Überforderung nötige Instandhaltungen jahrelang unterlassen wurden.

Recht bald nach der Rückkehr des Maître von seiner Erkundungsfahrt meldeten sich ganz unaufgefordert nacheinander einige seriös wirkende Herren in dem Manoir, die sich nach etwaigen Verkaufsabsichten des Eigentümers erkundigten. Obwohl dieser eine Trennung von dem Besitz schon aus familiärer Pietät bisher nicht in Betracht gezogen hatte, zeigte er sich nach erneuter Kalkulation nicht mehr von vornherein abgeneigt. Gleichzeitig weckten allerdings solche ungebetenen Avancen sein Misstrauen, das er nur schwer verhehlen konnte. Denn die Kaufinteressenten bekundeten gleichzeitig sehr auffällig ihre Zweifel, ob sich ein Erwerb des Anwesens angesichts dessen desolaten Zustands für sie überhaupt lohne. Jedenfalls käme ein Kauf nur zu einem sehr bescheidenen Preis in Betracht.

Nun kannte der Journalist aber den Zustand seiner Gebäude und die Summe der für ihren ordnungsgemäßen Erhalt aufzuwendenden Ausgaben besser als jeder andere, und die Sorge um die Bewahrung seines Erbes belastete ihn schon seit Monaten schwer. Hinzu kam, dass seine Frau es entschieden ablehnte, im Interesse des väterlichen Hauses ihres Mannes finanzielle Opfer auf sich zu nehmen. Es dauerte denn auch nur ein paar weitere Monate, und Maître Dacourt erfuhr von seinem Angestellten, einem der seriösen Kundschafter, dass der Eigentümer zum Verkauf bereit sei. Die Preisverhandlungen stellten anschließend nur mehr eine Formsache dar; vielmehr wurde der vom Cabinet selbst sachverständig ermittelte und vorgegebene Kaufpreis, der dem renovierungsbedürftigen Zustand entsprach und der sich angesichts der allgemein anerkannten Expertise dieses Notariats schwer bestreiten ließ, schnell akzeptiert.

So sehr sich der Notar zum Gelingen dieses Geschäfts beglückwünschte, so wenig erfreut zeigte sich Evelyne Dacourt anfangs über die neueste Erwerbung ihres Mannes, und sie versäumte es keineswegs, dies auch in aller Deutlichkeit zum Ausdruck zu bringen. Die Gegend an der Somme verband sich für sie wie für ihren gesamten Bekanntenkreis mit der Vorstellung tiefster Provinz, und die Aussicht, den Ruhestand ihres Mannes dort mit ihm verbringen zu sollen, stieß dementsprechend auf geringe Begeisterung.

„Was soll ich denn in diesem Loch? Ich bin nicht geschaffen für das Landleben, Yves, das weißt Du doch sehr gut. Wenigstens hättest Du einen solchen Plan mit mir ja auch vorher besprechen können."

Sie zeigte sich ernstlich verstimmt. Erst nach längerem Widerstreben, in das sie auch die Kinder und deren - ebenfalls provinzfeindliche - Unterstützung mit einbezog, und nur unter der verbindlichen Zusage ihres Mannes, dass die bisherige Wohnung im 16. Pariser Arrondissement zumindest zunächst unverändert beibehalten würde, erklärte sie sich bereit, dem Projekt ihrerseits näherzutreten. Maître Dacourt wurde aber auch danach noch selbst verschiedentlich Zeuge, wie sie ihrem umfangreichen und weitverzweigten Verwandten- und Freundeskreis, mit dem sie regelmäßig persönlichen und telefonischen Kontakt hielt, ihre freudlose Zukunft auf dem Lande schilderte. „Was willst Du? Was soll ich denn machen? Er hat es sich in den Kopf gesetzt, und Du kennst ihn ja. Na ja, wenigstens bleibt mir das XVIème noch. Eine kleine Zuflucht!"

Ungeachtet ihrer schwerwiegenden Vorbehalte, die sie nach wie vor unerschüttert aufrechthielt, ließ es sich Madame Dacourt nach dem Erwerb des Manoirs – wie es ihrem angeborenen Unternehmungsgeist entsprach – nicht nehmen, sich selbst um alle Einzelheiten der Renovierung und angemessenen Ausstattung des Anwesens zu kümmern, die sie mit viel Sachverstand und gutem, wenngleich recht aufwendigem Geschmack in Angriff nahm. Ihr Mann wusste die Arbeiten bei ihr jedenfalls in den besten Händen.

Die Angelegenheit gestaltete sich schließlich auch weitaus aufwendiger als ursprünglich angenommen, da Evelyne Dacourt auf einer vollständigen und perfekten Renovierung bestand und sich mit halbherzigen Maßnahmen nicht zufriedengeben wollte. Sie vertrat die Auffassung, dass sie, sähe sie sich denn gezwungen, in einem solchen „Loch" ihre Tage zu beschließen, dieses sich wenigstens in annehmbarem Zustand befinden müsse. Abgesehen davon bedurfte nicht nur der gesamte große Dachstuhl der Remise tatsächlich einer grundlegenden Erneuerung, sondern auch das Leitungssystem des Haupthauses in seiner ausgedehnten Gänze. Besondere Sorgfalt legte Evelyne zudem auf die Gestaltung des recht verwilderten Parks, dessen ursprünglich in den unterschiedlichsten Formen peinlich genau taillierte Büsche in der Zwischenzeit weitgehend zu Unförmigkeit ausgewachsen oder auch vertrocknet waren, so dass sie zum Teil ersetzt werden mussten, ebenso wie es die rissig gewordenen Wasserbecken mit ihren dazugehörigen Leitungssystemen überwiegend ganz neu aufzubauen galt. Auf diese Weise nahmen die Arbeiten einschließlich der Suche und Auswahl der jeweils spezialisierten Handwerker, die sie nach sorgfältigen Kostenvergleichen aus der Gegend selbst rekrutierte, erhebliche Zeit und dementsprechende Kosten in Anspruch. Erst nach der Verabschiedung der letzten Unternehmen und nach kritischer Begutachtung des Ergebnisses durch die Bauherrin konnte das Anwesen endlich nach fast einem Jahr bezogen werden.

Ab diesem Zeitpunkt verbrachte das Ehepaar zunächst manches Wochenende an der Somme. Sehr bald wurden diese Aufenthalte häufiger und dehnten sich oft auch jeweils in die Woche hinein aus. Unmerklich begannen sie sich in ihrem neuen Domizil wohlzufühlen, was Evelyne freilich nicht offen zum Ausdruck brachte, obwohl sie sich mit nicht nachlassender Hingabe der weiteren und verfeinernden Ausgestaltung des Anwesens widmete. Sich selbst musste sie zugeben, dass sie sich mit der Zeit immer mehr an das stilvolle und behagliche große Haus gewöhnte mit dem frisch renovierten Wappen der ursprünglichen adligen Eigentümer über der Eingangstüre und mit seinen großen Kaminen, in deren Behaglichkeit sie so manche kühlen Abenden gemeinsam verbrachten. Besonderen Genuss bereitete es ihnen außerdem immer wieder, sich an dem herrlich freien und weiten Blick über die Hügellandschaft in das liebliche Flusstal hinein zu den sanften Höhen jenseits der Somme zu erfreuen. Nicht selten überraschte der Notar seine Frau vor den Fenstertüren des großen Salons in Bewunderung eines farbenprächtigen Sonnenuntergangs oder auch der das Tal schleiernd durchziehenden und verzaubernden Nebel. Schließlich, als der Zeitpunkt tatsächlich näher rückte, den sich der Maître für seinen Ruhestand gesetzt hatte, bedurfte es keines weiteren förmlichen Beschlusses, sich in dieser besinnlichen Umgebung niederzulassen, selbstverständlich nicht ohne die andauernde Rückversicherung durch die Pariser Wohnung.

Auch die Kinder hatten sich nach anfänglichem Unglauben, der später in spöttische Bemerkungen über das bukolische Vorhaben überging, schließlich an den Gedanken gewöhnt, ihre Eltern künftig hauptsächlich in der Provinz anzutreffen. Für die Jüngste der Geschwister, Charlotte, kam das neue Domizil jedenfalls zu diesem Zeitpunkt wie gerufen. Denn vier Jahre nach der Hochzeit kam ihr Ehemann eines

Tages auf die Idee, die Pariser Wohnung einer sehr mondänen Dame der ehelichen Behausung vorzuziehen. Trotz aller dringenden, zum großen Teil tränenreichen Vorhaltungen seiner jungen Frau und entgegen aller ernster Abmahnungen durch den Maître persönlich, der sich einschaltete, um seinem abtrünnigen Schwiegersohn die übernommene eheliche Verantwortung eindringlich vor Augen zu führen, wobei er letztlich auch mit juristischen Konsequenzen drohte, ließ er sich nicht zu einer Rückkehr bewegen. Im Gegenteil verweigerte er als Folge solcher ihm augenscheinlich lästiger Bedrängungen jedes Telefongespräch und blockierte auch alle Internetkontakte mit seiner Frau und deren Angehörigen.

Nach lang andauernden Diskussionen innerhalb der Familie, die in ihrer zum Teil herzzerreißenden Dramatik mit großer Energie vor allem von Mutter und Tochter bestritten wurden, zeigte sich dann der Entschluss, die Scheidung einzureichen, als unausweichlich. Charlotte litt unter diesen tragischen Ereignissen außerordentlich, musste sich jedoch selbst eingestehen, dass sich ihr tiefer Schmerz eher auf die erlittene Demütigung zurückführen ließ, denn auf den Verlust dieses Ehemannes.

„Seien wir doch ehrlich: Er hat sowieso nie in unsere Familie gepasst."

Ob in später Erkenntnis der Tatsachen oder als Selbstbeschwichtigung - diese Parole wurde nun ausgegeben und besonders von Madame Dacourt bei jeder Gelegenheit mit innerer Überzeugung vertreten. Evelyne Dacourt führt nämlich ihren Mädchennamen nicht ohne Stolz auf die Herkunft aus einer Familie des – zugegeben kleineren - Adels aus dem Ancien Régime zurück.

„Es rächt sich immer, wenn man unter seinem Stand heiratet. Man kann sagen, was man will - das kann nie gutgehen."

Der Maître selbst pflegte dann hinzuzufügen: „Außerdem wusste niemand so recht, womit dieser Mann eigentlich sein Geld verdient. Hoffen wir nur, dass da nicht auch manches Windige dabei war und wir nicht noch böse Überraschungen erleben!"

Bei solchen Befürchtungen pflegte er seine rechte Hand mehrfach hin und her zu drehen, um die ernstlichen Zweifel, die ihn quälten, durch diese Geste zu unterstreichen. So und in ähnlicher Weise tröstete sich die Familie gegenseitig.

„Es ist jedenfalls besser, die Trennung kommt jetzt, als später, wenn vielleicht noch Schlimmeres passiert ist."

Freilich blieb die Art des erwähnten und befürchteten Schlimmeren dabei im Dunkeln.

Für Charlotte jedenfalls bot das neue Domizil ihrer Eltern eine wahre Zuflucht, in der sie Tage des Trostes und der warmen familiären Verbundenheit verbrachte und sich in diesem Leidenszustand in gewisser Weise zu sonnen schien. Sie erholte sich mit der Zeit sogar so weit, dass sie sich in der Lage sah, ihr altes Hobby, die Malerei, das sie schon als junges Mädchen gepflegt hatte, wieder aufzunehmen. Stunde um Stunde verbrachte sie vor ihrer Staffelei, wo sie - mit mehr oder weniger durchschlagendem Erfolg, jedoch elegischer Leidenschaft - die malerische Landschaft der Gegend auf ihrer Leinwand nachzuempfinden versuchte. Die Art, wie sie dabei den Pinsel bewegte, brachte ihre Stimmung treffend zum Ausdruck.

Diese günstige Entwicklung, mit der sich die Probleme der jüngsten Schwester auf den elterlichen Wirkungskreis konzentrieren ließen, stieß wiederum auf nicht geringe Erleichterung der beiden älteren Schwestern Geneviève und Antoinette sowie ihrer jeweiligen Ehemänner.

Geneviève hatte sich mit ihrem Mann, Chefarzt an einer Klinik in Nizza, sehr bald nach dessen Übernahme seiner herausragenden beruflichen Stellung in den sonnigen Midi zurückgezogen, wo sie sich augenscheinlich ausgesprochen wohlzufühlen begannen. Besonders seit die Zwillinge Charles und Etienne die Familie bereicherten, bewegte sich das Ehepaar nur mehr selten in die nördlicheren Gegenden des Landes.

Die Hochzeit von Antoinette, obwohl zwei Jahre älter als ihre Schwester, wurde ein paar Jahre später in Paris unter großem Pomp gefeiert und erregte erhebliches Aufsehen in den maßgeblichen Gesellschaftskreisen. Immerhin hatte Antoinette Dacourt sich mit dem Sohn des landesweit bekannten und angesehenen Strafverteidigers Lebrun verbunden. Es bestand nie der geringste Zweifel, dass Bernard als hervorragender Jurist in die Fußstapfen seines profilierten Vaters treten würde. Dessen Rechtsanwaltskanzlei ebenso wie der Wohnsitz der Familie befanden sich seit Generationen in Rennes, wenngleich der illustre Schwiegervater sehr früh und schon aus Prestigegründen eine Niederlassung auch in Paris begründet hatte. Es stellte ebenfalls nie einen auch nur andeutungsweise streitigen Diskussionsgegenstand dar, dass Antoinette das begonnene Studium der Kunstgeschichte aufgeben und ihrem Mann nach Rennes folgen würde.

Beide hervorragend situierte Familien zeigten sich an der zumindest beklagenswerten, wenn nicht beschämenden

Situation der jüngeren Schwester Charlotte wenig interessiert und begrüßten deren Zuflucht im elterlichen Manoir, die sie ihrem geschwisterlichen Verantwortungsbereich entzog, mit großer Erleichterung.

Nach der offiziellen Übergabe der Geschäfte an den bisherigen Juniorpartner und designierten Nachfolger zog sich Yves Dacourt also in sein liebgewonnenes Manoir zurück. Wie nicht anders zu erwarten, musste er sich zunächst selbst eingestehen, dass ihm die Abwesenheit von seinem Cabinet und allen damit verbundenen Kontakten und Aktivitäten zunächst schwerer fiel als gedacht. Die ungewohnte Untätigkeit versetzte ihn besonders in den ersten Wochen seines Aufenthaltes an der Somme in ständige Unruhe.

Er sprach darüber nicht viel, unternahm aber noch eine ganze Zeit lang häufige und nervöse Fahrten nach Paris, um im Cabinet, wie er sagte, „nach dem Rechten zu sehen". Obwohl er es zunächst nicht wahrhaben wollte, blieb ihm doch nach einigen dieser Besuche nicht verborgen, dass sein Nachfolger, der für die Übernahme weiterer Geschäftsanteile eine erhebliche Summe geleistet hatte, nun weniger Wert auf die perpetuierte Beratung durch seinen Vorgänger legte. Der Maître wurde von ihm zwar mit erlesener Höflichkeit, jedoch ohne sichtbare Begeisterung empfangen, und seine Informationen über die laufenden Geschäfte blieben mehr als spärlich, im Gegenteil verhinderten immer öfter dringende Geschäfte eingehendere Gespräche mit dem hilfsbereiten Vorgänger.

Dacourt empfand diese Entwicklung als schmerzlich, nahm sie jedoch, wenn auch mit großem Bedauern, schließlich gezwungenermaßen zur Kenntnis. Infolgedessen verminderte er seine Besuche im Cabinet auf ein Minimum, und als er nur noch von seiner alten Sekretärin, die ihn mehr als dreißig Jahre lang treu begleitet hatte, freudig begrüßt wurde, im Übrigen sich aber selbst überflüssig am Rande des Geschehens stehen sah, unterließ er sie schließlich ganz. „Wenn sie mich brauchen, werden sie sich schon melden." pflegte er einzelne Fragen von Seiten seines Bekanntenkreises nach seinem weiteren Pariser Engagement zu beantworten, wobei mit der Zeit die simple Einsicht in ihm wuchs, dass sie ihn eben einfach nicht brauchten.

Dieser schmerzliche Einschnitt bedeutete jedoch gleichzeitig den Zwang, sich in die neuen und selbst gewählten Umstände zu fügen. Auf diese Weise begann Dacourt die Vorzüge des Landlebens immer mehr zu schätzen, die Ruhe zu genießen und fand nach den ersten Wochen recht quälender Langeweile sogar Gefallen an dem Bewusstsein, den Tag ganz nach seinem Belieben ohne weitere Verpflichtungen gestalten zu können. Allerdings beobachtete er diese neuen Neigungen bei sich nicht ohne Misstrauen und ordnete sie als eindeutige Alterserscheinungen ein, die er mit einer gewissen Resignation hinnahm.

Dies hinderte ihn nicht daran, sich auch äußerlich zunehmend auf die neuen Lebensumstände umzustellen. So baute er sich rasch eine nette Bridgerunde auf, nachdem er die recht erfreuliche Bekanntschaft einiger Größen der bürgerlich-ländlichen Gesellschaft der Gegend gemacht hatte, und empfand zu seinem eigenen Erstaunen auch sonst keinerlei Verlegenheit, sich zu beschäftigen. Nicht dass sein Interesse an den Vorgängen des öffentlichen Lebens nachgelassen hätte – dazu blieb er nach wie vor zu sehr mit allen Angelegenheiten von politischer und gesellschaftlicher Bedeutung verbunden. Aber er hielt es allmählich auch für einen großen Vorteil, sie in aller Ruhe, gewissermaßen als neutraler Beobachter, begleiten zu können. Mit ungetrübter Aufmerksamkeit verfolgt er seitdem die Entwicklung der wirtschaftlichen Lage einschließlich der täglichen Börsenbewegungen, aber mindestens ebenso interessiert die Veränderungen der politischen Landschaft, die in letzter Zeit ein immer turbulenteres Bild aufweist.

Es entspricht wahrscheinlich seiner beruflich bedingten und in vielen Jahren akkulturierten Exaktheit, dass Yves Dacourt sich seitdem bemüht, die Informationen in den Medien möglichst vollständig und systematisch zu erfassen. Er hält mehrere Tageszeitungen, die er auch mit fast pedantischer Aufmerksamkeit liest, versäumt nie die wesentlichen Nachrichtensendungen und stellt sich dieser Aufgabe, als handle es sich um die ihm nun neu auferlegte Verpflichtung seines Ruhestandes. Gleichzeitig damit hat auch sein Bedürfnis erheblich zugenommen, sich über die auf diese Weise erworbenen Erkenntnisse mitzuteilen und sie diskursiv zu erörtern, eine Neigung, die ihn seit jeher kennzeichnete.

Angesichts der Verringerung seines außerfamiliären Adressatenkreises hält er es dabei für selbstverständlich, dass Evelyne, mit der ihn in diesem Herbst eine fast 50jährige Ehe verbindet, ihm nun auch immer öfter als Diskussionspartner dient. Sie stellt sich dieser Herausforderung, soweit es ihr möglich ist, so wie sie alle ihre Pflichten in der ehelichen Gemeinschaft mit großem Einsatz erfüllt. Immerhin blickt sie auf ein paar Semester Politologie zurück. Jedoch liegen diese Studienbemühungen, die sie schon wegen der Ankunft ihrer ersten Kinder nicht fortsetzte, lange Jahre zurück. Yves hätte im Übrigen eine irgendwie geartete Erwerbstätigkeit seiner Ehefrau immer als eine Art persönlicher Beleidigung empfunden. „Du brauchst Dich nicht abrackern, Chérie. Ich schaff' das schon allein." hatte er sie des Öfteren mit nachsichtigem und etwas spöttischem Lächeln beruhigt, wenn von Zeit zu Zeit ein diesbezüglicher Gedanke in ihr aufflackerte. Auf diese Weise stellte sie sich in der langen Zeit ihrer Ehe ausschließlich auf ihre Rolle im familiären Wirkungskreis ein, der für sie zusätzlich und notwendigerweise auch die gesellschaftliche Seite einschloss, ohne dass sie freilich jemals ihren scharfen Verstand aufgegeben, geschweige denn verloren hätte.

In Bezug auf die Mitteilungsbedürftigkeit ihres Mannes zeigt Evelyne zwar guten Willen, nicht jedoch ständige Verfügbarkeit für die zeitraubenden und oft weitschweifigen Diskussionen, die der Maître liebt und mit denen er jede gemeinsame Mahlzeit, vom Frühstück bis zum abendlichen Diner, zu würzen und zu verlängern sucht. Immerhin nehmen schon die regelmäßigen Besuche in Paris, die sie unter keinen Umständen missen möchte, wenn sie nicht vollständig von der gesellschaftlichen Wirklichkeit abgehängt werden will, erhebliche Zeit in Anspruch. Insbesondere möchte sie auch die gewohnten Opern- und Konzertgelegenheiten während der jeweiligen Saison nicht versäumen. Außerdem – und besonders diese Tatsache verleitet sie nicht selten dazu, sich so manchen Diskussionen zu entziehen - vertreten die beiden Ehepartner, so Vieles sie nach dieser langen gemeinsam verbrachten Zeit verbindet, bei der Beurteilung vor allem politischer Zusammenhänge bei Weitem nicht immer die gleiche Meinung. Nun hasst aber Evelyne streitige Auseinandersetzungen, die sie unweigerlich verstummen lassen. Seit die Dialoge demgemäß immer häufiger in Selbstgespräche ihres Mannes ausarten und die Diskussionen, wenn sie sich denn bei besonders strittigen Themen nicht vermeiden lassen, doch öfter in heftigen Disputen enden, zieht sie sich auch insgesamt mehr und mehr aus diesem neugeschaffenen Forum zurück.

Die Annahme wäre falsch, dass sich Dacourt angesichts der Enttäuschung im Zusammenhang mit der ursprünglich geplanten Patronage in seiner ehemaligen Kanzlei auch in gesellschaftlicher Hinsicht sofort vollständig auf sein Altenteil zurückgezogen hätte. Im Gegenteil blieb er noch während einiger Jahre seines Ruhestandes nach wie vor auch aus der Ferne recht gut vernetzt mit den Bekanntschaften aus seiner aktiven Pariser Zeit, die sich vor Allem aus dem Bereich von Wirtschaft und Politik zusammensetzten.

Eine wichtige Rolle spielt dabei vor allem auch sein Schwiegersohn Amin, hochrangige Führungskraft bei einer bekannten iranischen Bank im vornehmen XVI. Pariser Arrondissement. Selbst schon aus eigenen beruflichen Gründen gut vernetzt, betrachtet er es nach wie vor als sein Anliegen, auch seinen nun zunehmend isolierten Schwiegervater mit den nötigen Informationen über die Entwicklung der öffentlichen Angelegenheiten einschließlich wissenswerter Interna zu versorgen. Der Notar nahm dies besonders nach seinem Rückzug dankbar zur Kenntnis und kam angesichts solcher Anteilnahme zu der ihn überraschenden, doch sicheren Überzeugung, dass es sich bei Amin eindeutig um den einzigen der engen Angehörigen handle, der wirklichen Familiensinn bewies. Diese Einsicht begann sich schon ganz allmählich anzudeuten seit der Hochzeit seiner ältesten Tochter Bénédicte mit diesem Sohn einer traditionsreichen iranischen Familie.

Die Verbindung war übrigens ursprünglich auf erbitterten Widerstand von Seiten des Notars und seiner Frau gestoßen. Dabei verlief die erste Vorstellung des jungen Mannes bei ihnen mehr als günstig. Mit seiner ansprechenden äußeren Erscheinung und seinem tadellosen Benehmen schien er alle Voraussetzungen eines erwünschten Schwiegersohns zu erfüllen. Dennoch sah sich Benédicte anschließend erheblichen und langandauernden Vorhaltungen ihrer Eltern gegenüber, denn bei Amin und seiner iranischen Familie handelt es sich naturgemäß um Muslime. Das Ehepaar Dacourt versuchte deshalb in gemeinschaftlicher Entschlossenheit alles, um diese Heirat zu verhindern. Ernstzunehmende Erwägungen wie der Unterschied der Kulturen und die mit Sicherheit hieraus zu erwartenden Komplikationen, insbesondere auch was die Kinder aus einer solchen Verbindung und ihre kulturelle Identität anbelangt, bildeten den Gegenstand eingehender Gespräche mit ihrer Tochter, die sich über Monate hinzogen. Die Eltern ließen keinen Zweifel daran, dass sie Widerstand in dieser Angelegenheit nicht hinnehmen würden. Auf dem Gipfel der Auseinandersetzungen verstieg sich Yves Dacourt sogar dazu, Zuflucht bei der in vergleichbaren Fällen apodiktischen Haltung seines verstorbenen Vaters zu suchen: „Mein Vater hätte gesagt: ‚Der kommt mir nicht ins Haus.'" Die immer mehr sich verfinsternde Miene ihrer Tochter zeigte Evelyne allerdings mehr als deutlich, dass derartige Härte den Widerstand nur dauerhaft festigen konnte. „Hör auf, Yves, so schlimm es ist, aber solcher unsinnige Rigorismus führt doch zu nichts!" Sie unternahm stattdessen immer neue Versuche, an die Vernunft ihres Kindes zu appellieren.

Benédicte, die von Anfang an die Fügsamste unter den Geschwistern gewesen war und als Älteste stets die besondere Vorliebe ihrer Eltern genoss, zeigte sich jedoch wider Erwarten in dieser für sie elementaren Frage unbeugsam. Als die Angelegenheit sich immer mehr zuspitzte und die Wortwechsel sich zunehmend heftiger gestalteten, bat sie schließlich gemeinsam mit Amin sehr förmlich um eine Unterredung mit ihren Eltern.

Das junge Paar fand sich denn an einem regnerischen Nachmittag zu dem vereinbarten Zeitpunkt im großen Salon der elterlichen Wohnung ein, in dem es mit schlimmsten Befürchtungen erwartet wurde. Hand in Hand und in großer Liebenswürdigkeit, jedoch unweigerlicher Eindeutigkeit erklärten Beide, dass sie es sich nach monatelanger Bekanntschaft und reiflicher Überlegung vorgenommen hatten, ihr Leben gemeinsam zu führen, und keine Macht der Welt, auch nicht die geliebten Eltern, sie von diesem Entschluss abhalten könne.

Nach diesem schicksalhaften Besuch, den das junge Paar selbst mit einer sehr herzlichen Verabschiedung beendete, blieben Yves und Evelyne allein und ratlos in der Dämmerung des sinkenden Tageslichts zurück. Ihre Besorgnisse waren auch durch die feierliche Erklärung des jungen Paares in keiner Weise ausgeräumt, im Gegenteil sahen sie sich als Eltern nun vor vollendete Tatsachen gestellt, und angesichts ihrer eindeutigen Machtlosigkeit fehlten ihnen eine ganze Weile die Worte.

Schließlich raffte sich der Notar von seinem Sessel auf, in dem er lange regungslos gesessen hatte, schenkte sich ein Glas Whisky ein und begann mit dem goldumrandeten geschliffenen Glas in der Hand in der ihm eigenen Exaktheit die Situation zu analysieren, während er den Raum in seiner ganzen Länge zwischen dem Kamin und der zweiflügeligen geschnitzten Eingangstüre immer wieder durchlief. Als sich diese Betrachtungen bereits zum dritten Mal wiederholten, unterbrach ihn seine Frau.

„Yves, lass es sein! Geh nicht immer hin und her! Du weißt genau, dass wir nichts tun können. Wir haben alles versucht. Bleibt nur zu hoffen, dass es nicht allzu große Probleme geben wird."

Der Notar blieb stehen und schwieg betroffen. Er tat seiner Frau in diesem Moment sehr leid, so dass sie fast tröstlich hinzufügte: „Und es handelt sich ja immerhin wenigstens um eine gute Familie."

So fügten sie sich letztlich gezwungenermaßen in ihr Schicksal, nachdem sie sich die Erkenntnis der Aussichtslosigkeit ihres Widerstandes gemeinsam erarbeitet hatten. Freilich wurde diese Duldsamkeit auf eine erneute und schwere Probe gestellt, als die Kinder ihnen eröffneten, die Hochzeit nach muslimischem Ritus in der großen Pariser Mosquée zu feiern. Der Vater des Bräutigams zählte den Directeur der Moschee zu seinen guten und alten Freunden, so dass die besondere Feierlichkeit der Zeremonie gesichert war. Diese fand im Übrigen dann auch im ganz großen Rahmen statt. Allein die Familie des Bräutigams, die sich vollzählig aus dem Iran zu diesem zentralen Ereignis einstellte, soweit eine ganze Zahl der Angehörigen nicht ohnehin in Paris wohnte, bevölkerte bei dem anschließenden glänzenden Diner den angemieteten Festsaal, so dass sich trotz der unbestreitbaren Herzlichkeit der neuen Verwandten die Familie Dacourt bei allem guten Willen eindeutig im Rückstand fühlen musste. Die nach einigen Wochen zusätzlich stattfindende Trauung nach katholischem Ritus, auf der die Eltern als mindeste Kompromissformel bestanden hatten, gestaltete sich demgegenüber eher bescheiden.

Es hat geblitzt, gerade hinter ihm, mit aufdringlich blendendem gelbem Licht aus einem der Geschwindigkeitsmesser, deren Standort er eigentlich genau kennt, aber den er in Gedanken nicht beachtet hat. Aufgeregt schimpft Nicolas vor sich hin, wobei er in nun unnötiger Weise abbremst. „Verdammte 80 Stundenkilometer!" Dabei kann er höchstens 95 gefahren sein.

„Wie soll man denn überhaupt noch vorwärtskommen in diesem Schneckentempo, das sie einem aufdrücken? Haben die wirklich nichts Besseres zu tun? Die müssen ja morgens nicht zur Arbeit fahren, die nicht, besonders nicht auf dem Land! Wie früh soll ich denn noch aufstehen?"

Seit vor einigen Tagen trotz aller landesweiten und einmütigen Proteste gegen die Sinnhaftigkeit eines solchen Unternehmens die Höchstgeschwindigkeit auf Landstraßen tatsächlich von bisher 90 auf 80 km/h heruntergesetzt wurde, benötigt er für seine Fahrten zur Arbeit und zurück regelmäßig geringfügig längere Zeit, vor allem aber empfindet er den Ärger über diese ungerechtfertigte Belästigung in doppeltem Ausmaß, so dass sie ihm vollends unzumutbar erscheint. Dabei steht er sowieso schon um 5 Uhr jeden Tag auf, sagt er sich. „Das bezahlt mir dann auch keiner, der Chef bestimmt nicht." In seiner Eile hat ihn der Blitzer heute getroffen, als er sich gerade fest vorgenommen hatte, nach der Arbeit noch die Zeit zu nutzen, um seinen Vater zu besuchen, und darüber nachdachte, auf welche Weise er dessen tristen Alltag etwas aufhellen könnte.

Hubert Brimont führt innerlich genau Buch über die Besuche seines Sohnes, und obwohl er weiß, dass Nicolas es nicht immer einrichten kann, bei ihm vorbeizuschauen, hat er gerade dieses Mal schon mit besonderer Unruhe auf ihn gewartet. In seiner alten Hose und dem ausgeleierten Pullover steht er an der offenen Tür und hat wohl schon längere Zeit nach seinem Sohn Ausschau gehalten.

„Du lässt Dich wohl bald gar nicht mehr sehen, mein Junge? Lässt Deinen alten Vater hier allein verkommen. Na ja, so ist das."

Nicolas kennt derartige Begrüßungen, die ihn auch oder gerade dann erwarten, wenn sein letzter Besuch nicht allzu lange zurückliegt. Er klopft seinem Vater liebevoll auf die Schulter und spürt dabei, dass diese noch wieder hagerer und knochiger geworden ist. Schon einige Male musste er feststellen, dass Papa immer weniger zu werden scheint, und er sorgt sich deshalb. Hubert spürt diese Besorgnis ganz genau, und obwohl er sich darüber freut, ist sie ihm peinlich.

„Was hast Du? Warum schaust Du mich so an? Ist schon alles in Ordnung mit mir."

„Du wirst aber immer dünner, Papa."

„Ist ja kein Wunder, dass man keinen Appetit hat, wenn man so allein ist!"

Auch diese Klage kennt Nicolas, weiß aber, dass es klüger ist, nicht darauf einzugehen, soll nicht das gesamte widersprüchliche Thema der Lebensumstände seines Vaters neu aufgerollt werden. Stattdessen sieht er sich unter dem Vorwand, sich etwas zu trinken zu holen, in der Küche um und findet dort wie erwartet kaum Essbares, geschweige denn

Vorräte, außer ein paar fast verdorbener Reste einer fetten Wurst und einer steinharten halben Baguette.

„Papa, so geht das aber nicht! Du musst doch einkaufen! Willst Du denn verhungern?"

Er schüttelt missbilligend den Kopf und nimmt sich vor, Lydie zu bitten, in den nächsten Tagen aus dem Supermarkt einige möglichst haltbare Lebensmittel mitzubringen, die sie dort immer günstiger einkaufen kann.

„Hör auf damit!" protestiert sein Vater und wendet sich dem eigentlichen Grund seiner Unruhe zu. „Schau lieber, was die in Paris schon wieder vorhaben! Das SNCF-Regime! Sie wollen es abschaffen! Das weißt Du wohl noch gar nicht, oder?"

Nicolas hat vage auch von derartigen Vorhaben der neuen Regierung gehört, die sich von Anbeginn ein nicht nur für ihn unüberschaubares Bündel von Reformen auf die Fahnen geschrieben hat. Die Bereinigung der vielfältigen Formen der Altersversorgung für die unterschiedlichsten Bevölkerungsgruppen, wie sie seit jeher im Land bestehen, gehört zu den herausragenden Projekten in diesem Zusammenhang.

„Na, jetzt hör aber auf, Papa, abschaffen werden sie es doch wohl nicht. Das gibt es doch schon seit über 100 Jahren."

Hubert Brimont klopft ungeduldig auf die Armlehne seines Sessels.

„Doch, Nicolas, doch! Du bist immer noch zu gutgläubig. Das bringen die fertig. Und was soll dann aus unserer Bahn werden?"

Er zeigt sich ernstlich besorgt, denn seit er vor ein paar Tagen im Courrier Picard von den diesbezüglichen Reformplänen der macronistischen Regierung gelesen hat, treibt ihn die Angst um und lässt ihn schlecht schlafen. Wohl weiß er – zumindest hofft er es -, dass ihn selbst solche Vorhaben wohl nicht mehr betreffen könnten, aber in irrationaler Furcht bangt er im Grunde doch um die Zukunft seiner eigenen Altersversorgung, als werde ihm sehr bald eine wichtige Lebensgrundlage entzogen. Nicolas versucht, seinen Vater zu beruhigen.

„Jetzt wart' doch erst mal! Sicher gilt das ja auch nur für die, die später in Rente gehen, anders geht das doch nicht - wenn es überhaupt zustande kommt. Die reden doch viel."

Nach einem Augenblick des Überlegens kommt ihm ein rettender Gedanke in den Sinn.

„Was ist denn mit der Gewerkschaft? Wenn das so ernst ist, wie Du meinst, müsste die doch längst auf den Beinen sein. Wofür haben wir die denn?"

Um die Antwort auf diese Frage lässt sich der überzeugte Eisenbahner und aktive Gewerkschaftler aber nicht lange bitten.

„Mit dem Vasseur hab' ich schon gesprochen." meldet er seinem Sohn. „Natürlich hab' ihn den gleich angerufen – was denn sonst. Als Gewerkschaftssekretär weiß der doch am besten Bescheid – muss er auch. Ich sag' Dir, der ist fuchsteufelswild. Am Telefon hat der nur geschrien. Alle Hebel wollen sie in Bewegung setzen, hat er verkündet. Nur bisher ist davon nichts zu merken, das regt mich eben auf. Zumindest müssten sie doch denen da oben richtig einheizen und wenigstens streiken! Früher war das ganz anders, da wären wir längst auf der Straße gewesen. Aber Du wirst sehen, die da oben werfen uns – wie hat der Vasseur gesagt? – ‚auf den Müllhaufen der Geschichte' oder so ähnlich."

Hubert Brimont regt sich auf. Er sinkt vor Besorgnis fast in seinem alten abgeschabten Sessel in sich zusammen und äußert seine schlimmsten Befürchtungen bezüglich des zu erwartenden Abbaus alter und liebgewordener Systeme.

„Du wirst sehen, es wird noch so weit kommen, dass wir als alte Eisenbahner nicht mal mehr umsonst mit dem Zug nach Amiens fahren können."

Die Ängste seines Vaters beeindrucken Nicolas mehr, als er sich zunächst zugeben wollte. Eigentlich kann er die Abschaffung eines so alten und traditionsreichen Régimes, das immerhin schon seit 1919 besteht, kaum für möglich halten, und er nimmt sich vor, sich diesbezüglich weiter zu informieren. Andererseits weiß er aus Erfahrung, dass sich mit der Zeit alles zu ändern scheint und gerade seine eigene Generation nicht müde wird, die Abschaffung „verstaubter" Relikte der bisherigen Klassengesellschaft als Fortschritt zu feiern. Die ganze Fahrt nach Hause über fühlt er sich unwohl und sinniert heftig vor sich hin, so dass er fast auf einen großen, mit weißen Rüben übervoll beladenen Bauernwagen aufgefahren wäre, als dieser gemächlich weit ausholte, um nach rechts in den Weg zu seinem Hof einzubiegen.

Lydie ist natürlich schon zu Hause und in emsiger Geschäftigkeit mit der Vorbereitung des Abendessens beschäftigt. Obwohl sie dies, wie alles, was sie tut, mit großer Konzentration bewerkstelligt, bemerkt sie sofort den besorgten Ausdruck im Gesicht ihres Mannes.

„Nico, ist was passiert? Du schaust so komisch!"

Statt einer Antwort läuft er an den Kühlschrank. Er trinkt in vollen Zügen erst die halbe Flasche Bier leer, bevor er sich in der Lage sieht, sie über den Anlass seiner Beunruhigung zu unterrichten. Dann erzählt er ihr von der Sorge, die seinen Vater quält, und wird sich erst jetzt, während er spricht, bewusst, dass er dessen Befürchtungen teilt. Es handelt sich dabei nicht so sehr um das Régime der Eisenbahner, das ihn selbst unmittelbar gar nicht betrifft, als vielmehr um die ganz grundsätzliche Angst, dass alles bisher Bestehende, alles womit er aufgewachsen ist und was er seit seiner Kindheit kennt, geändert werden, vielleicht sogar einfach verschwinden soll. Er hat sich noch nie so unbehaglich gefühlt, während ihm diese Gedanken durch den Kopf gehen.

Lydie erwidert ihm wie gewöhnlich mit ihren üblichen Bemerkungen, die ihr aber aus dem Herzen kommen, über „die da oben, auf die ohnehin kein Verlass" sei, doch solche Feststellungen beruhigen ihn heute keineswegs, sondern bestätigen ihn nur in seinem Unbehagen. Er muss sich zum ersten Mal eingestehen, dass ihm die altbekannte und mehr als skeptische Haltung seiner Frau gegenüber der Politik allmählich selbst zur Gewissheit wird, und dies fördert seine Ratlosigkeit zusätzlich.

Nach dem Abendessen noch telefoniert Nicolas mit Marcel, mit dem er politische Fragen immer bespricht. Aber auch der Freund, den er bisher in derartigen Angelegenheiten stets für kompetent halten musste, weil dessen Vater früher einmal sogar als angesehenes Mitglied des Gemeinderates fungierte, zeigt sich beunruhigt. Sie müssten morgen eingehender darüber sprechen, meint er. In der Zwischenzeit wolle er noch nähere Erkundigungen einziehen. Vincent wiederum, den Nicolas danach noch konsultiert, obwohl es mittlerweile schon nach 22 Uhr geworden ist, hält derartige

Reformpläne durchaus für möglich und meint, bereits Näheres darüber gehört zu haben.

„Weißt Du, die Eisenbahner haben bei uns aber auch wirklich so viele Vorteile, viel mehr als in anderen Ländern. Kein Wunder, dass da Neid aufkommt."

Gleichzeitig äußert er jedoch seine Befürchtung, dass es wohl auch in mehr oder weniger einschneidender Form auch alle anderen Spezialsysteme treffen wird, wenn sogar dieses alte Régime der SNCF gefährdet sein sollte. „Und das kann dann nur Abbau bedeuten. Wer bezahlt dann dafür? Der kleine Rentner! Das kennt man doch!"

Welchen Abbau er meint, lässt er im Vagen, zeigt sich aber sehr besorgt, dass sich auch sein eigener Wirkungsbereich, das Gaststättengewerbe, bei all dem gegenwärtigen umfassenden Reformeifer auf erhebliche Einschränkungen gefasst machen muss. „Schau Dir nur das Gezerre mit der Taxe d'habitation an!"

Am nächsten Tag, wie jeden Freitag gegen Abend, haben sich die beiden Freunde in der Hutte verabredet. Als Nicolas eintrifft, wartet Marcel schon vor dem Eingang, denn in der Eile seines Aufbruchs hat er den Schlüssel zu der kleinen Eingangstür aus grün angestrichenem Metall vergessen. Der große Sack mit den Enten, in dem es heftig rumort und verhalten durcheinanderquakt, liegt vor ihm auf dem Boden, weil er ihm während des Wartens zu schwer wurde. Während Nicolas den Wagen noch hinter den nahegelegenen Büschen abstellt, springt Anais schon ungeduldig im Laderaum hin und her und rast in Windeseile hinaus, sobald die Autotüre geöffnet wird.

„Ah, Du bist schon da." freut sich Nicolas. „Bei mir ist's leider was später geworden. Der Chef wollte noch die Arbeiten besprechen für Montag. Und dann musst' ich auch noch Material abholen. Tut mir leid, es kommt immer alles zusammen."

Die vertraute Anwesenheit seines alten Jagdfreundes wirkt heute besonders beruhigend auf Nicolas, ganz abgesehen davon, dass er sich immer auf die Nächte in der Hutte freut. Er und Marcel teilen die Begeisterung für diese typische Jagd auf Wasservögel, die im Norden des Landes sehr verbreitet ist, seit jeher. Die kleine Hütte am Rande des Teichs in den Auen der Somme besteht eigentlich aus einem Metallcontainer, der fast ganz in das Erdreich eingegraben, rundherum mit dickem Moos getarnt ist und nur den schmalen Eingang sowie auf der gegenüberliegenden Seite zum Wasser hin ein großes Fenster freilässt. Die Hutte stellt ihren ganzen gemeinsamen Stolz dar und wird von ihnen stets sorgfältig gepflegt.

Im Inneren befinden sich zwei einfache Schlafgelegenheiten und ein Klapptisch. Darüber hinaus handelt es sich um ein vergleichsweise recht komfortables Exemplar dieser Art von Jagdunterkunft, denn es verfügt auch über einen kleinen Gasofen, auf dem zu Hause zubereitete Speisen aufgewärmt werden können. So fehlt es den Freunden an keiner Behaglichkeit, um den Abend und die Nacht in Beobachtung des Teichs zu verbringen, auf dem sie die Enten – natürlich fest angebunden -, um ihre Artgenossen anzulocken, aussetzen und auf den Einflug von anderen Wasservögeln warten. Durch das Schiebefenster etwas über der Wasserhöhe können diese dann leicht erlegt werden, bevor sie überhaupt Argwohn schöpfen.

Gerade in letzter Zeit haben Tierschützer wieder einmal ihre Zweifel an der sogenannten Waidgerechtigkeit dieses Verfahrens geäußert, ein Vorstoß, der bei den Jägern der Gegend erwartungsgemäß auf blanke Empörung stieß. Es war jedenfalls höchste Aufmerksamkeit geboten, um derartige unerhörte Einwände gegen die traditionsreiche Jagdform im Keim zu ersticken. Immerhin hatte der Präsident vor einigen Wochen noch die Vertreter der organisierten Jägerschaft im Elysée empfangen, eine offensichtliche Wertschätzung, die letztlich sogar zum Protest und Rücktritt des sich übergangen fühlenden Umweltministers führte.

Eigentlich wollten sie sich wie gewöhnlich ganz auf die Jagd konzentrieren, denn das Abendwetter verspricht ruhig zu werden, so dass sich Enteneinflug mit großer Wahrscheinlichkeit erwarten lässt. Dennoch kommen sie sehr schnell wieder auf das beunruhigende Thema.

„Erinnerst Du Dich nicht, Nico? Der Präsident reitet da immer drauf rum auf dem Thema. Immer wieder sagt er, dass es bei uns viel zu viele Rentensysteme gibt, und die will er eben vereinheitlichen."

Nicolas erinnert sich in der Tat an solche Äußerungen, und sie drehen und wenden das Thema hin und her, wobei sie sich immer bewusster werden, dass sie eigentlich über keinerlei genaue Informationen verfügen, was sie wiederum zusätzlich besorgt.

Marcel schreckt auf. „Mensch Nico, jetzt haben wir die Enten verpasst!"

Nicht einmal Anais hat angeschlagen, offenbar weil sie keinerlei Jagdbereitschaft der beiden Waidgenossen wahrnahm. Marcel packt seine Flinte und rennt zum Fenster.

Als er es hektisch hochschiebt, fliegen ein paar Vögel müde vom Teich auf. Marcel ist jedoch viel zu aufgeregt, um einen von ihnen zu treffen. Er schießt nur in die Luft und schreckt damit für die nächste halbe Stunde andere Vögel ab, die sich vom Teich angezogen fühlen könnten.

„Jetzt ist es aber gut." ärgert er sich. „Soweit kommt*s noch, dass wir uns von der Politik die Jagd verderben lassen!"

Damit spricht er Nicolas aus der Seele.

Nach einem Abendessen, zu dem sie sich das von Lydie vorbereitete Pot-au-Feu teilen, legen sie sich auf ihre Betten. Allerdings zeigen sich in dieser Nacht außer ein paar Einzelgängern keine nennenswerten Schwärme von Wasservögeln mehr. Nur hin und wieder erhebt sich müdes Geschnatter, woraufhin sie aufspringen und, begleitet von der sich ungeduldig vordrängenden Anais, an das offene Fenster eilen. Um die Umstände besser wahrnehmen zu können, richtet sich Anais dabei auf und stützt die Vorderpfoten auf den Sims. Nachdem sie feststellen, dass es sich nur um eine einsame Ente handelt, die sich rasch entfernt, sobald sie ihre gefangenen Artgenossen begrüßt hat, suchen sie ihre Liegestätten wieder auf und fallen unmittelbar danach in einen von einvernehmlichem Schnarchen begleiteten Schlaf.

Trotz aller Sorgen betreffend die Zukunft der Altersversorgung, oder gerade ihretwegen, bleiben sie bis zum späten Nachmittag des Samstags in der Hutte, wo sie einen geruhsamen Tag verbringen und auch einige der schnepfenähnlichen Bécassines und grünhalsige Stockenten schießen, die Anais zielsicher und pflichtbewusst jeweils aus dem Teich fischt. „Da wird sich Lydie freuen."

Wie üblich treffen sie sich zum Abschluss des Jagdtages vor dem Abendessen in der Stammkneipe „Les Huttiers". Einige Kameraden, es sind mehr als gewöhnlich, stehen schon seit einiger Zeit an der Theke, wahrscheinlich weil sie selbst sich über kein nennenswertes Jagdglück an diesem Tag freuen konnten. Als Nicolas und Marcel eintreffen, wundern sie sich jedoch über die ungewöhnlich finsteren Gesichter, die ihnen über den Biergläsern und -flaschen entgegenschauen.

„Was ist los? Ist einer gestorben?" fragen sie noch und lachen etwas verlegen dazu. Der Scherz wird offensichtlich nicht geschätzt, und die Mienen erhellen sich nicht.

Stattdessen teilt ihnen einer aus der Gruppe, die die Theke bevölkert, mit, dass ihnen Allen der Spaß nun endgültig vergangen sei. Offensichtlich stellt diese Erklärung eine Art Signal an alle Anwesenden dar, den neu Angekommenen den Grund der finsteren Stimmung ausführlicher darzulegen. Wie sich herausstellt, handelt es sich um die Einweihung eines Start-up-Campus in Paris, des größten der Welt, wie es heißt. Nun, darauf kann man stolz sein. Aber bei dieser Gelegenheit soll der Präsident geäußert haben: „Es gibt solche, die es schaffen, und solche, die nichts sind." Der Lange aus der Déchetterie, der auf seiner Mülldeponie nur in Teilzeit arbeitet, hat den Vorgang selbst im Fernsehen verfolgt und kann die Authentizität des Zitats bestätigen. Er wiederholt den Satz sogar einige Male, um ihn entsprechend in der Runde wirken zu lassen, und erntet damit jedes Mal erneut empörtes Grollen der Anwesenden.

Eben dieser Satz veranlasst Nicolas sehr zum Nachdenken, auch als er anschließend nach Hause fährt. Er macht sich nichts vor und weiß natürlich sehr gut, dass er selbst es im Leben wirtschaftlich nicht sehr weit gebracht und in dieser

Hinsicht keinen besonderen Erfolg erzielt hat. Zumindest kann er nichts vorweisen in der Art, wie es dem Präsidenten, der ja – wie jeder weiß – von Rothschild kommt, offensichtlich vorschwebt, also in Gestalt erfolgreicher Unternehmer, die das Staatsoberhaupt immer wieder als leuchtendes Beispiel hinstellt. So muss Nicolas sich wohl zu den gescheiterten Zeitgenossen zählen, die nach Meinung des Präsidenten „nichts" sind. Das stört ihn. Er möchte nicht gern nichts sein. Immerhin ist er ein Mensch, ein Bürger, der sich nach eigener Einschätzung auch stets anständig verhalten hat, einen ordentlichen Beruf ausübt, zuweilen auch recht hart arbeitet. Immerhin hat er eine Frau, die ihrerseits arbeitet, und zwei seiner Meinung nach wohlgelungene Kinder, was nicht von jedem behauptet werden kann. Und schließlich zahlt er auch Steuern, seiner Beurteilung nach meist viel zu viel, nicht zu vergessen die hohen Sozialabgaben, die seinen Lohn beträchtlich schmälern. Vielleicht reicht es ja dann nächstes Jahr aber doch noch zu dem Kauf des kleinen Hauses.

Lydie erwartet ihn bereits und hat, weil es Samstagabend ist, ein Boeuf Bourguignon zubereitet, das zu den Lieblingsspeisen ihres Mannes gehört, wenngleich sie es sich nicht sehr oft leisten. Nicolas zieht voller Stolz die Jagdbeute aus den tiefen Seitentaschen seiner Jagdhose und legt sie auf den Küchentisch. Sie freut sich so sehr über die Vögel in ihrem weichen Federkleid, deren Köpfe an den langgezogenen Hälsen schlaff über die Tischkante hängen, dass sie ihm einen dicken Kuss auf seine verschwitzte Backe drückt.

Er steht neben ihr am Küchentisch und kann nicht anders. Er fragt: „Lydie, Schatz, sag, sind wir nichts?" Er betont das Wort „nichts" ganz besonders.

Angesichts dieser überraschenden Frage schaut sie ihn entgeistert an, als müsste sie sich gerade eingestehen, dass ihr Ehemann nach den vielen Jahren ihres Zusammenseins nun verrückt geworden sei. „Nico, was soll das?"

Mehr kann sie nicht sagen. Es tröstet ihn außerordentlich, mit ihr über sein elementares Unbehagen zu sprechen, und während er ihr seinen Ärger schildert, fühlt er mit jedem Satz die Erleichterung, die ihm das bereitet. Sie hört ihm sehr aufmerksam und ernst zu, während er diesen Ärger gewissermaßen abschichtet, und nimmt den Vorfall auf als etwas, das sie nicht besonders verwundert.

„Jetzt beruhig' Dich erst mal!" ist ihre erste Reaktion. „Du weißt ganz genau, dass wir nicht ‚Nichts' sind. Einen solchen Blödsinn hab' ich auch noch nie gehört. Obwohl – das ist schon eine bodenlose Schweinerei!"

So wenig interessiert sich Lydie an allen politischen Angelegenheiten zeigt, so gut informiert scheint sie diesbezüglich zu sein. Sie erinnert daran, dass auch ein früheres Staatsoberhaupt bereits einmal einem aufgebrachten Bürger, der ihm nicht die Hand zum Gruß geben wollte, zurief: „Hau ab, armer Idiot!". Auch weiß sie noch sehr gut, dass wiederum der Nachfolger im höchsten Amt sich über „zahnlose Berufsdemonstranten" lustig machte, und sie kommentiert diese unerfreulichen Reminiszenzen mit der trockenen Bemerkung: „Du siehst, die sind alle so!" Auch hat sie nicht vergessen, dass der derzeitige Präsident protestierende Arbeiter und Arbeitslose recht unhöflich aufforderte, „lieber dahin zu gehen, wo es Jobs gibt, statt Chaos anzurichten.", ganz abgesehen davon, dass er von „analphabetischen Arbeitern" sprach, in ihren Augen eine besonders üble

Beleidigung, und dass er immer wieder zum Ausdruck bringt, er wolle „den Faulen nicht nachgeben".

„Nico, für den zählen nur die Reichen." Mit diesem Resümee schließt sie ihre Ausführungen ab.

Nicolas spürt sehr gut, dass selbst sie sich aufregt, und diese Tatsache tröstet ihn mehr als jede vernünftige Überlegung. Solche beginnt jedoch nun Lydie anzustellen, wie es ihrer Art entspricht. Sie zählt ihm alles auf, was er sich zuvor auch schon vor Augen gehalten hat: dass sie Bürger des Landes sind, respektabel und anständig, ihre Arbeit verrichten und Steuern zahlen – nicht zu knapp, wie sie besonders betont -, sich über ihre zwei wohlgeratenen Kinder freuen können, die schließlich auch dem Staat zugutekommen, sie erwähnt die Lehrstelle von Maurice und die schulischen Erfolge von Katja. Nichts vergisst sie und steigert sich hinein in diese Aufzählung, so dass Nicolas sehr stolz ist auf sie.

Dennoch bewegt ihn die Angelegenheit weiter in einem Maß, dass es ihm in den nächsten Tagen fast nicht gelingt, an etwas Anderes zu denken. Bei jedem Treffen mit seinen Freunden spricht übrigens einer ganz sicher die Sache wieder an und entfacht damit die Aufregung aufs Neue.

Nicolas erfreut sich als sehr geselliger Mensch, ein Erbteil seines Vaters, übrigens eines recht großen Freundeskreises, der sich zu einem erheblichen Teil noch auf die gemeinsame Schulzeit zurückführen lässt. Die meisten der Kameraden stammen aus Nouvion selbst, und nur wenige haben sich aus der Gegend fortbewegt, weil sie etwa anderswo ihre Beschäftigung gefunden haben. Gelegentlich treffen sich die alten Kameraden in unterschiedlich großer Runde auch zum Boule-Spielen auf dem Sandplatz hinter der Mairie. Die

Gemeinde hat diesen vor Kurzem noch gründlich renoviert mit feinem Sand und neuen Bänken rundherum, und er erfreut sich eines sehr regen Zuspruchs im Ort. Anschließend erfrischen sich die Spieler dann meist in der nahegelegenen Kneipe mit einem Bier oder auch mehreren.

„Hört mal, habt Ihr das gehört, was der Präsident da neulich gesagt hat?"

So wird Nicolas bereits überall begrüßt, ohne dass er von sich aus die unerfreuliche Angelegenheit ansprechen muss. Sie haben es alle gehört, und alle möchten sich darüber austauschen. Gewöhnlich tun sie dies auch alle auf einmal und so laut und aufgeregt, dass sich zunächst kein Wort verstehen lässt. Keiner von ihnen möchte „Nichts" sein. An diesen späten Nachmittagen zieht sich das Treffen in der Kneipe deshalb auch immer etwas länger hin.

Der Präsident und seine Äußerungen haben sich für sie allmählich zu einem Gegenstand von geradezu allergischer Wirkung entwickelt, der auch in den kommenden Monaten bis weit in das nächste Jahr hinein nichts an seiner traurigen Aktualität einbüßt. Manche vertreten in ihrer Empörung sogar die Ansicht, man könne auch an den kommenden Veranstaltungen zum Nationalfeiertag am 14. Juli unter diesen Umständen nicht ohne weiteres teilnehmen. Allerdings stößt dieses Ansinnen auf den entschiedenen Widerspruch der Mehrheit, die gerade in einer Zeit, wie sie betonen, in der das Land eindeutig mit einem „Präsidenten der Reichen" geschlagen sei, im Sinne der kleinen Leute, der „echten Bürger des Landes", Flagge zeigen möchte. Angetan mit ihrem tiefsitzenden Ärger versammeln sich die meisten von ihnen also schon eine halbe Stunde vor der Zeremonie vor dem Rathaus, von dem aus das Défilé starten soll. Es muss dabei nicht erwähnt werden, dass Lydie aus grundsätzlichen Erwägungen auch derartigen Manifestationen fernbleibt.

Während sich der Bürgersteig allmählich bevölkert, trifft die „Harmonie" von Nouvion ein mit ihren in den Nationalfarben gehaltenen Uniformen. Nicolas stößt seinen Nachbarn an: „Das sind ja immer mehr Frauen, die da mitmachen. Schau mal die Dicke mit der großen Tuba!" Hinter ihnen steht schon Marcel, den sie in ihre Betrachtungen einbeziehen. „Die kann's mit ihrem Instrument aber gut aufnehmen." Diese Bemerkung veranlasst die Kameraden zu Lachsalven, die in ein Fou Rire ausarten, das sie kaum mehr beherrschen können.

Die Harmonie versucht bereits in atonalem Gelärme und großer Geschäftigkeit ihre Instrumente zu stimmen, und hinter ihr versammelt sich nun die Brigade der örtlichen Feuerwehr. Mit ihren goldfarbenen Helmen und der dunklen Uniform bieten die „Soldaten des Feuers", wie sie gern genannt werden, einen prächtigen Anblick. In der Zwischenzeit wird die Straße vor der Mairie auch schon von einer beträchtlichen Menschenmenge gesäumt, die sich dieses Schauspiel nicht entgehen lassen will.

Zur festgesetzten Zeit - keine Minute früher und keinen Augenblick später - setzt sich der Zug nun unter den Tönen eines schmissigen Marsches in Bewegung. Dicht hinter der kriegerisch marschierenden Feuerwehr schreitet der mittels seiner Schärpe kenntliche Bürgermeister zwischen seinen zwei Stellvertretern, gefolgt von verschiedenen Honoratioren des Ortes wie etwa dem Arzt, der selbst gern die Rolle des Bürgermeisters eingenommen hätte, jedoch durch gesundheitliche Probleme daran gehindert wurde, dem Vorsitzenden des Vereins der ehemaligen Bürgermeister der Gegend, der wie gewöhnlich in seiner Vielgeschäftigkeit auch jetzt die Rolle eines Organisators für die Feier übernommen hat, und einigen Persönlichkeiten, die selbst von ihrer besonderen Bedeutung für den Ort überzeugt sind. Dem Zug schließen sich allmählich viele der Leute vom Straßenrand an, während die Übrigen so schnell wie möglich auf kürzerem Weg zum Ort der Feierlichkeit laufen, um dort einen günstigen Platz einnehmen zu können. Einstweilen bewegt sich das Défilé gemessen die einigen Hundert Meter um die Ecke zum Kriegerdenkmal, das zum Anlass des Nationalfeiertags mit zahlreichen kleinen Trikoloren bestückt wurde, die fröhlich im Wind flattern.

Unter dem Kommando des Organisators hält der Zug vor dem Monument an, der Bürgermeister, unerschütterlich eingerahmt von seinen Stellvertretern, lässt sich das blau-weiß-rote Bouquet, passenderweise mit der Karte der liefernden Gärtnerei, reichen und legt sie vor dem Denkmal nieder. In diesem Moment fällt Marcel auf, dass das Schwein nicht entfernt wurde. Die etwa einen Meter hohe Reklame des benachbarten Metzgers in der Form eines rosigen Schweins, das einladend auf den Eingang des dazugehörigen Geschäfts zeigt, steht unmittelbar neben dem Monument aux Morts, und als nun entsprechend dem Ritus solcher Festakte die feierliche Weise „Aux Morts" erklingt, nimmt dieses Abzeichen örtlicher Geschäftstüchtigkeit einen zentralen Platz ein.

Nicolas steht eingezwängt zwischen Marcel und einem ihm unbekannten schlanken älteren Herrn in einem sehr elegant geschnittenen Tuchmantel, den er nun in der Aufregung über die groteske Entdeckung seines Freundes kräftig anrempelt. „Oh pardon!" entschuldigt er sich ganz erschrocken über seine Ungeschicklichkeit. Diese hat als Reaktion des Betroffenen offenbar nur ein kleines spöttisches Lächeln hervorgerufen, das Nicolas' Unbehagen in peinlicher Weise vertieft. Erleichtert wendet er sich ab, als er mit einem „Ist schon gut!" beruhigt wird.

Inzwischen hallt die Marseillaise so lautstark wie irgend möglich über den Platz und die meisten der Anwesenden singen auch nach Kräften mit. Schnell zerstreut sich dann die Menge in die Richtung des Rathauses, vor dem die Gemeinde zu einem Glas Champagner einlädt. Als Nicolas mit den Kameraden in gehobener Stimmung dort eintrifft und sich noch einmal umwendet, sieht er drüben auf der anderen Seite der Straße den älteren Herrn in seinen großen dunklen Wagen steigen. Er hätte gern gewusst, um wen es sich hier handelt, jedoch wendet der Unbekannte sein Gesicht in eine andere Richtung.

Schnell vertiefen sie sich gemeinsam wieder in ihren angestauten Ärger. Allerdings zeigt sich dieser recht bald schon als überholt. Denn etwas später, als sich die brennende Frage der hohen Arbeitslosigkeit im Land zunehmend zum allgemeinen Thema entwickelt, finden sie im Internet ein Video, in dem ein Mann, der als Landschaftsgärtner Arbeit sucht, sich beim Präsidenten anlässlich des Tages der offenen Tür am Samstag im Elysée-Palast beklagt, dass er trotz vieler Bewerbungen keine Arbeit finde. Wenn er "bereit und motiviert" sei, könne er in einer Branche mit hohem Bedarf an Arbeitskräften leicht einen Job finden, erklärt Macron dem Arbeitslosen. "In Hotels, Cafés und Restaurants - da gibt es nicht einen einzigen Ort, an den ich gehe, wo sie nicht sagen, sie suchen Leute. Nicht einen - das ist wahr!" bekräftigt er und verweist auf das Pariser Viertel Montparnasse mit vielen Cafés und Restaurants. "Wenn ich über die Straße gehen würde, würde ich Ihnen einen Job finden", sagt Macron. "Also los", ermuntert der Präsident, worauf der junge Mann antwortet:

"Verstanden, danke." Anschließend schütteln sie sich die Hände.

Nicolas sieht das Video mit ungutem Gefühl. Er überlegt sich, dass auch ihn im schlimmsten Fall einmal das Unglück treffen könnte, seinen Arbeitsplatz zu verlieren. Sollte das Wirtschaftswachstum nachlassen, wie es augenblicklich scheint, kann ein solcher Schicksalsschlag nie ganz ausgeschlossen werden. Das Bauunternehmen, in dem er seit vielen Jahren arbeitet, ist klein und seine Auftragslage lässt sich keineswegs immer als zufriedenstellend bezeichnen. Erst kürzlich hat sich der Chef mit bedenklicher Miene über die schwierige Situation des Baumarktes im Land in einer Weise beklagt, die der ganzen Belegschaft erheblich zu denken gab. Wenn Nicolas dann gezwungen wäre, etwa als Bedienung in einem Restaurant zu arbeiten, würde er sich eine solche Tätigkeit, wenn er es recht bedenkt, nicht zutrauen, weder das Balancieren von Speisen und Getränken noch ganz besonders alles, was die Abrechnung und Ähnliches anbelangt. Rechnen stellte schon in der Schule nie seine starke Seite dar. Deshalb hat er ja auch den Beruf des Maurers gewählt und kann sich hier mit seiner langjährigen Anstellung als recht erfolgreich bezeichnen. Außerdem fragt er sich, je länger er darüber nachdenkt, woher der Präsident eigentlich weiß, dass sich über der Straße sofort Arbeit finden lässt. Denn er selbst ist doch ganz sicher nicht über die Straße gegangen, um eine derartige Erfahrung zu machen, und es stellt sich ihm offensichtlich auch nicht die Notwendigkeit. Plötzlich wünscht er sich, der Präsident möge doch tatsächlich einmal in eine solche Situation geraten. Aber bei dieser Vorstellung lacht er nur über sich selbst: „Der ist schon auf der richtigen Seite der Straße geboren."

In den Diskussionen, die in den Fernsehsendern unweigerlich folgen, lässt sich dann ja auch harsche Kritik in den unterschiedlichsten Formen wahrnehmen: "Komplett von der Wirklichkeit der Franzosen entfernt" oder "Wie kann jemand in nur 30 Sekunden so viel Geringschätzung, Mangel an Empathie und Ignoranz zeigen?"

Verteidigt wird der Präsident pflichtgetreu vom Chef seiner eigenen Partei La République en Marche, Castaner, der den Vorwurf, wonach Macron "Arbeitslose schlecht behandelt", harsch zurückweist. „Ist es falsch, was der Präsident gesagt hat?" fragt er in einem Fernsehinterview. "Wenn Sie nach Montparnasse gehen, werden Sie nicht sehen, dass dort Arbeitskräfte gebraucht werden? Sind Ihnen leere Worthülsen lieber? Ich bevorzuge einen Präsidenten, der die Wahrheit sagt." „Ja, die Wahrheit schon, die sollten sie uns viel öfter sagen, statt uns immer etwas vorzumachen, aber der Ton macht die Musik." meint Vincent, in dessen Kneipe in Fort Mahon sich die Leute seit Tagen über nichts anderes aufregen, was mit der Nebenerscheinung spürbar verstärkten Konsums seinem Geschäft sehr zugutekommt.

Während er den Mörtel für eine Türöffnung mischt, grübelt Nicolas vor sich hin. Natürlich weiß er, dass es Leute gibt, die es vorziehen, von Sozialleistungen zu leben, als ernsthaft Arbeit zu suchen. Eine solche Haltung billigt auch er keineswegs. Oft genug hat er sich schon darüber geärgert, wenn er im Morgengrauen zu seiner Baustelle aufbrach und ihm die wie jeden Tag um diese Stunde noch fest geschlossenen grün abgeblätterten Fensterläden an der Ecke höhnisch entgegenblinkten. Ein relativ junger Mann wohnt dort mit seiner „Konkubine", wie er sie selbst bezeichnet. Beide leben von „Stütze", eine Tatsache, die er jedem stolz verkündet und keinen Zweifel daran lässt, dass er nicht im Traum daran denke, die gelegentlichen Arbeitsnachweise des Sozialamts auch nur im Ernst in Betracht zu ziehen. Ja, solche Leute, die vom Fleiß ihrer Mitbürger leben wollen, gibt es natürlich auch, und Nicolas findet, dass sie vom Staat viel zu lange Zeit viel zu hohe Leistungen erhalten. Aber die präsidentielle Art, die Problematik der Arbeitslosigkeit in derart pauschaler Weise abzutun, findet er unabhängig davon unangemessen, und das Unbehagen darüber verlässt ihn trotz allem nicht.

Jedenfalls sind seit diesen für sie ärgerlichen Äußerungen von höchster Stelle Nicolas und seine Freunde aufmerksam gegenüber allen Verlautbarungen aus dem Elysée geworden wie ein misstrauisches Wild, das den Jäger schon von Weitem zu wittern sucht. Unwillkürlich betrifft es seitdem jeden Einzelnen von ihnen, wenn der Präsident sich immer wieder in einer Weise darstellt, wie es offenbar seiner Art entspricht.

Und weil sich diese Haltung, wie sie sich in den verschiedenen Vorkommnissen zeigt, insgesamt allmählich zu einem für sie unangenehmen Mosaik zusammenfügt, denkt Nicolas auch an den Vorfall mit der Anrede, eine Begebenheit, die unter anderen Umständen wohl kaum einer Erwähnung wert gewesen wäre. Wie allgemein bekannt, gefällt sich der Präsident wie fast jeder Politiker darin, umgeben von seinen zahlreichen Sicherheitskräften von Zeit zu Zeit in der Menge „ein Bad zu nehmen". Bei einer dieser Gelegenheiten, nämlich einer Gedenkveranstaltung zu de Gaulles Widerstandsaufruf vom 18. Juni 1940, passierte es, dass ein Junge, vielleicht 14 oder 15 Jahre alt mit Lederjacke und etwas längeren Haaren, der sich lässig mit den Armen auf die Absperrung lehnte und sich gut vorkommen und vor seinen Kameraden den Mutigen spielen wollte, den Präsidenten ansprach: „Wie geht's, Manu?" Dabei lief sein Gesicht ganz rot an und er wand sich etwas verlegen herum. Eigentlich sah er Mitleid erregend aus in seiner frechen Unbeholfenheit. Der Präsident dagegen nahm den

Vorfall sehr ernst und belehrte den Aufmüpfigen mit erhobenem Zeigefinger: „Nein, nein, nein, nein, nein, Du nennst mich Monsieur le Président de la République." Und es folgte ein Vortrag über den schuldigen Respekt eines jeden Staatsbürgers dem Präsidenten gegenüber und über gutes Benehmen allgemein – „Du benimmst Dich, wie es sich gehört!". Der Junge wollte eigentlich nur etwas großsprecherisch den Kontakt zum Präsidenten suchen, nach seiner Weise eben.

Aber die Art des Volkes ist wohl nicht unbedingt die Art des Präsidenten, schließt Nicolas aus dem Vorfall. Seine Kameraden vertreten die gleiche Meinung. Obwohl der Vorfall an sich als lächerlich bezeichnet werden muss, trägt er dazu bei, ihr Vertrauen in die höchsten Stellen des Landes weiter zu untergraben.

Trotz aller ehrlich gemeinten Bemühungen seines iranischen Schwiegersohnes, Dacourts Rückzug nicht in gesellschaftliche Isolation ausarten zu lassen, nehmen die Kontakte des Notars nach Paris langsam ab. Seitdem er den Großteil seiner Zeit an der Somme verbringt, werden sie einfach seltener und weniger, so wie die Blätter im Herbst fallen und schließlich einen kahlen Baum hinterlassen. Anlässlich der anfangs immer gemeinsam unternommenen ausgedehnten Besuche in der Hauptstadt traf sich das Ehepaar Dacourt regelmäßig auch noch mit einer Anzahl von namhaften Vertretern aus Politik und Wirtschaft, mit denen sie jahrzehntelange Verbindungen unterhalten hatten. Jedoch verloren Freunde dieser Art recht schnell das Interesse, als mehr und mehr deutlich wurde, dass der Maître sich tatsächlich zurückgezogen hatte und deshalb nicht mehr im Geschäft war. Allgemein pries man zwar den hohen, ja unschätzbaren Nutzen des Rates eines derart erfahrenen Geschäftsmannes, als welcher der Notar bekannt war. In der Praxis jedoch hielt sich die Inanspruchnahme dieser wertvollen Konsultation zunehmend in Grenzen.

Die Besuche Yves Dacourts in der Hauptstadt verringerten sich dementsprechend immer weiter, und sehr oft macht sich Evelyne nun allein auf den Weg in die Wohnung nach Paris. Sie pflegt ihre alten Freundschaften in gewohnter Weise, und es vergeht kaum eine Woche, in der sie nicht einige Tag dort verbringt. Der Notar vertreibt sich dagegen die Zeit immer öfter damit, sich mit der Gegend bekanntzumachen und die einzelnen Sehenswürdigkeiten rund um das Land an der Baie de Somme zu erforschen. So nahm er kürzlich etwa auch an den Feierlichkeiten zum Nationalfeiertag in Nouvion teil und mischte sich sogar, was sonst nie seiner Art entsprach, unter die Menge vor dem Monument aux Morts. Er erinnert sich noch gut an den etwas dicklichen Mann, der ihn bei dieser Gelegenheit mit dem Ellenbogen anstieß, und an dessen naiv erschrockenes Gesicht, als er sich dafür bei ihm entschuldigte. Ganz neue Eindrücke eröffnen sich ihm bei dem Zusammentreffen mit diesen Menschen in der Provinz, die sich so ganz anders verhalten als die für ihn gewohnten Kreise.

Unabhängig von mehr oder weniger geschäftlich begründeten Kontakten ist aus der alten Freundesriege früherer Jahre allerdings immer noch Pierre Trieux verblieben. Es handelt sich dabei aber auch um eine ganz besondere Verbindung. Yves und Pierre kennen sich schon seit der gemeinsamen Studienzeit an der Sorbonne, wo sie sich bereits in den ersten Monaten zusammenfanden und nach der gleichen und kurzen Semesterzahl gemeinsam ihr Juraexamen mit hervorragender Mention ablegten. Beide hatten sich unabhängig voneinander sehr früh der damaligen aus der gaullistischen Bewegung entstandenen UDR angeschlossen. Als sie sich dann an der Universität trafen, entdeckten sie sehr schnell nicht zuletzt aus diesem Grund ihre verwandte politische Neigung. Später blieben sie auch gemeinsam treue Mitglieder der nachfolgenden LR, die heute – schwer angeschlagen durch die missglückte Kandidatur ihres Präsidentschaftsanwärters – mit Mühe versucht, die immer mehr sich zersplitternden konservativen Kräfte im Land zu vertreten.

Was Trieux anbelangt, so ließ er es nicht bei seinem hervorragenden Studienabschluss bewenden, sondern absolvierte anschließend im Interesse einer künftigen politischen Karriere, auf die er von Anfang an zielstrebig hinarbeitete, die nationale Kaderschmiede ENA. Die Mühe lohnte sich offenbar, denn er brachte es nach einigen Legislaturperioden als direkt gewählter Abgeordneter seines Wahlkreises in der Nationalversammlung immerhin zum Staatssekretär. Heute genießt er wie sein Freund Yves den Ruhestand und erfreut sich daran, dass sein einziger Sohn Thibault in seine Fußstapfen getreten ist und seit Kurzem immerhin das wichtige Amt des Kabinettschefs des Umweltministers bekleidet.

Heute jedenfalls verbindet die beiden Spitzenjuristen nach wie vor eine enge und ungetrübte Freundschaft, die sie all die Jahre über pflegten und in die sie auch ihre jeweiligen Familien mit einbezogen. Schon aufgrund dieser alten Verbundenheit erwärmte sich Trieux für die Ruhestandspläne seines Freundes von Anfang an. Er ermunterte ihn sogar noch zu diesem Schritt und gefiel sich immer wieder darin, den Erwerb des Anwesens mit dem klassischen Jubel des älteren Plinius über sein neu erworbenes Landhaus zu vergleichen. Seitdem lässt er sich auch nicht selten bei Dacourts „auf dem Land", wie er sagt, sehen.

Dabei beruht diese besondere Anhänglichkeit allerdings nicht ausschließlich auf der alten Freundschaft selbst. Hinzu kommt, dass sich der ehemalige Politiker, der jederzeit anregende Gesellschaft und vielfältige Ansprache gewohnt war, seit seiner Scheidung vor einigen Jahren trotz seines schon berufsbedingt nach wie vor weitgefächerten Bekanntenkreises manchmal sehr einsam fühlt. Umso öfter spürt er denn auch das Bedürfnis, seinen alten Freund in seinem „otium cum dignitate", wie er es auf ciceronische Art nennt, aufzusuchen und solche Besuche mit der Zeit auch immer mehr auszudehnen. Dem Notar wiederum kommt solche Gesellschaft angesichts der häufigen Abwesenheiten seiner Frau sehr gelegen. Die alten Kameraden genießen nicht nur ihr Zusammensein, sondern darüber hinaus auch gemeinsam die gute Küche des Hauses, die Madame Delommel, eine stattliche Picardin aus dem Nachbardorf, nach altfranzösisch-ländlicher Art auf den Tisch bringt und die sich von den Finessen der Pariser Gastronomie in geschmacksduftender Weise abhebt. Sie unternehmen zusammen aber auch manche ausgedehnten, aber geruhsamen Spaziergänge in der parkähnlichen Landschaft. Immer münden dann solche Treffen unweigerlich ein in lange und weitgehend einvernehmliche Gespräche über Politik und Gesellschaft.

So biegt auch an diesem regnerischen Oktobertag Trieuxs schwarzer Citroen C6 langsam durch das große Tor auf den Hof des Anwesens ein. Seit ihm zu seinem erheblichen Bedauern kein Chauffeur mehr zur Verfügung steht, fährt er selbst, allerdings in einer ausgesprochen gemächlichen, zum Teil umständlichen Art, die die Nerven seines Freundes in den seltenen Fällen gemeinsamer Fahrten erheblich strapaziert.

Wie gewohnt reiht sich der Citroen neben dem weißen Mercedes-Coupé ein, das Evelyne Dacourt meist draußen auf dem Kies stehen lässt, wenn es ihr in ihrer gewohnten Eile zu aufwendig wird, den Wagen in den großen Schuppen zu fahren, der als geräumige Garage dient. Der Notar hat im ersten Stock vom Fenster seines Arbeitszimmers aus die Ankunft seines Freundes mit Vergnügen beobachtet und bemüht sich die breite Eichentreppe hinunter zu dessen Empfang. Die beiden umarmen sich noch draußen in gewohnter Weise, während ein feiner Landregen auf sie herabfällt.

„Pierre, sei willkommen in unserer Hütte! Du kommst gerade recht, wir haben viel zu besprechen."

„Also gelangweilt haben wir uns noch nie miteinander."

Yves Dacourt lässt keinen Zweifel an seiner Freude, den alten Kameraden wieder zu sehen, und auch Trieux genießt die Ankunft in der ihm nun schon vertrauten Umgebung jedes Mal neu. Abgesehen von dem Zusammentreffen mit seinem vertrauten Freund begeistern ihn als ausgesprochenen Ästheten das großzügige Anwesen und immer wieder die großartige und freie Sicht in das liebliche Tal hinein, in dem sich gerade auch heute regenverhangenes Grau in seiner ganzen fein abgestuften Schönheit zeigt.

„Wunderbar ist das! Ihr müsst das doch jeden Tag genießen, oder? Da fühlt man sich gleich viel freier."

Yves ist neben ihn getreten und sie schauen gemeinsam hinunter auf die langsam sich bunt färbenden Herbstwälder und breiten Wiesen, die gegen das Grau des Nieselregens in besonderer Frische aufleuchten.

„Ja, das schon, da hast Du wirklich Recht. Aber wer weiß, wie lange noch."

„Also hör mal! So skeptisch bist Du doch sonst nicht. So kenne ich Dich gar nicht. Du wirst schon noch ein paar Jahre mitmachen."

„Das ist es nicht. Aber schau mal dorthin. Sieh mal, da drüben stehen schon ein paar Windräder. Siehst Du die? Lassen sich ja auch nicht übersehen. Und jetzt wirst Du gleich verstehen, was ich meine. Sie planen nämlich einen ganzen Park davon und ausgerechnet da auf der Höhe. Schön, nicht? Dann kannst Du nämlich den ganzen Blick vergessen."

Pierre schweigt zunächst betroffen, denn derartige Pläne erscheinen ihm als unglaublicher Frevel an der Schönheit dieser Gegend, so dass er sie kaum für möglich halten kann.

„Das ist doch nicht Dein Ernst! Auch hier? Jetzt übertreiben sie es aber. Du, das nimmt überall in einer Weise überhand, so dass es kaum mehr schöne Landschaften gibt."

Yves belässt es bei einem Schulterzucken und zieht ihn zum Eingang.

„Komm jetzt aus dem Regen, der Tee wartet schon. Dein Gepäck kann André hinaufbringen."

Pierre hat schon bei der Ankunft das leichte Hinken seines Freundes bemerkt, das sich nun verstärkt, als dieser die drei steinernen Stufen zur Haustüre hinaufsteigt. Nie, auch nicht in den späteren Jahren ihrer Bekanntschaft, litt Yves an irgendeiner ernsteren Krankheit oder gar an einer Art Gebrechen, und mit geheimem Neid hatte Pierre immer den eleganten Gang seines Freundes bewundert. Umso sonderbarer berührt ihn nun dieses Hinken, das im Gegensatz zu der altbekannten und stets straffen Haltung des Notars seltsam unbeholfen und fremd wirkt.

„Na, das sieht ja nicht besonders gut aus, mein Alter! Ist es jetzt soweit, dass auch Du die Segnungen unseres großartigen Gesundheitssystems schätzen lernen musst?"

„Ach lass, das ist nur wieder ein kleiner Anfall von Ischias. Das liegt am feuchten Wetter. Reden wir nicht davon!"

Dacourt bemüht sich dabei, seine Behinderung möglichst zu verbergen, verbeißt sich den Schmerz und schreitet betont forsch und aufrecht voran durch die kleine Eingangshalle auf die Treppe zu.

In der eichengetäfelten Bibliothek vor dem großen alten Kamin, auf dessen breitem Sims eine üppige antike Uhr zwischen zwei schweren Silberleuchtern steht und in dem bereits seit Stunden das Feuer lodert, versinken die beiden Freunde behaglich in den schweren Ledersesseln.

„Evelyne kommt sicher gleich.", sagt Yves. „Sie ist immer sehr beschäftigt, wie Du weißt. Zum Glück! Sie braucht das, das hält sie aufrecht. Ich glaube, wenn sie sich nicht mehr beschäftigen kann, wird sie rapide altern. Und, weißt Du, Charlotte scheint sich hier angesteckt zu haben. Sie macht sich auch immer rarer. Ein absolut unruhiger Geist! Das hat sie wahrscheinlich von Evelyne geerbt. Immer öfter fährt sie jetzt mit ihrer Mutter nach Paris."

„Was macht denn ihre Scheidung?" erkundigt sich Pierre in der naheliegenden Annahme, ein diesbezügliches Verfahren und dessen bürokratische Unannehmlichkeiten stellten den Grund für die häufigen Aufenthalte in der Hauptstadt dar. Er selbst spricht hier aus bitterer Erfahrung.

„Wenig. Es ist schon sonderbar. Jedes Mal, wenn ich sie darauf anspreche, weicht sie aus. Dabei hab' ich ihr unseren guten alten Freund Maître Ruffin genannt. Du kennst ihn ja – ein absoluter Spezialist für solche Fälle. Da wäre sie in den besten Händen mit ihrem Verfahren. Na ja, auch so scheinen sie und ihre Mutter so beschäftigt, dass sie kaum mehr Zeit für mich haben. "

Lächelt schüttelt Pierre den Kopf, wirkt dabei aber etwas schwermütig.

„Mit all dem hab' ich ja keine Sorgen mehr. Meine Zeit gehört ganz mir allein, wie man so schön sagt, und manchmal wünsche ich mir, ich hätte nicht gar so viel davon. Sie kann manchmal schon recht lang werden."

Er konnte die Trennung von seiner Frau nie verwinden, obwohl sie schon acht Jahre zurückliegt. Dabei ging der Scheidung nicht einmal ein außergewöhnliches Ereignis oder gar eine unerfreuliche Auseinandersetzung voran. Pierre musste nur eines Tages feststellen, dass sich Marianne plötzlich sehr verändert hatte. Aber wahrscheinlich war diese Veränderung schon lange sehr allmählich eingetreten, im

Verlauf mancher Jahre, in denen er bei all seiner Geschäftigkeit keine Zeit aufbrachte, sich um die Befindlichkeiten seiner Frau zu kümmern, geschweige denn mit ihr ein Gespräch darüber zu führen. Von derartigen in der Regel unangenehmen Erörterungen ehelicher Beziehungen hielt er ohnehin seit jeher sehr wenig und hatte sie deshalb nach Möglichkeit stets vermieden. Und so stellten sie zu einem gewissen Zeitpunkt und zu ihrer nicht geringen Überraschung übereinstimmend fest, dass sie sich einander entfremdet und nichts mehr zu sagen hatten.

„Komm, denk an was Anderes." ermuntert ihn Yves und ergreift die Gelegenheit, die Frage zu stellen, die ihn seit Tagen beschäftigt und die er sich für die Ankunft seines Freundes vorbehalten hat: „Was hältst Du davon, dass Collomb zurückgetreten ist?"

Er weiß, dass er damit genau auf ein Thema trifft, das offenbar auch Trieux bewegt.

„Also, Yves, die Sache verfolgt mich nun momentan überall hin, und offensichtlich sogar bis hierher. Du kannst Dir vorstellen, dass Thibault von nichts anderem mehr redet. Das ist aber auch eine vertrackte Geschichte!"

„Kann ich gut verstehen. Für Euch ist das wirklich nicht grade schön, kommt zum schlechtesten Zeitpunkt, ausgerechnet jetzt mitten im Terrorabwehrkampf, wo ihr den Kopf freihaben müsstet. Immerhin ist es ja nicht irgendwer, sondern der Innenminister, der die Regierung verlässt. Und Macron wollte ihn ja auch um jeden Preis halten, wie man hört. Das war nicht besonders schön, dass er dann aus der Presse erfahren musste, dass Collomb trotz all seiner Bemühungen zurücktritt. Was macht Ihr jetzt?"

Es zählt zu den Besonderheiten ihrer Beziehung, dass der Notar den alten Politiker immer noch als internen Teilnehmer der Regierungskreise apostrophiert, eine Angewohnheit, die dieser mit unverkennbarem Behagen zur Kenntnis nimmt.

Trotz des unangenehmen Verlustes des Innenministers wird auch nach dem erst einige Tage vorher zurückliegenden Rücktritt des Umweltministers eine große Regierungsumbildung allgemein nicht erwartet. Damit würde man dem öffentlichen Druck, der sich allmählich aufzubauen scheint, nachgeben und eigene Fehler eingestehen. Niemand kann sich vorstellen, dass der Präsident dieses Armutszeugnis zulassen wollte. Im Gegenteil betont er immer eindringlicher, dass man sich nun auf Entscheidungen in der Wirtschafts- und Sozialpolitik konzentrieren wolle und zahlreiche Reformen anstoßen werde. „Der Wille, die gesteckten Ziele zu erreichen, ist vollkommen intakt." heißt es aus dem Elysée. Diese Haltung ist auch Pierre Trieux sehr gut bekannt, so dass seine Antwort eher die allgemeine Ratlosigkeit im Lande widerspiegelt.

„Das ist noch nicht ganz klar. Macron hat eine Umbildung der Regierung angekündigt – bleibt ihm ja auch nichts anderes übrig. Aber wen er da im Auge hat, kann niemand noch so recht sagen, auch nicht Thibault, obwohl der meist gut unterrichtet ist, wie Du weißt. Offensichtlich sucht der Präsident noch nach einem geeigneten Kandidaten. Es scheint gar nicht so einfach zu sein. Man munkelt, er hat schon ein paar Absagen bekommen. Ist ja auch nicht gerade erfreulich, momentan Innenminister zu sein, das muss man zugeben. Da wäre ich auch lieber Bürgermeister von Lyon."

„Allerdings. Das ist mehr als verständlich. Bei der Entscheidung Collombs soll ja auch seine junge Frau entscheidend mitgemischt haben. Aber, hör mal, noch unangenehmer als seinen Rücktritt selbst finde ich, was er dem Präsidenten zum Abschied ins Stammbuch geschrieben hat."

„Was meinst Du? Das mit der Demut?"

Tatsächlich hatte der scheidende Innenminister öffentlich harsche Kritik am Präsidenten geübt und einen „Mangel an Demut" bei ihm festgestellt sowie dementsprechend angeprangert, was letztlich dann zum endgültigen Bruch zwischen den Beiden geführt haben soll.

„Ja, allerdings. Aber, weißt Du, das macht man doch nicht. Es gehört sich einfach nicht. Hat er selbst denn alles richtig gemacht als Innenminister? Da fielen mir aber eine ganze Reihe von unschönen Dingen ein."

„Trotzdem finden viele, dass er nur ausgesprochen hat, was allgemein gedacht wird. Demut scheint nicht gerade die Haupteigenschaft des Präsidenten zu sein, findest Du nicht?"

Pierre Trieux beginnt sich etwas unbehaglich zu fühlen.

„Ach lass doch, Du redest allmählich wie die Opposition. Wir finden schon einen geeigneten Nachfolger. Letztlich ist keiner unersetzlich. Das wird auch dieser Herr sehr schnell merken."

Yves hakt immer noch nach: „Also, Du nimmst das meiner Ansicht nach zu leicht. Immerhin liegt ja auch der Rücktritt des Umweltministers noch nicht lang zurück. Und dann das?"

Bevor die Diskussion allzu grundsätzliche Züge annimmt, wird sie glücklicherweise unterbrochen durch die

Hausherrin, die auf Pierre zueilt und den alten Freund der Familie mit der ganzen Liebenswürdigkeit einer Gastgeberin begrüßt. Wenn Evelyne einen Raum betritt, handelt es sich immer um eine Art Auftritt. Pierre erhebt sich höflich, während sie mit einem gewinnenden Lächeln die Arme nach ihm ausstreckt und sich auf beide Wangen küssen lässt.

„Schön, dass Du wieder da bist. Du bist ja hier schon fast zu Hause."

Sie wirft ihren luftigen Seidenschal, den sie über ihrem Kaschmirpullover trägt, auf die Schulter zurück. Evelyne liebt solche Schals und besitzt sie in allen denkbaren Farbkombinationen. Sie setzt sie mit viel Geschmack zu jeder Gelegenheit ein, um ihre immer noch tadellos elegante Erscheinung zu unterstreichen, die auch unter ihrem Alter kaum gelitten hat.

Die herzliche Begrüßung ruft Pierre wieder einmal verstärkt ins Bewusstsein, dass er sich in der Provinz bei seinen Freunden gegenwärtig weitaus wohler fühlt als in seiner öden, wenn auch außerordentlich komfortablen Pariser Wohnung. Abgesehen von allen traurigen Begleiterscheinungen der Trennung ist es vor allem auch die plötzliche Einsamkeit nach der Scheidung, die unüberwindbare Leere, die Mariannes Abschied hinterlassen hat. Er konnte sie in all den Jahren nicht überwinden, und sie lässt in ihrer Eindringlichkeit auch keinerlei Raum für etwaige neue Beziehungen. Dementsprechend ist gegenwärtig auch keine Nachfolgerin in Sicht. Immerhin waren Trieuxs fast 30 Jahre lang verheiratet.

„So leid es mit tut - diesmal kann ich Dich nicht lang genießen, Pierre." erklärt ihm Evelyne in seine melancholischen Gedanken hinein. „Ich muss morgen Früh schon wieder nach

Paris. Marie-José besteht darauf, mir ganz exklusiv die Herbstkollektion bei Dior zu zeigen. Sie hat eigens für uns Beide Karten reserviert, der Schatz, was gar nicht so leicht ist, wie Du vielleicht weißt. Ich bin sicher, Du verstehst, dass ich das nicht ausschlagen kann. Übrigens, Yves, Charlotte lässt sich nicht davon abbringen, mich nach Paris zu begleiten. Man kann es ja auch verstehen. Das arme Kind braucht einfach Ablenkung."

Mit ihrer Gestik spielt sie eine Art Bedauern in diese Bemerkungen hinein, allerdings ohne jeden Anspruch, überzeugend zu wirken, während sie die Sammlung an Fabergé-Eiern auf einer kleinen Barockvitrine zurechtrückt, obwohl hierfür keine Notwendigkeit besteht.

Zu gleicher Zeit etwa sitzt Nicolas, müde nach der Arbeit, behaglich vor dem Fernsehapparat und verfolgt halb schläfrig in BMFTV eine Sendung, in der der Rücktritt des Innenministers in verschiedenen nacheinander folgenden Runden heiß diskutiert wird. Nicolas selbst versteht sehr gut, dass Collomb es vorzieht, wieder das Amt des Bürgermeisters von Lyon einzunehmen, eine Position, die er ja immerhin schon 17 Jahre lang und wohl auch mit Erfolg bekleidet hat. Wie nicht anders zu erwarten, nimmt besonderen Raum in den Diskussionen die Abschiedsbemerkung des Innenministers ein, wonach es dem Präsidenten an Demut mangle. Einer der

Journalisten ereifert sich förmlich über diesen unerhörten Vorgang. Er spricht so schnell, dass seine Stimme sich überschlägt.

„Da hat er ihm noch schön was hinterlassen, ein richtiges stinkendes Ei." denkt sich Nicolas, während ihn eine Art boshafter Freude daran überkommt. „Aber genau richtig ist das. Schöner hätt' ich das auch nicht sagen können. Das wird er noch spüren, der Präsident. So was rächt sich immer."

Nicolas weiß das aus eigener Erfahrung. „Wenn man sich einmal zu gut vorkommt, kriegt man gleich eins drauf." Er hat es Lydie gar nicht erzählt, weil er sich schämte. Aber vor ein paar Monaten auf einer Baustelle ging es darum, einen Türsturz zu mauern, und der Polier hatte ihm vorher noch Hinweise gegeben, wie er es anstellen solle. Statt den Anweisungen des erfahrenen Vorarbeiters zu folgen, machte es Nicolas genau auf die andere Weise, weil er meinte, er wisse es besser und es gehe auch so. Das Resultat zeigte sich in einem offensichtlichen Misserfolg, der ihm letztlich nur Ärger einbrachte. Daraus muss man lernen, nicht alles besser wissen zu wollen, hat er sich bei dieser Gelegenheit vorgenommen.

Mitten in einer lebhaften und lautstarken Diskussion, während derer sich die Teilnehmer derart in die Haare geraten, dass sich kein Wort von ihren offensichtlich kontroversen Meinungen mehr verstehen lässt, kommt Katja herein. Nicolas hat sie schon eine ganze Weile oben in ihrem Zimmer rumoren gehört, und sie sucht jetzt wohl seine Gesellschaft, worüber er sich trotz seiner Müdigkeit sehr freut.

„Papa, was machst Du?"

Sie fragt es, obwohl sie sehr gut sehen und vor allem hören kann, dass er hier sitzt und eine turbulente

Nachrichtensendung verfolgt. Zutraulich rutscht sie über die Armlehne des Sessels.

„Rück doch ein bisschen."

Schon drückt sie sich neben ihn in den durchgesessenen weichen Sessel, und obwohl ihm selbst jetzt fast kein Platz mehr bleibt, geschweige denn er sich noch bewegen könnte, und deshalb auch seine Bierflasche auf dem Boden abstellen muss, wird es ihm ganz warm ums Herz. Er liebt seine „Kleine", wie er sie immer noch nennt, sehr. Wahrscheinlich wird er sie ihr ganzes Leben lang so nennen. Er freut sich über ihre recht guten schulischen Erfolge und natürlich auch ganz besonders darüber, dass sie mit jetzt über 13 Jahren offensichtlich nach wie vor an ihren Eltern hängt. Dies ist gerade heutzutage keineswegs selbstverständlich, wie er sich immer wieder vor Augen hält und ja auch an zum Teil recht schmerzlichen Beispielen aus vielen anderen Familien sehen kann.

Katja hält einen Asterix-Band in der Hand. Sie liest die Geschichten über die Welt der Gallier besonders gern und hält sich mit den neuesten Ausgaben immer auf dem Laufenden.

„Was liest Du da, Schatz?" fragt Nicolas und blättert zerstreut etwas in dem Buch herum.

„Ach, das kennst Du doch, Papa. Asterix und Obelix. Schau mal, das ist doch wirklich wieder zu komisch!"

Sie hält ihm die Seite, auf die sie gerade zeigt, so nah vor die Augen, dass er nichts mehr davon erkennen kann.

Nicolas teilt ihre Vorliebe für diese witzigen Geschichten aus der Welt der Gallier und vertieft sich selbst gelegentlich in einen der Bände, die Katja mit Leidenschaft sammelt. Aber diesmal kommt ihm etwas Anderes in den Sinn, als er nachdenklich seine Tochter, in ihre Lektüre versunken, beobachtet. Er muss wie so oft in diesen Wochen wieder an den Präsidenten denken. Dieses Mal handelt es sich um eine Gelegenheit, als das Staatsoberhaupt sich wohl an einem Zitat aus den Asterix-Geschichten versuchte, und das nicht gerade sehr gekonnt, wie Nicolas findet. Bei seinem Staatsbesuch in Kopenhagen, der schon im August stattfand, hatte Macron nämlich in seiner Rede, ausgerechnet auch noch im Beisein von Königin Margrethe II., das flexible dänische Arbeitsmarkt- und Sozialmodell gelobt. Dieses könne aber nicht ohne Weiteres auch in Frankreich eingeführt werden, fand er, denn, so sprach er die Dänen an: „Dieses lutherische Volk, das die Wandlungen der vergangenen Jahre erlebt hat, gleicht nicht wirklich dem widerspenstigen Gallier, der sich Änderungen widersetzt."

Nicolas erinnert sich gut an die allgemeine Empörung, die diese Äußerung unmittelbar danach im Lande hervorrief. So hatte sich bei dieser Gelegenheit auch der ansonsten recht schweigsame Oppositionsführer Wauquiez von den Republikanern wieder einmal gemeldet. Er fand es ein „untragbares" Verhalten", wenn „ein Präsident der Republik die Franzosen kritisiert und sie lächerlich macht, wenn er im Ausland ist." Mélenchon von der extrem Linken „La France Insoumise" wiederum nannte Macrons Äußerung „sehr verächtlich gegenüber seinem eigenen Volk". Diese Ansicht teilt übrigens auch Nicolas, ebenso wie er sich einig weiß mit der Zeitschrift „Marianne", die den Staatschef beschuldigte, die Franzosen „gedemütigt" zu haben, und in diesem Zusammenhang an einen ähnlichen Fehlgriff erinnerte, als der Präsident Reformunwillige als „Faulenzer" bezeichnete. Was half es, dass ein Regierungssprecher in seiner augenscheinlichen Verlegenheit diensteifrig betonte, Macrons Äußerung sei „ein Scherz" gewesen und habe sich nicht auf das Volk, sondern auf die reformunwilligen Parteien bezogen?

Von Seiten der betroffenen Gallier wurde seine Äußerung allgemein wohl weniger als Scherz aufgefasst. Auch wenn der Präsident selbst sich angesichts der allgemeinen Aufregung amüsiert gab - „Ich liebe diese gallischen Stämme, ich liebe, was wir sind." sagte er bei seiner Weiterreise nach Helsinki – die Empörung über den Vorfall in Dänemark ebbte nicht ab, und auch alle beschwichtigenden Worte konnten sie nicht besänftigen. „Jetzt beklagt er sich schon im Ausland über sein eigenes Volk!"

Natürlich empörte sich auch der gesamte Freundeskreis aus Nouvion über die präsidentielle Äußerung, die alle so etwas wie einen Verrat an den eigenen Landsleuten empfanden. „Sonst rühmt er Frankreich doch auch überall in den höchsten Tönen und spricht von der wichtigen Rolle, die es in der Welt spielen soll." Nicolas klingen noch die spöttischen Bemerkungen aus der Runde im Ohr: „Die Weltbeglückung müsste er dann wahrscheinlich aber ganz allein machen, denn mit den widerspenstigen Galliern wird das ja wohl kaum möglich sein." „Aber ganz bestimmt," so denkt Nicolas, und auch die Freunde sind weitgehend seiner Meinung, „ist der Präsident sowieso davon überzeugt, dass nur er selbst zu solchen weltbewegenden Dingen in der Lage ist. Dann soll er aber mal sehen, wie er die Kuh allein vom Eis hebt!" Letzteren Ausspruch hatte der Lange von der Déchetterie kürzlich im Fernsehen aufgeschnappt und wiederholte diese Aufforderung bei jeder Gelegenheit. Nach wie vor arbeitet er nämlich nur in Teilzeit und zeigt sich deshalb jederzeit besonders unterrichtet über die neuesten Entwicklungen.

Während in Nicolas der Ärger über den dänischen Zwischenfall wieder einmal neu aufsteigt, überkommt ihn ein bitterer Zorn darüber, dass er allmählich an nichts anderes mehr denken kann als an unerfreuliche Ereignisse aus der Politik. Dabei hätte er sich viel lieber uneingeschränkt und unbeschwert mit seiner Tochter beschäftigt, die – halb auf seinem Bauch – mit großer Konzentration ihre Asterix-Geschichte liest und von Zeit zu Zeit sogar leise vor sich hin lacht. Er fährt ihr, so sanft er das mit seinen hartgearbeiteten und unbeholfenen Händen fertigbringt, über ihre schönen langen Haare, die sie heute offen trägt und die ihr wie ein feiner blonder Schleier halb über das Gesicht fallen.

„Hör mal, hast Du eigentlich Deine Hausaufgaben gemacht?"

Nicolas wollte die gegenwärtige Idylle an sich nicht stören, doch stellt sich ihm unwillkürlich die Frage, wieso Katja nach der Schule derart ungewohnt untätig bleiben kann.

„Papa, lass doch. Morgen ist Ausflug - Bildungstag. Da gehen wir doch in Abbeville herum, Kulturgüter besichtigen."

Katja spricht mit etwas schläfriger, gedehnter Stimme und lässt sich durch die Frage ihres Vaters nur halb von der Lektüre ablenken.

Früher als gewöhnlich kommt Maurice nach Hause.

„Hallo Fiston, hast Du heute schon frei?" ruft ihm Nicolas aus seinem Sessel heraus zu.

„Ja, Papa, der Chef hat uns nach Hause geschickt. Sie müssen in der Werkstatt die Hebebühnen reparieren. Da stören wir nur."

Nicolas hört, wie sein Sohn sich seiner Arbeitsschuhe und des Overalls entledigt und in die Küche an den Kühlschrank geht, um etwas zu trinken.

„Papa, hast Du schon abgestimmt?"

Nicolas zögert, weil er den Sinn der Frage zunächst nicht einordnen kann.

„Was, Papa, hast Du oder hast Du nicht? Warum nicht? Sollen sie Dich unbedingt noch mehr ausnehmen?"

Nicolas fühlt sich etwas beschämt, dass ihn sein Sohn an diese wichtige Angelegenheit erinnern muss, denn er hat sich tatsächlich noch nicht beteiligt. Dabei handelt es sich um eine Sache von durchaus erheblicher Bedeutung. Um die sogenannte Energiewende, von der alle seit Langem sprechen, finanzieren und durchsetzen zu können, so die Regierung, hatte sie schon im Frühjahr angekündigt, fossile Kraftstoffe, insbesondere Diesel, höher zu besteuern. Ab dem kommenden 1. Januar will sie zusätzliche Treibstoffabgaben von 7 Cent auf den Liter Diesel und 3 Cent auf den Liter Benzin erheben.

Das Thema alarmierte das Land bereits im Frühjahr, denn unabhängig von diesem neuerlich geplanten Angriff auf die Haushaltsressourcen der „kleinen Leute" hatte sich in den vergangenen Jahren ohnehin schon eine erhebliche allgemeine Preissteigerung aufgebaut, die sich besonders für Geringverdiener mehr als bemerkbar machte.

Sehr bald nach der Ankündigung der beabsichtigten Zusatzbelastung veröffentlichten einige Personen, die sich hierzu berufen fühlten, eine Online-Petition gegen die geplante Preiserhöhung, die sehr schnell viele Tausende von Unterzeichnern unterstützten. Nicolas konnte sich damals, wahrscheinlich einfach aus Nachlässigkeit, nicht dazu entschließen, sich an dieser Abstimmung zu beteiligen. Vielleicht sah er auch keinen besonderen Sinn in einer derartigen Petition.

Heute geht es allerdings um noch viel mehr. Denn die Petition rief erwartungsgemäß trotz mehrfach wiederholter Appelle der Initiatoren an die höchsten Stellen keinerlei Reaktion von Seiten der Regierung hervor, die den Aufruf schlichtweg ignorierte. Der Grundsatz, dass sich jegliches Engagement, wenn es andauert, institutionell verfestigt, bewies sich auch in diesem Fall. Der große Widerhall, den die Petition im Internet gefunden hatte, ermutigte die Initiatoren nämlich zu weiteren Aktionen, so dass sie begannen, sich als Sprecher einer neuen Bewegung zu fühlen. Vor allem eine bestimmte Krankenschwester, aber auch ein gewisser Lastwagenfahrer, taten sich in diesem Zusammenhang besonders hervor. Sie veröffentlichten – ebenfalls im Internet und gewissermaßen als exemplarischen Akt real existierender Basisdemokratie – eine Liste mit Forderungen. Es handelt sich um über 40 Punkte, darunter etwa die Anhebung des Mindestlohns, die Erhöhung der Renten und die Wiedereinführung der Vermögensteuer, die erst im Vorjahr als eine der ersten Unternehmungen der neuen Regierung abgeschafft worden war, was nach wie vor als eine unerträgliche Ungerechtigkeit empfunden wird. Diese Forderungsliste stellen sie jetzt wiederum zur Abstimmung.

Maurice zeigt sich insoweit hervorragend unterrichtet, denn er hat sich im Einzelnen mit dem umfangreichen Wunschkatalog befasst und ihn auch schon eingehend mit seinen Kollegen in der Garage diskutiert. Ohne weiteres Zögern sandte er bereits in den ersten Tagen des Aufrufs seine eigene Zustimmung ab und drängt nun unbedingt auch seinen Vater zur Teilnahme an der wichtigen Abstimmung.

„Papa, die Jungs setzen sich doch ein, da kann man sie doch nicht im Stich lassen."

Vor so viel staatsbürgerlicher Einsatzfreude seines Sohnes muss Nicolas kapitulieren.

„Na, komm her, dann machen wir's eben."

Maurice erklärt sich denn auch sofort bereit, seinen Vater bei der Aktion zu unterstützen, und eilt mit seinem I-Phone herbei. Gemeinsam unternehmen sie es, das heißt dank der sachkundigen Handhabung durch Maurice, die Abstimmung aufzurufen, wozu Katja nicht ohne unwilligen Protest nun endgültig ihren bequemen Leseplatz verlassen muss.

„Schau mal her, Papa, so Viele haben schon abgestimmt! Toll, was?"

Maurice beobachtet schließlich mit Zufriedenheit, als handle es sich um seine höchstpersönliche Angelegenheit und Ehrensache, wie Nicolas die Zustimmung zu dem Protestkatalog durch doppeltes Klicken bekräftigt.

„Cool, Papa, jetzt haben wir die doch wenigstens unterstützt!"

Dieser Schritt basisdemokratischer Einflussnahme unter Anleitung seines Sohnes veranlasst Nicolas aber nun zu noch weiteren Protestbekundungen, die er Maurice gegenüber auch mit gehöriger Emphase vorbringt.

„Also jetzt reicht's aber auch wirklich! Ich frag mich, wer das alles bezahlen soll, was sie uns da aufbrummen? Also mein Arbeitgeber nicht, das kann ich Dir bloß sagen. Bleib nur noch ich selber. Wenn ich nicht will, dass auch noch mein Arbeitsplatz eingespart wird. Aber das schaffen die auch noch."

Es war Marcel, der sie bei ihrem letzten Treffen neu daran erinnerte, was sie alle schon fast vergessen hatten, dass es eine der ersten Aktivitäten der neuen Regierung darstellte, die Vermögensteuer für Reiche abzuschaffen. In Nicolas steigt der gesamte Ärger hierüber jetzt mit großer Bitternis hoch.

„Man soll ja nicht neidisch sein." hat er selbst schon als kleines Kind gelernt und auch seinen Sohn entsprechend instruiert, seitdem dieser einigermaßen denken kann. „Aber haben die Reichen nicht sowieso schon genug? Die kriegen den Hals nicht voll, und jetzt sollen sie auch noch entlastet werden, damit sie gnädiger Weise ihr Vermögen im Inland lassen. Das sollen sie gefälligst sowieso tun. Aber was hab' ich davon? Marcel sagt auch, dass er sich davon nichts kaufen kann, wenn die im Reichtum schwelgen. Und jetzt schieben sie den ganzen Mist noch auf uns kleine Leute! Jeder hier fährt doch einen Diesel! Vor einigen Jahren haben sie das sogar noch mit Abwrackprämien gefördert."

Gestern erst hat er mit Marcel auf dem Bouleplatz darüber gesprochen und aufgrund dieser Ablenkung eine Kugel so unkonzentriert geworfen, dass sie fast über den Rand des Platzes rollte. Auch Marcel befürchtet nicht unerhebliche Schwierigkeiten, wenn die Kraftstoffverteuerung kommen sollte. Er selbst muss zwar arbeitsbedingt glücklicherweise keine erheblichen Strecken zurücklegen, sondern fährt die kurze Strecke zur Bäckerei mit seinem Moped. Aber sein Chef, der Inhaber der Bäckerei, sieht bereits klar, dass es für das Geschäft erhebliche Mehrkosten bedeutet, wenn die Zulieferer angesichts der Verteuerung ihrer Fahrten höhere Aufwendungen treffen. „Das legen die sofort auf uns um." Der

Bäcker kennt dies aus Erfahrung, denn er betreibt sein Geschäft, das er nur zum Teil mit eigenem Backwerk bestückt, schon seit über 20 Jahren. Marcel muss ihm in diesem Zusammenhang Recht geben und führt dies auch wortreich aus, während er eine Kugel gekonnt bis dicht an die Mitte heran wirft. Wie soll das Geschäft dann ohne Preiserhöhungen weiterlaufen? Der Chef sieht die Möglichkeit jedenfalls nicht. „Da brauchen wir gar nicht drüber nachdenken. Dann unterbietet uns unser geschätzter Konkurrent hier in Nouvion sofort. Darauf hat der nur gewartet." Jeder weiß, dass letztlich als einzig verbleibende Möglichkeit die Verminderung der eigenen Kosten der Bäckerei, das heißt letztlich des Personals in Betracht kommt.

Auch von Vincent aus Fort Mahon hört Nicolas, dass dieser ernsthaft um den Betrieb seiner kleinen Kneipe bangt, wenn sich die Bierlieferungen wegen höherer Benzinpreise verteuern. „Da schütten mir die Kunden das teure Bier ins Gesicht." sieht der Wirt schon voraus.

Als Lydie nach Hause kommt, findet sie Mann und Sohn immer noch in heftiger Diskussion vor.

In den nächsten Tagen macht sich Verdrossenheit und Ratlosigkeit immer weiter und allgemein breit. Aber vor Allem greift Ras le Bol um sich. „Es reicht, es reicht." Das klingt jetzt fast überall aus Geschäften, Tankstellen, Gaststätten und von Stammtischen, gleichgültig, mit wem man spricht.

Auch Dupont, der Werkstattinhaber, sieht sich besonders betroffen.

„Glaubst Du denn, dass die dann alle ihren Diesel brav weiter halten oder gar eine neue Kiste anschaffen, wenn das alles so teuer wird?"

Maurice muss sich derartige düstere Jeremiaden seines Chefs, der ansonsten über ein freundliches und zuversichtliches Naturell verfügt, nun jeden Tag anhören. Schon morgens, wenn er zur Arbeit kommt, sitzt Monsieur Dupont in seinem Glaskasten, der an die Werkstatt angrenzt, um ihm einen jederzeitigen Überblick über das Geschehen in der Halle zu verschaffen, und beantwortet den fröhlichen Guten-Morgen-Gruß seines Lehrlings mit einem Seufzen: „Mal sehen, ob es ein guter Morgen ist."

Aber auch Nicolas sieht sich noch nachträglich in seinem Einsatz für die Forderungsliste mehr als bestätigt, wenn er seinen eigenen Chef antrifft.

„Du wirst sehen, Brimont, das wirkt sich ganz übel auf den Baumarkt aus. Wir steuern auf ganz schwierige Zeiten zu. Die graben uns kleinen Unternehmen endgültig das Wasser ab. Aber für die zählen wir ja nicht."

Auch die Kollegen laufen bereits den ganzen Tag mit bedenklichen Gesichtern auf der Baustelle umher und berichten von den Ängsten ihrer jeweiligen Frauen. Demgegenüber darf sich Nicolas in diesem Zusammenhang noch beglückwünschen, denn Lydie sieht die gegenwärtige Situation zwar verständlicherweise nicht ohne Sorge, trägt diese jedoch tapfer und recht gelassen in folgerichtiger Übereinstimmung mit ihrer gewohnten Grundskepsis gegenüber allem politischen Handeln überhaupt.

Treffen sich die Freunde bei dem gewohnten Bier und einem Anis, obwohl jetzt manche seit Neuestem lieber Whisky trinken, die Jüngeren sogar Cola, so nimmt gerade auch in diesem Kreis das Klagen kein Ende. Im Gegenteil, je mehr sie getrunken haben, desto eifriger sucht der eine den anderen zu übertreffen in der Schilderung des Ernstes der zu erwartenden Belastungen und deren unweigerlichen fatalen Konsequenzen. Besonders der zu befürchtende höhere Diesel-Preis erregt die Gemüter der Kneipenbesucher. „Alles wird sowieso immer teurer. Und jetzt das noch?" Dies und Ähnliches tönt von jeder Theke der Umgebung, während sie sich immer noch ein Bier bestellen, denn der Ärger strengt an und fördert den Durst. Jedem reicht es jedenfalls – Ras le Bol.

Einen gewissen Einschnitt bedeutet es allerdings, als sich schließlich selbst Lydie beklagt. Sie sitzt kopfschüttelnd am Tisch in der Küche und betrachtet unglücklich ihre Kassenbons, die sie wie die Unterlagen einer schwierigen Abrechnung vor sich ausgebreitet hat.

„Nico, schau mal her, wie die Preise steigen. Noch vor ein paar Monaten hab' ich für das Geld viel mehr gekriegt, und jetzt? Ja, aber mein Lohn im Supermarkt ist immer noch der Gleiche. Nicht, dass ich unzufrieden bin. Du weißt, ich arbeite wirklich gern. Aber wie sollen wir überhaupt noch alles bezahlen?"

Sie wollten doch im nächsten Sommer zum ersten Mal mit der ganzen Familie nach Réunion fliegen, ein Plan, den sie seit Längerem hegen und der ganz besonders Lydies Herzenswunsch entspricht. Nun weiß sie aber nicht, ob die prekäre Lage ihnen einen solchen Luxus erlauben wird.

„Was machen wir jetzt, Nico? Ich kann doch jetzt nicht vom Chef mehr Geld verlangen. Du, das trau ich mich nicht."

Die ratlose Frage seiner sonst so nüchtern denkenden Frau gibt Nicolas mehr zu denken, als er es selbst für möglich gehalten hätte.

Die Opposition im Lande bemüht sich ihrerseits redlich, die aufsteigenden Ängste mit allen ihr zur Verfügung stehenden Kräften zu schüren. Jedes Abendessen konfrontiert die Familie mit düsteren Prophezeiungen aus dem flimmernden Bildschirm und entwickelt sich zur wahrhaften Tribüne entsprechender oppositioneller Anstrengungen. So scheint die Krise auch Madame Le Pen, die während des letzten Kampfes um die Präsidentschaft mangels eigener Sachkenntnis in den medialen Diskussionen recht schmählich untergegangen war, neuen Auftrieb zu geben, und sie giftet gegen die Regierung.

„Komm, hör auf, die kennen wir schon." regt sich Nicolas auf. „Die macht das von Berufs wegen. Die Zicke brauchen wir nicht, hat sowieso schon viel zu viel Zulauf bei uns. Fehlt nur noch, dass die eines Tages Präsidentin wird!"

„Nico, mal den Teufel nicht an die Wand!"

Mélenchon von der extremen Linken ereifert sich seinerseits als Tribun der kleinen Leute. Nicolas und Lydie, aber auch alle ihre Bekannten müssen sich zugeben, dass sie derartige Plädoyers eigentlich gern hören.

„Du kannst sagen, was Du willst, aber das ist jetzt wenigstens einer, der das mal sagt, der auch mal von uns kleinen Leuten spricht." meint Lydie beim Abendessen. „Aber der ist ja selber so reich! Da hat er gut reden. Letztlich betrifft das alles ihn selbst ja gar nicht."

Lydie findet den Führer der Linken sowieso „furchtbar mit seiner Art zu reden". Sie möchte gar nicht mehr hinschauen, wenn er auf dem Bildschirm erscheint, sagt sie oft und wendet sich dabei demonstrativ aus der Richtung des Fernsehapparats ab.

Nicolas dagegen lauscht den zum Teil recht emotionalen Reden des sozialistischen Politikers im Grunde gern. Tatsächlich spricht Mélenchon bei jeder Gelegenheit eindringlich davon, dass sich die gegenwärtige Situation im Lande mit der vor der großen Revolution 1789 vergleichen lasse. „Damals war es der Brotpreis", sagt er, „heute der Benzinpreis." Der Vergleich scheint Nicolas und seinen Freunden zutreffend, und sie fühlen sich durch die aufgezeigte Parallele mit der großen Revolution, erhabenes Schlüsselereignis der Geschichte des Landes, durchaus im Ernst der Lage und ihrer eigenen Empörung bestätigt. Allerdings stimmen sie unter sich, nicht ohne gewisse Erleichterung, auch darin überein, dass 1789 zeitlich doch etwas zu weit entfernt liege, als dass sie sich auch auf vergleichbare blutige Konsequenzen einrichten müssten.

Die bisher weitgehend so erfreuliche ländliche Idylle des Notars beginnt sich in den letzten Tagen weiter einzutrüben. Die Gerüchte betreffend die Errichtung weiterer Windräder auf den Hügeln über dem Tal der Somme, die schon seit einigen Wochen die Runde machten, bilden nun im Dorf einen überall anzutreffenden Gesprächsgegenstand, der von der Bäckerei über den kleinen Supermarkt bis hin zur Tankstelle am Ortsrand reicht und bisher nur das Manoir wie eine abgelegene Insel ausgenommen hatte. Seitdem aber André eines Tages von der Tankstelle zurückkam und verkündete, dass es „nach allem, was man hört, nun ernst werde mit den Windrädern", sah sich der Maître veranlasst, sich selbst nähere Erkundigungen zu verschaffen im Hinblick auf die Ernsthaftigkeit dieser nicht enden wollenden Gerüchte.

Schon beim Einzug in sein Manoir legte er größten Wert darauf, mit dem Bürgermeister des kleinen Ortes nicht nur höfliche Bekanntschaft zu schließen, sondern soweit wie möglich mit dem Vertreter der Staatsautorität auch ein gewisses Vertrauensverhältnis aufzubauen. Bereits während seiner Berufstätigkeit gehörte es zu seinen wesentlichen Grundsätzen, auf die sich im Übrigen ein beträchtlicher Teil seines Erfolges zurückführen ließ, im guten und möglichst engen Verhältnis mit Politikern und Funktionsträgern zu stehen, die für die eigenen Angelegenheiten irgendwann einmal maßgeblich werden könnten. Denn kaum etwas lässt sich ohne irgendwie geartete und mehr oder weniger umständliche bürokratische Begleiterscheinungen erledigen, umso weniger in diesem Land, das mit gutem Recht als das Mutterland der Bürokratie gelten darf. „Denn es gibt kaum eine Gelegenheit," sagte er sich und seinem näheren Umfeld immer wieder, „in der nicht die Unterstützung von Oben nützlich werden könnte. Keiner soll glauben, dass er darauf verzichten könnte." Dabei versäumte er es auch seinerseits nicht, diese Haltung im geeigneten Einzelfall zudem durch die eine oder andere Zuwendung zu unterstreichen, um jeweilige Anliegen der potentiellen Helfer zu fördern, sei es die Finanzierung einer Bürokraft oder auch eine Spende für die Partei. Tatsächlich zahlte sich eine derartig großzügige Verfahrensweise für ihn und seine geschäftlichen Interessen auch verschiedentlich mehr als aus. Diese Gewohnheit nützlicher zwischenmenschlicher Beziehungen setzte der Notar auch in seinem Ruhestand fort.

So nahm er schon bald nach dem Einzug in sein neues Domizil den Kontakt mit dem örtlichen Bürgermeister auf und lud ihn zu einem kleinen Apéritif ein, um ihm vorzuführen, in welches Schmuckstück er das ehemals marode Manoir verwandelt, und dementsprechend, welch wertvollen Bürger die Gemeinde also dazugewonnen habe. Der Bürgermeister zeigte sich außerordentlich angetan von dem Beitrag des Notars zur Bewahrung der geschichtsträchtigen Bausubstanz des Ortes, denn immerhin – so erfuhr Yves Dacourt bei dieser Gelegenheit – waren die ursprünglichen Herren und Erbauer des Manoirs einige Jahrhunderte im Dorf ansässig gewesen und hatten höchstes Ansehen genossen. Dass die Renovierungsarbeiten nun zum allergrößten Teil von örtlichen Handwerksbetrieben durchgeführt worden waren und deshalb letztlich auch zum Wohlstand der Gemeinde beitrugen, stieß auf das besondere Interesse des Gemeindechefs. Auf dieser Basis entwickelten sich die gegenseitigen Beziehungen zielgerichtet-zwanglos, so dass Dacourt zukünftig annehmen durfte, jederzeit über einen für seine Anliegen offenen Ansprechpartner zu verfügen.

Deshalb erscheint ihm nun auch ein erneuter Apéritif angezeigt, um Näheres über die leidige Angelegenheit der Windräder zu erfahren. Nur unter vier Augen will er dieses Zusammentreffen mit dem Gemeindechef halten, um von vornherein eine möglichst vertraute Atmosphäre zu erzeugen und den Bürgermeister auch nicht etwa in die Verlegenheit zu bringen, mehr oder weniger vertrauliche Informationen einem ausgedehnteren Kreis mitteilen zu sollen. Evelyne hat sich deshalb zurückgezogen und wartet das Ergebnis der Besprechung in ihrem kleinen behaglichen Louis-Philippe-Boudoir ab, wenngleich die Spannung sie nicht nur einmal fast dazu treibt, doch noch in unvorhergesehener Weise in der Bibliothek zu erscheinen. Eine selbst ihr unerklärliche Scheu hält sie dann schließlich doch davon ab.

Der Bürgermeister, ein kleiner rundlicher Mann mit welligem, reichlich gegeltem Haar, in das sich schon graue Strähnen mischen, zeigt sich in recht aufgeräumter Stimmung. Es scheint ihm in den letzten Wochen gelungen zu sein, vom Département einen größeren Beitrag zur Errichtung einer kleinen Mediathek im Ort zu erhalten, ein Erfolg, den er seinem Gastgeber eingehend und wortreich schildert, während er energisch gestikulierend mit seinem Whiskyglas hantiert.

„Was sagen Sie dazu, Maître? Nicht schlecht, was? Unsere Gemeinde gehört damit zu den modernsten in der Gegend. Die Alten lesen – also können sie sich Bücher leihen. Die Jungen können im Internet surfen, Mails verschicken, twittern oder womit sie sich sonst noch gern beschäftigen. "

Der Notar entspricht den Erwartungen, indem er seine Bewunderung solcher weitblickenden kommunalen Politik zum Ausdruck bringt, worauf sich ein angeregtes Gespräch über die zukünftigen gemeindlichen Projekte entspinnt. In diesem Zusammenhang erfährt er denn auch, dass einer der großen Energieversorger des Landes bereits sehr konkrete Vorstöße unternommen hat, um die besagten Hügel, die sich hierfür wegen ihrer Windexposition in besonderer Weise eigneten, mit einer ganzen Anlage neuer Windräder zu besetzen. Der Vorstand der Gesellschaft höchstpersönlich hatte sich schon vor Monaten mit dem entsprechenden Antrag an die Gemeinde gewandt, was der Bürgermeister besonders betont und wodurch er sich offensichtlich geehrt fühlt. Dies veranlasst ihn wohl auch, sich bei einem weiteren Whisky in einem Vortrag über die dringende Notwendigkeit zu verbreiten, Windenergie zu fördern, wo immer dies möglich sei, denn, so der Bürgermeister, die Zukunft liege doch ohne Zweifel in erneuerbaren Energien. Keiner solle glauben, dass Erdöl und Erdgas unerschöpflich seien, und das Ende der Atomenergie, heute immer noch bei Weitem die Hauptversorgungsquelle des Landes, lasse sich absehen. „Da kann doch grade unsere Gemeinde nicht zurückstehen."

Diese eindeutig zukunftsorientierte, doch für den Eigentümer des Manoirs wenig beruhigende Energiepolitik wurde nach Auskunft des Maire vom Gemeinderat in seiner jüngsten Sitzung, die sich offenbar bis weit in die Nacht hineinzog, einvernehmlich herausgearbeitet. Die visionären Darlegungen des Gemeindechefs geben den Beschluss in eindrucksvoller Weise wieder. Außerdem, erfährt Yves Dacourt bei dieser Gelegenheit auch, gebe es mehrere Bauern, die sich schon vor Monaten spontan bereiterklärt hatten, ihre Felder über dem Tal für das zukunftweisende Projekt zur Verfügung zu stellen. Nicht nur, dass sich ein derartiges Vorhaben ausgesprochen einträglich für die betreffenden Landwirte auswirkt – auch der Gemeinderat schätzt sich insofern besonders glücklich, den betreffenden Bauern in dieser Angelegenheit entgegenzukommen, als erst kürzlich das für das nächste Jahr bevorstehende Verbot von Glyphosat beschlossen wurde, eine Entscheidung, die entgegen dem Protest der gesamten Bauernschaft getroffen wurde und die Landwirtschaft einschneidend belasten wird. „Also eine Win-Win-Situation!" sagt der Bürgermeister und wiederholt dieses anglophone Wort noch einmal genüsslich, obwohl es dem fremdwortfeindlichen Beschluss der Académie Française eindeutig widerspricht.

Es steht außer Frage, dass der Notar seinerseits nach Kräften nun den Versuch unternimmt, dem energiepolitischen Plädoyer des Bürgermeisters seiner Meinung nach mindestens ebenso überzeugende Argumente des Naturschutzes und der Bewahrung des Kulturerbes einer unberührten Landschaft entgegenzusetzen. Solche Einwände treffen wohl grundsätzlich auf große Übereinstimmung beim Bürgermeister persönlich, der sich zu dieser Offenbarung behaglich im Sessel zurechtrückt und sein Glas genießerisch zwischen den Fingern dreht.

„Jetzt mal ganz unter uns, aber, Maître, nur zwischen uns Beiden: Ich finde das ja auch. Wir verschandeln unsere schöne Landschaft schon wirklich genug. Ist es nicht ein Jammer? Überall die neuen riesigen Scheunen aus Blech, die sich die Bauern vor ihre kleinen Höfe setzen, und jetzt auch noch diese Dinger! Überall drehen sie sich schon. Dabei gibt es doch kein schöneres Land als unseres hier. Stimmt's nicht? Mein Vater sagte immer: Ich muss nirgendwo anders hinfahren – nicht nach Guadeloupe oder Ibiza, Amerika sowieso nicht. Also, dass Sie es nur wissen, Maître: Meinetwegen kämen die Dinger da nicht hin auf die Hügel. Aber was soll ich denn machen? Ich kann doch jetzt nicht zurückrudern? Die lynchen mich, sag ich Ihnen! Als ewig Gestrigen werden sie mich bezeichnen, als Einen, der seine Verantwortung für den Klimaschutz vergessen hat, und - das Schlimmste – als Feind der Bauern. Unmöglich! Da kann ich gleich den Strick nehmen."

Der Notar muss schließlich einsehen, dass der kommunale Meinungsbildungsprozess in der Zwischenzeit ein Stadium erreicht hat, in dem Umdenken auf größere, wenn nicht unüberwindbare Schwierigkeiten stößt. Selbst das großzügige Angebot eines Beitrags zur Renovierung des gemeindlichen Kindergartens findet zwar frohen Zuspruch, vermag aber die Haltung des Bürgermeisters in keiner Weise zu erschüttern.

Schweren Herzens tritt der Notar, nachdem er den bereits etwas angeheiterten Bürgermeister verabschiedet hat, den Gang in das Boudoir seiner Frau an. Diese zeigt sich untröstlich, als ihr Mann den Verlauf des offenen, jedoch für die familiären Angelegenheiten letztlich wenig ergiebigen Gesprächs schildert. Wie es so oft ihrer Art entspricht, flüchtet sie sich in den Angriff.

„Hättest Du mich doch wenigstens zu dem Gespräch hinzugezogen, Yves! Wahrscheinlich warst Du wieder einmal viel zu konziliant. Ich kenn Dich doch."

In der Einsicht, dass derartige Vorhaltungen im Nachgang zu der ihrer Auffassung nach verpassten Gelegenheit vernünftigerweise zu nichts mehr führen können, greift sie zu grundsätzlicheren Vorwürfen.

„Aber das war ja vorauszusehen. Du weißt, dass ich von Deinen Landplänen nie etwas gehalten habe. Jetzt siehst Du ja auch, was dabei herauskommt, wenn man sich ein solches Anwesen zulegt. Überall können sie einem ihre Scheußlichkeiten hinsetzen. Vielleicht darf es auch noch ein Silo gegenüber oder eine Schweinezucht nebenan sein? Wenigstens hättest Du Dich vorher erkundigen können, was in der Gegend geplant wird. Dann wäre ich doch nie in dieses Kaff gezogen. Aber nein – der Herr musste ja unbedingt seinen Kopf durchsetzen!"

Auf ihre Weise, die Dinge eindeutig und schonungslos anzusprechen lässt sie keinen Zweifel daran, dass sie das gesamte Unternehmen des idyllischen Altersruhesitzes endgültig für gescheitert hält, sollten die Windräder nicht verhindert werden können.

Obwohl Yves Untergangsvisionen dieser Art nicht teilt, weiß er selbst, dass das Anwesen ohne den freien Blick über das unberührte Tal erheblich von seinem Charme einbüßt, und die tägliche Konfrontation mit einem Windkraftpark auch für ihn eine unerträgliche Vorstellung bedeutet. Gerade ihn, der sich von seinem Altersruhesitz so viel erwartet hat, bedrückt es, dass sich die Landidylle auf diese Weise in Nichts auflösen soll. Er beschließt also, den Kampf aufzunehmen mit der halsstarrigen Gemeinde und den profitgierigen Bauern.

„Reg Dich doch nicht so auf, Chérie! Das führt zu nichts. Außerdem: Da ist das letzte Wort noch nicht gesprochen."

So ermutigt er sich eher selbst.

Von einem recht unerfreulichen Abend gedrückter Stimmung – Charlotte sah angesichts der nicht sehr vielversprechenden Aussichten auf ein vergnügliches Zusammensein von vornherein von der Beteiligung an dieser ehelichen Klagerunde ab -, ziehen sie sich beide früh zurück. Der anhaltende Ärger legt sich dem Notar schwer auf die Brust und verschafft ihm eine unruhige Nacht, in der er sich hin und her wälzt, seine Decke hin und her zieht, und in seiner bleiernen Schlaflosigkeit stundenlang einen Gedanken nach dem anderen dreht und wendet, wie das drohende Übel doch noch abgewendet werden könne.

In diesem Zusammenhang erinnert er sich kurz vor einem düsteren Morgengrauen an den Sohn seines Freundes Pierre. Im Grunde verwunderte es ihn, der Zeit seines Lebens die Vorteile eines großen und einflussreichen Bekanntenkreises geschätzt und sinngerichtet gepflegt hat, dass er so spät auf den Gedanken kommt.

„Thibault ist doch Kabinettschef des Umweltministers. Wieso habe ich nicht gleich daran gedacht?"

Er kennt Thibault seit dessen frühester Kindheit. Immer noch steht ihm das rührende Bild vor Augen, wie Pierre und Marianne vor Glück sich kaum fassen konnten, als sie nach

Jahren der Kinderlosigkeit doch noch den kleinen Jungen in Empfang nehmen durften. Dabei war Mariannes Schwangerschaft außerordentlich schwierig verlaufen. Nach drei Monaten quälender Übelkeit und Schwäche, in denen sie nicht ein einziges Mal das Haus verlassen konnte, bestand auch danach immer wieder die ernste Gefahr, das Kind zu verlieren, so dass Marianne die meiste Zeit bis zur Geburt liegend verbringen musste. Umso größer war die Erleichterung, als nach einem Kaiserschnitt in einer Pariser Spezialklinik, in der sie sich in den besten Händen wusste, der Kleine gesund und munter auf die Welt kam. Yves freute sich mit ihnen von ganzem Herzen, zumal er selbst und Evelyne mit ihren Freunden gelitten und sich ihrer während der ganzen Zeit in besonderer Weise angenommen hatten. Dementsprechend bat Pierre den Notar auch, die Rolle des Taufpaten für den Kleinen zu übernehmen, was Yves mehr als bereitwillig zusagte.

Mit großer Anteilnahme verfolgte er in den kommenden Jahren die Entwicklung seines Patenkindes, die sich als denkbar vorteilhaft erwies. Thibault – so war er nach seinem Großvater väterlicherseits, Leitender Angestellter in einem großen staatlichen Unternehmen, genannt worden – absolvierte die Schule einschließlich des Lycée durchweg mit Auszeichnung, bestand die Aufnahmeprüfung für die ENA ohne Schwierigkeiten und fand nach seinem ebenfalls rühmlichen Abschluss der Eliteschule sehr schnell die erste berufliche Position als Assistent im Kabinett des Stellvertretenden Bildungsministers.

Der weitere Aufstieg ließ nicht auf sich warten. Pierre Trieux hatte nicht versäumt, einen ehemaligen Premierminister, mit dem ihn eine langjährige Bekanntschaft verband, schon sehr früh auf seinen Sohn aufmerksam zu machen, so dass dieser den ihm empfohlenen Schützling unter seine Fittiche nahm. Nachdem er beobachten konnte, wie Thibault auch als Teamleiter im Wahlkampf um die Präsidentschaft für einen der Kandidaten mit großer Umsicht vorging, sorgte dieser immer noch einflussreiche Politiker schließlich dafür, dass der vielversprechende junge Mann eine angemessene Position im Rahmen der Regierung erhielt, nämlich als Chef des Kabinetts des Umweltministers. Dies stellte insgesamt einen rasanten Aufstieg und eine außerordentliche Karriere dar. In der Tat zeigte sich Thibault gerade auch in seinem neuen Amt derart strebsam und zuverlässig, dass nicht nur der Minister ihm sein volles Vertrauen schenkte, sondern nach dessen Rücktritt auch sein Nachfolger ihn in seiner Stellung beließ, was im politischen Betrieb durchaus nicht immer den Gepflogenheiten entspricht.

„Mein Patenkind!" freut sich Yves. „Mal sehen, ob wir da nicht etwas machen können."

Auch Evelyne, die er noch am frühen Morgen von der rettenden Idee unterrichtet, schöpft zumindest wieder gewisse Hoffnung. Sofort nimmt der Notar also telefonische Verbindung mit seinem Freund Pierre auf, denn ohne vorherige Abstimmung mit ihm möchte er den jungen Kabinettschef nicht kontaktieren.

„Ich brauche Deinen Rat." sagt er nur. Trieux, der ohnehin seit Tagen mehr oder weniger gelangweilt und beschäftigungslos durch die Pariser Gesellschaft irrt, lässt sich nicht lange bitten und sagt seinen Besuch schon für den nächsten Tag zu. Madame hat daraufhin sogar ihre wöchentliche Fahrt nach Paris verschoben, um bei den Beratungen persönlich anwesend sein zu können, eine Entscheidung, die durchaus erkennen lässt, dass das Gespräch ihres Mannes mit dem Bürgermeister gewisses und nachhaltiges Misstrauen bei ihr hinterlassen hat, jedenfalls aber, welch überragende Bedeutung sie der Angelegenheit zumisst.

Allerdings trifft Pierre dann doch erst gegen Abend ein. Wie es sich so oft gerade unglücklich fügt, traf ihn der Hilferuf aus der Somme ausgerechnet, als er sich gerade mit einem ehemaligen Kollegen aus dem Kabinett Chirac, den er längere Zeit nicht gesehen hat, ganz überraschend noch zu einem Mittagessen verabredet hatte. Da diesem vielbeschäftigten Rentner nur eben der eine Tag zur Verfügung stand, ließ sich die ärgerliche Überschneidung nicht vermeiden.

Noch in recht gehobener Stimmung aufgrund des offenbar angenehm verlaufenen Treffens fährt Trieux nun in den Hof ein.

„Es geht doch nichts über Fouquet's." schwärmt er, als Yves ihm aus dem Auto hilft. „Das ist immer noch unsere gute alte Edelbrasserie, wie wir sie seit jeher kennen. Man fühlt sich jedes Mal zu Hause dort. Und die Küche kannst Du nach wie vor anderswo lang suchen! Kein Chichi – alles solide!"

Auch das Ehepaar Dacourt zählt seit jeher zu den regelmäßigen Besuchern dieses traditionsreichen Restaurants auf den Champs Elysées, so dass die Eloge bei ihnen ungeteilte Zustimmung findet.

Im sinkenden Abendsonnenschein des schönen Herbsttages stehen sie dann gemeinsam an der großen Fenstertüre des Salons, von dem der Blick weit über das Tal reicht.

„Du weißt ja, Pierre, dieser herrliche Blick wird bald ganz anders aussehen, wenn nichts Entscheidendes passiert.

Alles pflastern sie mit Windrädern zu." sagt Evelyne versonnen und seufzt betont schmerzhaft dazu.

Sie sind froh, damit einen so raschen Einstieg in die leidige Problematik zu finden. Der Notar nimmt den Faden auf und vertieft sich denn auch gleich fast pedantisch in die Schilderung der bedrohlichen Lage.

„Der Stand der Dinge ist jetzt, dass die Gemeinde ein Planfeststellungsverfahren einleiten will. Die Bauern drängen schon auf möglichst schnelle Durchführung."

Pierre zeigt sich, wohl noch unter dem Eindruck des ersprießlichen Pariser Treffens, zunächst nicht in der erhofften Weise betroffen.

„Na ja, jetzt regt Euch nicht auf, da kann man ja doch immer Einiges machen. Das letzte Wort ist da überhaupt noch nicht gesprochen. Wir klagen natürlich erst einmal gegen jeden Beschluss. Ha, da möchte ich doch erst einmal sehen, ob Eure Gemeinde überhaupt in der Lage ist, ein ordentliches Planungsverfahren durchzuführen. Meist ist das nämlich nicht der Fall."

„Ach komm, das weiß ich auch. Klagen müssen wir sowieso, ist ja ganz klar."

Das Gespräch nimmt nicht den vom Notar gewünschten Verlauf, zumal Pierre bereits in nähere Überlegungen einsteigt, welcher Anwalt mit der Vertretung des Falles beauftragt werden sollte.

„Hör auf, Pierre, das alles dauert ja Jahre, das weißt Du sehr gut. Die Gerichte sind total überlastet. Die ganze Zeit der Unsicherheit – das wollte ich uns gern ersparen!"

Evelyne nickt hierzu in tief empfundenem Einverständnis.

„Ja, wir machen es, wir klagen natürlich. Aber sag mal, kann man das Ganze nicht irgendwie von Vornherein abbiegen?"

„Wie gesagt, wir müssen die Rechtmäßigkeit des Planungsverfahrens in Frage stellen. Noch besser wäre es natürlich, wenn sie sich zu einem Flächennutzungsplan entschließen würden, der das Ganze von vornherein ausschließt. Da kann man ja ein wenig nachhelfen. Die Gemeinde ist mit Finanzmitteln sicher nicht allzu reich gesegnet, nehme ich an."

„Ohne jede Aussicht, Pierre, ohne jede Aussicht! Die haben sich so verbohrt in die Windräder. Die denken an nichts anderes mehr."

All diese taktischen Überlegungen seines Freundes spannen seine ohnehin seit Wochen strapazierten Nerven noch weiter auf die Folter.

„Sag mal, kann denn Thibault da nichts machen? Der sitzt doch in der Schlüsselstellung im Umweltministerium. Wenn nicht er, wer könnte uns sonst helfen? An guten Argumenten soll es nicht fehlen. Die arbeite ich ihm schon aus. Was meinst Du?"

Entgegen allen Erwartungen zeigt sich Pierre zunächst ungewöhnlich zurückhaltend gegenüber dem Hilferuf seines alten Freundes. Nach einigem Zögern und bedenklich gerunzelter Stirn erklärt er, dass er Schaden fürchtet für die Karriere seines Sohnes.

„Du, da muss man ganz vorsichtig sein. Du glaubst nicht, wie schnell man ins Gerede kommt."

Yves kennt aus seinem Bekanntenkreis so manche Fälle, in welchen vielversprechende Karrieren wegen persönlicher Interessenverknüpfungen ihr vorschnelles Ende fanden, besser, als ihm lieb ist. Aber er kennt auch besser als viele andere die im politischen Geschäft üblichen Vorgehensweisen.

„Ach komm, das machen sie doch alle."

„Ja, weiß ich." sagt Pierre, und seine schiefe Schulterhaltung zeigt, dass er sich dabei sehr unbehaglich fühlt. „Aber Du weißt genau wie ich, dass er als Kabinettschef ja auch nicht direkt eingreifen kann."

Auf diese Weise versandet das Gespräch in den unübersichtlichen Falten vielversprechender, weil umsichtiger Karriereplanung und der Frage tatsächlicher Einflussmöglichkeiten eines Kabinettschefs, so dass es im Laufe des Abends zu keinem greifbaren Ergebnis mehr führt.

Zum Frühstück am nächsten Morgen im Wintergarten erscheint Pierre allerdings bereits sehr viel früher als gewohnt. Die Sonne erhebt sich gerade recht müde und diesig ein kleines Stück über den Hügeln und findet den Notar noch in die erste Lektüre der unterschiedlichen Tageszeitungen vertieft, die er abonniert hat und deren Durchsicht ihm immer ein besonderes Morgenvergnügen bereitet. Madame ist noch nicht erschienen. Sie zieht es üblicherweise vor, sich morgens mehr Zeit zu lassen und ihre Toilette sorgfältig zu vervollständigen, bevor sie sich der Öffentlichkeit präsentiert. Ihr Mann hat diese Sorgfalt an ihr stets geschätzt.

Pierre demgegenüber scheint sich bereits hellwach in voller Aktion zu befinden. Jedenfalls begleitet er sein Frühstück mit ausgiebigen Berichten über die morgendlichen Unternehmungen, die bereits hinter ihm liegen. Die gestrige problembehaftete Unterhaltung ließ ihn nur schwer einschlafen, erzählt er, und bescherte ihm auch sonst eine unruhige Nacht mit wirren Träumen. Zu nahe gingen ihm die Sorgen der Freunde um die Makellosigkeit ihrer ländlichen Idylle, die auch er selbst, betont er, in der Zwischenzeit liebgewonnen hat. Schon ganz früh hat er deshalb, noch im Schlafanzug, mit seinem Sohn gesprochen, der zu dieser Stunde wie gewöhnlich seinerseits in Paris bereits beim Aktenstudium saß, und ihm das Problem seiner Freunde geschildert. Wie es seiner besonnenen Art entspricht, hörte Thibault seinem Vater aufmerksam zu, ohne ihn auch nur ein einziges Mal zu unterbrechen. Auch danach äußerte er sich nicht sofort.

„Lass mir Zeit, Papa, ich ruf Dich gleich zurück."

Nach offenbar kurzer Überlegungsfrist meldete er sich wieder, als sein Vater, schon auf der großen Treppe, gerade noch einmal sein cremefarbenes Halstuch ordnete.

„Auf den Jungen ist ja wirklich Verlass! Das ist auch der Schlüssel seines Erfolgs."

Wie Pierre nicht ohne Stolz berichtet, sieht Thibault nun mehrere Auswege aus dem Dilemma. Zunächst überschreitet es nach seinen sachkundigen Informationen die Kompetenz der Gemeinde bei Weitem, die Planfeststellung für ein Projekt derartigen Ausmaßes allein auf den Weg zu bringen. Die unabdingbare Mitwirkung des Départements aber eröffnet wiederum die unterschiedlichsten Möglichkeiten der Einflussnahme von zentraler Ebene aus. Der Kabinettschef lässt keinen Zweifel an der Entschlossenheit des Umweltministeriums, sich über den Fortgang der gemeindlichen und départementalen Planungen jederzeit nicht nur zu unterrichten, sondern auch stets zum sachdienlichen Eingreifen bereitzuhalten. Am Ende bliebe dann immer noch die - seinem Vater besonders genial erscheinende - Option, die Hügel über der Somme selbst wegen der einzigartigen Schönheit der Landschaft zum Naturschutzgebiet zu erklären, gewissermaßen als Ableger des Weltkulturerbes, zu dem die nicht weit entfernte Baie de Somme vor einigen Jahren von der UNESCO erklärt wurde. Bei einem solchen Vorhaben ließe sich die Beteiligung der Gemeinde auf bloße Anhörung beschränken. Eine derartige Aktion würde sich im Übrigen hervorragend in das neue Programm der Regierung einfügen, den Schutz des Patrimoine auf allen Gebieten zu verstärken.

„Na, was sagst Du dazu?"

Wie könnte Yves sich anders als begeistert zeigen, sowohl über die sich eröffnenden unterschiedlichen Problemlösungen, vor allem aber auch im Hinblick auf den unstreitigen Ideenreichtum seines Patenkindes. Pierre verspricht, gemeinsam mit seinem Sohn schon am nächsten Tag, für den er seine eigene Rückkehr nach Paris vorziehen will, die entsprechenden erforderlichen Maßnahmen einzuleiten, um auf diese tatkräftige Weise baldmöglichst dem unsinnigen Windräder-Vorhaben der Gemeinde ein für alle Mal einen Riegel vorzuschieben.

In diesem Moment höchster Entschlossenheit erscheint mit noch schlafumwölkten Augen auch Evelyne, der das Vorhaben von den beiden Freunden noch einmal im Einzelnen erläutert wird.

„Na, was hab' ich Dir gesagt?" Yves zeigt sich fast gerührt. „Das sind Freunde!"

Den Tag verbringen Yves und Pierre mit langen Spaziergängen im noch sonnigen Herbstwetter, wobei sie den Weg auf halber Höhe des Hangs durch Felder und kleine Waldstücke einschlagen. Während sie im wohltuenden Bewusstsein ihres freundschaftlichen Zusammenhalts die Landschaft genießen, lässt es sich nicht vermeiden, dass sich das Gespräch dann auch noch kurz auf die gegenwärtig angespannte Situation richtet mit den sich im ganzen Land immer weiter anbahnenden Protesten gegen die neue Kraftstoffsteuer. Pierre fehlt jedenfalls jedes Verständnis für den Aufruhr.

„Schau mal, es ist doch nicht zu fassen. Sie haben alles, wie nirgends in der Welt: Gesundheitsversorgung ganz weitgehend umsonst - und wir haben eines der besten Gesundheitssysteme der Welt -, Sozialleistungen für fast sämtliche Lebenslagen wie in kaum einem anderen Land, Altersversorgung schon ab der Midlife-Crisis und so weiter und so fort. Eine ganze Litanei ließe sich hier aufzählen. Aber lass, der Tag ist zu schön dafür."

Yves wendet ein, dass dies sicher zutreffe, viele sich aber eben doch Sorgen machen über noch weiter erhöhte Lebenshaltungskosten, nachdem auch das Preisniveau im Land sich in den letzten Jahren ziemlich rasant entwickelt habe.

„Und auf der anderen Seite sehen sie dann eben, dass die Vermögensteuer abgeschafft worden ist. Da stellt sich für viele ein Gerechtigkeitsproblem."

„Ach hör auf, Gerechtigkeit! Da könnte man ja fast in philosophische Erörterungen verfallen! Und was verstehen gerade die denn unter Gerechtigkeit? Immer wenn ihnen etwas nicht passt, strapazieren sie plötzlich Gerechtigkeit, obwohl sie gar nichts gegen ein bisschen Ungleichbehandlung einzuwenden haben, wenn es zu ihrem eigenen Vorteil geschieht. Hör doch auf, die ärgern sich nur, dass andere mehr verdienen als sie. Manager und Banker halten da immer als Sündenböcke her. Kann ihnen vielleicht auch einmal jemand erzählen, dass solche Spitzenkräfte ja auch hart arbeiten und große Verantwortung tragen? Das können sich solche Leute gar nicht vorstellen, geschweige denn wären sie dazu bereit oder gar in der Lage."

„Wahrscheinlich hast Du da ja Recht. Aber Du wirst doch nicht bestreiten, und das weiß doch jeder, dass sich die Globalisierung mit ihrem finanzpolitischen Standortwettbewerb in Europa zu Gunsten der höheren Einkommen auswirkt. Die kleinen Leute verstehen das natürlich nicht, aber sie haben dann einfach das Gefühl, abgehängt zu werden, obwohl das Wirtschaftswachstum letztlich auch ihnen zugutekommt. Wenn immer vom wirtschaftlichen Aufschwung gesprochen wird, wollen sie auch ganz unmittelbar ihren Anteil daran. Und auf dem Land sieht es besonders schlimm aus. Das Stadt-Land-Gefälle verschärft sich dramatisch. Manche Landstriche und Dörfer veröden zusehends. Da frage sich die Leute schon, wie es weitergehen soll."

Pierre ereifert sich so sehr gegen die allzu verständnisvolle Haltung seines Freundes, dass er mitten auf einer Wurzel stehen bleibt, die den Waldboden quer über den Weg durchzieht. Indem er heftig gestikuliert, empfindet er anscheinend seine früheren Debattenreden nach.

„Weißt Du, wovon wir hier reden? Den Niedrigverdienern geht es bei uns weitaus besser als irgendwo anders, selbst besser als in Deutschland. Unser Mindestlohn ist höher als in den anderen Ländern, es gibt bei uns viel weniger wirklich Arme, und dann – unser Soziales Sicherungssystem! Seien wir doch mal ehrlich: Viel zu Viele von denen, die jetzt ‚Gerechtigkeit' schreien, nutzen doch unser soziales System aus, und das ohne ... jede ... Hemmungen."

Er spricht die letzten Worte jedes für sich und mit besonderer Betonung aus, um die Eindringlichkeit der Aussage zu unterstreichen.

Die unbestreitbaren Versuchungen eines ausgebauten Sozialen Sicherungssystems zählen zu den bevorzugten Themen der beiden Diskutanten, bezüglich derer sie auch meist übereinstimmen und den „Moral Hazard" als negative Folge eines kostspieligen Systems mit hohen Beiträgen anprangern. Dennoch versucht der Notar, indem er seinen Freund am Arm weiter auf den Weg zieht, im Hinblick auf die Ursachen der gegenwärtigen Unzufriedenheit zu differenzieren. Er versäumt dabei auch nicht, die unterschiedlichen Äußerungen des Präsidenten in diesem Zusammenhang anzusprechen, die den Unmut der Öffentlichkeit auf sich gezogen haben.

„Weißt Du, es ist auch nicht gerade förderlich, diejenigen, die nicht zur Gründung eines Unternehmens in der Lage sind, als ‚Nichts' zu bezeichnen. Ja, lass nur, genauso hat er es ausgedrückt. Damit trifft er aber die halbe Bevölkerung. Oder das mit dem Überqueren der Straße, um Arbeit zu finden. Ja, ich weiß schon, es ist natürlich auch etwas dran, was er damit sagen wollte, aber er drückt damit eine Missachtung aus, die die Bürger übelnehmen. Das kann ich schon verstehen."

„Also, das ist doch alles wieder böswillige Verleumdung, was da berichtet wird. Typisch Presse, immer auf

Skandal aus. Überhaupt: Das hat er so nicht gesagt. Du reißt das jetzt auch schon aus dem Zusammenhang."

Yves, der die Geschehnisse in den unterschiedlichen Medien jederzeit aufmerksam und kritisch verfolgt, hat die entsprechenden Bemerkungen selbst sehr gut in ihrem tatsächlichen Wortlaut wahrgenommen. Sie haben bei ihm ein unbehagliches Gefühl hervorgerufen, und er besteht mit fast sturer Beharrlichkeit darauf, dass derartige Geringschätzung der Bürger für einen Präsidenten als absolut unangemessen anzusehen sei. Zur Untermauerung seiner Überzeugung greift er unter anderem auch gern in den Fundus seiner historischen Kenntnisse.

„Hör mal, man kann ja von Napoleon halten, was man will, und Du weißt, dass ich diesbezüglich meine gesunde Skepsis behalte. Aber in seinen Jahren als junger General und Erster Consul hat er offenbar doch noch Gespür für die Haltung gehabt, die die Regierenden gegenüber dem Volk einnehmen sollten. Danach hat sich das auch geändert, das wissen wir alle. Aber jedenfalls – und das ist interessant - schrieb er nach seinem Sieg in Marengo an die anderen beiden Consuln: ‚Ich hoffe, das Volk ist zufrieden mit seiner Armee.' Und damals waren sich alle einig und riefen: ‚Ah ja, wir sind zufrieden.' So geht man mit dem Volk um! Denn wenn man es schon nicht respektiert, woran ich auch bei Napoleon meine berechtigten Zweifel habe, muss man doch wissen, dass alles, was eine Regierung vorhat, jedes Projekt, letztlich nicht gelingt, wenn es nicht vom Vertrauen des Volkes getragen wird. Da kann unser Präsident aber noch Einiges lernen.'"

Pierre will sich nicht geschlagen geben, auch wenn ihn der Rückgriff auf den Nationalheros beeindruckt.

„Wie dem auch sei," sagt er. „Mit ihrem Geschrei gegen die Steuer fördern sie nur Radikale wie Le Pen und Mélenchon. Die haben sich doch auch gleich dahinter gehängt."

Die Fanfare des örtlichen Fussballclubs schmettert hell und aufdringlich ausgerechnet, als sie sich gerade zu einem duftendenden Kaninchencivet, das in seinem Topf bereits aufgetragen ist, an den Esstisch setzen wollen. Obwohl seine Kollegen sich zu dieser Stunde schon zu einem kleinen Imbiss treffen, ist sogar Maurice heute zum Abendessen geblieben, denn er isst das Civet besonders gern. Deshalb hat Lydie es auch extra für ihn gekocht.

In der gegenwärtigen Jagdsaison wimmelt es in der Gegend nur so von Wildkaninchen, die sich im Lauf des Jahres zu einer wahren Plage entwickelt haben. Nicolas hat bisher schon an die 50 dieser Tiere geschossen, so dass auch manche Freunde, soweit sie nicht selbst ebenso großen Jagderfolg aufweisen können, von der üppigen Jagdbeute profitieren und Lydie sich mit viel Phantasie bemüht, zwischen Paté, Braten und Civet zu variieren, um etwas Abwechslung in den Speiseplan zu bringen.

Nicolas sucht den Apparat, der sich mit der besagten Fanfare meldet, findet ihn aber erst unter dem Pullover, den Maurice bei seinem Eintreffen auf den Couchtisch geworfen hat. Aus dem Telefon tönt die Stimme seines Freundes Marcel, der es an sich sonst, wie sie alle, vermeidet, um die Essenszeit herum zu telefonieren. Also muss es sich um eine wichtige Angelegenheit handeln. Lydie ruft ihrem Mann, der im Flur Ruhe für sein Gespräch sucht, noch nach: „Mach schnell, sag, dass wir grade essen wollen!" In Sorge um ihr mit großem Aufwand zubereitetes Gericht rutscht sie ganz unruhig auf ihrem Stuhl hin und her und ruft immer wieder und immer lauter, je länger das Gespräch dauert: „Nicolas, hör doch auf, das Essen wird kalt!"

„Fangt Ihr schon mal ruhig an!"

Er muss einfach hören, was sein Freund ihm zu berichten hat. Jeder von ihnen weiß, dass Marcel sich wie kaum ein anderer schon seit mehreren Monaten per Internet auf dem Laufenden über die sich anbahnenden Protestbewegungen hält und sich selbstverständlich auch als einer der Ersten an der Abstimmung über den Forderungskatalog beteiligt hat. Schon aufgrund seiner Stellung in der Bäckerei in Nouvion ist er selbst wohlbekannt und örtlich hervorragend vernetzt. Der Protest-Link eröffnete ihm jedoch darüber hinaus den Zugang zu einem breiten Kreis Gleichgesinnter mit neuen Bekanntschaften, an dessen Informationen er seinen Freundeskreis jederzeit gern teilnehmen lässt.

Nun hat er eben auf diesem Wege von dem Vorhaben erfahren, künftig jeden Samstag in Paris zu protestieren. „Eine ganz große Sache wollen sie machen." berichtet er. Genaue Anweisungen wurden im Internet bereits gegeben. Damit sie sich möglichst gut wahrnehmbar zeigen bei ihren Protesten, wollen sie dabei die gelben Westen anziehen, die jeder immer im Auto mitführen muss für den Fall eines irgendwie gearteten unvorhergesehenen Aufenthalts auf den Straßen. Solche Westen besitzt jeder, es muss sich deshalb also keiner in neue Umstände oder Unkosten stürzen. Und sie wollen damit auf die Straße gehen. Als Gelbwesten – Gilets Jaunes.

Auch Vincent in Fort Mahon zeigt sich aus seinen eigenen Internet-Recherchen bereits entsprechend informiert, bestätigt Marcel. Er habe ihn gerade vorhin schon angerufen.

Marcel meint nun, und seine Stimme nimmt dabei einen raunenden und drängenden Ton an, dass man hier nicht beiseite stehen könne, sondern unter allen Umständen mitmachen müsse. „Sonst trägt man die Verantwortung, wenn alles nur immer noch schlechter wird. Und dass das so ist, haben wir doch wirklich gesehen. Das hat man sich dann selbst zuzuschreiben."

Er hat außerdem erfahren, dass sie zumindest in Amiens Ähnliches vorhaben, wenn nicht auch an anderen Orten wie z.B. dem nahen Abbeville, ja, er ist sich fast sicher, dass auch für Abbeville entsprechende Aktionen geplant sind. Aber jedenfalls konnte er durch seine in den letzten Monaten gefestigten Internet-Kontakte mit dem Bruder eines Anstreichers, der sich führend in der Organisation für Amiens betätigt, schon fast freundschaftliche Beziehungen aufbauen. Es liege deshalb nahe, sich erst einmal dort zu engagieren. Später könne man ja weitersehen.

Die Botschaft wirkt auf Nicolas wie eine Art Marschbefehl, und er kehrt sehr aufgeregt von seinem Telefongespräch an den Tisch zurück. In seiner aufgewühlten Stimmung ist es ihm kaum möglich, das köstlich duftende

Kaninchencivet, das er sonst sehr schätzt, zu genießen, worüber sich Lydie keineswegs erfreut zeigt. Stattdessen erzählt er während der gesamten Mahlzeit von den wichtigen Neuigkeiten, denen die Familie lauscht, ohne sie in ihrer Bedeutung wirklich zu erfassen.

Anschließend räumen Nicolas und die Kinder trotz allem in ihrem gewohnten Verfahren der Arbeitsteilung den Tisch ab. Dieser Prozess besteht zunächst daraus, dass die benutzten Teller auf den Boden in der Küche gestellt werden, wo Anais, für die ein strenges und weitgehend eingehaltenes Verbot des Bettelns bei Tisch besteht, herbeieilt und das Geschirr mit ihrer langen rosa Zunge genüsslich und sorgfältig säubert. Katja hockt sich währenddessen vor sie hin und streicht ihr zärtlich über den Kopf, wobei die Hündin ein kleines behagliches Knurren von sich gibt. Manche halten dieses Vorgehen für eine recht sonderbare Prozedur, die vielleicht auch nicht unbedingt höchsten hygienischen Anforderungen entspricht. Aber Katja legt schon im Interesse ihrer geliebten Hündin größten Wert auf die Einhaltung des Verfahrens, und die Teller werden ja anschließend gleich noch in der Spülmaschine einer gründlichen Reinigung unterzogen. Während er die Maschine einräumt, exakt die Teller vorn und die Töpfe nach hinten, das Besteck auf der obersten Ablage säuberlich nebeneinander angeordnet, denkt Nicolas nur noch an die Demonstration.

Maurice schließt sich trotz des aufregenden Ereignisses nach dem Essen seinen Kameraden an, die erfahrungsgemäß noch einige Stunden im Zimmer eines Arbeitskollegen Musik hören. Als er am späteren Abend von dem Treffen in heiterer Stimmung – obwohl sich die junge Generation vorwiegend mit Cola oder Schweppes begnügt - nach Hause kommt, hat sich Katja in der Zwischenzeit längst wieder in ihr Zimmer zurückgezogen. Die Eltern findet er jedoch zu seinem großen Erstaunen noch wach. Nicolas und Lydie sitzen am Esstisch, ebenso wie ihr Sohn sie vor einigen Stunden verlassen hat. Es zeigt sich, dass Nicolas offensichtlich den ganzen Abend damit verbrachte, die ihn alarmierenden Neuigkeiten zu verarbeiten, indem er Lydie, die schon seit Längerem auf ihrem Stuhl mit dem Schlaf kämpft, immer wieder die Einzelheiten, die ihm Marcel berichtet hat, vortrug, drehte und wendete.

Als Ergebnis seines abendlichen kollegialen Austauschs weiß Maurice nun seinerseits weitere hilfreiche Neuigkeiten beizutragen. Im Kreis seiner Arbeitskollegen hatte es sich schon herumgesprochen, dass „sie" am nächsten Samstag in Amiens den Kreisverkehr vor der nördlichen Autobahnauffahrt blockieren wollen. Dank der Mithilfe seiner Kameraden verfügt er auch bereits über eine diesbezügliche Internetverbindung, aus der sich alle nützlichen Hinweise für dieses Ereignis entnehmen lassen. Trotz der späten Stunde stellen er und Nicolas auf diesem Wege schnell die weiterführenden Kontakte mit den Kameraden aus Nouvion her. Schließlich vereinbaren die Teilnehmer an dieser nächtlichen Internet-Runde, sich am Samstagvormittag in Amiens am besagten Rondpoint zu treffen.

Lydie hält sich vor Müdigkeit gerade noch aufrecht genug, um ihre Bedenken gegen das Vorhaben zu äußern. In der vagen Hoffnung, dass dieses sich, so unvorhergesehen es auftrat, auch schnell wieder erledigen werde, hat sie sich den ganzen Abend zurückgehalten, sieht sich jedoch jetzt, wo sich die Pläne verdichten, zum Einschreiten gezwungen. Lydie ist von Natur vorsichtig, und sie weiß aus Erfahrung, dass sie mit ihrer Haltung ja auch in den meisten Fällen Recht behält.

Unglücklicherweise trifft sie dieses Mal mit ihren Bedenken auf gefestigten Widerstand.

Im Lauf des Abends hat sich Nicolas nämlich langsam, Schritt für Schritt, selbst davon überzeugt, „dass es sein muss". Nachdem er stundenlang mit sich gerungen und dabei auch gegen eine gewisse angeborene Bequemlichkeit angekämpft hat, bringt ihn nun nichts mehr von seinem Entschluss ab. Er erhebt sich von seinem Stuhl, etwas steif schon vom langen Sitzen, aber so feierlich, als müsse er eine wichtige Botschaft überbringen, und stellt sich in seiner ganzen gedrungenen Gestalt breitbeinig vor seine Frau. In der letzten Zeit hat er noch etwas zugenommen und nähert sich immer mehr kugelartiger Form an. Jedenfalls stützt er nun die kurzen kräftigen Arme fest in die vom karierten Hemd umspannten Seiten, wie um sich an sich selbst festzuhalten, und verdeutlicht seiner Frau, dass es „jetzt reicht", was immer sie auch dazu meint.

„Vielleicht kannst Du es ja nicht so genau überblicken, weil Du Dich auch nie besonders dafür interessiert hast, aber man muss jetzt was tun. Alles geht sonst den Bach runter."

Lydie bleibt skeptisch.

„Nur weil Du mal was tun willst, wird sich deswegen auch nichts ändern. Da hat keiner auf Dich gewartet. Die lachen bloß über Dich."

Aber Nicolas beharrt darauf, dass sich erst recht nichts ändert, wenn man nichts tut, denn in diesem Moment ist er hiervon fest überzeugt.

„Und schließlich, verdammt noch mal, schließlich sind wir das Volk. Wir sind doch die, die die Arbeit tun, und die da oben haben wir gewählt, damit sie was für das Volk zu tun, und nicht, damit sie sich nur selber gut vorkommen. Schau sie Dir doch an! Die sonnen sich doch nur in ihrer Pracht und Herrlichkeit. Die machen dem Volk, das wir sind, nur Schwierigkeiten. Die machen uns was vor, die schikanieren uns und, weißt Du, was das Schlimmste ist - die verachten uns."

Nicolas redet sich in Rage und Begeisterung. Einem unbeteiligten Beobachter drängte sich in diesem Moment seine unverkennbare Ähnlichkeit mit einem kleinen, aber rustikalen Exemplar des gallischen Hahnes auf, wie er sich auf den zahlreichen Monumenten der Marktplätze des Landes in die Brust wirft und kräht. Bei seinen letzten Worten, die ihm besonders aus dem Herzen kommen, beugt er sich angelegentlich vor, indem er die beiden robusten Hände fest auf den Rand des Tisches vor Lydie stützt. Obwohl er im Allgemeinen nicht unbedingt über großes rhetorisches Talent verfügt, eine Gabe, die er ja auch für seinen Maurerberuf nicht benötigt, berauscht er sich nun an seinen eigenen Worten.

Lydies Hoffnung auf ein Ende des Redeflusses schwindet immer mehr. Sie sitzt nur ebenso müde wie angespannt auf ihrem Stuhl und schüttelt hin und wieder den Kopf, während Nicolas weiter und immer schneller spricht, je mehr ihm deutlich wird, dass es ihm immer noch nicht gelungen ist, seine Frau zu überzeugen.

Ganz unerwartet lässt sie es schließlich dabei bewenden und gibt nach. Nicht, dass sie von der geplanten Protestaktion auch nur das Geringste hielte; im Gegenteil bestehen bei ihr gegenüber dem ihrer Ansicht nach vollkommen unsinnigen Vorhaben unverändert die schwersten Bedenken und ein tiefgreifendes Unbehagen. Aber sie spürt die Vergeblichkeit ihres Widerstandes. Seufzend sagt sie nur noch: „Aber Nico, bitte, pass bloß auf, dass nichts passiert!"

Besondere Angst befällt sie, als ihr deutlich wird, dass Nicolas auch noch Maurice zu diesem für sie sinnlosen Unternehmen mitnehmen will, und diese Angst fährt ihr tief bis in den Bauch hinein. Maurice hat schon die ganze Zeit aufmerksam der Auseinandersetzung zwischen seinen Eltern gelauscht. Beim Vortrag seines Vaters bekam er leuchtende Augen und kann nun vor Ungeduld kaum mehr stillsitzen.

„Ich mach da auf jeden Fall mit, Papa!"

„Gut so, mein Kleiner, dann gehen wir zusammen."

Nicolas strahlt vor Freude über den Unternehmungsgeist seines Sohnes über sein ganzes rundes und rotes Gesicht, aus dem die abendlichen Bartstoppeln blondstachelig hervorstehen. Angesichts dieses nun sehr viel weiter gehenden Vorhabens versucht Lydie doch noch letzten Widerstand zu leisten.

„Lass wenigstens den Jungen doch, Nico! Der hat genug mit seiner Lehre zu tun. Willst Du vielleicht, dass er die schmeißt?"

Aber Nicolas zeigt sich nun endgültig entschlossen.

„Ach Quatsch! Da kann er nur lernen. Der muss die wirklichen Verhältnisse im Leben kennenlernen. Ist höchste Zeit. Um seine Zukunft geht's ja schließlich."

Maurice ist stolz auf seinen Vater, und er ist stolz, dass er mitmachen darf. Er fühlt sich erwachsen.

Etwas später, als die Beiden schon eifrig die Einzelheiten für den kommenden Samstag besprechen - und man sieht ihr an, dass sie sich zu einem solchen Vorstoß erst mühsam durchgerungen hat -, sagt Lydie noch mit gepresster Stimme: „Nico, bitte, ich will's ja nicht noch schlimmer machen, als es sowieso schon ist, aber denk an Antoine!"

Letztere Bemerkung verärgert Nicolas so sehr, dass er erst einmal verstimmt schweigt und finster vor sich hinstarrt. Dass sie ihn gerade in diesem Augenblick des Engagements und des Aufbruchs an seinen verunglückten Bruder erinnert, verletzt und verunsichert ihn zutiefst.

„Was soll das jetzt? Du, lass mich bloß in Frieden damit!"

Lange hat er mit seiner Frau nicht mehr in diesem Ton gesprochen. Er weiß das ganz genau. Deshalb wendet er sich trotzig ab und beschließt, jetzt erst recht mitzumachen und auch Maurice mitzunehmen. Schließlich ist das alles sehr lange her, woran sie ihn erinnert.

Am Samstag fahren sie dann tatsächlich nach Amiens zur Autobahnauffahrt. Eine Gruppe von neun Teilnehmern aus Nouvion trifft sich wie abgesprochen schon recht früh am Morgen vor dem Supermarkt, auf dessen Parkplatz sie ihre eigenen Autos abstellen. Neben den noch in morgendlicher Wartestellung ordentlich hintereinander geschachtelten Einkaufswagen stehen schon die Krankenschwester, die ihren Beruf in Nouvion selbständig ausübt, der Klempner aus dem Nachbarort, dessen kleiner Betrieb nie gut gelaufen ist, und der Handelsvertreter, der, soweit sie das wissen, Haushaltsgeräte vertreibt. Einige Minuten später sind dann auch die restlichen angemeldeten Teilnehmer eingetroffen. Unter ihnen findet sich noch der Lastwagenfahrer aus Forest-Montier, aber überraschenderweise auch der Arbeitslose von der Ecke in Nicolas' Straße, über den sich so mancher von ihnen oft geärgert hat und den sie ursprünglich nicht mitnehmen wollten. Dagegen wird Hervé von der Gärtnerei mit lauten Willkommensrufen begrüßt. Der Lange von der Déchetterie hat es nicht geschafft, sich für Samstag, an dem die Leute vorzugsweise ihre Abfälle auf die Deponie heranschaffen, freizumachen. Marcel, der für diesen Tag vom Dienst in der Bäckerei befreit wurde, reist gesondert an, weil er schon möglichst früh an Ort und Stelle mit den Kameraden aus Amiens Kontakt aufnehmen will.

Dann pressen sie sich alle in den Kleintransporter, der Hervé von seinem Chef, dem Inhaber der Gärtnerei, für diesen wichtigen Tag als besonderes Zeichen wohlwollender Unterstützung zur Verfügung gestellt wurde. „Lass mal, Hervé, ist schon gut, so was unterstütz' ich gern. Endlich rührt sich mal jemand." Dabei handelt es sich um eine wirkliche Hilfe, denn sie wissen nicht, wo sie an Ort und Stelle ihre Wagen abstellen können. Um die Autobahnzufahrt herum lassen sich wahrscheinlich keine Parkplätze finden, auf denen die Autos sicher vor Beschädigungen bleiben.

Das gesamte Vorgehen haben sie am Tag zuvor im Einzelnen mittels zahlreicher WhatsApp-Nachrichten untereinander vereinbart. Von Marcel kam gestern außerdem noch telefonisch eine genaue Ortsbeschreibung, wobei er gleichzeitig bis in die Details erläuterte, wie die Kameraden aus Amiens sich den Ablauf des Tages vorstellen, obwohl sich dies eigentlich den bisherigen umfangreichen Internetbotschaften bereits genau entnehmen ließ. Lydie, deren besorgte Miene sich seit Tagen nicht mehr aufhellt, hatte noch besonderen Wert darauf gelegt, dass Nicolas und Maurice die wärmsten Sachen anziehen, die sie besitzen, denn der Wetterbericht, soweit man ihm vertrauen darf, meldet bittere Kälte für den ganzen Tag.

Als sie gegen 11 Uhr an der Autobahnzufahrt ankommen, bevölkern in kleinen Gruppen schon mehrere Teilnehmer den Platz vor der Péage, an der die Autofahrer ihre Maut zu entrichten haben. Es handelt sich um einen der Kreisverkehre, Giratoires beziehungsweise Rondpoints genannt, deren Unzahl im Land selbst und in gleicher Weise seinen überseeischen Gebieten geradezu sprichwörtlich ist. Von diesem Rondpoint aus mündet die Umgehungsstraße für Amiens auf die Autobahn in Richtung Nord und Süd ein, so dass es sich also um einen zentralen Verkehrsknotenpunkt handelt. An diesem Samstag im frühen November herrscht wirklich schneidende Kälte. Alle bereits Anwesenden halten ihre Hände in den Taschen und treten auf der Stelle oder bewegen sich auf andere Weise wie in einem seltsamen Ballett, um ein Einfrieren der Füße zu verhindern.

Nicolas und Maurice begrüßen Marcel, der schon längere Zeit nach dem weißen Lieferwagen Ausschau hielt und ihn sofort bemerkte, als er in die Zufahrt zum Kreisverkehr einbog. Er steht neben einem kleinen schmächtigen Mann, bei dem es sich wahrscheinlich um den mehrfach erwähnten Bruder des Anstreichers handelt, läuft aber eifrig heran und öffnet geschäftig die Fahrertüre, kaum dass der Wagen steht.

„Da seid Ihr ja, Jungs! Kommt mal schnell rüber, die warten schon auf Euch. Haben schon gefragt, ob die aus Nouvion tatsächlich die Schneid aufbringen." Er lacht dazu etwas ironisch.

„Wieso das denn?" Nicolas schüttelt verständnislos den Kopf.

„Na, ist doch egal, kommt schon!"

Marcel merkt, dass er in seiner Begeisterung etwas danebengegriffen hat, und die Kameraden sich wohl in ihrem Selbstbewusstsein verletzt fühlen. Umso größere Sorgfalt legt er auf ihre Vorstellung, die er nicht ohne gewissen Stolz erledigt: „Das ist jetzt die Truppe aus Nouvion. Na also. Was hab' ich Euch gesagt?"''

Nicolas bemerkt sofort, dass sich einer der Anwesenden, ein etwas finster aussehender stämmiger Mann mit fettigen schwarzgeringelten Haaren, anscheinend bereits für eine Art Anführer hält. Er nennt sich Robert, und sie erfahren ungefragt von ihm, dass er den Beruf eines Klempners in Amiens ausübt und die Unzulänglichkeit seines Arbeitslohnes auf das Versagen der Regierung zurückführt. Um die Wichtigkeit seines vorgeblichen Amtes zu unterstreichen, bemüht er sich jedenfalls, bei allem, was er von sich gibt, eine möglichst grimmige Miene aufzusetzen.

„Gut, dass Ihr mitmacht. Ist aber auch dringend nötig. Wir werden ihnen schön einheizen. Daran werden sie noch lang denken."

Damit dürfen sie sich in den Kreis der Kampfgenossen aufgenommen fühlen. Obwohl sie noch etwas unbeholfen herumstehen, strahlt vor allem Marcel vor Unternehmungslust, die sich darin äußert, dass er ziellos, aber eifrig zwischen den Anwesenden hin und her geht und dabei die Krankenschwester unabsichtlich mehrmals recht grob anstößt. Dazwischen wendet er sich einmal vertraulich und mit gedämpfter Stimme an Nicolas:

„Sag mal, warum habt Ihr denn den Arbeitslosen mitgenommen? Der hat uns grade noch gefehlt! Schau mal, wie der sich wichtigtut."

Nicolas zuckt die Schultern.

„Du bist gut. Der hat sich richtig reingedrängt. Was hätten wir denn machen sollen? Ihn einfach stehen lassen?"

Die Leute aus Amiens spielen sich eindeutig als Führungstruppe auf, sprechen besonders laut, versuchen die Teilnehmer vereinzelt schon in bestimmte Positionen zu bringen und benehmen sich auch ganz allgemein, als hätten sie den Platz persönlich gepachtet. Das stört Nicolas etwas. Aber er muss anerkennen, dass die meisten der Neuangekommenen – einschließlich er selbst - tatsächlich noch über keinerlei Erfahrung mit irgendwie gearteten Demonstrationen verfügen und die Amienois auch wirklich umsichtig alles Notwendige vorbereitet haben.

Jeder erhält, wie es sich für eine ordnungsgemäße Protestveranstaltung gehört, ein Transparent zugeteilt in Gestalt einer zwischen zwei lange Holzstöcke gespannten Art Leinwand oder festen Papiers, manche auch nur ein Pappschild. „Das nächste Mal müsst Ihr aber selber eins mitbringen!", werden sie dabei noch ermahnt. Als sich jeder mit diesen Insignien der Empörung versorgt sieht, hebt einer ein Schild mit der Aufschrift „Macron Démission" hoch, der andere erklärt auf seinem Transparent: „Es reicht", wieder ein anderer bittet: „Macron, lass uns am Leben!". Nicolas erhält ein großes Schild mit der Aufschrift „Peuple en Colère" zugeteilt. Er hätte zwar eine etwas definierbarere Aussage vorgezogen als die Wut des Volkes, fügt sich aber in die Umstände. Maurice bekommt ein Transparent mit dem Text „Wir sind das Volk" und hält es schon die ganze Zeit wie eine Trophäe stolz vor sich hoch, wobei er keinen Zweifel lässt, dass diese Bekundung auch seiner ganz persönlichen Meinung entspricht.

Trotz der Verbalisierung ihres Protestes stehen die Teilnehmer immer noch recht ungelenk herum. Dann heißt es aus der Mitte der Amiensgruppe, die zur Betonung der Bedeutung der Aktion offenbar Wert auf militärische Kommandos legt, sich formieren, denn es geht darum, eine Straßensperre zu errichten. So machen sie es auch in Paris, erfahren die Teilnehmer, ein unschlagbares Beispiel, das seit jeher und bei jeder Gelegenheit im Land Schule macht.

Die Leute aus Amiens sind zum Teil mit großen Wagen angereist und führen die unterschiedlichsten Gegenstände mit sich: Sperrgut in Gestalt alter Stühle und Bänke oder auch Alteisen in allen denkbaren Formen. Nachdem mit vereinten Kräften und mittels dieser Ausrüstung in der Nähe der Aus- und Einfahrt die Fahrbahn verengt worden ist, marschieren einige der Anführer voran und beziehen in einer Weise Stellung, dass dem Verkehr, der die Autobahn befahren oder auch von ihr abfahren will, jeweils nur eine ganz schmale Gasse bleibt, durch die sich die einzelnen Fahrzeuge im Schritttempo vorwärtsquälen müssen. In dieser Belagerungshaltung erwarten die Kämpfer mit Spannung die ersten Wagen, die auch sehr bald eintreffen, an diesem Samstagmorgen erst noch spärlich, später in größerer Anzahl.

Sehr bald bildet sich auch eine bestimmte Verfahrensweise heraus. Ein Wagen, auf dessen Ablage vorne sich schon vorsorglich sichtbar eine Gelbweste befindet, wird unter großem Hallo begrüßt, denn diese Geste lässt einen möglichen Sympathisanten vermuten. Manchmal ergibt sich mit einem solchen Fahrer auch ein Gespräch, in dem dieser dann den Demonstranten seine volle Unterstützung zusichert oder zumindest sein Verständnis für den Protest äußert. Aufgrund solcher Ergebenheitsadresse erhält er denn auch sehr rasch freie Fahrt. Wer keine Gelbweste in der Auslage vorzuweisen hat, wird erst einmal aufgehalten. Sie stellen sich hierzu quer über die enge Gasse breit vor dem jeweiligen Wagen auf, manche lehnen sich dann auch direkt an die Fahrertüre oder stützen sich auf die Motorhaube, glotzen aufdringlich durch die Scheibe hinein, ein paar Spaßvögel feixen in lächerlicher Weise und fühlen sich dabei gut, ein paar besonders Kühne trommeln mit der Faust auf die Motorhaube.

Während Maurice sich von Anfang an gelehrig und eifrig an allen derartigen Aktionen beteiligt, berührt Nicolas das gesamte Vorgehen zunächst ausgesprochen peinlich. Aber er gibt sich einen Ruck. „Mitgefangen, mitgehangen." sagt er sich. „Das ist eben kein lustiger Jagdausflug!" Und er denkt an das alte Sprichwort, nach dem die Eier zerbrochen werden müssen, um ein Omelette zu bereiten.

Der Verkehr staut sich um die Mittagszeit bald erheblich in beiden Richtungen und bildet allmählich lange Schlangen. Unter dem Gehupe besonders Ungeduldiger steigen einzelne Fahrer in den hinteren Wagen aus, um sich einen besseren Überblick zu verschaffen, andere brechen auch in lautes, zum Teil unflätiges Geschimpfe aus. Ein Betroffener muss wohl die Gendarmen gerufen haben, denn sie kommen in mehreren Fahrzeugen angebraust. Mit martialischem Gehabe springen sie aus ihren Wagen und bewegen sich schweren Schrittes auf die Demonstranten zu.

„Wer zeichnet hier verantwortlich?"

Robert lässt es sich nicht nehmen, seine Rolle gerade auch hier zur Geltung zu bringen, läuft gewichtig heran und weist sich als Organisator der Demonstration aus, wobei er sich sehr selbstbewusst auf deren ordnungsmäßige Anmeldung und Genehmigung beruft. In amtlichem Ton fordern die Gendarmen die Demonstranten auf, die Autofahrer durchfahren zu lassen, denn eine Versammlung zum Zwecke des Protestes sei in der Tat genehmigt, nicht aber die Behinderung des öffentlichen Verkehrs. Gleichzeitig ermahnen sie den selbst ernannten Anführer, unverzüglich für die Auflösung der Blockade zu sorgen. Nachdem die Aufforderung erwartungsgemäß nur zögerlich befolgt wird und die Blockierer der ersten Reihe trotz persönlicher Ansprache nur weiter vor der Péage hin und her kreuzen, schieben sich kurz entschlossen zwei der Gendarmen vor die Demonstranten und winken selbst nach Art von Verkehrspolizisten die Autos durch. Auf diese Weise gelingt es zumindest einigen wenigen Wagen, endlich wieder voranzukommen. Zufrieden mit dem Erfolg ihrer Bemühungen ziehen die Ordnungshüter ab.

Allerdings schließt sich die Gasse danach unmittelbar wieder. Nun brandet die Begeisterung der Demonstranten neu auf im Gleichklang mit dem verständlichen Ärger, bisweilen auch der offenen Wut der betroffenen Autofahrer, die bisweilen wieder sehr vernehmlich ihren Zorn zum Ausdruck bringen. So geht es den ganzen Samstag, bis einige der Teilnehmer beginnen, müde zu werden.

„Wir gehen jetzt." melden die aus Abbeville als Erste. „Also, bis nächsten Samstag!"

Immerhin erfahren Nicolas und sein Trupp, als auch sie todmüde spät abends gemeinsam nach Hause fahren, aus den Nachrichten im Radio, dass an diesem ersten Protesttag – nahezu gleichmäßig verteilt über das Land - etwa 2.000 Straßensperren eingerichtet wurden und an die 300.000 Menschen an den Demonstrationen teilgenommen haben. In Paris kam es sogar zu Ausschreitungen, als eine Gruppe zum Elysée-Palast vordringen wollte, um „Macron einzuheizen".

„Gut so, aber dass sie bloß nicht übertreiben!" sagen sich die Freunde gegenseitig.

„Es scheint, wir Franzosen machen wieder einmal unserem hergebrachten Revolutionsgeist alle Ehre. Aber habt Ihr das denn noch im Griff? Übrigens, von unserem Präsidenten hat man in dem Zusammenhang ja noch nicht viel gehört. Der ist vorsichtshalber wohl weggetaucht?"

„Ja was soll er denn machen? Er kann sich doch nicht von jeder querulatorischen Meute aufscheuchen lassen. Thibault sagt mir jedenfalls, im Elysée sind sie fest davon überzeugt, dass sich die Demonstrationen bald wieder beruhigen. So war das doch immer, Yves. Erinnere Dich nur an die Ärztedemonstrationen vor ein paar Jahren. Nach ein paar Tagen haben sie wieder fleißig in ihren Praxen Geld gescheffelt."

Yves ist sich in diesem Zusammenhang nicht so sicher.

„Da seid mal vorsichtig! Ihr erinnert mich mit Eurer Sorglosigkeit ja fast an Louis XVI nach dem Sturm auf die Bastille: ‚Ein Aufstand? Nein Sire, eine Revolution.'"

Yves lacht behaglich über die gelungene historische Parallele.

„Hör auf, Du redest schon wie Mélenchon! Der vergleicht momentan auch sofort alles mit 1789. Nein, nein, Du wirst sehen, das beruhigt sich bald wieder. Sogar die Riesendemonstrationen gegen die Ehe für alle waren doch nach ein paar Wochen vorbei."

„Na, so sicher bin ich da nicht, dass das jetzt so läuft wie immer. Im Tagebuch des Königs fand sich damals auch der Eintrag: ‚Nichts Neues'. Passt bloß auf, dass Ihr Euch da nicht täuscht."

„Übrigens, wo ist denn eigentlich Charlotte?" fragt Pierre. „Ich hab' sie lang nicht mehr gesehen. Hat sie ihr Refugium bei Euch aufgegeben oder ist sie gar in den ehelichen Hafen zurückgekehrt?"

Er hat mit dieser unschuldigen Frage offensichtlich, ohne es zu wollen, einen wunden Punkt getroffen. So zögert der Notar auch ein wenig unbehaglich, bevor er antwortet.

„Ja, weißt Du, das ist so eine Sache."

Die Einleitung lässt komplizierte Zusammenhänge vermuten.

„Du weißt ja, sie war damals heilfroh, dass sie nach dem Desaster mit ihrem unseligen Ehemann bei uns unterschlüpfen konnte. Wie ein Vogel vor dem Platzregen, die Arme! Lange Zeit schien sie richtig erlöst, verbrachte Stunden um Stunden mit Malen, schien darin wirkliche Ablenkung zu finden, obwohl ich, nebenbei bemerkt, ihre Kunstwerke furchtbar nichtssagend finde. Aber das spielt keine Rolle. Jedenfalls verkroch sie sich richtig bei uns. Evelyne wurde es schon allmählich unheimlich. Sie meinte, das Kind könne sich doch nicht so vor der Wirklichkeit verstecken. Sie hatte ja Recht damit. Redete dann so lange auf die Kleine ein, bis sie sich bereiterklärte, doch wieder einmal mit ihr nach Paris zu fahren."

„Na, das hat ihr doch sicher gutgetan!"

„Ja, so genau weiß man das auch nicht. Zuerst hat sie blasiert getan, spielte die verletzte Schöne, wollte an keinem Meeting dort teilnehmen. Du kennst Evelyne – wenn sie in Paris ist, hat sie ihren Terminkalender vollgestopft mit Meetings aller Art. Dann hat sich Charlotte nach einiger Zeit doch immerhin öfter mit einer alten Freundin getroffen. Sie gingen zusammen aus, ins Kino und ich glaube in eine spezielle Boîte, die sie schon seit ihrer Jugend kennen. Ja, und dann blieb das Töchterchen plötzlich einmal über Nacht weg, kam erst morgens nach Hause, ziemlich aufgekratzt. Aber sie wollte ihrer Mutter durchaus nichts erzählen von ihren offenbar anregenden Erlebnissen."

„Ist ja eigentlich nicht weiter verwunderlich, dass sich eine hübsche junge Frau wie Charlotte auch mal amüsieren möchte, ohne gleich bei ihrer Mutter Bericht zu erstatten."

„Na ja, Du kennst ja Evelyne. Das beunruhigt sie eben. Bei alldem wäre ja auch nichts gewesen."

„Ja und?"

„So recht wissen wir das auch nicht. Jedenfalls fährt sie seitdem nicht nur gern, sondern immer öfter nach Paris."

„Ist doch gut! Da findet sie doch am ehesten aus ihrer Trübsal heraus!"

„Das scheint uns auch. Aber merkwürdigerweise übernachtet sie nicht in der Wohnung. Babette sagt, sie hat sich dort sehr lang nicht mehr sehen lassen. Das macht uns schon Sorgen, wie Du Dir denken kannst."

„Yves, Du bist doch ein Schatz! Wahrscheinlich hat sie ein neues Glück gefunden! Das darf sie doch, oder?"

Kampf und Protest, besonders wenn sie andauern, rufen das Bedürfnis nach gewisser Geborgenheit hervor. Und so richten sie sich am nächsten Wochenende am Rondpoint entsprechend häuslich ein. Aus Spanplatten, Blech und Pappe bauen sie eine Art Hütte am Rand des Kreisverkehrs, dort, wo die hohe Böschung Schutz gegen den Wind bietet. Besonderen ästhetischen Anforderungen entspricht das Bauwerk mit seinem schiefen Wellblechdach wahrlich nicht, im Gegenteil wirkt es ziemlich abgerissen, aber es bietet Schutz vor schlechtem Wetter und ganz grundsätzlich eine Art Zuflucht. Es scheint, dass alle entsprechenden Bedarf nach einem solchen Rückzugsort empfinden, denn Jeder hat zur Fertigstellung beigetragen, sei es in Gestalt von Baumaterial oder mit persönlichem Einsatz. Sie haben sich im Internet vorher auch darüber abgestimmt. Einer aus Crécy hat sogar ein paar Möbel mitgebracht: einige Stühle und einen groben Tisch.

Über dem Eingang, der aus einer nur sehr unzulänglich schließenden verbeulten Metalltüre besteht, bringen sie ein großes Plakat aus Pappe an, auf dem in ungelenk geschmierten, dicken schwarzen Buchstaben steht „Haus der Gilets Jaunes". So nehmen sie auch nach außen kenntlich Besitz von ihrem Bauwerk. Das Ganze wirkt ausgesprochen provisorisch, jedoch erscheint es in seiner Art Manchem von ihnen als eine der angenehmsten Unterkünfte, in die sie sich jemals geflüchtet haben.

Ein besonders fürsorglicher Teilnehmer, es heißt, es war der Handelsvertreter, hat einen dreibeinigen Brasero mitgebracht, den sie vor der Hütte aufstellen und in dem sie Feuer machen, um sich zu wärmen, denn mittlerweile pfeift in diesem schon recht fortgeschrittenen November der Wind eisig um den Rondpoint, als wolle er sich am Protest mit eigenem und denkbar einschneidendem Beitrag beteiligen. Ein anderer hat Würstchen mitgebracht, Merguez, und eine Frau, die sich augenscheinlich schon seit Beginn der Demonstrationen auch sonst in jeder Hinsicht besonders um das leibliche Wohl der Demonstranten sorgt, brät sie mit Hingabe auf dem kleinen Feuer. Jedes Mal, wenn eine Anzahl Würstchen gebräunt ist, bietet sie sie den Kameraden an und freut sich, wenn diese ihr Angebot entsprechend willkommen heißen.

Auf diese Weise vergewissern sie sich gemeinsam, den Schauplatz ihres Protestes in Besitz genommen zu haben. Allmählich kommen sie am Rande ihrer Aktionen auch miteinander ins Gespräch und beginnen, sich über das sie verbindende Anliegen hinaus zu einer Gemeinschaft zusammenzuschließen. Eine ganze Reihe unterschiedlicher Leute aus verschiedenen Lebensumständen lernen sich gegenseitig kennen. Da treffen sie den Rentner, der Jahrzehnte lang gearbeitet hat und den angesichts seiner niedrigen Rente, die gerade für das Nötigste ausreicht, trotzdem die Angst vor der Armut befällt. Da ist die Kassiererin im Supermarkt, die sich mit ihrem Kind allein durchschlagen muss, der Taxifahrer, die Krankenschwester, der Paketwagenfahrer, die alle arbeiten, jedoch nur schwer mit ihrem Verdienst auskommen können. Besonders beeindrucken sie die Erzählungen der jungen Angestellten aus dem Call-Center. Sie arbeitet zum Mindestlohn in einem befristeten Arbeitsverhältnis und erfüllt die wenig dankbare Aufgabe, Inhaber eines Festnetzanschlusses telefonisch zu belästigen, um das Programm der Regierung für die finanzielle Unterstützung von Hausisolierungen zu Gunsten von interessierten Baufirmen anzupreisen. Die Beschimpfungen der verärgerten Hausbesitzer bedrücken sie mindestens in dem Maße wie ihr Hungerlohn.

Einer nach dem anderen erzählt von sich, von seiner Arbeit, seinen Sorgen oder seinem Ärger. Fast keiner findet sich unter ihnen, der nicht seine Beschäftigung hat oder zumindest eine solche ernsthaft sucht. Der Arbeitslose von der Ecke hat übrigens nach dem ersten Samstag aufgegeben. Zumindest war er schon das nächste Mal nicht rechtzeitig zum morgendlichen Sammeltransport zur Stelle, so dass sie mit erheblicher Erleichterung ohne ihn abfuhren. Ganz zu Beginn hatte sich auch ein Mann beteiligt, der es sich nicht nehmen ließ, sich jedem, den er ansprechen konnte, sofort als Obdachloser vorzustellen, und dabei in wüste Beschimpfungen über seine letztlich offenbar selbstgewählten prekären Lebensumstände ausbrach. Allerdings zog er sich recht rasch zurück, als ihm mit mehr oder weniger Einfühlungsvermögen verschiedentlich bedeutet wurde, dass er die Nerven der übrigen Teilnehmer mehr als erträglich strapaziere.

Gegen Mittag steht die Gemeinde mit rotgefrorenen Gesichtern, aber leuchtenden Augen, rund um das Kohlebecken. Alle stampfen mit den Füßen und reiben sich die

Hände. Jeder von ihnen nimmt diese Unannehmlichkeiten in Kauf in der Gewissheit und dem guten Gefühl, gemeinsam für eine gerechte Sache zu kämpfen.

Nicolas hat noch am Vortag mit Genugtuung zur Kenntnis genommen, dass selbst Lydies Arbeitgeber, der Betreiber des Supermarkts, sich zustimmend zu den Protesten geäußert haben soll, wie ihm seine Frau nicht ohne einen Anflug von Stolz – selbst sie! - berichtet hat. „Was, Lydie, Dein Mann macht da auch mit bei den Gelbwesten - der Nico? Erzähl doch mal, wie das so geht!"

Unter den bewundernden Blicken der halben Belegschaft, die sich im Kreis um Lydie scharte, wie sie, angetan mit den Farben des Supermarktes, auf ihrem drehbaren Stuhl an der Kasse saß, berichtete sie nun, was Nicolas ihr von den Treffen in Amiens erzählt hat. Selbst die wenigen Kunden, die sich zu dieser Tageszeit einfanden, lauschten dem Bericht aufmerksam. Am Ende stand der Chef, der sich halb auf die Warenablage an der Kasse gesetzt hatte, auf.

„Da hast auch Du nichts zu lachen, Lydie! Wirst viel allein sein an den Wochenenden! Na, dann viel Erfolg! Das nenn ich staatsbürgerlichen Einsatz!"

Er gab ihr noch eine große Dose Cassoulet mit Entenschenkeln mit „zum Aufwärmen beim Protest". Obwohl sie sich über diese Anerkennung freut, kann auch sie ihre anhaltenden Sorgen vor allem um ihren Sohn in keiner Weise beschwichtigen.

Dabei scheint sich Maurice jedenfalls in seinem Element zu fühlen. Schon das letzte Mal verstand er sich mit einem Trupp junger, ebenfalls hochmotivierter Demonstranten aus Abbeville sofort sehr gut. Seitdem haben sie sich zusammengeschlossen und sich gegenseitig geschworen, keinen Samstag zu versäumen und so lange zu demonstrieren, bis „der Erfolg eintritt". Welchen Erfolg sie meinen, wissen sie natürlich nicht ganz genau, aber sie halten solche Einzelheiten auch nicht für ausschlaggebend. Jedenfalls vertiefen sie im Lauf der heutigen Aktionen ihren Zusammenschluss immer weiter. Gemeinsam zeichnen sie sich im Lauf des Tages ganz besonders aus bei allen Aktionen durch ungebremsten Einsatz, als gelte es, den Mannschaftssieg bei einem Fußballturnier zu erringen. Sie sind eindeutig die, die am lautesten schreien, am schnellsten laufen und die meisten Autos und Lastwagen anhalten. Oft zeigen sich die betroffenen Fahrer auch schnell wieder versöhnt, wenn sie die jungen Leute so eifrig bei der Sache sehen, und rufen ihnen manchmal sogar noch eine aufmunternde Bemerkung nach.

Robert allerdings sieht den Übereifer der Jungen nicht allzu gern. Von Zeit zu Zeit, wenn das Geschrei „Macron Démission" oder „Macron casse-toi" immer lauter gellt, lugt er misstrauisch in die Richtung der Jungrevolutionäre, wohl in der Befürchtung, dass diese sich allzu sehr in den Vordergrund drängen könnten.

Nicolas dagegen fühlt sich in seinem eigenen Einsatz durch den Eifer der Jungen mehr als bestätigt. „Recht haben sie. Man sieht doch, die jungen Leute haben noch ein gesundes Gespür für Gerechtigkeit. Gut, dass mein Junge sich so einsetzt!" sagt er sich mit Stolz, während er möglichst schweres Material für die Barrikade herbeischleppt, um ihr größere Standfestigkeit zu geben.

Wie Recht er mit seinem Protest hat, zeigt sich ihm doch überall, wo er nur hinschaut. Erst gestern wieder konnte er von Vincent, der mit seiner Kneipe einen wahren Knotenpunkt der örtlichen Gesellschaft in Fort Mahon unterhält und bei dem deshalb die wichtigen Informationen zusammenlaufen, die Bestätigung des Ernstes der gegenwärtigen Situation erfahren. Einer der guten Bekannten des Wirtes, ein junger Mann mit Frau und zwei kleinen Kindern, der zu seinem großen Glück eine Stelle als Öllieferant in Verton gefunden hat, muss nun jeden Tag den Weg von Boulogne dorthin zurücklegen. Denn in Boulogne wohnt seine Familie in dem kleinen bescheidenen Häuschen, das sie sich mühsam erspart haben, gehen seine Kinder zur Schule und hat – nicht zu vergessen - seine Frau ihre - unbefristete - Arbeitsstelle im Postamt. Wie so Viele legt auch dieser junge Mann deshalb nun täglich etwa 100 km mit dem Auto zurück. Während er das Gerümpel auf der Barrikade mit einem dicken Draht verbindet, damit es allen Anforderungen von Angriff und Verteidigung standhält, erzählt Nicolas Marcel von diesem Fall, der nur bitter auflacht. „Da wird er sich aber freuen, der Junge, wenn die Spritpreise nochmal höher werden. Ach komm, da sieht man's doch wieder: Die da oben haben ja überhaupt keine Ahnung!"

Am Abend erfahren sie, dass diesmal etwa 166.000 Menschen an den Protesten teilgenommen haben. Hervé von der Gärtnerei wiegt bedenklich den Kopf. „Nicht mehr? Na, schwächeln die Laumänner schon?"

Gleichzeitig wird aber auch gemeldet, dass es besonders auf den Champs-Elysées in Paris zu schweren Ausschreitungen mit Straßenblockaden und Brandstiftung gekommen ist. Manche Demonstranten wollten zum Amtssitz des Präsidenten vordringen, wohl um diesem ihren Protest persönlich sichtbar zu machen. Es heißt, dass sich Einer sogar bereits an den hohen Eisenzaun des Elysée-Palastes klammerte, um hinüberzuklettern, und von seinen hilfsbereiten

Kameraden zu diesem Zweck bereits hochgehoben wurde, als die Gendarmen ihn unter Einsatz erheblicher Gewalt von seinem Vorhaben abbrachten.

„Sind wir vielleicht noch zu zahm?" fragt Maurice bei der Heimfahrt besorgt. Aber Beschädigungen am Arc de Triomphe, an der illustren Büste der Marianne, wie sie heute geschehen sind, können sie unter keinen Umständen billigen; hier sind sich alle einig. Und dass im Laufe des Tages selbst unmittelbare Gefahr für das Grabmal des Unbekannten Soldaten unter dem Arc de Triomphe, einem der ehrwürdigsten Denkmäler der Nation, bestanden hatte, lässt sie nur den Kopf schütteln. Im Gegenteil wird es ihnen fast übel, wenn sie sich diese Nationalheiligtümer in ihrem arg geschändeten Zustand vorstellen, und es befällt sie ein dumpfes Gefühl des Unbehagens, dass solche Schandtaten dem gerechten Anliegen ihres Protestes schaden könnten.

# Zweiter Teil: Kampf

141

Am darauffolgenden Samstag, dem Ersten im Dezember, geschehen im ganzen Land die gewaltsamsten Ausschreitungen. Wer einmal in einer Menschenmenge am Bahnhof gestanden und wieder einmal auf den verspäteten Zug gewartet hat, weiß, was es bedeutet, wenn in dieser Situation einer ruft: „Jetzt reicht's aber!" Alle, die ihren wachsenden Ärger über die Missstände des unzureichenden Verkehrssystems bisher noch mühsam beherrscht hatten, sehen sich durch den Ausruf ihres Leidensgenossen veranlasst, nun ihrerseits in den Protest einzustimmen, ja ihn sogar noch zu verstärken.

In eben dieser Weise entwickelt und verbreitet sich jetzt die Unzufriedenheit im Lande. Neben dem allgemeinen Aufruhr der letzten Wochen gegen die Regierung handelt es sich dieses Mal zusätzlich ganz konkret um den Protest gegen die geplante Reform des Abiturs und der Gymnasien. Hinzu kommen in Paris aber auch mehrere hundert Ambulanzwagen, die zusammen mit den Taxifahrern die Place de la Concorde blockieren, um gegen ihre jeweils eigenen unzulänglichen Arbeitsbedingungen zu demonstrieren. Es herrscht ein unglaublicher Aufruhr in der Einigkeit eines allgemeinen und erbitterten Protestes. Während für die bekannten Nöte der Ambulanzen durchweg großes Verständnis besteht, fragt sich nicht nur Nicolas, wie viele der an diesem Protest Beteiligten eigentlich Abitur machen wollen, geschweige denn haben. Am Rondpoint von Amiens stellt dies jedenfalls kein Thema dar. „Aber lass sie nur machen in Paris!" sagen sie sich gegenseitig. „Je mehr Aufruhr es überall gibt, desto besser. Das betreibt unser eigenes Geschäft. Irgendwann müssen die da oben dann ja einknicken."

Als Nicolas und Maurice an diesem Samstagabend zu Hause ankommen, erfahren sie jedoch einen eindeutig weniger liebenswürdigen Empfang als die letzten Male, bei denen Lydie sich sorgenvoll nach ihrem Zustand erkundigte und ihnen nach dem anstrengenden Tag in der Kälte schon vorsorglich heißen Tee bereitet hatte. Bekanntlich stand sie dem Unternehmen ja von Anfang an mehr als skeptisch gegenüber. Vor allem aber hatte sie eigentlich nur mit einem singulären Ereignis dieser für sie unerfreulichen Art gerechnet, keineswegs jedoch die nun wiederholten und langandauernden Abwesenheiten von Vater und Sohn in Betracht gezogen. Obwohl es in keiner Weise ihrem Naturell entspricht, überfällt sie deshalb allmählich wirklich grundlegende Verdrossenheit über diese neuerliche und unvorhergesehen ungünstige Entwicklung ihres bisher so beschaulichen Familienlebens.

Als die beiden Revolutionäre ihre Schuhe vor der Türe ausgezogen haben und sich erwartungsvoll in das warme Zimmer flüchten, erwidert Lydie ihren fröhlichen Gruß nicht. Stattdessen starrt sie mit verbitterter Miene auf den Fernseher, in dem eine Folge der unzähligen Serien läuft, und es ist ihr anzumerken, dass sie auch Wert darauf legt, diese Verbitterung möglichst deutlich für alle zum Ausdruck zu bringen.

Da sie sich selbst nach wiederholten Versuchen nicht ansprechbar zeigt, sucht Nicolas Rat bei Katja, die betont aufmerksam in ein Buch vertieft dabeisitzt. Sie zögert nicht, die ohnehin wahrnehmbare Situation deutlich zu beschreiben. „Maman ist beleidigt." erfahren sie von ihr.

„Ja verdammt noch mal, warum denn das?"

Katja beabsichtigt offenbar nicht, sich in die sich anbahnende Auseinandersetzung weiter einbeziehen zu lassen, und zuckt nur mit den Schultern, ohne ihre Augen weiter von dem Buch zu heben.

Die Frage belebt aber wohl endlich auch die Kommunikationskräfte der Schmollenden, obwohl sie nach wie vor halb abgewandt mit Blick auf den flimmernden Bildschirm bleibt.

„Man kennt die Herrschaften ja kaum noch. Jetzt fehlt nur noch, Nico, dass Du auch Weihnachten weg bist."

Ihre Stimme klingt bitter, und Nicolas weiß, dass es keineswegs angezeigt ist, bei dieser Gemütslage eine Auseinandersetzung zu beginnen. Gleichzeitig kann er ohnehin nicht umhin, sogar gewisses Verständnis für die Verärgerung seiner Frau zu empfinden. Auch er selbst hat diese wiederholten Einsätze und deren Ausmaß nicht erwartet. Hinzu kommt, dass es sich ja nicht nur um die Samstage selbst handelt, die unter dem neuen Engagement leiden. Alle anderen Unternehmungen, die sonst diesen Tagen vorbehalten waren, müssen nun auf die späten Nachmittage nach der Arbeit oder gar auf den Sonntag verschoben werden. Die Auswirkungen des Problems halten sich insofern noch in Grenzen, als das Baugeschäft in der kalten Jahreszeit keineswegs ausgelastet ist und Nicolas deswegen nur verschiedentlich an den wenigen verbliebenen Baustellen eingesetzt wird. Aber Lydie kommt immer erst gegen Abend nach Hause, und seine Freunde, wie etwa Marcel, stehen eben auch nur nach der Arbeitszeit für gemeinsame Unternehmungen zur Verfügung. Erschwerend kommt hinzu, dass sich Maurice ebenfalls immer weniger zu Hause zeigt, weil er die knappe verbliebene Zeit mit seiner Freundin Michelle verbringen muss, um sie bei Laune zu halten. „Sonst meutert die mir auch noch!"

Unter lautem Gepolter auf der Treppe und einer Art unterdrückten Gemurmels flüchtet sich Maurice vor dem drohenden Streit in sein Zimmer. Statt sich auf weitere

Auseinandersetzungen einzulassen, verzichtet Nicolas seinerseits auf das Bier, auf das er sich die ganze Fahrt über schon gefreut hat, und vor allem auch auf das heimelige und tröstliche Gefühl, das ihm ein Bericht über die Ereignisse des Tages an seine verständnisvolle Zuhörerin vermittelt hätte. Stattdessen schleicht er nach einem kurzen „Gute Nacht" müde und traurig allein in das Schlafzimmer.

Obwohl er trotz seiner bleiernen Müdigkeit ständig angestrengt lauscht, hört er lange Zeit aus dem Wohnzimmer nur unverändert das Stimmengeplätscher des Fernsehens. Lydie kommt erst sehr viel später nach. Sie weiß genau, dass er noch nicht schläft. Trotzdem zieht sie sich wortlos im Dunkeln aus und legt sich ganz weit weg von ihm auf die Seite, soweit es das 1,40 Meter breite Bett erlaubt, wobei sie ihm mit einer betont harschen Bewegung den Rücken zuwendet.

Nicolas hält es nicht mehr aus, und er greift in der Dunkelheit nach der Stelle, an der er ihren Rücken vermutet.

„Was ist, Lydie? Was hast Du? Sag doch! Schau, ich muss das doch machen! Das weißt Du doch! Man kann doch nicht alles so laufen lassen. Das musst Du doch verstehen."

„Du machst Dir was vor, Nico! Denen ist es vollkommen wurscht, was Ihr macht. Die machen sich lustig über Euch. Du wirst sehen, alles geht genauso weiter wie immer, ob Ihr Eure Knochen auf die Barrikaden schleppt oder nicht. Auf den Kopf stellen könnt Ihr Euch, und trotzdem werden die Reichen immer reicher, und die, die hart arbeiten, haben immer das Nachsehen, egal, was Ihr macht. Das ist gewiss und sicher, so wahr ich hier liege."

Nicolas erschüttert diese Resignation tief.

„Aber Du, dann kann man ja gleich alles aufgeben."

Sie dreht sich nun ganz zu ihm um.

„Ja Nico, so ist das eben im Leben. Die sind schon voll bis oben hin wie die Gänse, die gestopft werden. Und je mehr man in sie hineinstopft, desto gieriger werden sie und laufen mit aufgesperrtem Schnabel noch dem Trichter mit der Stopfmasse hinterher. Immer fetter werden sie. Da können so arme kleine Hühner wie wir nur dabeistehen und staunen."

Nicolas fühlt, wie sie im Dunkeln den Kopf schüttelt. Da zieht er sie an sich, so fest er kann. „Komm her, ma Poule!"

Als legte er es darauf an, Lydie und ihre düsteren Voraussagen Lügen zu strafen, verkündet der Premierminister in den nächsten Tagen tatsächlich die Aussetzung der ab dem 1. Januar geplanten Steuererhöhungen für sechs Monate. Ohne Zweifel handelt es sich hierbei um einen ersten Erfolg der Proteste. Eigentlich könnten sie damit zufrieden sein. Nicolas freut sich, Lydie diese Botschaft überbringen zu können. „Siehst Du, Chérie, es nützt doch was!"

„Bild Dir darauf bloß nichts ein! Das heißt noch gar nichts. Die Reichen bleiben immer noch fein raus. Außerdem können die das jederzeit zurücknehmen, was sie Euch jetzt vormachen, nur damit Ihr Ruhe gebt."

Nach einigem Nachdenken entschließen sich Nicolas und seine Freunde, dieses scheinbare Entgegenkommen der Regierung genauso zu beurteilen wie Lydie. Bestärkt werden sie in ihrer ablehnenden Haltung noch durch die sonderbare Uneinigkeit, die zunächst zwischen dem Präsidenten und seinem Premierminister in dieser Angelegenheit offenbar herrscht. Widersprüchliche Äußerungen hört man vom ihnen bezüglich der tatsächlichen Aussetzung der Steuererhöhung, ihres provisorischen oder endgültigen Charakters, und es dauert eine Weile, bis sich zwischen ihnen eine einheitliche Botschaft herauskristallisiert.

In jedem Fall wollen die Gelbwesten weitermachen, denn sie sind sich einig: Es handelt sich nicht nur um diese Steuererhöhung, die jetzt vielleicht ausgesetzt wird, obwohl sie sich auch hierauf nicht so ohne weiteres verlassen wollen. Viel wichtiger bleibt: Es herrscht keine Gerechtigkeit im Land. Daran ändert auch die Frage nichts, ob nun der Kraftstoff teurer wird oder nicht. Und sie halten sich keineswegs damit auf, zu überlegen oder gar zu diskutieren, was für sie Gerechtigkeit überhaupt oder gar konkret bedeutet. Solche Betrachtungen stellen für sie brotlose Künste dar. Sie wissen nur: Niemand denkt an die kleinen Leute. Denn Lydie hat schon Recht: Die Abschaffung der Vermögensteuer wird keineswegs zurückgenommen - der Präsident schließt das bei jeder Gelegenheit sogar ausdrücklich aus -, und dieser allergische Punkt steht wie ein großer und feindlicher Felsbrocken zwischen ihnen und ihrer häuslichen Ruhe.

Dazu kommt etwas Anderes, ganz Grundsätzliches. Der Ärger, der sie gemeinsam auf die Barrikaden treibt, steigt auch jeden Tag neu und bitter in ihnen gemeinsam hoch. Die Missachtung, die ihnen in den letzten Monaten von höchster Stelle, der staatlichen Autorität, wiederholt entgegengebracht wurde, führt dazu, dass sie beginnen, besser: sich verpflichtet fühlen, sich selbst gering zu schätzen. Das lässt sie nicht ruhen. Es betrifft ihre Selbstachtung. Das ist die eigentliche Ungerechtigkeit. Diese Erkenntnis nagt in ihnen und frisst sich fest, so dass sich der Ärger unmerklich in Hass verwandelt.

Während Nicolas die politischen Ansichten seiner Frau bisher stets als recht unerheblich abgetan hat, denkt er nun unablässig an sie, und es geht ihm durch den Kopf, was Lydie immer sagt: „Niemand denkt an die kleinen Leute." Es ist wahr, aber mit welchem Recht ist es so? Wieso ist die Welt aufgeteilt in die Vielen, die sich täglich mühen und trotzdem nur bescheiden und mit mehr oder weniger erheblichen Einschränkungen leben können, manchmal aber auch große Schwierigkeiten haben, am Ende des Monats zurecht zu kommen, und auf der anderen Seite in einige Wenige, die im Luxus leben, überhaupt nicht mehr wissen, was sie mit ihrem ungeheuren Reichtum anfangen sollen, und – das ist das eigentlich Schlimme – auf die anderen, die sich so mühen müssen, herunterschauen, als seien diese Menschen zweiter oder vielleicht auch dritter Klasse. Und Lydie hat eben auch Recht, wenn sie sagt, dass die, die das Volk als seine Vertreter gewählt hat, eigentlich nur an sich selbst denken und – schlimmer – sich auch noch gelehrt und unendlich überlegen gegenüber den kleinen Leuten vorkommen und auf sie herabschauen.

Nicolas hat in seinem Leben bisher niemanden gehasst, auch wenn er in all den Jahren wie jeder Mensch nicht immer nur Freundlichkeiten erlebt hat. Das ändert nichts daran, dass nach seiner festen Überzeugung die Menschen besser zusammenleben könnten, wenn es keinen Hass gäbe. Aber nun fühlt er in sich genau den Hass aufsteigen, den er bei anderen immer verabscheut hat. Das verärgert und verunsichert ihn wiederum, so dass er letztlich nicht mehr ganz klar sehen kann, welcher Hass es ist, der ihn zum Protest treibt: der auf die Ungerechtigkeiten dieser Welt oder auf diejenigen, die ihn zu seinem Hass treiben, oder eben ein ihm unerklärlicher und unerträglicher Hass auf sich selbst.

Weil es wohl vielen unter ihnen ähnlich ergeht, beschließen sie also wieder an die Front zu gehen.

Vollkommen überraschend hat Charlotte, die sich seit einiger Zeit vorzugsweise und ganz überwiegend in Paris aufhält, ihrer Mutter signalisiert, ab dem kommenden Wochenende einen Besuch an der Somme unternehmen zu wollen. Die eigentliche Botschaft besteht jedoch darin, dass sie sich dieses Mal in Begleitung einer Freundin anmeldet, die sie kürzlich in einem Kulturzirkel kennengelernt hat, wie sie sagt. Eine Woche etwa planen sie voraussichtlich für diesen Aufenthalt ein.

„Maman, ich habe Véronique so viel von Eurem Manoir erzählt. Sie ist sehr gespannt darauf. Weißt Du, sie ist einfach ein Schatz! Ihr werdet es ja sehen."

Sie werden den Zug von Paris nach Abbeville nehmen, kündigt sie an. André soll sie dort am Bahnhof abholen.

Der Notar zeigt sich nicht sonderlich begeistert über die Aussicht, einen wenn auch kleinen Pariser Damenclub, wahrscheinlich überspanntester Art, wie er fürchtet, bei sich zu empfangen. Er äußert seiner Frau gegenüber stattdessen recht ungehalten die Meinung, es werde allerhöchste Zeit, dass Charlotte endlich einmal den Ernst des Lebens begreife und sich wenigstens einmal um ihre Scheidung kümmern solle, um klare und anständige Verhältnisse herzustellen.

„So kann es auf keinen Fall weitergehen, Chérie! Sie kann doch nicht alles einfach so laufen lassen! Was macht sie denn die ganze Zeit in Paris? Einer vernünftigen Beschäftigung scheint sie jedenfalls nicht nachzugehen. Nur Spinnereien, wie ich sie kenne!"

Evelyne teilt im Grunde die Auffassung ihres Mannes und wünschte sich nichts sehnlicher als eine endgültig besiegelte Trennung ihrer Tochter von dem unstandesgemäßen Ehemann, von dem sich jedenfalls in der Zukunft nichts Gutes, allenfalls neue Schwierigkeiten, erwarten lassen. Unabhängig davon sieht sie sich jedoch augenblicklich außerstande, ihrer Tochter den Wunsch nach einem Aufenthalt bei ihren Eltern zu verwehren.

„Die Arme hat doch wahrlich genug gelitten in all diesen Jahren. Man muss dem Kind entgegenkommen, und der Aufenthalt bei uns zusammen mit ihrer Freundin wird ihr guttun. Wenn sie sich in einem Kulturzirkel kennengelernt haben, scheint es sich ja zumindest um keine ganz ungebildete Person zu handeln."

Weiterer Widerstand gegen den angekündigten Damenbesuch erübrigt sich also, so dass am vorgesehenen Tag – der Zug war offenbar pünktlich - der BMW mit den Gästen in den Hof des Manoir einfährt. Wohl im Überschwang der Ankunft und im Bestreben, dieser heimatlich-vertrauten Anstrich zu geben, springt Charlotte schon aus dem Wagen und zieht ihre Freundin mit heraus, die sich diesem stürmischen Gehabe etwas geniert zu entziehen versucht. Evelyne steht zum Empfang schon unter der Haustüre bereit und schließt ihre

Tochter fest und zärtlich in die Arme. In dezentem Abstand wartet der Gast auf die allmähliche Lockerung der mütterlichen Umarmung, um ihrerseits mit einem sehr liebenswürdigen Lächeln die Hausherrin zu begrüßen und sich höflich für die freundliche Einladung zu bedanken. Dabei fällt es Evelyne nicht schwer, die junge Frau schon auf den ersten Blick als eine sehr gewinnende Erscheinung wahrzunehmen.

Yves hält sich zunächst noch recht verstimmt zurück im Bestreben, die Begrüßung der Gäste auf einen späteren Zeitpunkt des Tages zu verschieben. Er hat sich in sein Zimmer zurückgezogen und verbringt die letzten ruhigen Stunden, wie er sich sagt, mit einer Zeitung in seinem Sessel, während er dabei unwillkürlich den auf und ab schwellenden Tönen der Willkommensszene lauscht, die gedämpft zu ihm hinaufdringen. Auch wenn er weitere Einwendungen gegen den Besuch aus Paris vermieden hat, schon um vor seiner Frau nicht allzu herzlos gegenüber dem gequälten Kind zu erscheinen, ärgert er sich ganz grundsätzlich über die Störung seiner gewohnten Ruhe. Die Anwesenheit einer Freundin seiner Tochter trifft umso weniger auf sein Interesse, als deren Bekanntschaften im Grunde nie seinem Geschmack entsprachen. Das Fiasko ihres ehelichen Zerwürfnisses reicht ihm vollauf, und ganz besonders in diesem Moment des Unbehagens nehmen alle juristischen, gesellschaftlichen und persönlichen Unannehmlichkeiten dieses unerfreulichen Zustandes neue Gestalt in ihm an.

Dieser Ärger wiederum trifft unglücklicherweise auf seine schon seit Tagen ganz allgemein getrübte Stimmung. Entgegen allen vielversprechenden Plänen und Ankündigungen politischer Einflussnahme weist die leidige Angelegenheit der Windräder keinerlei Fortschritte auf. Erst am Vortag hat ihn Trieux als jederzeit zuverlässiger Bote seines

Sohnes darüber informiert, dass sich das Département keineswegs zugänglich zeigt für die abweichenden Vorstellungen des Umweltministers im anstehenden Planungsverfahren und – was er als noch weit enttäuschender empfindet – sich von vornherein querlegt betreffend die Einführung des besprochenen Sonderstatus der fraglichen Hügel. Umso dringlicher gilt es jetzt, vorsichtshalber die Klage mit aller Kraft voranzutreiben. Pierre beschäftigt sich immer noch mit der Auswahl eines für diesen Prozess geeigneten Anwalts. Noch aus seiner Pariser Zeit verfügt der Notar zwar über eine ganze Reihe von Bekanntschaften, unter denen sich gerade auch in dieser Hinsicht einschlägige illustre Adressen finden. Trieux hat sich jedoch bereiterklärt, mit einigen der geeigneten Fachanwälte vorbereitende Gespräche zu führen, wozu er nach dem Geschmack des Notars in seinem Eifer viel zu umständlich vorgeht und allzu viel Zeit aufwendet.

Zu allem Überfluss beschuldigt Evelyne ihren Mann gerade in diesen Tagen immer wieder, in der unerfreulichen Angelegenheit nicht energisch genug vorzugehen. Er versteht ihre Ungeduld, die er selbst mehr als teilt, sehr gut. Jedoch geht sie in ihrem Ärger eindeutig zu weit. So wirft sie ihm allen Ernstes vor, er vergifte ihre letzten Jahre, indem er es zulasse, dass sie auf Dauer mit einer derartig unangenehmen Schwebesituation belastet werde. Angesichts solcher unsinnigen Vorwürfe sah er sich einmal schon veranlasst, seiner Frau gegenüber sehr heftig zu werden, was er in der langen Zeit ihrer Ehe immer nach Möglichkeit vermieden hat und nun die Stimmung im Haus seit dem peinlichen Vorfall nicht gerade erhellt. Wäre Pierre in diesem Moment hier, würde ihm seine Anwesenheit immerhin die Möglichkeit eröffnen, sich mit ihm in ein Gespräch zurückzuziehen und innere Ruhe wiederzugewinnen.

Zum Aperitif lässt sich ein Zusammentreffen mit dem neuen Gast schließlich nicht mehr vermeiden. Entgegen aller üblen Erwartungen fühlt sich der Maître angenehm überrascht, als seine Tochter gemeinsam mit ihrer Freundin den Salon betritt. Mit einem einzigen Blick erfasst er, dass es sich ohne Zweifel um eine rundum erfreuliche und kultivierte Erscheinung handelt, die ihm Charlotte ins Haus gebracht hat. Entsprechend freundlich erwidert er ihre sehr höfliche Vorstellung und den nochmaligen warmen Dank für die Gelegenheit dieses Besuchs an der Somme.

Im Lauf des Gesprächs, das sich sehr bald recht angeregt gestaltet, erfahren sie, dass Véronique Merlot durchaus aus gutem Haus stammt. Ihr Vater, Professor für französische Literatur an der Sorbonne, genießt in Fachkreisen einen hervorragenden Ruf. Selbst übt sie den Beruf einer Lektorin für die angesehene Edition Gallimard aus und zeichnet für die Abteilung „Lyrik" verantwortlich.

„Wie haben Sie denn meine Tochter kennengelernt?" erkundigt sich der Notar angelegentlich, denn seiner Kenntnis nach zählten literaturbeflissene Kreise früher nicht unbedingt zu Charlottes bevorzugten Interessensphären. Die Antwort verwundert ihn allerdings noch weiter. Charlotte bemüht sich eifrig, gemeinsam mit ihrer Freundin den Abend zu schildern, an dem sie unabhängig voneinander einen Vortrag über die Lyrik des 19. Jahrhunderts besuchten und dort ganz zufällig miteinander ins Gespräch kamen.

„Donnerwetter, Charlotte, wie bist Du denn dazu gekommen? Ich wusste gar nicht, dass Du unter die Lyriker gegangen bist!"

„Ach Papa, das waren andere Bekannte. Die haben mich mitgeschleppt."

Ganz überzeugend klingt diese Erklärung nicht. Zumindest, findet Yves, mangelt sie offensichtlich an Vollständigkeit. Er lässt es jedoch dabei bewenden, und der Abend klingt angenehm aus, so dass er trotz aller vorherigen Befürchtungen doch recht zuversichtlich auf die bevorstehende Woche blicken kann. Sicher werden die Beiden auch gemeinsam einiges unternehmen, um die Schönheiten der Gegend zu erforschen, und demgemäß den gewohnten Tagesablauf nicht über Gebühr belasten.

Bereits im Lauf des nächsten Vormittags jedoch, als er sich zurückziehen will, um sich in Ruhe seiner gewohnten Zeitungslektüre zu widmen, findet er Véronique allein in der Bibliothek. Seine erste Überraschung kann er nur schwer verbergen. Das Verhalten seiner Tochter vereinbart sich schlecht mit seiner eigenen Vorstellung von Gastfreundschaft, ganz unabhängig davon, dass er sich selbst insofern umso mehr in der entsprechenden Verpflichtung sieht.

„Ach, Sie sind hier! Wo ist denn Charlotte?"

„Sie ist beschäftigt. Sie telefoniert mit Paris. Das kann etwas länger dauern."

„Na so was! Hoffentlich langweilen Sie sich dann nicht!"

Véronique erweckt einen solchen Eindruck keineswegs.

„Überhaupt nicht! Ich bewundere Ihre Bibliothek. Was für schöne Ausgaben haben Sie hier! Eine wahre Fundgrube!"

Sie steht vor dem Regal mit den Lyrikbänden, und es trifft tatsächlich zu, dass sich hier einige frühe und seltene Ausgaben so mancher illustrer Autoren finden. Es liegt erhebliche Zeit zurück, dass sich der Notar selbst mit Lyrik befasst hat, denn seine berufliche Tätigkeit, die ihn bekanntermaßen vollständig ausfüllte, führte ihn jahrzehntelang notwendigerweise nicht unbedingt in diese Richtung. Viele Exemplare stammen noch von seinem literarisch außerordentlich bewanderten Vater, und er selbst hat einige Glanzstücke eigentlich im Lauf der Zeit nur wegen ihrer Schönheit erworben.

„Darf ich?" fragt sie und nimmt aus dem Regal, vor dem sie offenbar schon einige Zeit bewundernd steht, einen besonders prächtigen Band der Gedichte von Verlaine in die Hand, in dem sie sachkundig blättert.

„Sehen Sie doch nur, eine Ausgabe von 1910, und welch herrliche Reliure! Welche Schätze haben Sie hier!"

Ebenso begeistert sie sich an einer besonders prächtigen Ausgabe der Gedichte von Lamartine und zitiert aus dem Gedächtnis sein berühmtestes Werk, „Le Lac". Sie ist an der Stelle angekommen, an der es heißt:

„Ô temps ! Suspends ton vol, et vous, heures propices ! Suspendez votre cours!"[1]

„Hören Sie auf, hören Sie auf! Sie sind ja ein wandelndes Poesielexikon!""

---

[1] Ach Zeit! Halte an in Deinem Flug, und Ihr, glückliche Stunden, haltet inne in Eurem Lauf.

„Dieses Gedicht hat sogar Talleyrand begeistert, so sehr sogar, dass er der Meinung war, dies sei nach langer Zeit einmal wieder ‚richtige Literatur'."

Mit ihrer Sachkunde führt sie ihn nun förmlich durch seine Bibliothek und lässt ihn seine eigenen Bücher erst kennenlernen. Auf diese Weise vertiefen sie sich in ihr Gespräch, so dass sie die Zeit vergessen und verwundert aufblicken, als Charlotte endlich erscheint.

„Ach, Ihr schmökert!" ruft sie etwas gekünstelt aus, und es fällt auf, dass ihr Gesicht gerötet ist, als habe sie sich in der Zwischenzeit recht erhitzt. Dabei kommt sie nicht von einem Trainingslauf zurück, sondern bekanntlich von einem Telefonat. Den begeisterten Ausführungen ihrer Freundin, welche Fundgrube doch diese Bibliothek darstelle, folgt sie nur mehr als zerstreut.

„Meinst Du? Na, da bist Du ja in Deinem Element. Komm, Véronique, wir gehen mal raus. Man erstickt ja hier zwischen den staubigen Büchern!"

Höflich, aber mit einem bedauernden Blick in die Richtung ihres neu gewonnenen Gesprächspartners folgt ihr Véronique, und der Notar wundert sich wieder einmal, diesmal über sich selbst, denn er fühlt sich wegen der Unterbrechung der gemeinsamen lyrischen Betrachtungen ausgesprochen verärgert.

Sehr schnell ergibt sich jedoch die Gelegenheit zu ihrer Fortsetzung. Während es draußen friert, und der Wind nun schon den zweiten Tag unaufhörlich um das Manoir heult, so dass keiner auch nur auf den Gedanken kommt, nach draußen zu gehen, vergeht Stunde um Stunde, in der sie sich mit den Schätzen dieser Bibliothek beschäftigen, darüber hinaus aber auch manch andere Themen anschneiden. Immer erst, wenn Charlotte oder Evelyne zum Tee oder zu den Mahlzeiten rufen, tauchen sie aus einer für jeden von ihnen an sich ungewöhnlichen Übereinstimmung auf.

Dass sich die restliche Familie durch diese andauernden Klausuren ausgeschlossen fühlen, dass sich Charlotte oder gar Evelyne für eine Teilnahme interessieren könnten, kommt ihnen zu keinem Zeitpunkt in den Sinn. Mutter und Tochter scheinen zudem auch in besonderer Weise beschäftigt, zumindest halten sie sich der Bibliothek fern. Allenfalls verleihen sie ihrer Einschätzung des neuerlichen „Literaturzirkels", wie sie ihn nennen, in einer Weise Ausdruck, die sie einvernehmlich an den Tag legen, wenn sie hin und wieder nicht vermeiden können, in diese Klausur einzudringen. „Oh, sieh da, die Literaten sind wieder in voller Funktion!" oder „Ihr Bücherwürmer kommt ja gar nicht mehr raus!"

Die eingeplante Woche neigt sich schon ihrem Ende zu, als mitten in einem der schöngeistigen Gespräche, deren Störung sie sonst rücksichtsvoll vermeidet, Evelyne das Telefon hereinbringt und es ihrem Mann auf die Knie legt.

„Wenn Du vielleicht doch einen Augenblick Zeit hast ... Es ist Pierre."

Während sie erwartungsvoll neben ihm stehen bleibt, greift Yves halb benommen nach dem Hörer. Pierres muntere Stimme überbringt ihm die freudige Nachricht vom offenbaren Erfolg seiner vorbereitenden Treffen. Für die nächsten Tagen ist eine Zusammenkunft mit dem ausersehenen Anwalt in Paris geplant.

„Er ist über die Angelegenheit voll unterrichtet, Yves. Ich hab' ihm natürlich alle einschlägigen Unterlagen zur

Verfügung gestellt, wie Du Dir denken kannst. Er ist grade dabei, sie im Einzelnen zu sichten, und wartet nur auf Dich, um möglichst rasch die ersten Démarchen zu unternehmen."

Der Notar zeigt sich ausgesprochen dankbar für die Bemühungen seines Freundes und erleichtert über den Fortgang der leidigen Angelegenheit, die ihn seit Monaten schon erheblich belastet. Dass seine Abberufung nach Paris aber auch ein vorzeitiges Ende der schönen Gespräche bedeutet, die ihm zur angenehmen Gewohnheit geworden sind, nimmt er gleichzeitig mit großem Bedauern zur Kenntnis.

Bedeutung und Dringlichkeit des zu planenden Rechtsstreits dulden jedoch keine weiteren Aufschübe, und so tritt der Notar bereits am nächsten Tag die Fahrt in die Hauptstadt an. Ganz spontan hat sich auch Véronique entschlossen, ihren ursprünglich einige Tage länger vorgesehenen Aufenthalt an der Somme zu beenden, obwohl Charlotte und ihre Mutter wie geplant etwas später nach Paris zurückkehren. Es fällt ihr ein, dass sie dort die ruhige Zeit hervorragend nutzen könne, um ungestört noch einige in den kommenden Wochen anstehende Projekte vorzubereiten. Deshalb treffe es sich gut, wenn der Maître sie jetzt schon mit nach Paris nehmen könnte.

Während der anschließenden Fahrt durch die regnerische Winterlandschaft herrscht eine Stimmung, die sich nur als beklommen bezeichnen lässt. Die Vertrautheit der letzten Tage scheint verflogen, was sie Beide unabhängig voneinander traurig stimmt und ihren jeweiligen Gedanken nachgehen lässt, bis er sie an ihrem Domizil im Marais absetzt.

„Sehen wir uns denn wieder?" fragt er mit einem liebenswürdigen Lächeln. „Sie kommen doch sicher einmal wieder zu uns an die Somme? Sie sind uns jederzeit willkommen."

So verabschiedet ein höflicher Gastgeber einen angenehmen Gast in unverbindlicher Weise.

„Aber gern, wenn ich darf!"

Anschließend ist Eile geboten, denn Pierre wartet schon mit dem Anwalt im Fouquet's, wo sie sich zum Abendessen verabredet haben.

Die Besprechung verläuft zur großen Zufriedenheit aller Beteiligten ausgesprochen konstruktiv. Maître Ronsard und der Notar kennen sich schon seit vielen Jahren, und es verbindet sie die frühere Zusammenarbeit in einigen letztlich sehr erfolgreichen Fällen, die sie nun in guter Erinnerung daran gemeinsam an sich vorbeiziehen lassen. Yves zeigt sich erleichtert, dass gerade dieser Spezialist des öffentlichen Rechts mit seiner weitreichenden Erfahrung im juristischen Labyrinth der Planungsangelegenheiten die leidige Sache in die Hand nehmen wird. Auch von der Strategie, die Ronsard verfolgen will und im Lauf des Diners ruhig und überlegen entwickelt, während er seine sachkundigen Ausführungen durch beredte Gesten seiner kleinen weichen Hand unterstreicht, zeigt sich der Notar voll überzeugt. Insbesondere begrüßt er das Bestreben, es möglichst von vornherein überhaupt nicht zur Durchführung des Planfeststellungsverfahrens kommen zu lassen, sondern die Angelegenheit durch juristische Argumentation soweit irgend denkbar zu verzögern und in diesem Zuge sowohl die zukünftigen Betreiber als auch die betroffenen Landwirte in einem Maße zu verunsichern, dass das Vorhaben letztlich aufgegeben wird

Nach dem Diner, das sich für alle Beteiligten erfreulich, sowohl in angenehmer Runde als auch kulinarisch hervorragend gestaltet, verabschiedet sich der Anwalt, auf den am nächsten Morgen ein früher Besprechungstermin in einer komplizierten Streitsache wartet. Die beiden Freunde dagegen unternehmen noch in angeregter Stimmung einen Abstecher in die Buddha-Bar. Tausend gemeinsame Erinnerungen verbinden sich für sie mit diesem Etablissement nicht weit von der Place de la Concorde, das seit seiner Eröffnung wenige Jahre vor der Jahrhundertwende einen ihrer bevorzugten Rückzugsorte darstellt. Sie bleiben auf der Galerie über dem in schummeriges Licht getauchten weitläufigen Saal, über dem die gigantische goldene Figur des lächelnden Buddha thront, bestellen sich ihre Lieblingscocktails und lehnen sich behaglich in die weichen Sessel zurück, wobei das Bewusstsein, Sinnvolles und Zielgerichtetes geleistet zu haben, ihr Wohlbefinden ausgesprochen fördert.

Es ist kurz nach Mitternacht, als Yves die Türe zur Wohnung aufschließt, in der er Babette schon am Nachmittag in aller Eile den Schlüssel seines Wagens für die Garage überlassen hat. Während er noch ein Glas von dem alten Port genießt, den er hier immer bereithält, fällt ihm aus seiner Jackentasche ein zerknülltes Stück Papier mit einer Telefonnummer in die Hände. Er erinnert sich, dass sie ihm erst heute Morgen, als er etwas beklommen danach fragte, die Nummer auf einen kleinen Zettel schrieb und dass er diesen rasch in seine Tasche steckte, als schäme er sich über die peinliche Indiskretion. Unentwegt starrt er nun auf die Ziffern, die die Müdigkeit nach allen Erlebnissen des Tages schon etwas verwischt. Es überfällt ihn eine merkwürdige Sehnsucht, diese Nummer zu wählen.

Lang kämpft er mit dem Telefon in der Hand gegen sie an, und schließlich wagt er es doch nicht. „Was soll diese Frau mit mir?" Die Müdigkeit wiederholt ihm die Frage im Takt seines Herzschlags immer wieder, so lange, bis er sie nicht mehr ertragen kann. In der fast tröstlichen Gewissheit, dass sie ja sicher auch einen Partner habe, mit dem sie wahrscheinlich gerade in diesem Moment zusammen ist, legt er sich in seine kühlen Kissen.

Im Baugeschäft fehlt es selbst in dieser kalten Jahreszeit an sich nicht an Aufträgen, die von den Unternehmern eichhörnchengleich ja auch vorsorglich bereits während des Sommers angesammelt wurden, jedoch an Arbeiten, die bei dieser kalt-nassen Witterung tatsächlich durchgeführt werden können. Die meisten Baumaßnahmen müssen bis zum Eintritt milderer Wetterlage aufgeschoben werden, und es verbleiben nur mehr einige Innenbauten, die das Geschäft keineswegs auslasten. Der Chef hat einen Teil seiner Belegschaft deshalb schon seit mehreren Tagen freigestellt. Ob vor Weihnachten überhaupt noch voll gearbeitet werden kann, bleibt derzeit unklar. In jedem Fall bedeutet diese Einschränkung wieder einmal Lohnkürzung. Nicolas verwendet die Zeit so sinnvoll wie möglich, um die Woche über einige dringende Reparaturen im Haus vorzunehmen, und natürlich nutzen die Jäger jede Gelegenheit, sich in der Hutte zu treffen, obwohl Marcel nicht den für das Baugewerbe typischen Freistellungen unterliegt, sondern seinerseits den ganzen Tag in der Bäckerei beschäftigt ist.

Verabredet haben sie sich allerdings im größeren Kreis zu einer ganz besonderen Gelegenheit. Nachdem der Präsident angekündigt hat, eine Fernsehansprache an die Nation zu halten, wollen sie diese gemeinsam sehen und treffen sich zu diesem Zweck am betreffenden Abend bei den „Huttiers", denn die Kneipe verfügt über einen besonders großen Fernsehschirm. Letztlich wollen nun doch fast alle die Rede verfolgen, obwohl manch einer vorher vollmundig prahlte, dass er sich „eine solche widerwärtige Heuchelei" erst gar nicht anschauen wolle. Auch wenn sich deshalb der eine oder andere nicht der allgemeinen abendlichen Runde bei den Huttiers anschließt, sitzen doch auch die meisten Opponenten aufmerksam zu Hause vor dem Fernseher oder verfolgen das Schauspiel wenigstens auf ihrem Handy, wenn sie gerade unterwegs sein müssen.

Als Nicolas als einer der Ersten in der Stammkneipe ankommt, sitzt der Lange von der Déchetterie schon am Tresen, sein Bier vor sich. Zur Feier des Tages hat er sich auch einen Anis dazu bewilligt.

„Macron geht in die Knie." Mit solch vielsagender Botschaft begrüßt er Nicolas, als dieser sich neben ihm auf den hohen Hocker schwingt, denn vom Tresen aus ist der Blick auf den großen Fernsehschirm, der normalerweise vor Allem der Übertragung von Sportsendungen dient, am besten. „Lang hat er sich weggeduckt. Jetzt nach all dem Protest im ganzen Land – vier Samstage schon - bleibt ihm offenbar keine andere

Möglichkeit mehr. Er kriecht aus seinem Loch. Ich bin ja gespannt."

Nach und nach treffen die meisten der Kameraden ein und lassen sich ihr Bier servieren, während die Gespräche in gespannter Erwartung des Ereignisses entgegen der sonstigen Gewohnheit eher gedämpft geführt werden. Dann beginnt die Übertragung aus dem Elysée.

Vorgesehen ist eine Fernsehansprache von 13 Minuten. Wie gewöhnlich geht ihr ein Nachrichtenmagazin voraus. Hier erklärt einer der Journalisten, wohl zum Zweck der einstimmenden Beruhigung der lauschenden Bevölkerung, dass der Präsident auf jeden Fall weitere große Demonstrationen vermeiden wolle. Sofort erfolgt ein Kommentar aus der Mitte der Kameraden. „Das glaub ich wohl!"

Ein anderer Diskussionsteilnehmer auf dem Bildschirm weiß unter Berufung auf Stimmen aus Regierungskreisen zu berichten, dass es bei der präsidialen Erklärung um sehr viel mehr gehe, als um die Verkündung einiger Maßnahmen, die die Gelbwesten beruhigen sollen. Der Präsident müsse das Ganze sehr grundsätzlich angehen, er müsse sich entschuldigen und demütig erscheinen. „Er wird das Feuer nicht mit fünf Maßnahmen löschen können." Stattdessen stelle sich ihm die schwierige, ja nahezu unlösbare, Aufgabe, sich sowohl bei den Gelbwesten als auch bei den Großunternehmern verständlich zu machen. Der Regierungssprecher Griveaux, der in diesem Zusammenhang zitiert wird, zeigt sich insoweit zuversichtlich: „Er wird die Herzen der Franzosen wiedergewinnen." Und auch von Juppé, der an sich wiederholt erklärt hat, sich aus der aktiven Politik zurückziehen zu wollen, wird berichtet, dass er nun fordert, der Präsident müsse konkret werden und „eine Rede der Autorität mit Empathie verbinden". „Identité heureuse!" schallt es aus dem Kreis der Zuschauer in Erinnerung an die entsprechende Parole Juppés während der Vorrunde für die Präsidentschaftskandidatur, mit der er das Land und seine Bewohner zur Findung einer „glücklichen Identität" aufforderte.

Die vorbereitende Übertragung übersteigt in ihrer gründlichen Umständlichkeit nach einigen Minuten sowohl die Einsichtsfähigkeit als auch die Geduld der Kneipenbesucher. Manche werfen sich auf ihren Hockern am Tresen zurück und stöhnen genervt auf, während die Gesprächsrunde die unterschiedlichen Anforderungen an die zu erwartende Rede immer noch weiter ausdefiniert.

In diesem Moment trifft auch Marcel ein. Er wirkt gehetzt, denn in der Bäckerei herrschte noch bis zum letzten Moment reger Betrieb. Es scheint, dass die Kunden durch das kalte Winterwetter zum Kauf von Backwaren geradezu animiert werden. Den Inhalt seiner Flasche Bier, die ihm der Wirt ungefragt serviert, stürzt er fast in einem Zug hinunter und zeigt sich erst danach in der Lage, dem Geschehen seinerseits in angemessener Weise zu folgen.

Als der Präsident endlich, wenngleich pünktlich zum angekündigten Zeitpunkt, auf dem Bildschirm erscheint, ertönt allgemeines großes Gejohle im Raum. „Da ist er ja!" „Darf ich vorstellen: der unsichtbare Präsident, exklusiv für uns!"

Dann wird es wieder still, und sie starren auf den Bildschirm wie auf eine überirdische Erscheinung.

„Die Wut sitzt tief, und ich empfinde sie in vieler Hinsicht als gerechtfertigt." So beginnt das Staatsoberhaupt, und sonderbar finden sie zumindest seine Ausdrucksweise, die sich mit seiner sonstigen Haltung schwer vereinbaren lässt.

„Jetzt will er sich wohl entschuldigen?"

„Glaubst Du! Der denkt doch nicht dran."

Der Präsident verspricht, die Ruhe „mit allen Mitteln" wiederherzustellen. Offenbar zu diesem Zweck präsentiert er nun Zugeständnisse, die ab dem 1. Januar gelten sollen. Mindestlohnempfänger sollen eine zusätzliche monatliche Sozialhilfe von 100 € erhalten. Dies stellte übrigens eine Forderung vieler Gelbwesten dar. Rentner sollen erst ab 2.000 € und nicht wie bisher ab 1.200 höhere Sozialsteuern zahlen. Überstunden werden gar nicht mehr besteuert.

„Na, da geht er ja weiter, als ich gedacht hab'." seufzt Marcel mit gewisser Zufriedenheit, denn er hat in der Bäckerei sehr viele Überstunden aufzuweisen.

Wenn Unternehmen Weihnachtszulagen zahlen, wird der Staat keine Abgaben darauf erheben. Und schließlich verspricht das Staatsoberhaupt schnelle Steuersenkungen.

„Haha! Wer's glaubt, wird selig!" tönt es vielstimmig durch den Raum.

Alle stimmen dieser frommen Prophezeiung in voller Überzeugung zu.

Die Vermögensteuer soll jetzt nur noch auf Immobilien, nicht mehr auf Aktien erhoben werden. Die so hoch umstrittene Reform wird also nicht zurückgenommen. „Das führte dazu, dass Reiche flüchten. Ich wollte diese Personen zurückholen. Zurückgehen würde dazu führen, dass wir uns schwächen." doziert der Präsident.

„Rothschild lässt grüßen." wirft einer ein, und mehrere Stimmen schließen sich an.

„Wir müssen eine Reform durchführen, eine Reform der Renten und der Arbeitslosigkeit, die die Menschen belohnt, zu arbeiten." heißt es vom Bildschirm. Außerdem fordert der Präsident Anstrengungen, um die allgemeine Dezentralisierung voranzutreiben. Schließlich kündigt er, gewissermaßen als Höhepunkt seiner Ausführungen, eine große Debatte an unter Einbeziehung der Sozialpartner und des Parlaments. „Die Wut kann unsere Chance sein", erwartet der Präsident und bietet „runde Tische" mit allen Bürgermeistern im Land an für einen neuen sozialen Dialog. Er wendet sich an das Volk: „Sie werden daran teilnehmen."

„Ich bestimmt nicht." stellt Marcel schon etwas betrunken klar.

„Die Ereignisse haben die Nation verwirrt. Sie sind legitim."

„Wer da verwirrt ist, möcht' ich gern wissen." fragt sich der dicke Wirt, der sich bisher zurückgehalten hat.

„Wenn die Gewalt regiert, schadet es der Demokratie. Aber am Anfang vergesse ich nicht, dass es eine Wut gibt." Nun müsse aber Ruhe einkehren, wünscht sich das Staatsoberhaupt.

„Das sag' ich meinen Kindern auch immer, wenn sie abends noch im Bett rumtoben." erinnert sich Gérard, der Versicherungsangestellte mit vier Kindern.

Philippe, der Premierminister, habe ja immerhin schon die Treibstoffsteuererhöhung zurückgenommen, erinnert der

Präsident. Er selbst sehe aber, dass hinter den Protesten mehr stecke. „Ich habe die Verzweiflung gesehen." Er ergeht sich in der Schilderung von Franzosen, die am Ende des Monats nicht genug Geld haben, von Frauen, die ihre Kinder allein aufziehen. „Es sind 40 Jahre Malaise, die aufflammen." Schließlich entschuldigt er sich wahrhaftig: „Wir haben seit anderthalb Jahren keine Antwort geben können. Ich übernehme dafür die Verantwortung. Und ich habe viele unter Ihnen verletzt." Er zeigt sich letztlich überzeugt, dass man einen Ausweg finden könne.

Dann schließt er: „Wir sind in einem historischen Moment für unser Land. Meine einzige Sorge sind Sie."

Großes Gejohle erhebt sich in der Kneipe. „Da sind wir aber froh!" „Zu merken war davon aber nichts!" „Ziemlich spät, oder?" „Auf die Sorge kann man auch verzichten!"

Als sich die allgemeine Aufregung allmählich legt, widmet sich die Gemeinde erst einmal ausführlich dem Bier und ganz allgemein der Nachbestellung von Getränken, zum Teil auch von kleinen Stärkungen wie Croques Monsieurs oder Ähnlichem. Marcel hängt schon sichtbar beschwipst halb über dem Tresen, ruft aber ungeduldig immer wieder nach einem weiteren Bier. Es lässt sich nicht bestreiten, dass das Ereignis insofern zumindest für den Wirt einen durchschlagenden Erfolg bedeutet.

Im Übrigen fühlen sie sich etwas verunsichert, denn sie wissen nicht so genau, wie sie die Rede des Präsidenten einordnen sollen. Sieg auf der ganzen Linie oder nur Beschwichtigung? In dieser Lage hilft es, sich erst einmal weiter zu stärken.

In der Zwischenzeit hat auf dem Bildschirm längst wieder das Politmagazin, nun zur eingehenden Auswertung des präsidentiellen Auftritts, begonnen. Die Kommentatoren halten sich schon an hohen Tischen mit unbequemen Hochhockern bereit, um ihre jeweilige Meinung kundzutun. Manche behaupten, es sei die beste Rede gewesen, die der Präsident je gehalten hat. Vielleicht habe er die Gelbwesten ja nicht überzeugt, aber es sei ihm wahrscheinlich gelungen, die öffentliche Meinung zu beruhigen. Sie halten Ruhe im Land für das Allerwichtigste.

„Wie ein virtuoser Weihnachtsmann" findet eine Pariser Fernsehkommentatorin. „Mission impossible" sagen andere. „Wie soll das alles finanziert werden?" Wieder andere zeigen sich enttäuscht, ja zum Teil sogar bestürzt über das Nachgeben des Präsidenten und fürchten, damit werde die gesamte Reformpolitik des jungen Hoffnungsträgers zunichte gemacht, mit der dieser so fulminant angetreten sei.

Einige wiederum wiegen bedenklich das Haupt: „Schön und gut, aber er hat keinen Sozialpakt vorgeschlagen. Was wird aus seinen Sozialreformen, die er angekündigt hat? Wird er die Renten kürzen, das Eintrittsalter anheben?" Sie sehen jedenfalls unzählbare Unwägbarkeiten.

Die Diskussion zeigt sich letztlich für die Gemeinde in der Kneipe wenig ergiebig, so dass die Aufmerksamkeit allmählich nachlässt. Stattdessen widmen sich die Leute lebhaften Gesprächen untereinander, die die Stimmen auf dem Bildschirm immer lauter übertönen.

Von fast allen aber wird der Auftritt als Schwäche verstanden.

„Nie hätte er das alles versprochen, wenn er nicht wirklich unter Druck wäre."

„Er ist eingeknickt, ich hab's Euch doch gesagt!" beharrt der Lange von der Déchetterie.

In den folgenden Tagen reißt die Diskussion über die Rede des Präsidenten in der Öffentlichkeit nicht ab. Für und Wider, positive und negative Beurteilungen werden ohne Unterlass breit erörtert, so wie es der üppigen Disputkultur des Landes entspricht. Die Auseinandersetzung mit den präsidentiellen Aussagen wälzt sich so lange hin und her, bis sich positive Stimmen immer mehr durchsetzen. Mehrere Wissenschaftler unterbreiten bereits die unterschiedlichsten Vorschläge, um die zugesagten Maßnahmen möglichst sinnstiftend in die Tat umzusetzen. Der Wirtschaftsminister sieht sich seinerseits veranlasst, diese Umsetzung zu beflügeln und mahnt diesbezüglich zur Eile, denn er befürchtet – nicht zu Unrecht - bei anhaltenden Unruhen weitere erhebliche Auswirkungen auf das Wirtschaftswachstum, ja er bezeichnet die Lage mit einem zu erwartenden Minus von 0,1 % gegenüber den erhofften 1,7 % für das Jahr 2018 ebenso schonungslos wie realistisch als eine Katastrophe für die Wirtschaft. Einzelhändler beklagen zum wiederholten Male Umsatzeinbußen in Milliardenhöhe. Im Dezember nähmen die Unternehmen doppelt oder dreimal so viel ein wie in anderen Monaten. Am vergangenen Wochenende dagegen sei der Umsatz um 25 bis 35 % zurückgegangen und das zum vierten Mal seit der Mobilisierung der Gilets Jaunes, verkündet der Präsident der Industrie- und Handelskammer von Paris. Die Medien wiederum ergehen sich in fortdauernden Äußerungen der Befürchtung, dass die Bilder der Proteste ein schlechtes Image des Landes im Ausland vermitteln. Allgemein formiert sich die Überzeugung: „Die Waffenruhe muss jetzt beginnen."

Auch eine führende Gelbweste betont im Fernsehen anerkennend, der Präsident habe ja immerhin Zugeständnisse gemacht. Anders sieht es dagegen Mélenchon. Gleich zu Anfang seiner Rede, beanstandet der Führer der linken Opposition, habe der Präsident die Menschen angegriffen, ja sie für ihren Protest kritisiert, und die angekündigten Maßnahmen gingen nicht weit genug, wie sich am Beispiel der Vermögensteuer mehr als deutlich zeige. In diesem Sinne argumentieren auch mehrere Gelbwesten: Es seien zum Beispiel auch keine Maßnahmen für Arbeitslose vorgesehen. Ein anderer aus den Reihen der Protestierenden meint demgegenüber: „Er beginnt sich zu bewegen." Und er schließt daraus, man müsse die Proteste deshalb fortsetzen, um noch bessere Lösungen zu erreichen.

Insgesamt stellt sich heraus, dass sich die Gelbwesten nach der Rede des Präsidenten keineswegs befriedet, sondern im Gegenteil zu weiteren Protesten ermutigt fühlen und hierzu lautstark und entschieden aufrufen. Auch Nicolas und seine Kameraden durchschauen zwar die Situation nicht bis ins Letzte, folgen aber getrost diesem erneuten Ruf, schon um den Verdacht auszuräumen, sie seien naiv und ließen sich durch hohle Versprechungen in eine Falle locken.

In der Zwischenzeit sinken die Umfragewerte des Präsidenten immer weiter, während Marine Le Pen, also die radikale Rechte, davon profitiert und ihre Wertschätzung entsprechend in der öffentlichen Meinung steigt.

Allerdings scheinen die Demonstrationen auch in der Provinz nun etwas veränderte Gestalt anzunehmen. Immer mehr Teilnehmer tauchen hier auf, die sich erst kürzlich den Protesttruppen an der Péage angeschlossen haben und die so recht niemandem aus der Gegend bekannt sind.

Beim nächsten samstäglichen Treffen am Rondpoint marschiert einer dieser Leute plötzlich geradewegs auf die Schranke zu, die die Einfahrt auf die Autobahn versperrt. Es handelt sich um einen vierschrötigen, kräftigen Mann. Wie ein Gewichtheber beugt er sich vor und stemmt die Schranke mit den ausgestreckten Armen nach oben. Es ertönt dabei ein unangenehmes krachendes Geräusch. Manche der Frauen erschrecken und kreischen dazu schrill auf wie einen Unfall meldende Sirenen. Unverkennbar ist die Mechanik der Schranke zerstört, so dass der Holm sich nicht mehr schließen lässt und jetzt ständig nach oben zeigt.

„So," sagt der Kraftprotz zufrieden und wischt sich die Hände gegeneinander, als wolle er sich von seiner schmutzigen Arbeit säubern, „Das ist jetzt schon besser. Die stört uns nicht mehr."

Nicolas steht etwas dahinter, in einer Reihe mit ein paar anderen Teilnehmern, mit denen er gerade das Vorgehen des Tages besprechen will, konnte aber gemeinsam mit ihnen den gesamten Vorgang sehr gut beobachten. Die meisten bleiben stumm vor Schreck über das brutale Zerstörungswerk. Einige lachen etwas hysterisch laut auf.

Die Frau neben Nicolas regt sich darüber auf: „Da gibt es überhaupt nichts zu lachen. Man kann doch nicht einfach alles kaputtmachen!" Sie wendet sich an Nicolas: „Oder?" fragt sie ihn, als brauche sie noch eine Bestätigung für ihre Aussage. Nicolas nickt ihr zustimmend zu.

Die Frau ist ihm schon bei den letzten Treffen aufgefallen. Sie hat ihre halblangen braunen Haare hinten mit einem Gummibändchen zusammengebunden und trägt immer einen ebenfalls braunen, an den Ellbogen etwas abgeschabten

Wollmantel. Trotzdem sieht sie ordentlich aus. Das letzte Mal servierte sie fürsorglich einer ganzen Reihe von frierenden Demonstranten heißen Tee, den sie offensichtlich selbst mitgebracht hatte. An den eigentlichen Protestaktionen beteiligt sie sich in der Regel wohl nicht aktiv, zumindest konnte Nicolas dies bisher nicht wahrnehmen. Meist hielt sie sich im Hintergrund und suchte vorzugsweise mit anderen Frauen das eher beschauliche Gespräch.

Als sich der Schreck über den Gewaltakt an der Schranke etwas legt und die Gruppe sich jetzt wieder mehr über den Platz verstreut, schiebt sich Marcel neben Nicolas. Er hat seine Empörung offensichtlich noch nicht verwunden, und es scheint ihm ein Bedürfnis, über den Vorfall zu sprechen.

„Du, Nico, das geht mir zu weit. Ich hab' Angst, dass die von der Autobahngesellschaft die Reparaturkosten von uns haben wollen. Das kann teuer werden. Meinst Du nicht auch?"

Nicolas kann ihm nur zustimmen, was er mit einem leisen ärgerlichen Brummen zum Ausdruck bringt. Er selbst ist nach wie vor entsetzt über den Vorfall, den er mindestens so missbilligt wie Marcel und der für ihn einen schwarzen Schatten auf den gesamten Tag wirft. Die Regierung, hört man, hat bereits hartes und unnachgiebiges Vorgehen gegenüber allen gewalttätigen Demonstranten angekündigt. In Paris wurden die Polizeikräfte schon durch die CRS verstärkt und setzten Tränengas, Wasserwerfer, Blendgranaten und mehrere Panzerfahrzeuge ein.

„Die Krawallbrüder schaden uns." geht Nicolas immer wieder durch den Kopf. „Du wirst sehen, am Ende wird nur noch über die Kriminellen berichtet, und wir gehen dann unter. Im Eimer die gerechte Sache!"

Marcel fügt noch hinzu: „Oder wir landen im Gefängnis, weil die alles kaputt machen." Auch diese Befürchtung kann Nicolas nicht mehr ganz von sich weisen.

„Die Frau da, mit der Du gesprochen hast, kennst Du die, Nico?" fragt Marcel weiter.

„Keine Ahnung, hab' ich nie gesehen."

Nicolas ärgert sich, dass er von dem alarmierenden Vorfall ablenkt. Was soll das jetzt mit der Frau?

„Du, weißt Du, das ist ein ganz trauriger Fall. Die wohnt in Arry, ganz allein, seit ihr Mann vor ein paar Jahren gestorben ist. Die Kinder - ich glaub', es sind drei - wohnen ganz in der Nähe von ihr und kümmern sich überhaupt nicht um sie – eine Schweinerei! Ich glaub, nur eine Katze hat sie."

„Ja, dann hat sie wenigstens jetzt uns als Kampfgenossen." sagt Nicolas. „Wie heißt sie denn?"

„Ich glaub, Amélie. Hab' ich wenigstens gehört, als einer sie so angesprochen hat."

Sie begegnen der Frau künftig stets mit besonderer Freundlichkeit, beziehen sie in ein Gespräch ein, wann immer sie inmitten ihres Protestes Zeit dafür finden, und versuchen sie gegen alle Gefährdungen oder auch Grobheiten von Seiten weniger empfindsamer Zeitgenossen zu schützen.

Auf der Fahrt am Abend nach Hause erfahren sie zu ihrem Entsetzen, dass die Proteste des Tages ein Opfer gefordert haben. In Marseille ist eine 80-jährige Frau während einer Operation im Krankenhaus gestorben, nachdem sie von einer Tränengasgranate im Gesicht getroffen wurde. Dabei hatte sie an den Demonstrationen selbst nicht einmal teilgenommen. Im Gegenteil wollte sie gerade zum Schutz vor dem Tränengas, das auf dem Platz vor ihrem Haus reichlich angewandt wurde, ihre Fensterläden schließen, als das Geschoss sie traf. Alle empfinden sie das Ereignis als ausgesprochen tragisch. Sie verfallen in betroffenes Schweigen, und je länger dieses andauert, desto mehr verschmilzt es mit der Erbitterung darüber, dass Derartiges passieren kann. Ratlos macht sie, dass ihre Aktionen, die in der besten Absicht, zum Wohle des Landes, wovon sie sich überzeugt haben, unternommen werden, in immer zahlreicheren Fällen in verhängnisvolles Unglück einmünden.

Die noch am gleichen Abend ausgestrahlten Sendungen der Medien stürzen sich förmlich auf das unglückliche Ereignis. Sofort beschuldigen mehrere Stimmen die Ordnungskräfte einer unerhörten Gewalttätigkeit. Dagegen erheben sich freilich aus unterschiedlichsten Kreisen schwere Vorwürfe gegen die Gilets Jaunes selbst. „Wenn diese nicht in so unverantwortlicher Weise Unruhe stiften würden, hätte dergleichen nicht passieren können." So und ähnlich tönt es aus dem Mund von Vertretern einzelner politischer Parteien oder auch aus Kreisen der Wirtschaft.

Nicolas und seine Freunde fühlen sich unglücklich, als hätten sie selbst den Tod der armen Frau verursacht. Lange Zeit herrscht noch betretene Stille im Wagen, bis einer außer sich gerät, wahrscheinlich war es Hervé von der Gärtnerei.

„Jetzt hört aber bald alles auf! Die schießen wild mit Tränengas um sich, und wir sollen es gewesen sein!"

Laut und empört stimmen alle ein, als habe sie der geäußerte Protest von einer drückenden Last befreit. Die ganze restliche Fahrt über dreht sich das Gespräch um das gewaltsame Eingreifen der Polizei, das sie unverantwortlich finden. Zuhause lesen sie die zahlreichen empörten Kommentare zu diesem Vorfall im Internet und sehen sich bestätigt, wenn auch hier schwere Vorwürfe gegen die Sicherheitskräfte erhoben werden.

Proteste, ja die verheerendsten Kriege, nähren ihre Schlagkraft nicht selten aus einer anfänglichen Hochstimmung, mit der die Kämpfer in die Auseinandersetzung ziehen, die sich aber sehr schnell einzutrüben beginnt, wenn Mühen und Gefahren drückend werden und die Siegesgewissheit sich entsprechend verringert. Im Falle unserer Gelbwesten zeigt sich abgesehen davon die Ermüdung dieser ursprünglichen Triebfeder der Proteste gerade auch im häuslichen Umfeld. Als Nicolas und Maurice wieder einmal sehr müde von der Demonstration spät abends nach Hause kommen, begrüßt sie zwar Anais so begeistert wie gewöhnlich, Lydie jedoch suchen sie vergebens. Verwunderlicher Weise findet sich auch keine Nachricht von ihr, wie das sonst in der Familie bei unvorhergesehener Abwesenheit seit jeher üblich war. In einem solchen Fall hinterlässt der Betreffende auf dem kleinen Schreibblock in der Küche eine, wenn auch nur hingekritzelte, Botschaft. Heute steht hier nichts. Von Katja findet sich ebenfalls keine Spur. Nicolas vermutet, dass sie bei einer Freundin übernachtet, was am Wochenende des Öfteren vorkommt. Maurice zeigt sich nicht weiter beunruhigt.

„Die kommen schon wieder, Papa. Mach Dir keine Sorgen! Du, ich bin hundemüde. Ich leg mich mal hin. Gute Nacht, Papa!"

Fröhlich im Bewusstsein eines sinnvoll verbrachten Tages steigt er die Treppe hinauf, indem er immer zwei Stufen auf einmal nimmt, und die Türe seines Zimmers schließt sich hinter ihm.

Automatisch schaltet Nicolas den Fernseher an, der herumsteht wie ein verlassenes Kind. Kaum wieder aus seiner Vernachlässigung geholt, beeilt sich dieses denn auch, ihm einen eingehenden Bericht von den Demonstrationen des Tages im ganzen Land zu präsentieren. Die Reportage konzentriert sich an diesem fortgeschrittenen Abend auf die Befragung einiger kleiner Geschäftsleute. Diese beklagen sich wortreich über die nachteiligen Auswirkungen der anhaltenden Proteste – „ausgerechnet an den Samstagen!" - auf ihr vorweihnachtliches Geschäft. Die wenigen zu der späten Stunde noch im Studio anwesenden Politiker sorgen sich ihrerseits um das Wirtschaftswachstum des Landes, sollten sich die Demonstrationen fortsetzen. Die Diskutanten ereifern sich dabei zunehmend und unterbrechen sich gegenseitig immer häufiger in lauter und heftiger Weise. Dennoch rauscht die Sendung an Nicolas nur vorbei, der sich mit seinem Unbehagen müde in den Sessel gekauert hat.

So sehr er wartet - Lydie kommt auch später nicht, obwohl es allmählich schon auf Mitternacht zugeht. Um bei ihrer Freundin anzurufen, bei der sie vielleicht den Abend verbringt, scheint es Nicolas nach längerem Zögern um diese Zeit zu spät. In großer Unruhe, denn er ist ihre Abwesenheit nicht gewohnt, legt er sich in das leere und deshalb besonders kalte Bett. Er muss noch zweimal aufstehen, weil er jedes Mal vergessen hat, das Licht auszulöschen – erst in der Küche, dann im Bad.

Nachdem seine Müdigkeit ihn für ein paar Stunden in einen abgrundtiefen und bleiernen Schlaf versetzt hat, während dessen er nur undeutlich wahrnimmt, dass wohl Maurice einmal nach unten gegangen sein muss, schreckt er auf, tastet um sich und spürt, dass das Bett neben ihm leer geblieben ist. Das fahle Licht der Nachttischlampe bestätigt ihm diese Erkenntnis nur umso unbarmherziger. Unter dem Eindruck seiner beunruhigenden Verlassenheit, der ihn über alle Maßen aufregt, gelingt es ihm nur schwer, wieder einzuschlafen. Er vermisst Lydie und ihre Wärme, ihren vertrauten Geruch, die kleine feste Gestalt, die sich neben ihm in die Kissen kuschelt und sich an ihn drängt. Während er über die unerhörte Tatsache ihrer nächtlichen Abwesenheit grübelt, wird ihm klar, dass zwar er selbst des Öfteren eine Nacht in der Hutte verbringt und dementsprechend auch ihr wohl ein Gefühl der Verlassenheit hinterlässt. Dabei handelt es sich aber um etwas ganz Anderes als diese mutwillige Abwesenheit, die er nun erlebt und die ihm mit zunehmender Schlaflosigkeit vollends unerträglich erscheint.

So schlummert er nur unruhig hin und wieder für kurze Zeit ein, wacht immer wieder auf, schreckt hoch und greift ratlos neben sich in die immer noch leere Betthälfte. Dabei ist ihm ständig, auch während seiner kurzen und wirren Träume, bewusst, dass er sich ernste Sorgen macht. Sie liegen auf ihm wie eine schwere Decke, die ihn fast erstickt. Lydie ist noch nie einfach über Nacht weggeblieben, schon gar nicht ohne ihm Bescheid zu geben. Er fragt sich sogar ernsthaft, ob er die Polizei verständigen sollte. Aber was würden die von ihnen denken? Müssten sie etwa annehmen, dass Lydie ihm weggelaufen sei? Deshalb schreckt er vor diesem Schritt zurück.

Schließlich steht er auf, obwohl der graue Morgen sich an diesem Sonntag noch keineswegs zur Ankunft entschlossen hat. Er schlüpft in seine warmen und weichen Filzpantoffeln und bereitet sich, noch im Schlafanzug, Frühstück, das heißt eine Tasse Milchkaffee. Als er bedrückt und frierend in der

Morgenkälte, in der die kleine Gasheizung noch nicht angesprungen ist, am Küchentisch sitzt und die große Tasse immer wieder betrachtet, kommen ihm die winzigen blauen Blümchen darauf lächerlich vor. Es fehlt nicht viel, und er hätte die Tasse wütend vom Tisch gewischt.

Während er weiter im Schlafanzug am Tisch sitzt, erscheint Lydie schließlich. Sie kommt leiser durch die Türe als sonst und zögert etwas in der Diele, bevor sie ihn in der Küche sieht. Als er still bleibt und sie nur fragend anschaut, versteht sie das sofort als Vorwurf und wirkt aufgebracht.

„Was ist? Was schaust Du so? Ich hab' bei der Nicole geschlafen. Das werd' ich ja grade noch dürfen. Du bist ja sowieso nie da."

Er weiß nicht so recht, was er sagen, ob er überhaupt etwas sagen soll. Lydie empfindet dieses Schweigen offensichtlich als eine Art Schuldeingeständnis, zumindest als Aufforderung zur Äußerung weiterer Beschwerden.

„Aber dass Du es nur weißt: So geht's nicht weiter. Sie reden schon, über Dich. Die Nicole hört das auch überall. Dass Du Dich nur mit den Gelbwesten rumtreibst, die gegen die Regierung sind. Und den Jungen ziehst Du da auch noch rein. Man muss sich ja allmählich schämen."

Nicolas fühlt eine schwarze Wut in sich aufsteigen. Nach der in höchster Beunruhigung verbrachten Nacht trifft ihn diese grobe Verkennung seiner staatsbürgerlichen Verantwortung, die er Samstag für Samstag unter Einsatz all seiner Kräfte am Rondpoint wahrnimmt, ganz besonders, und er erregt sich darüber in einer Weise, die er bisher selbst nicht für möglich gehalten hätte. Wieder einmal fühlt er sich zutiefst ungerecht behandelt. Schließlich opfert er sich für die gute Sache.

„Das sagt die Richtige! Du sitzt gemütlich zu Haus, während wir uns rumschlagen. Meinst Du, das ist so schön, am Rondpoint zu frieren? Meinst Du, ich würd' nicht auch lieber in der Hutte sitzen oder in den Dünen Wildschweine jagen?"

Er schleudert seine Wut mitten hinein in ihr vorwurfsvolles Gesicht.

Da sie nicht mehr viel hinzuzufügen wissen zu diesen gegenseitigen Anschuldigungen, die sich zu verselbständigen beginnen, und sich deshalb verletzt und traurig anschweigen, bleibt die Stimmung für diesen ganzen Sonntag verdorben. Lydie spricht kaum mit ihm. Die Kinder, anscheinend anderweitig beschäftigt, lassen sich bis in den späten Nachmittag hinein nicht sehen. Anais verzieht sich in feiner Wahrnehmung des familiären Unfriedens unter den Couchtisch. Nicolas spürt nicht einmal mehr Lust, Boule zu spielen, obwohl die Freunde ihn für diesen Sonntagnachmittag schon vor Langem dazu eingeladen haben. In seiner Ratlosigkeit weiß er sich nicht anders zu helfen, so dass er sich seine Jagdkleidung wütend überstreift und sein Gewehr aus dem Schrank reißt. Dann schlägt er grußlos die Türe zu und fährt mit Vollgas und aufkreischendem Motor zur Hutte. Selbst die Türe der Hutte wirft er mit aller Kraft knallend zu, so dass sie fast aus den Angeln springt. Dann vergräbt er sich dort.

Nicolas und Lydie verstehen sich im Grunde zu gut, als dass sich der Ärger in den nächsten Tagen nicht allmählich legen würde. Zumindest führt der Alltag dazu, dass die täglichen Gewohnheiten und damit auch das Gespräch wieder aufgenommen werden, zunächst der Austausch über praktische Notwendigkeiten, hin und wieder dann auch schon etwas mehr. Aber unter der Decke schwelt es weiter, und es kommt keine wirkliche Gelöstheit auf, wie sie sonst zwischen ihnen herrscht. Lydie benimmt sich betont gefasst, woraus Nicolas schließt, dass ihr ihr Verhalten im Grunde leidtut. Er kennt und schätzt sie als einen durch und durch vernünftigen Menschen, und sie ist sich wohl bewusst, dass sie ihren Ärger etwas überzogen hat. Nicolas weiß aber aus ihrer nun gut 18-jährigen Ehe und noch längeren Bekanntschaft, dass sie es nicht allein über sich bringen wird, aus ihrem anhaltenden Kreis sturen Beharrens auszubrechen.

Da er gegenwärtig eben wegen der für das Baugewerbe schlechten Witterung ohnehin tagsüber viel Zeit zu Hause verbringt, bemüht er sich, Lydie möglichst viel der Arbeit im Haushalt abzunehmen. An zwei Tagen hat er nun schon die Spülmasche ausgeräumt und sogar den Boden gewischt, ohne dass sie eine Reaktion erkennen ließ. Nun hat er mit viel Mühe ihr kleines rosa Tanzpüppchen repariert, das sie sehr liebt, das aber, seit Langem beschädigt, nutzlos auf dem Tellerstock steht. Es kann sich jetzt wieder zu einer gläsern klingenden Melodie um sich drehen. Als sie nach Hause kommt, zeigt er es ihr.

„Schau, was ich gemacht hab!"

Er sieht, dass sie sich wirklich freut, obwohl sie nur so vor sich hinschaut.

„Komm, sei wieder gut!" sagt er, und sie lässt sich tatsächlich von ihm in den Arm nehmen.

Auch in der Nacht ist alles wieder gut.

Die Wiederherstellung des häuslichen Friedens findet allerdings keinerlei Parallelen in den Protestaktionen, die sich unvermindert fortsetzen und auch nicht etwa an Heftigkeit nachlassen. Auch erweist es sich nun allmählich nicht mehr als sinnvoll, immer nur am Rondpoint an der Autobahnausfahrt zu demonstrieren und zu blockieren. Der Standort hat sich in der Zwischenzeit gewissermaßen „verbraucht". Viele Autofahrer rechnen nämlich bereits mit den zu erwartenden samstäglichen Behinderungen und meiden den protestbehafteten Kreisverkehr an den Samstagen.

Eigentlich wäre der Trupp aus Nouvion zu gern auch einmal nach Paris, in das Zentrum des Protestes, gefahren, um die Kollegen dort tatkräftig zu unterstützen. In der Hauptstadt ist doch sehr viel mehr los, hören sie, und die Berichte über die Vorgänge in Paris nehmen in den Medien einen ganz anderen und weitaus gewichtigeren Stellenwert ein. Abgesehen davon, dass eine Reise nach Paris an sich für jeden von ihnen schon immer zu den ganz besonderen Ereignissen zählt, gewinnen sie also den Eindruck, dass sie sich in der Hauptstadt auch wirkungsvoller und zielführender betätigen könnten. Als sie Robert gegenüber entsprechende Andeutungen machen, besteht dieser aber darauf, dass sie hier in der Gegend gebraucht werden. Nach Paris würde ja jeder fahren, hält er ihnen vor, dort konzentriere sich ohnehin immer alles. Dagegen sei es außerordentlich wichtig, dass der Protest nicht nur in der Metropole stattfinde, wo täglich mit Demonstrationen unterschiedlichster Art gerechnet wird. Nein, er müsse in jedem Fall landesweit aufrechterhalten werden, gerade auch in der Provinz, wo doch die Probleme bekanntlich besonders schwer wiegen. Flächendeckend müsse er bleiben, weil er sonst nicht ernst genug genommen würde.

Also fügen sie sich diesen Argumenten notgedrungen, weil sie anderenfalls den Eindruck fürchten, es gehe ihnen nur um Protesttourismus anstatt um die Ernsthaftigkeit der Angelegenheit. Letztlich müssten sie sich dann selbst als Verräter der guten Sache vorkommen. Schließlich geht es um die möglichst große Wirksamkeit der Proteste, sehen sie ein, und nicht um ihre eigene persönliche Darstellung. Und letztlich trösten sie sich damit, dass Amiens ja auch nicht so weit von zu Hause entfernt liegt, was wiederum die häuslichen Probleme so weit wie möglich entschärft.

Letzterer Aspekt führt dazu, dass sie sich sogar lange überlegen, den Schwerpunkt ihrer Aktivitäten nach Abbeville zu verlegen, wo sie jeden Rondpoint und jede Ausfallstraße kennen. Dies würde ihnen nicht nur erlauben, jeweils die geeigneten Schauplätze zielgerichteter ausfindig zu machen, sondern darüber hinaus noch schneller an Ort und Stelle zu gelangen und damit gleichzeitig die häuslichen Abwesenheiten zu verkürzen. Nach eingehenden Diskussionen, die zum Teil auch im Internet mit den Organisatoren stattfinden, nehmen aber letztlich Zweifel überhand, ob sich in der kleineren Stadt auf die Dauer eine ausreichende Teilnehmerzahl für einen eindrucksvollen Protest finden ließe, so dass sie auch auf diese Änderung ihres Aktionsradius verzichten.

Zu einem ihrer bevorzugten Ziele bestimmen sie deshalb nach allgemeiner Beratung und Abstimmung nun vor allem den Kreisverkehr im Industrieviertel am östlichen Rand von Amiens. Das Geschäftszentrum ist groß und mit seinen vielfältigen Angeboten in der Stadt wie auch in der gesamten ländlichen Region weithin bekannt. Gerade die Samstage nutzen viele Leute aus Amiens selbst und der näheren Umgebung, um dorthin zu fahren und in den unterschiedlichen Läden, die Baumaterial und Gärtnereibedarf ebenso anbieten wie Möbel, Lampen und günstige Schuhe, einzukaufen. Auch eine große Autowerkstatt und ein MacDonalds finden sich dort. Um zu den einzelnen Geschäften zu gelangen, muss nahezu der gesamte Verkehr den besagten Rondpoint passieren, den sie sich als neue Niederlassung ausgewählt haben. Hier versprechen die samstäglichen Störaktionen demnach besonders wirkungsvolle Behinderungen.

Gegenüber dem letzten Mal haben sich auch die Transparente in Inhalt und Vielfalt weiterentwickelt. Neben den herkömmlichen „Macron Démission"-Plakaten, auf die sie auch zukünftig als zentralen Ausdruck ihrer Empörung keinesfalls verzichten wollen, gibt es nun – als Reminiszenz des dänischen Vorfalls - auch die Ankündigung der „Gaulois Réfractaires en Colère". Neben dieser aufschlussreichen Bekundung, dass sich die widerspenstigen Gallier in Wut befinden, konzentrieren sich aber die neuen Schilder vor allem nun darauf, von der Regierung ein Referendum zu fordern. Keiner weiß so recht, was ein Referendum wirklich bedeutet, und diejenigen, die sich etwas darunter vorstellen können, wissen nicht, aus welchem Grund und welches Thema betreffend ein solches Referendum gefordert wird. Keiner, zumindest niemand aus dem Trupp von Nouvion, möchte aber zugeben, dass er sich vielleicht diesbezüglich nicht so ganz auf dem Laufenden befinden könnte. Jedenfalls sind sie sich alle in der Überzeugung einig, dass es einfach und in irgendeiner Weise mehr Beteiligung der Bürger geben muss. „Dem Volk muss seine Stimme zurückgegeben werden." hat man ihnen gesagt. So tragen sie also ihre Transparente mit großem äußerlichen Ernst und feierlicher innerlicher Begeisterung vor sich her und fordern dabei gemeinschaftlich laut skandierend und mit unbedingter Entschlossenheit die Einführung eines solchen Referendums. Als die Regierung später eine solche Forderung nicht sofort aufnimmt, werden sie empört reagieren und bei der nächsten Gelegenheit den Ton erheblich verschärfen.

Überhaupt handelt es sich in der Zwischenzeit längst nicht mehr nur um die befürchtete Erhöhung des Benzinpreises, gegen die sie sich wenden. Der Zorn richtet sich mittlerweile auf ein wesentlich erweitertes Themenfeld. Sie fordern nun nichts weniger als die Senkung aller Steuern, die Anhebung des Mindestlohns und der Renten und immer wieder die Einführung des Referendums „RIC", das heißt „référendum d'initiative citoyenne", mit dessen Hilfe die Bürger in die Lage versetzt werden sollen, stärker mitwirken und mitgestalten zu können. Und immer wieder verlangen sie natürlich mit zäher Beharrlichkeit die Wiedereinführung der Vermögensteuer. „Davon lassen wir niemals ab!" schwören sie sich.

Auch der Teilnehmerkreis hat sich verändert und gleichzeitig erweitert. Der kleine Trupp aus Nouvion lernt nun die Mitstreiter aus Abbeville kennen, die ihre Aktivitäten ebenfalls nach Amiens verlagert haben, nachdem sie seit Beginn der Aktionen ausdauernd und bereits durchaus wirkungsvoll, zum Teil sogar mitten in der Stadt auf dem weitläufigen Platz vor dem Rathaus, protestiert haben. Nun zeigte es sich aber das letzte Mal schon, dass die Gendarmen überaus rigide gegen die dort recht zahlreich erschienenen Demonstranten vorgingen, obwohl diese sich die ganze Zeit über nach übereinstimmender eigener Beurteilung uneingeschränkt friedlich verhalten hatten. Mehrere Teilnehmer beschlossen deshalb, sich zukünftig einem anderen Protestschauplatz zu widmen.

Eine besondere Rolle spielen auch am neuen Standort die Frauen, die sich hier noch zahlreicher einfinden als zu Beginn. Marcel vertritt die Auffassung, dies liege daran, dass dem femininen Naturell der Wechsel zu einem vielleicht friedlicheren Schauplatz besser entspreche. Jedoch widerlegt der besonders unerbittliche und zuweilen fast wagemutige Einsatz dieser Frauen sehr schnell seine Vermutung. Besonders aktiv zeigt sich dabei etwa eine Kämpferin mittleren Alters, eine ehemalige Bankangestellte, wie man erfahren hat. Sie agiert meist zusammen mit einer anderen Teilnehmerin, von der es heißt, dass sie den Beruf einer Krankenschwester ausübt. Dann gibt es unter ihnen auch eine Hypnotherapeutin. Abgesehen davon, dass sich alle erst erklären lassen müssen, was diese Berufsbezeichnung eigentlich bedeutet, bereichert sie den Protesttag immer mit besonderem und lautstarkem Einsatz, den ihre durchdringende schrille Stimme ausgesprochen unangenehm befördert.

Dann treffen sie hier auch die noch recht junge alleinerziehende Mutter. Als eine der wenigen Protestierenden befindet sie sich wirklich in Not. Nachdem der Vater ihres Kleinen, der jetzt sechs Jahre alt wird, seine Arbeitsstelle in Abbeville verloren hatte, begann er zu trinken und verschwand schließlich eines Tages aus der Gegend. Seitdem hat die verlassene Frau nichts mehr von ihm gehört, und dementsprechend erhält sie von ihm auch keinen Unterhalt für sich und den Sprössling. Es bleibt ihr nichts anderes übrig, als sich und den Kleinen irgendwie über Wasser zu halten, wobei sie neben den spärlichen Sozialleistungen, auf die sie mit nur einem Kind Anspruch hat, trotz aller Bemühungen als ungelernte Arbeitskraft lediglich eine mit Mindestlohn ausgewiesene Stelle finden konnte. Sie tritt immer sehr ernst auf, und zum Spaßen zeigt sie sich ohnehin nicht aufgelegt. Nicolas versuchte einmal mit ihr ins Gespräch kommen, indem er einen kleinen Scherz äußerte, aber sie sah ihn nur bitter an. „Meinst Du, ich mach das hier zum Spaß?" Einen ausgesprochen abgehärmten und innerlich verhärteten

Eindruck erweckt sie und erfüllt die ihr jeweils übertragenen Aufgaben am Rondpoint gewissenhaft, manchmal geradezu fanatisch, als könne sie durch die Arbeit an den Barrikaden ihren Kleinen, den sie während der Demonstrationen einer Freundin anvertraut, besser versorgen.

Fern halten sie sich allerdings alle von den „Casseuren", den mutwilligen Zerstörern und Rowdies. Das gilt sowohl für Nicolas als auch für Maurice und seine Freunde. Mit den zwielichtigen Gestalten wollen sie nichts zu tun haben. Dabei treten diese aber im Laufe der Treffen und gerade auch an dem neuen Standort in erheblich vermehrter Anzahl auf. Besonders verärgert die Gilets Jaunes, dass die Eindringlinge, von denen niemand bisher weiß, woher sie eigentlich kommen und was sie dazu treibt, sich den Demonstrationen anzuschließen, nicht einmal gelbe Westen tragen, so wie dies von Anfang an zwischen ihnen als Kennzeichen des Protestes vereinbart wurde. Diese Unbekannten kleiden sich dagegen völlig in Schwarz und halten häufig auch ihre Gesichter mit schwarzen Tüchern vermummt. Die Gelbwesten kämen ihrerseits nie auf den Gedanken, sich bei ihren Demonstrationen unkenntlich zu machen, denn es geht ihnen ja gerade darum, sich für ihre dringenden Anliegen offen hinzustellen und auf die Straße zu gehen, damit jeder auf sie aufmerksam wird und sieht, dass sie gegen die Missstände ankämpfen. Viele der Unbekannten tragen zusätzlich zu ihrer Vermummung auch noch schwarze Helme, wohl bereits in Voraussicht ihrer eigenen Gewaltanwendungen und deren absehbarer Folgen. Jemand meint, einige von ihnen wiedererkannt zu haben als berüchtigte Schläger, die schon anlässlich eines Fußballspiels zwischen PSG und SC Amiens neulich in Paris ihr Unwesen trieben. Den Kämpfern für Gerechtigkeit drängt sich die Vermutung auf, dass auch ihre eigenen Proteste diesen Rowdies nur als Vorwand dienen für mutwillige Sachbeschädigungen und sinnlose Auseinandersetzungen mit den Gendarmen.

Am Tag der Aktionen selbst bleiben diese zwielichtigen Gestalten zunächst am Rand des Geschehens stehen und beobachten das geschäftige Vorgehen der Gilets Jaunes. An der anstrengenden Arbeit des Barrikadenbaus etwa beteiligen sie sich übrigens in keiner Weise, sie brüllen keinerlei Parolen, geschweige denn, dass sie Transparente vor sich hertrügen, und auch die Blockade des Verkehrs überlassen sie den Gelbwesten. Nach ein paar Stunden dumpfen Zuwartens rennen sie aber urplötzlich wie die Besessenen heran, hauen wild um sich, als habe sie ein Wespenschwarm gestochen, und lassen dabei nichts unbehelligt. Das erste Mal am neuen Rondpoint laufen sie wie verrückt in die nächste Straße in Richtung der Geschäfte hinein und schlagen ein paar Schaufensterscheiben ein mit Hilfe langer Eisenstangen, die sie mitgebracht und plötzlich hervorgezogen haben. Manche brechen mit Hilfe dieser Stangen auch Pflastersteine aus dem Straßenbelag vor den Geschäften und häufen sie als Arsenal vor sich auf. Als dann wie erwartet die Gendarmen erscheinen, um die Blockade des Kreisverkehrs aufzulösen, holen sie weit aus und werfen mit den viereckigen Steinen nach den Polizisten.

Nicolas sieht solchen Gewaltausbrüchen entsetzt zu. Nicht nur, dass er selbst derartiges Wüten nie für sich auch nur im Geringsten in Betracht ziehen würde, denn aus eigener Erfahrung weiß er, dass sich berechtigte Anliegen nie mittels sinnlosen Um-sich-Schlagens durchsetzen lassen. Im Gegenteil setzt sich durch eine solche Verhaltensweise selbst der ehrlichste Kämpfer ins Unrecht. Schlimmer noch ist, dass er sich selbst mit verantwortlich zu fühlen beginnt für solche Ausschreitungen, denn es handelt sich ja hier um seinen

Protest, seinen ureigenen, der ihm am Herzen liegt. Er will unter keinen Umständen dulden, dass diese Schläger seine ehrlichen und friedlichen Absichten durchkreuzen, geschweige denn, mit den Rowdies letztlich auch noch identifiziert zu werden.

Nachdem er sich solche unerträglichen Vorkommnisse den ganzen Nachmittag mitansehen musste und nicht nur einmal daran gehindert wurde, mit seinem Transparent, auf dem er wissen lässt, es reiche jetzt, bei den Passanten, die ausschließlich auf die schwarz Vermummten starrten, Aufmerksamkeit zu erregen, hat sich seine Geduld tatsächlich erschöpft. Er geht deshalb, als der winterliche Abend feuchtkalt dämmert, zu den führenden Leuten hinüber und fordert unmissverständlich, die Casseure auszuschließen. Trotz seines Ärgers versucht er dabei möglichst sachlich zu bleiben.

„Hört mal, wir machen hier mit, weil wir was ändern wollen im Land, weil wir uns verantwortlich fühlen für das alles, was wir nicht wollen. Da sind die Rowdies das Letzte, was wir brauchen. Ihr habt doch im Fernsehen gesehen, wie sie in Paris und anderswo auch Autos angezündet und Geschäfte geplündert haben. Die müssen weg, sonst machen sie uns noch alles kaputt!"

Robert, den er damit besonders anspricht, geriert sich unverändert noch als Anführer, obwohl es selbst ihm nicht verborgen geblieben sein kann, dass das Wüten der Black Block seinen eigenen Organisations- und Disziplinierungsbemühungen nun endgültig völlig entglitten ist. Angesichts der empörten Vorhaltungen seines mittlerweile bewährten Mitstreiters nimmt er plötzlich eine seltsam zögerliche Haltung ein, die zunächst an einen dieser Politiker erinnert, die selbst inmitten der größten Katastrophe noch zu beschwichtigen suchen. Nicolas versetzt solches in seinen

Augen unsinnige Zögern immer noch mehr in höchste Aufregung. Immer lauter besteht er darauf, die Leute vom Platz zu jagen. Als auch andere, vom Lärm der Auseinandersetzung aufmerksam geworden, herbeilaufen und sich um die Beiden scharen, um das berechtigte Anliegen ihres Kameraden zu unterstützen, gerät Robert anscheinend in wirkliche Verlegenheit.

„Hör zu, Nico," sagt er betont ruhig, indem er sich Nicolas, dessen Gesicht inzwischen eine tiefrote Färbung angenommen hat, vertraulich nähert und versucht, ihm beruhigend die Hand auf die Schulter zu legen. „Reg Dich nicht auf! Die kennen wir ja gar nicht. Mit denen haben wir nichts zu tun, gar nichts, sag ich Dir. Die kommen, soviel ich weiß, aus den Pariser Vororten. Jedenfalls sind das ganz linke Vögel."

„Das ist es doch, Blödmann! Deswegen müssen die doch weg!"

Als er sieht, dass sich Nicolas mit seiner ausweichenden Erklärung nicht zufriedengeben will, muss er um seine Führungsrolle fürchten, so dass er sich aufrafft.

„Ich kann's ja mal versuchen. Halt Du Dich da jedenfalls raus!"

Wutschnaubend läuft Nicolas zum Wagen. Er lässt sich nicht gern auf diese Weise beiseiteschieben. „Wetten, dass der Laumann nichts macht?" murmelt er noch vor sich hin.

Maurice läuft etwas bedrückt neben seinem Vater her. Es ist Nicolas schon den ganzen Tag aufgefallen, dass sein Sohn zwar gewissenhaft wie gewohnt das Pensum seiner Protestaufgaben erledigt hat, jedoch mit seinem Transparent ungewöhnlich still um die Barrikade geschlichen ist. Er stößt ihn mit dem Ellenbogen an.

„Was hast Du denn, alter Freund? Geht's Dir nicht gut?"

„Wieso? Warum? Was soll ich denn haben?"

Nicolas schließt aus der spärlichen Antwort, dass es sich offensichtlich um ein wirkliches Problem handelt, mit dem sein Sohn kämpft. Als sie zur Nachhausefahrt zusammengepfercht im Wagen sitzen, stellt sich heraus, dass dessen gedämpfte Stimmung weniger auf dem Ereignis mit den Casseuren beruht. Vielmehr besorgt ihn, was er seinem Vater flüsternd mitteilt, das recht unerfreuliche Gespräch, das sein Chef mit ihm gestern führte.

Monsieur Dupont hatte ihn mitten in der Arbeitszeit, als er gemeinsam mit einem Kollegen gerade den durchgerosteten Auspuff eines kleinen Lieferwagens abmontierte und sich dabei auch noch ungeschickt den Finger aufriss, in seinen Glaskasten beordert und einer peinlichen Befragung unterworfen.

„Machst Du da immer noch mit?"

„Wo meinst Du, Chef?"

„Na, bei den Gelbwesten, das weißt Du sehr gut."

„Freilich mach ich da noch mit, Chef. Sie wissen doch: Wir demonstrieren für die Gerechtigkeit. Da werd' ich doch nicht so schnell aufgeben."

Ursprünglich hatte sich der Chef sehr für die Aktivitäten seines Lehrlings interessiert und es an Ermunterung zu solchem staatsbürgerlichen Engagement nicht fehlen lassen. „Machst Du da auch mit, Junge? Bei den Gilets Jaunes?" Als

Maurice dies begeistert bejahte, fand der Chef nur Worte höchster Anerkennung, indem er dem jungen Mann ermunternd auf die Schulter schlug. „Das ist recht so. Solche Leute können wir brauchen. Man muss sich für etwas begeistern, wenn man jung ist." Er erkundigte sich auch jedes Mal am Montagmorgen, wie es am Samstag zuvor gelaufen war - wo sie demonstriert, welche Transparente sie getragen hätten, wollte er wissen und vieles mehr. Schon in der letzten Zeit allerdings bemerkte Maurice, der – ermutigt durch das frühere Interesse seines Chefs – diesem jeden Montag von sich aus weiteren Bericht erstattet über die Vorkommnisse der letzten Aktionen, dass die Blicke skeptischer und die Worte der Anerkennung sparsamer geäußert werden. Stattdessen hörte er seit einigen Wochen besorgte Ermahnungen, und dieses Mal klang Duponts Kommentar zu den Aktivitäten seines Lehrlings vollkommen anders.

„Du, ich sag Dir, lass das bloß sein! Weißt Du eigentlich, mit wem Du da zu tun hast? Die sind dumm wie Stroh. Und die wissen auch gar nicht, was sie eigentlich wollen. Der eine sagt, er will keine Benzinsteuer, der andere ärgert sich, was die Politiker verdienen und alle schlagen nur wild um sich."

„Ja, aber Chef, da sieht man doch, dass es so viele Gründe gibt. Und mein Vater macht da doch auch mit!"

„Ach, hör auf! Mich wundert's schon lang, dass sich der Nico für sowas hergibt. Ist doch sonst ein vernünftiger Bursche. Schau Dir die doch an! Das sind doch alles Casseure! Das ist unverantwortlich, sag ich Dir, was die machen. Die sollten schwer bestraft werden. Halt Du Dich da raus! Kümmere Dich lieber um Deine Lehre! Warst letzte Woche schon so müde in der Arbeit, musst Dich am Wochenende ausruhen und lernen.

Sonst kommst Du nicht weiter. Kann keine Lehrlinge brauchen, die Flausen im Kopf haben."

Als er die betroffene Miene seines Lehrlings sah, fügte er noch hinzu: „Hör auf mich, ich mein's nur gut mit Dir."

Maurice zeigt sich ziemlich ratlos. „Papa, ich kann doch deswegen nicht aufhören. Meinst Du, der wirft mich raus?"


„Du musst zugeben, mein lieber Pierre, dass die Idee mit den Gilets Jaunes sich letztlich als recht nachhaltig erweist. Damit hattet Ihr wohl nicht gerechnet. Gut, die Teilnehmerzahlen haben sich gegenüber früheren Samstagen vermindert, aber die Heftigkeit lässt nichts zu wünschen übrig. Jedenfalls darf man die Bewegung nicht auf die leichte Schulter nehmen, das sieht man jetzt. Die gewaltsamen Aufstände der großen Revolution von 1789 haben auch so ähnlich angefangen. Damals war der Auslöser bekanntlich der Brotpreis, der die Leute auf die Barrikaden trieb - heute ist es der Benzinpreis, also immer das, was die Leute gerade am nötigsten brauchen. Man soll sich nicht täuschen: Das kann gefährlich werden. Du kennst unsere Landsleute. Seit Jahrhunderten ist es bei uns doch so. Wenn die Stimmung einmal aufgeheizt ist, lassen sich die Folgen schlecht absehen.

Denken wir doch auch an 1968! Nur damals im Mai gab es so viel Gewalt wie jetzt auf den Straßen."

Der Notar hat sich in seine gelegentlich auftretende belehrende Attitude verstiegen, die Pierre Trieux zu verstärktem Widerspruch veranlasst.

„Also, Yves, Du machst Dir das zu einfach. Das kann man doch nicht als nationale Naturgesetzlichkeit abtun. Dieses Theater, das sie jetzt seit Wochen veranstalten, ist absolut unverantwortlich. Die mischen das ganze Land auf für nichts und wieder nichts. RN und die Insoumises lachen sich ins Fäustchen. Den Radikalen halten diese Revoluzzer den Steigbügel. Außerdem werden die Burschen immer gewalttätiger, das hast Du doch in den letzten Wochen gesehen. Du kannst sagen, was Du willst, Sie müssen zur Verantwortung gezogen werden, und zwar alle, die hier mitmachen, ohne jede Nachsicht. Da kann auch keiner sagen: ‚Ja aber ich, ich habe nur friedlich demonstriert.' Jeder, ja wirklich jeder, der an diesem Unfug teilnimmt, macht sich strafbar, weil er allein durch seine Anwesenheit die Casseure deckt und ihre Schandtaten billigt."

Er lässt sich durch seinen Freund, der einen differenzierenden Einwand einwerfen will, nicht unterbrechen.

„Hör zu, ich sag Dir, wir sind da schon viel weiter. Wir stellen uns all dem entschlossen und kompromisslos entgegen. Es wird sehr bald schon ein neues Gesetz geben, das besondere Tatbestände definiert, um solche Leute zur Rechenschaft zu ziehen. Ja, schau nur skeptisch, der Entwurf liegt schon vor, Thibault hat mir schon Einblick verschafft. Demonstrationsrecht gut und schön, aber jede Gewalttat wird künftig strengstens geahndet. Also, man kann wirklich nicht behaupten, dass wir der Situation nicht gewachsen wären."

„Ich will mich bei Dir ja nicht unbeliebt machen, aber hätte man da nicht schon viel früher tätig werden müssen? Hätte man nicht zum Beispiel spätestens nach der unglaublichen Gewaltorgie am Arc de Triomphe Demonstrationen auf den Champs Elysées verbieten müssen?"

„Du hast gut reden, Yves, und im Nachhinein lässt sich ja auch viel anführen, was besser gewesen wäre. Natürlich klingt es gut, was Du sagst. Aber wenn die Regierung damals solche Einschränkungen verfügt hätte, dann hätte man uns sicher Repression vorgeworfen. Nein, nein, da muss man schon mit Fingerspitzengefühl vorgehen, zumal für die Verwaltungsgerichte das Demonstrationsrecht doch absolut sakrosankt ist."

Während der Notar noch bei sich das angemessene Maß an vorsorgender Abwehr abwägt, das angesichts der unerhörten Gewalttaten an dem Nationaldenkmal angebracht gewesen wäre, bemüht sich Pierre, eine Art Entwarnung zu geben.

„Aber Du wirst außerdem sehen, an Weihnachten ist alles vorbei. Da sitzen sie dann wieder zu Hause und stopfen ihre Foie Gras in sich hinein."

„Na, die ganz kleinen Leute wohl weniger. Du redest ja schon wie Marie-Antoinette mit ihrem Kuchen. Aber vielleicht hast Du tatsächlich Recht. Es kann schon sein, dass sie sich dann beruhigen. Meist war es so."

Aber seine Zweifel bleiben nach wie vor bestehen, dass auch nach Weihnachten die Demonstrationen nicht aufhören, sondern neu aufflammen könnten. Zwar sinken die Teilnehmerzahlen der Proteste tatsächlich ständig, die Wut der verbliebenen Demonstranten, anscheinend eines sich verfestigenden Kerns, bricht jedoch jedes Mal umso heftiger aus, und die Gewalttaten treten jetzt überall noch eindrücklicher hervor.

„Du weißt aber auch, dass Frankreich schon durchaus seine Probleme hat, die sich vorzüglich dazu eignen, weitere Proteste zu begründen? Zumindest was mir noch von 2017 bekannt ist, hatten wir mit 46,2 % die höchste Steuerquote aller 36 OECD-Mitgliedstaaten. Für viele Betroffene ist das eindeutig zu hoch – gefühlt zumindest."

„Ach komm, 2018 noch haben wir doch die Sozialabgaben für kleine und mittlere Unternehmen deutlich gesenkt, und unsere Einkommensteuer ist im Verhältnis zu anderen Staaten in Europa noch halbwegs erträglich - nicht zu vergessen, dass unsere Rentner mit dem höchsten Niveau in Europa gleichzeitig auch das niedrigste Eintrittsalter haben. Was wollen die denn noch immer mehr? Vom Staat verlangen sie alles, aber die Mittel dafür wollen sie nicht aufbringen."

„Na ja, aber leugnen kannst auch Du nicht, dass die Kaufkraft der unteren Mittelschicht seit zehn Jahren tatsächlich stagniert. Das sagen uns alle Erhebungen. Die monatlichen festen Ausgaben sind dagegen stark gestiegen im selben Zeitraum. Das haben wir übrigens doch erst neulich von Deinem sonst so verehrten Ökonomieprofessor an der ENA in aller Deutlichkeit gehört!"

Insbesondere die Tatsache, dass der von ihm tatsächlich hochgeschätzte Wissenschaftler zitiert wird, versetzt Pierre allmählich in gewisse Erklärungsnot.

„Das lässt sich ja alles nicht leugnen. Das wissen wir ja alles. Aber die haben sich in ihrem Protest allmählich so verrannt, dass keiner mehr weiß, warum das ganze Theater denn überhaupt aufgeführt wird und vor allem, wohin es letztlich führen soll."

„Ja ja, unser Vorzeigephilosoph Finkielkraut hat das doch so schön ausgedrückt. Wart' mal, ob ich das so richtig in Erinnerung habe. ‚Am Anfang: würdevoller Ausdruck von Leid und Verzweiflung bei den Gelbwesten, später zunehmende Unklarheit ihrer Ziele und Ratlosigkeit.' Anscheinend eine Art Epidemie, denn leider scheint auch der gegenwärtige Vorsitzende unserer eigenen politischen Familie von dieser Ratlosigkeit angesteckt. Du erinnerst Dich sicher: Erst hat sich Wauquiez mit Demonstranten getroffen, für mich unbegreiflicherweise hat er sogar selbst eine gelbe Weste angezogen und sich damit angebiedert, und jetzt nach den Gewaltausbrüchen distanziert er sich wieder. Mit einer solchen Wackelpolitik kann aus der Rechten wohl so schnell nichts mehr werden."

„Schlimmer, Yves, schlimmer! Wenn Du schon Philosophen zitierst, hörst vielleicht auch Du mal auf Bernard-Henri Lévy. Der sieht klar die Gefahr der Unterwanderung durch ‚Braunwesten', wie er sie nennt. Er erinnert damit natürlich an faschistische Gruppen im Frankreich der 30er Jahre. Die haben nämlich ganz genauso vom allgemeinen Unbehagen und den Ängsten über die sich verschärfende wirtschaftliche Lage profitiert, ohne konkrete Lösungen anbieten zu können, das heißt, ohne es auch zu wollen. Den politischen Durchbruch schaffte allerdings auch dieser ‚Francisme' nicht. Aber gut, dass es heute noch jemanden gibt, der sich so klar ausdrückt und an solche parallelen Entwicklungen aus unserer Geschichte erinnert."

„Die Bevölkerung sieht das Ganze ja auch allmählich ausgesprochen skeptisch. Erinnerst Du Dich? Am Anfang standen doch tatsächlich 70 % hinter der Bewegung, Mitte Dezember sieht es jetzt schon anders aus. Da sind es nur noch 45 %."

Charlotte, die in diesem Moment hereingekommen ist, zieht ihre Nase beim Anblick der sich in ihrem Gespräch ereifernden Freunde etwas verächtlich kraus.

„Wieder bei der Politik? Euch hört man ja schon unten auf der Treppe – ein richtiges Debattierkabinett! Bestimmt wieder die Gelbwesten. Habt Ihr noch nicht genug davon? Ich kann das jedenfalls schon nicht mehr hören."

„Komm her, kleine Maus!" Der Notar zieht seine Tochter an sich, die sich auf die Armlehne seines Sessels setzt und ihm in einer etwas abwesend wirkenden Geste mit einer Hand durch seine weißen, aber noch vollen Haare fährt. „Setz Dich doch ein bisschen zu uns! Erzähl uns etwas von Dir."

Doch Charlotte lässt keinen Zweifel daran, dass sie nur gekommen ist, um sich zu verabschieden. Sie wird in Paris erwartet.

„Triffst Du denn dort wieder Deinen Philosophen?"

Der Notar weiß, dass er mit dieser Formulierung auf Widerstand stößt, und hat sie deswegen gewählt.

„Das ist nicht mein Philosoph, Papa! Du weißt genau, dass Jacques-Ernest zu den angesehensten Philosophen überhaupt derzeit gehört. Es würde Euch guttun, einmal ihm zuzuhören, wenn Ihr schon immer über diese Gilets Jaunes redet. Er hat da seine ganz eigene Meinung dazu."

Yves Dacourt zweifelt nicht an der speziellen Meinungsbildung des Vertreters dieser illustren Profession, vermeidet aber weitergehende Fragen, die Ansicht des Philosophen betreffend, und gar sachliche Auseinandersetzungen auf diesem Gebiet, zumal Evelyne bereits reisefertig in der Türe steht und zum Aufbruch drängt.

Als sie sich gegenseitig mit engen Umarmungen und Küssen voneinander verabschiedet haben, drängt es den Notar aber doch, seinem Freund über die neue Bekanntschaft seiner jüngsten Tochter zu berichten.

„Ja, Du hast richtig gehört. Es handelt sich da tatsächlich um einen Philosophen, um einen gewissen Roszenfeld – mit sz -, der, glaube ich, eine Juniorprofessur in Nanterre einnimmt. Neulich brachte Libération übrigens einen Artikel von ihm. Ich lese das Blatt normalerweise nicht, wie Du Dir vorstellen kannst, aber die Kleine hat mir die Nummer mit den Ausführungen ihres Freundes präsentiert wie ein Juwel. Nun, der Artikel selbst schien mir etwas verblasen, aber vielleicht habe ich mich einfach nicht eingehend genug mit dieser Art von Gedankengängen befasst. Ehrlich gesagt, fehlt mir dazu auch die Geduld."

„Na ja, vielleicht wird ja noch etwas aus ihm?"

„Soll mir auch recht sein, aber ich glaube, so jung ist er gar nicht mehr. Charlotte jedenfalls hat den Mann wohl schon vor einiger Zeit in Paris kennengelernt und schwärmt seitdem von ihm in den höchsten Tönen. Du glaubst es nicht, aber darüber hat sie sogar ihre Malerei ganz vergessen, auf die sie immer so viel gehalten hat. Ihre Staffelei steht jedenfalls nur noch irgendwo herum. Also nach den Schilderungen von Charlotte soll der besagte Philosoph nicht nur ein Muster an

Weisheit sein, was man von einem Vertreter seiner Zunft billigerweise erwarten darf, sondern auch das Urbild eines schönen Mannes. Na, wir werden ja sehen. Sie droht übrigens damit, ihn uns in der nächsten Zeit vorzustellen, nein, halt, sie sagt eher, dass sie uns ihm vorstellen möchte."

„Du Armer. Darauf könntest Du wahrscheinlich verzichten."

Pierres Mitgefühl hält sich allerdings in Grenzen.

Das nächste Mal, Weihnachten steht schon kurz bevor, finden sie bei ihrer morgendlichen Ankunft am Kreisverkehr tatsächlich Robert zusammen mit ein paar anderen aus Amiens, die er offensichtlich zur Unterstützung herangezogen hat, in einer Art Gespräch mit den Casseuren vom vorigen Mal.

„Ach, da schau her, der große Anführer nimmt allen Mut zusammen!"

Der Trupp aus Nouvion lugt gespannt hinüber in die Richtung der kleinen Versammlung.

Die Randalierer sind heute, sichtlich ermutigt durch die Missetaten der vergangenen Samstage, in noch größerer Zahl angerückt als bisher. In ihren schwarzen Kluften stellen sie sich betont breitbeinig vor Robert und seinen Unterstützern auf und hören sich mit herausfordernd ironischem Grinsen an, was diese ihnen zu sagen haben. Ihre Geduld hält allerdings nicht sehr lange Zeit an. Nach ein paar Minuten, während derer Robert vor ihnen noch wortreich gestikuliert, beginnen sie in kindischer Manier laut zu lachen, untereinander zu feixen und sich scherzhaft gegenseitig in die Rippen zu stoßen. Sie behandeln den großen Anführer wie einen kleinen dummen Jungen. Zwei von ihnen gehen schließlich sogar so weit, handgreiflich zu werden und ihn mit der Faust ein paar Mal zwischen sich hin und her zu schubsen, so dass er sich kaum noch auf den Beinen halten kann und sich ausgesprochen lächerlich fühlen muss.

Robert und seine kleine Gruppe müssen einsehen, dass ihre Argumentation und ein weiteres Bestehen auf Gewaltlosigkeit der Proteste wohl nicht nur auf recht geringes Interesse der Angesprochenen stößt, sondern darüber hinaus sehr bald in einer handfesten Prügelei enden könnte, bei der sie selbst aller Voraussicht nach den Kürzeren ziehen müssten. Um einen Vorwand für ihre Kapitulation zu finden, geben sie also vor, sich nun aber endlich und ohne Verzug um die Errichtung der neuen Barrikade kümmern zu müssen. Jedem wird dabei deutlich, dass sie die öffentlich, unter den Augen der übrigen Demonstranten, zugefügte Niederlage mit vollem Recht als ausgesprochen peinlich und ihrer Führungsrolle abträglich empfinden.

Als Robert in großer Geschäftigkeit am Trupp aus Nouvion vorbeihastet, tut er ihnen leid, und sie wollen ihm Zuspruch geben.

„Na, Robert, Du hast es wenigstens versucht!"

Ein anderer, wohl weniger feinfühliger, Kamerad fügt aber zu allem Überfluss hinzu: „Lass das nächste Mal besser uns ran. Wir geben es denen schon."

„Haltet den Mund! Steht lieber nicht so rum, sondern baut endlich die Barrikade!"

Robert ist sehr beleidigt. Sein Ärger, der den ganzen Tag über anhält, richtet sich vor allem auch gegen Nicolas persönlich, weil dieser ihn in Zugzwang gebracht hat, indem er vor der versammelten Mannschaft darauf bestand, die Casseure auszuschließen. Robert nimmt dies sehr übel und spricht deshalb fast gar nicht mehr mit den Leuten aus Nouvion, sondern meidet sie, wann und wo immer er kann. Allenfalls wirft er ihnen ein paar boshafte Bemerkungen hinterher. Nicolas erfährt von anderen aus seinem Ort, dass Robert sogar gesagt haben soll: „Ich hab's doch gleich gewusst, dass mit denen aus Nouvion nichts anzufangen ist. Die machen doch nur Ärger. Sollten sie doch besser zu Hause bleiben und vor ihrer Alten katzbuckeln!"

Nicolas möchte ihn deshalb zur Rede stellen, denn eine derartige demütigende Verleumdung will er nicht auf sich sitzen lassen. Die Kameraden bringen ihn mit vereinten Kräften jedoch schließlich von diesem Vorhaben ab mit der Begründung, ein solcher Streit sei letztlich doch sinnlos.

In der Zwischenzeit hat sich die allgemeine Lage aber auch für die Demonstranten weiter zugespitzt. Schon nach der letzten Samstagsdemonstration war es dem Innenminister zu Ohren gekommen, dass die meisten Kreisverkehre, an denen sich die Proteste abspielen, nun schon seit Mitte November ohne Unterbrechung jeden Samstag besetzt sind. Angesichts der zahllosen Beschwerden von Geschäftsleuten,

Verkehrsteilnehmern und auch der Polizei, die es ernst zu nehmen gilt, hat der oberste Ordnungshüter nun einen offiziellen Aufruf gestartet, die Rondpoints endlich zu räumen. Solchen Ermahnungen von höchster Stelle zum Trotz sind jedoch auch die Demonstranten aus der Region wie gewohnt wieder angerückt und blockieren mit allen ihnen zur Verfügung stehenden Mitteln an Material und persönlichem Einsatz den Rondpoint am Industrieviertel.

Niemand anderer verfolgt die Berichte über die landesweite Entwicklung der Proteste aufmerksamer als sie, so dass sie sehr gut wissen, dass die Beteiligung allgemein immer weiter abnimmt. Gleichzeitig bleibt es ihnen genauso wenig verborgen, dass das Eingreifen der Staatsgewalt nach der anfänglichen Duldsamkeit nicht nur an Häufigkeit, sondern ebenso an Entschlossenheit zunimmt und sich ganz speziell auch gegen die jeweiligen Initiatoren der Bewegung richtet. So wurde in Paris einer der hauptsächlichen Anführer der Gilets Jaunes kurzzeitig sogar verhaftet, weil er einen Knüppel bei sich trug, also eine untersagte Waffe, und als Organisator einer nicht angemeldeten Demonstration galt.

Umso wichtiger erscheint es ihnen, dass sie „die Fahne aufrecht halten", wie es Marcel so schön ausgedrückt hat. Er pflegt solche heroische Ausdrucksweise gern und bringt damit seine besondere Nähe zum militärischen Bereich zum Ausdruck, denn die Bäckerei, in der er arbeitet, so betont er gern, dürfe sich immerhin mit Fug und Recht auch bevorzugter Lieferant des örtlich nahen Militärstandorts nennen. Maurice zeigt sich übrigens sofort sehr beeindruckt von der Vorstellung, dass er eine Fahne zu tragen und zu verteidigen habe, und liefert, angefeuert durch diese glorifizierende Sicht des Kampfes, seinen eigenen bescheidenen Beitrag hierzu in

Gestalt der Verdoppelung seiner Bemühungen bei der möglichst wirksamen Verstärkung der Blockade.

Im Lauf des Tages benehmen sich die Casseure, wohl zusätzlich ermutigt durch den schmachvollen Rückzug Roberts von seinen Disziplinierungsversuchen, schlimmer denn je zuvor. Sie rennen wieder in die benachbarten Straßen, begnügen sich heute aber nicht mit ihrem wilden Geschrei und der Beschädigung von einigen Gegenständen wie etwa Fahrradständern. Mit großem Gewese scharen sie sich gruppenweise um einige Autos, die in der Nähe der umliegenden Geschäfte stehen, und zünden sie unter infernalischem Gebrüll an. Unter gellendem Gejohle springen sie um die hoch auflodernden Feuer herum, während der schwarze ölige Rauch auf den Kreisverkehr hinausweht.

Die Gendarmen waren höchst vorsorglich bereits kurz nach Beginn der heutigen Proteste angerückt und versuchten anfangs auch pflichtgemäß, die Demonstranten zu überreden, den jüngsten Appell des Innenministers zu respektieren und den Kreisverkehr zu räumen. Sie mahnten mit wohlgesetzten Worten zur Vernunft und zur Mäßigung. Ihre Überzeugungskraft reichte jedoch nicht aus, um nur einen Einzigen der Teilnehmer zu bewegen, der gut gemeinten Aufforderung nachzukommen. Die Polizei, in der Meinung, in diesem Stadium der Ereignisse ausreichend pflichtgetreu gehandelt zu haben, zog sich denn auch in Folge des hinhaltenden Widerstandes auf einen Beobachtungsposten am Rande des Rondpoint hinter die Demonstranten zurück. Gelegentlich sollen, so verbreiten es ein paar Witzbolde, sogar gegenseitig Zigaretten angeboten worden sein, eine Tatsache, die wiederum von anderen bestritten wird.

Selbstverständlich blieben auch in dieser Ruheposition stets einige der Gendarmen beauftragt, die vermutlichen Casseure in besonderer Weise zu beobachten und nicht aus den Augen zu lassen. Jedoch geschah der Übergriff auf die Wagen in der Seitenstraße in einer Geschwindigkeit, die die Ordnungshüter weit unterschätzt hatten. Als die Autos nun lichterloh brennen, sieht sich die Polizei hoffnungslos überfordert und im Übrigen erschrocken über ihre eigene vorübergehende Sorglosigkeit. Es tritt also ein, was alle Gilets Jaunes, im Übrigen aber alle unbotmäßigen Demonstranten im Lande zu befürchten haben: Die Gendarmen rufen die CRS, die Sicherheitskompagnien der Republik, herbei.

Die berühmte, andere sagen berüchtigte, Eingreiftruppe lässt nicht lange auf sich warten und rast in kürzester Zeit mit ihrem schwarzen Kastenwagen heran. Unabhängig davon, dass die CRS-Agenten in diesen Tagen ohnehin in ständiger Hab-Acht-Stellung bleiben, befindet sich in der Nähe eine ihrer Kasernen.

Die primäre Aufgabe der CRS besteht in der Abwehr von Gefahren durch Massenveranstaltungen, wie eben zum Beispiel Demonstrationen. Die martialischen Agenten in ihren blauen Kampfanzügen mit dem Abzeichen Police Nationale, CRS, in den Farben der Trikolore und der Fackel auf den Lorbeerzweigen, zögern deshalb auch nicht lange. Sie haben sich bereits die Schutzhelme umgeschnallt und schaffen in Windeseile Tränengas und Wasserwerfer von den unmittelbar nach ihnen eintreffenden Wagen, auf denen ebenfalls das Abzeichen der CRS prangt, herbei.

Angesichts des kriegerischen Auftritts befällt Nicolas plötzlich elementare Angst, die ihm den Hals heraufsteigt, und die erstarrten Gesichter seiner Kameraden zeigen ihm, dass es ihnen ebenso geht. Aus verschiedenen Erzählungen, aber auch aus dem Fernsehen, wissen sie, dass sich mit dieser Spezialtruppe zur Gefahrenabwehr nicht spaßen lässt. Erst kürzlich wurde aus Paris berichtet, dass sie in einem Restaurant auf einige Demonstranten, die bereits auf dem Boden lagen, mit ihren Schlagstöcken eingehauen haben.

Ihr entschlossener und wirkungsvoller Einsatz anlässlich der terroristischen Anschläge der letzten Jahre empfand Nicolas früher stets als beruhigend. Er bewies ihm, dass der Staat über die Mittel verfügt und sie auch zweckentsprechend anwendet, seine Bürger so gut wie möglich zu schützen, Geiseln zu befreien, Terroristen und andere Gewaltverbrecher zur Strecke zu bringen, und er ist als einer dieser Bürger stolz darauf.

Jetzt aber, als die CRS tatsächlich am Rondpoint, dem Ort seines eigenen Engagements, erscheint und er damit selbst den Gegenstand dieses Einsatzes bildet, weicht das behagliche staatsbürgerliche Gefühl der Sicherheit und des Stolzes einer elementaren Angst. Nicht umsonst wurden in der Vergangenheit nicht nur die bewundernswerten Verdienste dieser Truppe hoch gerühmt, sondern auch die brutale und nicht selten auch unverhältnismäßige Gewaltanwendung durch die CRS immer wieder kritisiert. Es reicht bis auf die Mai-Demonstrationen 1968 zurück, dass auf sie das Schlagwort „CRS = SS" verwendet wurde, was auch Nicolas versteht und was seiner Meinung nach Schreckliches genug aussagt, so dass er es immer für weitaus übertrieben und unangebracht hielt. Außerdem wurde die Abkürzung CRS in „Compagnie de Répression Syndicale" (Kompanie zur Gewerkschaftsunterdrückung) und „Compagnie Républicaine du Sourire" (Republikanische Kompanie des Lächelns) umgedeutet. Keine Polizeieinheit Frankreichs ist derart umstritten, keine auch – dank paramilitärischer Ausrüstung - derart vielseitig aktiv wie eben die CRS, die in der Regel sehr viel brutaler vorgeht als die Gendarmerie und deshalb, wie jetzt auch, gerufen wird, wenn die Ordnungskräfte nicht mehr weiterwissen. Immer noch bleibt es Älteren von ihnen, wie Nicolas von seinem Vater weiß, im Gedächtnis, wie bei Großdemonstrationen von 60.000 Menschen gegen das Kernkraftwerk Creys-Malville im Juli 1977 die CRS Blendgranaten in Menschenansammlungen schoss und einen Demonstranten tödlich, Hunderte Menschen zum Teil schwer verletzte.

Lydie bringt ihr Entsetzen immer sehr deutlich zum Ausdruck, wenn sie von den Aktionen der CRS hört, was gegenwärtig angesichts der terroristischen Bedrohungen im Lande leider gehäuft der Fall ist. Nicolas dagegen fand es jedes Mal mehr als angemessen, wenn gegen derartige verabscheuungswürdige Verbrecher mit größter Entschlossenheit vorgegangen wurde. Jetzt, wo er selbst im Fokus des Geschehens steht, sieht er dies allerdings vollkommen anders.

Auf den schwarzen Helmen leuchten die zwei gelben Streifen grell und furchterregend, als die schweren schwarzen Schnürstiefel der Truppe auf den Platz trampeln. Ohne Zögern werden die Wasserwerfer in Einsatzbereitschaft gebracht. Ihre Mündungen richten sich geradewegs auf die Kameraden in der ersten Reihe, und es trifft sich, dass es die Leute aus Nouvion sind. Eine letzte Warnung ertönt in unpersönlich blechernem Ton aus den Lautsprechern: „Räumen Sie den Kreisverkehr!"

Die Demonstranten stehen starr vor Schreck, unfähig, sich vom Platz zu rühren, so dass die Aufforderung schon aus diesem Grunde unbefolgt bleibt. Selbst die Casseure halten sich noch abwartend im Hintergrund, das bedeutet gleichzeitig auch im Rücken der Gilets Jaunes. Auf dem Platz herrscht eine drückende und unheimliche Stille. In diese hinein wird die unmissverständliche Aufforderung wiederholt: „Räumen Sie den Platz!"

Noch während der Lautsprecher über den Rondpoint gellt, fliegt ein Stein in Richtung der CRS-Truppe. Er kommt von ganz hinten aus der Richtung der Casseure. Einige andere Pflastersteine folgen aus derselben Richtung. Die CRS-Agenten schließen die Reihe, heben ihre Schilde vor sich und bilden so eine furchterregende Mauer. Provozierendes Gebrüll ertönt aus der Casseur-Gruppe. Die Worte lassen sich nicht genau verstehen, aber es wird mehr als deutlich, dass sie beleidigend sind. Ganz langsam setzt sich die CRS-Mauer in Bewegung, indem sie einen Schritt vorrückt. Es ist nur ein einziger Schritt, der jedoch eine unmissverständliche Bedrohung bedeutet.

In höchster Panik sieht sich Nicolas nach seinem Sohn um. „Der Junge!" ist sein einziger Gedanke, den er noch klar fassen kann. Maurice steht ausgerechnet in einer der ersten Reihen der Demonstranten. Nicolas spürt die Angst in den Augen seines Sohnes, der aber trotzdem keinen Schritt von seinem Platz zurückweicht. Tatsächlich bliebe ihm, auch wenn er wollte, kein Raum zum Rückzug, weil diesen die Casseure versperren, die sich hinter die Leute in ihren gelben Westen drängen und sie auf diese Weise nicht nur als Schutzschild benutzen, sondern auch von den Straßen dahinter abriegeln. Dabei brüllen sie weiter ihre Beleidigungen und werfen Steine, so dass das bedrohliche Vorrücken der CRS nur eine Frage der nächsten Sekunden sein wird.

Nicolas gibt seinem Sohn ein Zeichen mit der Hand, dass er seitlich in die Straße laufen soll, die zum Baumarkt führt und die einzig verbliebene Rückzugsmöglichkeit darstellt. Maurice sieht es nicht, weil er wie gebannt auf die CRS starrt. Nicolas schreit los, so laut er kann: „Maurice, lauf weg, da in die Straße, schnell!"

Dieser Schrei erreicht nicht nur endlich Maurice, sondern löst offenbar einen allgemeinen Alarm aus. Wie ein gelber Schwarm rennen die Gilets Jaunes vom Platz und drängen alle gemeinsam in die angezeigte Seitenstraße hinein. Eine Frau schon recht vorgerückten Alters, die ihr Transparent „Peuple en Colère" auch jetzt noch fest und hoch in der Hand hält, stolpert unter dem allgemeinen Gedränge und Gedrücke und wäre fast von den Nachrückenden zertrampelt worden, wenn nicht ein paar junge Leute sie kurzentschlossen am Arm gepackt und mitgezerrt hätten. Sie laufen in ihrer allgemeinen Panik, bis sie schwer atmend vor einem Haushaltsgeschäft einhalten und zurückschauen. So sehen sie noch, wie einige Casseure letzte Angriffsversuche unternehmen, unter dem Eindruck des weiteren Vorrückens der CRS schließlich aber auch den Platz räumen.

Wie nun schon seit Wochen hat auch jetzt Brian Picandet den Vorgang beobachtet. Zu seinem Leidwesen muss er nicht zum ersten Mal dem Treiben der Demonstranten zusehen. Seit nunmehr fast zwanzig Jahren Inhaber ist er nämlich Inhaber eines Geschäfts in der unmittelbaren Nähe des besagten Rondpoint am Rande von Amiens, den sich die örtlichen Gelbwesten nun seit Wochen schon ausgerechnet als einen ihrer Schwerpunkte aussersehen haben. Er zählt er zu den ersten Geschäftsleuten, die sich nach der Gründung des Industriegebiets hier angesiedelt haben, und muss sich jetzt eingestehen, dass er diesen bisher einträglichen Standort eigentlich am liebsten sofort verlassen würde.

Picandet verkauft Küchenmöbel und verschiedene Artikel für Innendekoration. Er verfügt über ein recht großes Ausstellungsgelände, für das er dementsprechend eine beträchtliche monatliche Miete bezahlt. Aus dem südlichen Vorstadtviertel, in dem er wohnt, fährt er jeden Morgen mit dem Wagen zu seinem Geschäft. Nicht nur er selbst wird durch die samstäglichen Blockaden an der Ein- und Ausfahrt gehindert, sondern auch etwaige Lieferanten dringen um diese Zeit nur schwer zu ihm durch. Aber vor allem sind es die Kunden, denen die Zufahrt versperrt wird und die deshalb immer öfter auf ihre Einkäufe verzichten. Nun finden die allermeisten Leute jedoch gerade am Wochenende Zeit, um die notwendigen Anschaffungen zu tätigen, so dass sich auch für Monsieur Picandet ein beträchtlicher Teil seines Umsatzes an den Samstagen ergibt, was für die vorweihnachtliche Zeit in ganz besonderem Maße gilt. Dementsprechend hat er in den letzten Wochen schon erhebliche Umsatzeinbußen und folglich spürbare Verluste zu verzeichnen. Es lässt sich bereits absehen, dass er diese in den nächsten Monaten nicht einholen wird.

Es muss wohl als verständlich angesehen werden, dass seine Aufregung über die Gilets Jaunes, die den Rondpoint und damit den Zugang zu seinem Geschäft blockieren, umso mehr ansteigt, je länger die Proteste andauern. Allmählich wächst sie sich jedoch zu wahrer Erbitterung aus. Einmal entschloss er sich bereits, voller Empörung die Polizei herbeizurufen „wegen erheblicher Störung der öffentlichen Sicherheit und Ordnung", wie er dem diensthabenden Beamten am Telefon mitteilte. Dieser wusste ihm nichts Besseres zu entgegnen, als dass die Kollegen alle gegenwärtig unterwegs seien und er selbst seinen Posten in der Polizeiwache unter keinen Umständen verlassen dürfe. Folglich trafen die Ordnungshüter tatsächlich erst mehrere Stunden später am Platz der gemeldeten Störung ein und zeigten auch an Ort und Stelle wenig Bereitschaft einzuschreiten. „Was wollen Sie, dass wir hier tun? Die demonstrieren eben. Das ist eines unserer elementaren Bürgerrechte." Picandet erinnert sich, dass sie dabei sogar den betreffenden Artikel der Verfassung zitierten. Auch als eine derartige Rechtsbelehrung den Zorn des Geschäftsmannes sichtlich bis zur Weißglut steigerte, ließen sich die Agenten zu keinen weitergehenden Aktivitäten bewegen. Stattdessen suchten sie das gütliche Gespräch mit den Demonstranten, wohl um sie zur Zurückhaltung bei ihren Aktionen zu ermahnen. Picandet erzählte später seinen Kunden, dass er persönlich aus der Haltung der Polizisten eher den Eindruck gewann, dass es sich um eine freundschaftliche, ja fast ermunternde Begrüßung handelte.

Nachdem dieser Vorstoß des Geschäftsmannes in Richtung der Ordnungskräfte gescheitert war, kam er, auch nach Rücksprache mit seinem Rechtsanwalt, auf die Idee, Anzeige zu erstatten gegen einzelne Demonstranten wegen Geschäftsschädigung und Nötigung. Gleichzeitig beabsichtigte er, eine entsprechende Schadensersatzklage einzureichen. Die Schwierigkeit bestand dabei allerdings nicht nur darin, den durch die Blockaden letztlich unmittelbar kausal bewirkten Verlust genau zu beziffern, sondern hauptsächlich in dem Problem, die Schuldigen persönlich ausfindig zu machen. Die Polizei jedenfalls, die allem Anschein nach mehrere der Teilnehmer an den Protesten persönlich kannte, wie Picandet vermutet, erklärte sich sowohl aus tatsächlichen als auch aus rechtlichen Gründen außerstande, ihm die Namen der Demonstranten zu vermitteln.

Aufgrund dieser Erfahrungen stieg die Erbitterung des Geschäftsmannes noch einmal in erheblichem Maße, so dass er seitdem über weitere Maßnahmen grübelt. Das Eingreifen der CRS, das er, in sicherer Entfernung, nun endlich beobachten konnte, erfreut ihn und ermutigt ihn in seiner gerechten Empörung. Gegenüber alten Kunden, denen es gelang, trotz allem zu ihm durchzudringen, nimmt er kein Blatt vor den Mund.

„Dummköpfe sind das, unverantwortlich! Sie werden sehen, die richten das Land noch zugrunde. Es geht ihnen eindeutig zu gut. Ach, die wissen gar nicht, wie gut sie es haben. Die sollten ein paar Wochen nach Afrika geschickt werden. Dafür würde ich noch spenden, um die dahin zu verfrachten. Da schreien sie immer: Wir sind das Volk. Ich bitte Sie: 50.000 sind nicht das Volk. Das bin ich auch, und ich bin ganz und gar nicht mit denen einverstanden. Außerdem: Die haben schließlich so gewählt. Dann sollten sie auch bis zu den nächsten Wahlen warten. Dann können sie ja Kommunisten oder Faschisten wählen, so dumm wie sie sind. Aber seien wir doch mal ehrlich: Viele machen das ja auch nur, weil sie allein sind und Gesellschaft haben wollen. Einsam sind in Frankreich Viele, z.B. auch Frauen und vor allem Alte. Man konnte das ja sehr gut sehen in dem heißen Sommer vor Jahren, als in Paris einige einsame Menschen verlassen und ohne Hilfe gestorben sind. Darum sollte man sich einmal kümmern!"

So und in ähnlicher Weise äußert er sich nun den ganzen Tag über gegenüber allen Kunden, die zu ihm in seinem Belagerungszustand durchdringen konnten. Dabei erntet er zum Teil große Zustimmung, besonders von selbst in ähnlicher Weise Betroffenen. Viele wissen dabei eine eigene Geschichte zu erzählen, wie sie durch eine der Demonstrationen unmittelbar belästigt oder gar beschädigt wurden. Auf diese Weise geteilt lässt sich der Ärger wohl besser ertragen.

Picandet jedenfalls wird sich in keinem Fall mit solchen unerhörten Belästigungen abfinden. Letztlich hat er sich schon beraten lassen, wie er auch von den Behörden Schadensersatz einklagen könnte, wenn diese ihn nicht schützen. Außerdem überlegt er sich, den Gelbwesten das nächste Mal, wenn in seiner Nähe eine Demonstration droht, eine Falle zu stellen, um sie abzuschrecken. Wie diese aussehen soll - darüber denkt er noch nach.

Für Pierre Trieux steht immer noch fest: Ab Weihnachten wird Ruhe im Lande herrschen. „Da sitzen sie erst mal zu Hause als brave Spießbürger. Es war immer so. Immer wenn Ferien anstanden, sind sie ruhig geworden. Erinnere Dich an 1968. So widerlich sie herumtobten - mit Beginn der großen Ferien waren sie dann auch schnell verschwunden."

Der Notar kann sich seiner diesbezüglichen Zweifel weniger denn je entledigen. Zu hartnäckig haben sich die Gelbwesten in den letzten Wochen gezeigt. Sein Freund dagegen bemüht sich, die harte Haltung der Regierung, der er sich immer noch nahestehend fühlt, zu verteidigen.

„Es war auf jeden Fall absolut richtig, nicht in Panik zu verfallen wegen der paar Tausend wildgewordener Pseudorevolutionäre. Ja, da hat Macron schon das richtige Gespür, das muss man sagen. Genau die richtige Methode, sie sich selbst totlaufen zu lassen. Sieh mal, es werden ja auch immer mehr Casseure, die da herumlaufen, und die Medien berichten fast nur noch über die Schäden, die sie anrichten. Ja ja, natürlich, schlimm genug sind diese primitiven Gewalttaten! Aber es gibt ja kaum etwas Negatives, was nicht auch seine vorteilhaften Seiten hätte. Schau mal, die arbeiten uns damit doch in die Hände. Etwas Besseres könnten wir uns gar nicht ausdenken. Je mehr sie anrichten, desto eher kippt die Stimmung im Lande. Also, Du siehst, man wäre ja dumm, zu früh einzugreifen. Wenn sie Scheiben einschlagen, Geschäfte plündern und Autos anzünden, wird es allmählich auch dem letzten Sympathisanten mulmig. Du wirst sehen, plötzlich will keiner mehr etwas wissen von den Gilets Jaunes."

Der Notar kommt nicht umhin, derartige Überlegungen eher zynisch zu finden, und er bringt dies auch deutlich zum Ausdruck. Davon lässt sich der ehemalige Politiker jedoch nicht beeindrucken.

„Was heißt da zynisch? Sieh mal, die wissen doch gar nicht, was sie eigentlich wollen. Der eine verlangt das, der andere fordert das und eben oft auch noch das genaue Gegenteil. Wie die Kinder, die nicht wissen, mit welchem Spielzeug sie gerade am liebsten spielen wollen, und deshalb alles kaputtmachen. Dem muss man doch ein Ende setzen, in unser aller Interesse!"

„Das ist schon richtig. Aber genau, was Du ansprichst, halte ich für das Gefährliche. Hätten sie einheitliche konkrete Forderungen, könnte man sich damit sachlich auseinandersetzen. Nein, es ist viel schlimmer. Merkt Ihr denn nicht, dass sich ein allgemeines und ziemlich tiefes Unbehagen breit gemacht hat, dass die gar nicht mehr zuhören und vielleicht auch nicht mehr zuhören können, weil der Ärger und das Misstrauen so tief sitzen? Das darf man doch nicht auf die leichte Schulter nehmen! Ihr könnt doch nicht allen Ernstes zuwarten, dass möglichst viele Schandtaten passieren, und auf diese Weise die Probleme auf die abwälzen, die unter den Protesten sowieso genug zu leiden haben! Genau das macht Ihr aber, wenn Ihr jetzt ausgerechnet auf die Casseure zählt, dass die Euer Handwerk betreiben."

„Ach komm, hör auf! Die sind wie die Kinder." betont Pierre noch einmal. „Wissen überhaupt nicht, wo sie stehen. Nur weil es ihnen unbehaglich ist, können sie doch nicht alles kurz und klein schlagen. Außerdem haben sie nicht im Entferntesten Lösungen für die Probleme, die sie sich vormachen. Hast Du vielleicht irgendwelche Ansätze dazu von denen gehört?"

„Das brauchen sie auch nicht, Pierre. Für Lösungen sind die Politiker zuständig, die sich dafür haben wählen lassen. Wenn das Volk seine Probleme selbst lösen sollte, bräuchten wir keine Regierung, oder?"

Die Diskussion kreist um die Fragen zielführender Protestforderungen und staatsbürgerlicher Problemlösung, bis sie am späteren Abend in grundsätzliche Betrachtungen einmündet. Der Notar sieht eine bedrohliche Krise der parlamentarischen Demokratie, die ernst genommen werden müsse.

„Natürlich kennen wir alle die Problematik dieses Systems. Alle Staatsgewalt geht vom Volk aus – ja ja, mehr oder weniger! Aber die entscheidende Schwierigkeit besteht eben darin, dass während der Wahlperiode das Volk nichts mehr zu melden hat, sondern auf die Vernunft der Mandatsträger, die Handlungsfähigkeit des Parlaments und in Besonderheit der Regierung vertrauen muss. Aber dieses Vertrauen auch zu rechtfertigen und die Legislaturperiode über aufrecht zu erhalten – das ist die hohe Kunst der Politik in der parlamentarischen Demokratie."

„Ja, da hast Du schon recht. Aber wie sonst? Wenn das Volk selbst entscheiden soll, geht das doch immer schief. Beispiele haben wir genug. Schau Dir nur das Referendum über die europäische Verfassung an. Damit haben sie uns alle langwierigen Verhandlungen zerschlagen, und Giscard hatte die wirklich geschickt geführt. Die Leute verbinden immer ihre augenblickliche Stimmungslage mit einer Entscheidung über ein konkretes Thema."

„Na, sieh Dir das aber in der Schweiz an, wo die Volksabstimmungen seit jeher üblich sind. Da funktioniert es ja auch ganz gut. Natürlich – ich weiß -, man kann ein so kleines Land nicht ganz mit dem unseren vergleichen. Da herrschen, auch historisch gesehen, schon Sonderbedingungen."

Nach längerem Hin und Her betreffend die Vor- und Nachteile unmittelbarer Demokratie drängt sich dem Notar eine ganz grundsätzliche Frage auf: „Sag mal, Du hast ja offensichtlich keine besonders gute Meinung über das Volk?"

Pierre lehnt sich mit seinem Glas behaglich in den Sessel zurück.

„Nun mal ehrlich: Du kannst es drehen und wenden, wie Du willst - die Mehrheit ist eben nicht besonders intelligent. Hat auch keinerlei Ahnung, wie Politik laufen muss, wie soll sie auch? Und wir alle wissen: Die Probleme sind heute doch so komplex wie früher weitaus nicht. Wie sollen denn die armen Leute die Zusammenhänge in der globalisierten Wirtschaft durchschauen, kannst Du mir das einmal sagen? Na also, was sollen da Elemente einer direkten Demokratie?"

„Deiner Meinung nach muss wohl jeder erst die ENA absolviert haben, der vernünftige Politik machen will, nein, was sag' ich: der überhaupt in den Arkanbereich der Politik zugelassen wird? Nun, ich will Dir und Thibault nicht zu nahetreten, aber da haben wir ja beste einschlägige Erfahrungen. In der Wirklichkeit zeigt sich doch tatsächlich, dass bei uns die Allermeisten nur auf diesem illustren Weg in die Politik kommen. Aber das Fatale ist, und das siehst Du jetzt an den Protesten: Es hat sich im Lauf unserer neueren Geschichte eine wahre Kaste von Absolventen der ENA gebildet, und diejenigen, die dazugehören, kennen sich und fühlen sich als die Elite des Landes, will sagen, sind davon überzeugt, klüger und gebildeter zu sein als die Übrigen. Und sie lassen sich das auch mehr als anmerken. Nicht unbedingt eine günstige Voraussetzung für Volksnähe, findest Du nicht? Das Volk will nicht belehrt, sondern vertreten werden. Wenn sie den Eindruck haben, dass sich jemand über sie erhebt und sie belehren will, werden sie sehr allergisch."

„Dabei brauchen sie Belehrung in jeder Hinsicht." findet Pierre Trieux abschließend, und der Notar bleibt ihm zu der späten Stunde die Antwort darauf schuldig.

Die Nachtstille draußen wird gerade einmal unterbrochen durch das Klagen eines einsamen Käuzchens. Da liegt ihm noch eine Frage auf der Seele.

„Dann schätzt Du aber offenbar auch die Demokratie an sich nicht besonders?"

„Na ja, wie Churchill gesagt hat: Sie ist eben die schlechteste aller Regierungsformen - abgesehen von all den anderen Formen, die von Zeit zu Zeit ausprobiert worden sind. Noch schöner ist, was er auch noch gesagt hat: ‚Das beste Argument gegen die Demokratie ist ein fünfminütiges Gespräch mit einem durchschnittlichen Wähler.' Ist das nicht gut? Aber lass uns ernst bleiben: Demokratie kann auch gefährlich sein, brandgefährlich sogar. Es ist doch absolut unberechenbar, wen sie in den verschiedensten Situationen im Stande sind zu wählen. Schau Dir doch nur an, wie Hitler an die Macht gekommen ist. Auch er wurde letztlich ja gewählt."

Der Notar verlangt an dieser Stelle eindeutig nach einem höheren Maß an Differenzierung.

„Ja das stimmt leider schon. Aber vergessen wir bei allem nicht, dass das nur möglich nach den Erfahrungen von Weimar war. Während dieser Zeit wurde doch deutlich, dass sich die Regierung der Barone, wie man sie ja genannt hat, den damaligen Problemen - und die waren bekanntlich von ganz besonderer Qualität - in keiner Weise gewachsen zeigte, schlimmer: dass die damaligen Regierungen auf das Volk herabsahen. Übrigens: Letzteres kommt uns doch irgendwie bekannt vor. Hitler war nun unseligerweise die Reaktion auf diese Schwäche, was vorher niemand für möglich gehalten hätte. De Gaulle hat das schon richtig gesehen: Das Volk braucht einen Chef. Das zeigt sich in der Geschichte immer wieder. Leider begnügt es sich dann zuweilen mit irgendeinem Chef, der sich gerade anbietet, wenn er ihnen nur das Blaue vom Himmel vormacht. Und dann kann es in einem solchen Fiasko enden. Populismus nennt man das heutzutage."

Dieser Ansicht stimmt auch Pierre Trieux zu und schickt sich an, weitere einschlägige Beispiele aus der Geschichte hinzuzufügen. Der Notar unterbricht ihn, während er einen Birkenklotz auf das Feuer legt.

„Aber apropos, Chef': Macron ist ja jetzt wirklich eingeknickt. Er hat vor der Straße kapituliert. Das fördert sein Ansehen und das Vertrauen in ihn und seine Führungsfähigkeit nicht gerade. Mich erinnert das eher an Louis XVI und die Phrygiermütze. In dem Moment, als er sie unter dem Druck der Meute, die in die Tuilerien eingedrungen war, aufsetzte, war es um ihn geschehen. Das Volk will einen Chef, eine Führung. Nachgeben wird immer als Schwäche ausgelegt. Wenn Du so willst, hat der Präsident jetzt seinen 20. Juni."

„Yves, mit fällt immer öfter auf: Du bist fast schon wie Mélenchon, wenn Du immer alles mit den Zeiten der Revolution vergleichst."

Nicolas hat sich seit seiner frühen Kindheit jedes Jahr schon immer ganz besonders auf Weihnachten gefreut. Damals bedeutete Weihnachten für ihn ohne jede Frage den schönsten Tag des Jahres. Selbst sein Geburtstag, der eine zentrale Rolle in seinem Kalender einnahm, musste dahinter zurückstehen.

Die Geschenke, die er und sein kleiner Bruder zum Fest erwarten durften, ließen sie beide gemeinsam träumen und sich ausmalen, welche ihrer zahlreichen Wünsche diesmal erfüllt würden. Nicolas sieht immer noch den kleinen Antoine vor sich, als er, vor Spannung auf seinem Bett hin und her hüpfend, immer wieder aufgeregt und besorgt fragte: „Was meinst Du Nico? Schafft es der Père Noël mit dem Schaukelpferd?"

Geradezu verzaubert fühlten sich die kleinen Jungen aber auch jedes Jahr von all dem Geheimnisvollen, das sich um das Fest herum rankte - das verschlossene Zimmer mit seinem Fenster auf die grauen Bahngleise hinaus, in dem die Bescherung stattfinden sollte, und die zahlreichen Vorbereitungen, um die ihre Mutter immer große Umstände zu machen verstand.

Dabei handelte es sich jedes Mal um eher bescheidene Dinge, die sie unter dem bunt geschmückten Weihnachtsbaum vorfanden und die dennoch ihre helle Begeisterung hervorriefen – ein Stofftier, ein Baukasten und dergleichen. In einem Jahr war das Zimmer ungewöhnlich lange Zeit vor Weihnachten gesperrt geblieben. Es stellte sich dann heraus, dass sich ihr Vater, der Eisenbahner, die Mühe gemacht hatte, in wochenlanger Feierabendarbeit eine wahrhaftige Landschaft aus Pappmaché zu basteln, und mitten in diesen grünlichen Bergen mit Brücken und Unterführungen kreiste eine kleine elektrische Eisenbahn, ein Regionalzug mit einer Lokomotive und drei angehängten Wagen. Ungläubig vor Staunen standen die beiden Jungen vor dieser Überraschung und wagten zunächst einmal kaum, selbst den kleinen Zug zum Laufen zu bringen. Nicolas erinnert sich noch sehr gut, wie er, auch um Antoine zu imponieren, am Tag darauf den Kippschalter kühn und wohl allzu heftig betätigte mit dem Erfolg, dass der Zug zu seinem großen Entsetzen entgleiste und die Lokomotive auf den Boden fiel. Erst als ihr Vater danach nichts ahnend den Zug, den sie verstohlen wieder auf sein Gleis gesetzt hatten, ohne weitere Schwierigkeit in Gang setzte, atmeten sie erleichtert auf.

Aber auch später, als sie größer wurden, bedeutete Weihnachten noch für Nicolas immer einen besonderen Höhepunkt des Jahres, an dem die Familie zusammenkam und gemeinsam feierte. Dieses Mal jedoch kennt seine Erleichterung über die nahenden Feiertage keine Grenzen, so dass er das Fest kaum erwarten kann. Selten in seinem Leben hat Nicolas sich so verunsichert gefühlt. Seinen einfachen und weitgehend in sich gefestigten Charakter quält seit Wochen ein Unbehagen, als habe ihn ein bedrohliches Ereignis aus seinem gewohnten Leben gerissen und ihm den Boden unter den Füßen weggezogen. Von Weihnachten verspricht er sich etwas Ruhe und nicht zuletzt auch die nachhaltige Wiederherstellung seines häuslichen Friedens.

Maurice freut sich ebenfalls sehr auf das Fest. Zum einen wünscht er sich dringend ein neues Tablet, zum anderen möchte er bei dieser Gelegenheit seine Freundin Michelle in die Familie einführen, die er jetzt immerhin schon seit einem halben Jahr kennt.

Eben diese Absicht führt allerdings indirekt unmittelbar vor dem Weihnachtstag zu sehr unerfreulichen Auseinandersetzungen in der Familie. Das Problem besteht darin, dass Maurice schon vor Wochen mit Michelle übereingekommen ist, die Bescherung am Heiligen Abend selbst, Zentrum des Festes, bei den Eltern seiner Freundin zu feiern, während der erste Weihnachtsfeiertag seiner eigenen Familie gewidmet sein soll. Es erscheint ihnen der einzig mögliche Ausweg, und Michelle hat diese Abfolge auch bereits seit Längerem mit ihren Eltern abgesprochen. „Anders geht es nicht. Maman ist sonst beleidigt," eröffnete sie ihm. „Sie hat schon geweint, als sie hörte, dass ich vielleicht dieses Mal bei Euch feiere." Während auf diese Weise Weihnachten aus der Sicht der jungen Leute befriedet sein könnte, stößt der Plan allerdings erwartungsgemäß auf den heftigen Widerstand der Eltern Brimont.

Im Bewusstsein der unerschütterlichen Weihnachtstradition der Familie hatte Maurice es bis unmittelbar vor dem Fest noch nicht gewagt, seinen Eltern das verabredete Verfahren bekanntzugeben, das ihm deshalb umso schwerer auf der Seele lag. Nur seiner Schwester vertraute er sich an, wohl auch, um von ihr Rat in der für ihn prekären Situation zu erhalten.

Es ist nun auch Katja zu verdanken, dass die streitträchtige Nachricht den Eltern gerade noch rechtzeitig vor Weihnachten zu Ohren kommt. Seitdem sie seit einigen Wochen in das Vorhaben eingeweiht ist, bedrückt es sie, dass ihr Bruder bei der alljährlichen Feier nicht anwesend sein sollte. Traurig sitzt sie am Vortag des Festes am Frühstückstisch und rührt lustlos in ihrem Müsli aus Haferflocken und Schokoladestückchen, woraus gewöhnlich ihr Frühstück besteht.

„Was ist los, meine Kleine?" fragt Lydie und streicht ihr liebevoll über den Kopf. „Geht es Dir nicht gut?"

Auf diese fürsorgliche Frage hin gibt Katja ihrem Kummer ganz unwillkürlich Ausdruck, ohne dass sie die Mitteilung in irgendeiner Weise geplant hätte, denn sie fühlt sich durch das Versprechen der Verschwiegenheit gegenüber ihrem Bruder gebunden.

„Maman, Du, das find ich absolut blöd, dass der Maurice am Heiligabend nicht bei uns ist."

Nicolas, der sich noch halb vom Schlaf umfangen neben seiner großen Frühstückstasse auf dem Ellbogen über den Tisch lehnt, kann sein Erstaunen nur wortlos durch einen ratlosen Gesichtsausdruck äußern, bei dem er beide Mundwinkel nach unten und die Augenbrauen entsprechend nach oben zieht. Lydie, die sich gerade vor dem Spiegel in der Diele für die Arbeit zurechtmachen will, fällt jedoch aus allen Wolken.

„Katja, was soll das? Was redest Du da für Unsinn?"

Nachdem sie sich überzeugen konnte, dass die Tatarenmeldung ihrer Tochter die Realität einer tatsächlich geplanten Festfolge wiedergibt, unternimmt sie trotz der für ihren Arbeitsbeginn schon recht fortgeschrittenen Zeit alles denkbar Mögliche, um das Familienfest in seiner hergebrachten Form zu retten, und beginnt hierzu mit einem heftigen Ausbruch ihres Entsetzens.

„Wie kommt der Junge dazu? Jetzt hört aber bald alles auf! Das ist bestimmt auf dem Mist von den Eltern gewachsen. Was meinen die denn, mit wem sie es zu tun haben? So geht's jedenfalls nicht."

Während sie bereits die zur Verfügung stehenden Handlungsmöglichkeiten eine nach der anderen bedenkt, feuert sie sich mit derartigen Fragen selbst an. Die Lösung des Problems besteht sodann erst einmal darin, dass ohne weiteres Zögern Nicolas den Auftrag erhält, Maurice, der schon seit dem frühen Morgen in der Werkstatt arbeitet, dort aufzusuchen und umzustimmen. Bevor sie das Haus verlässt, schärft Lydie ihrem

Mann noch einmal ein, notfalls auch eindrückliche Drohungen anzuwenden, um die Dinge wieder in ihr Lot zu bringen.

Dementsprechend folgt noch im Verlauf der kommenden Stunden ein familiärer Auftritt in der Garage Dupont, der sich an Peinlichkeit schwer übertreffen lässt. Nicolas, auf den die Empörung seiner Frau über die eigenmächtigen Weihnachtspläne seines Sohnes übergegriffen hat, begibt sich unverzüglich in die Garage und verdeutlicht diesem recht lautstark, dass angesichts solcher Vorhaben, von denen seine Eltern im Übrigen zu allem Überfluss nur durch Zufall erfahren durften, während der Herr es für richtig gehalten habe, sie offenbar zum Fest vor vollendete Tatsachen zu stellen, weder das Tablet zu erwarten sei, noch die Frage der Freundin überhaupt weiter positiv behandelt würde. Er vergisst in diesem Zusammenhang auch nicht zu erwähnen, was ihm schon seit Längerem auf der Seele liegt, nämlich dass Lydie und er selbst als seine Eltern – diese Eigenschaft betont er besonders - Maurice ohnehin noch für viel zu jung für eine derartige feste Beziehung halten.

Die Unterredung, die unter den Augen und Ohren nicht nur der gesamten Crew der Werkstatt, die sich um die beiden Kontrahenten versammelt und aufmerksam lauscht, sondern zudem des Chefs der Garage höchstpersönlich stattfindet, bewirkt denn auch schließlich, dass das Vorhaben zwar nicht vollständig aufgegeben wird, immerhin aber eine gewisse Umwandlung erfährt. Michelle wird an der Bescherung in der Familie Brimont teilnehmen, ein mehr als großzügiges Angebot, wie Nicolas betont. Die Familie der Freundin könne von den Beiden ja am nächsten Tag aufgesucht werden. Die Mutter müsse sich dann eben damit abfinden.

Unter diesen Voraussetzungen kann das Fest friedlich beginnen. Der Weihnachtsbaum, eine mittelgroße buschige Fichte, steht wie jedes Jahr schon seit gut drei Wochen in der Ecke neben dem Esstisch und blinkt mit Hilfe seiner kleinen elektrischen Glühbirnchen in allen Farben auf und ab. Zur Feier des Tages bringt Katja lediglich noch ein paar kleine glitzernde Kugeln mehr zwischen den roten und goldenen Girlanden darauf an.

Nicolas holt schon am späteren Nachmittag seinen Vater ab.

„Was, schon wieder Weihnachten? Die Zeit rast. In meinem Alter, mein Junge, zählt jedes Jahr doppelt, das wirst Du auch noch sehen. Wer weiß, vielleicht ist es für mich das letzte Weihnachten?"

„Hör auf, Papa, verdirb uns nicht die Weihnachtsstimmung! Jedes Jahr ist es das Gleiche! Warum soll das denn Dein letztes Weihnachten sein? In Deinem Alter!"

Die ganze Fahrt über geht das so. Zu Hause angelangt, lässt sich Hubert Brimont sofort tief ächzend in den bequemen Sessel fallen. „Ah, mein Ischias!"

Lydie kennt diese Auftritte ihres Schwiegervaters. „Hallo Papa, schön, dass Du da bist! Mach's Dir bequem! Es ist ja eine Ewigkeit her, dass Du bei uns warst. Du machst Dich ganz schön rar! Aber gut siehst Du aus."

Während sie schnell noch irgendetwas in rotglitzerndes Geschenkpapier einwickelt, geht die Haustüre. Maurice hat Michelle von zu Hause abgeholt und schiebt sie in die Diele. Sehr jung wirkt sie, besonders aber wohl in Nachwirkung der misslungenen Festabrede noch verlegen und beklommen. Sie trägt sehr modische Jeans mit Glitzersternchen auf dem Gesäß und einen kleinen engen Pullover aus weißer flauschiger Wolle. Katja bemerkt die Jeans sofort und nimmt sich vor, ihre Mutter so bald wie möglich zu bitten, ihr die gleichen zu kaufen.

Betont fröhlich klopft Maurice seiner Freundin auf die Schulter. „Da ist also jetzt Michelle." Er legt wohl Wert auf diese Vorstellung, obwohl seine Eltern hin und wieder bereits flüchtige Bekanntschaft mit dem Mädchen gemacht haben.

Lydie, die die seltene Gabe besitzt, jede beklommene Stimmung aufzuhellen, küsst die Kleine auf beide Wangen und umarmt sie zum Willkommen leicht. „Schön, dass Du da bist, Michelle. Macht es Euch gemütlich, Ihr Beide! Katja, hilfst Du mir noch mal?"

Nicolas ruft vom Kamin aus, für den er ein paar große Holzscheite bereitlegt: „Da seid Ihr ja! Na also!" Allgemein wird auf Nachfragen über die tiefere Bedeutung dieses Ausrufs verzichtet.

Jetzt, da sie alle versammelt sind, fühlen sie sich frisch und feierlich. In der Küche brutzelt schon seit Stunden der Braten, und sein Duft dringt auch in das Zimmer. Es handelt sich um Wildschwein von Vincent aus Fort Mahon, der noch Wert auf die begleitende Feststellung legte, dass es sich bei dem Tier um einen Überläufer handle, also weder zu jung, noch zu ausgewachsen. Angeregt durch den Bratenduft und verunsichert aufgrund des ungewohnt erweiterten Familienkreises läuft Anais unruhig umher und wirft sich von Zeit zu Zeit heftig gegen die Beine ihres Herrn, der nach Beendigung seiner Vorbereitungen eine Flasche Bier genießt.

Schließlich sitzen sie alle um den Tisch, Michelle natürlich neben Maurice, den sie von Zeit zu Zeit verstohlen betätschelt, wie um sich seiner Zuneigung gerade auch in diesem für sie ungewohnten Rahmen zu vergewissern, während im Fernsehen eine weihnachtliche Show dudelt, und genießen die Ruhe und das gute Essen. Selbst der alte Brimont zeigt sich von dem Braten durchaus angetan, was sich darin äußert, dass er sich von seiner Schwiegertochter mehrere Male nachlegen lässt. Dass anschließend die Bûche, die traditionelle Kuchenrolle, gefüllt mit Schokoladencreme und in diesem Jahr zusätzlich mit Macronen, besondere Begeisterung hervorruft, gehört eben zu Weihnachten, wie sie es kennen.

Später beginnt die Bescherung. Sie besteht daraus, dass jeder die von ihm vorbereiteten Geschenke hervorzieht und sie ihrem jeweiligen Adressaten überreicht, während alle anderen zuschauen, wenn die bunten Verpackungen abgerissen werden, und zum Teil lauten Beifall spenden. Hubert Brimont erhält eine warme Wolldecke, mit der er, wie Lydie erläutert, seine Knie zudecken kann, wenn er in seinem Sessel sitzt. Maurice freut sich über das ersehnte Tablet einschließlich des zugehörigen Vertrags, und Katja betrachtet voller Begeisterung den kleinen Apparat mit Kopfhörern zum Musikhören. Nicolas findet das große Jagdmesser vor, das er schon länger im Auge hat, angesichts seines beträchtlichen Preises aber nicht in Erwägung gezogen hatte. Maurice und Michelle stecken sich gegenseitig etwas zu und lassen sich auch trotz mehrerer spaßhafter Nachfragen nicht dazu bewegen, ihre Geheimnisse mit den anderen zu teilen.

Nicolas selbst hat sich bisher zurückgehalten, obwohl seine Spannung es ihm fast unmöglich macht. Jedoch wartet er den geeigneten Augenblick ab für eine ganz besondere Überraschung. Er schenkt Lydie ein vergoldetes Herz an einer feinen goldfarbenen Kette. Er hat es bei einem Juwelier in Amiens gekauft und dabei lang gezögert, ob er nicht das Herz mit der roten Emaillierung nehmen sollte, sich dann doch für das rein goldfarbene Exemplar entschieden. Das Andere erschien ihm doch etwas zu aufdringlich, fast unanständig, findet er.

Lydie freut sich über alle Massen, als Nicolas ihr mit einem ungeschickten „Da schau mal!" das kleine Schmuckstück in der feinen samtbezogenen Schachtel überreicht. Sie betrachtet es immer wieder von Neuem, lächelt dazu verlegen und sagt ein um das andere Mal: „Nico, Du bist verrückt. Das ist viel zu viel!" Sie schlägt ihm sogar leicht auf die Schulter, um einen liebevollen Vorwurf bezüglich derartiger Verschwendung anzudeuten. Dabei kommen ihr aber die Tränen, was für sie alles andere als typisch bezeichnet werden kann. Sie wischt sich schnell einen dicken Tropfen mit der Hand fort, der gut sichtbar über ihre aufregungsgerötete Backe rinnt, und gibt vor, in der Küche etwas aufräumen zu müssen.

Nicolas ist zufrieden. Sie hat sehr gut verstanden, dass es sich bei diesem Geschenk um eine Bitte um Entschuldigung handelt für die Enttäuschungen und den Ärger, den er ihr gerade in der letzten Zeit mit seinem politischen Engagement bereiten musste.

Sehr bald kommt Lydie wieder herein. Sie wirkt etwas verlegen, geht auf ihn zu und küsst ihn vor Allen mitten auf den Mund. Natürlich rufen die Kinder „Oh!" und klatschen laut Beifall. Alles ist in Ordnung, denn sie wissen Beide, dass es für sie nichts Wichtigeres gibt als ihre Zuneigung zueinander und ihre Familie.

Dann wird es im wahrsten Sinne des Wortes gemütlich. Das Feuer im Kamin brennt in hellen leuchtenden Flammen, Nicolas wirft einen besonders großen Klotz darauf, so wie es früher immer war, erzählt Hubert aus seiner eigenen Kindheit, wobei es sich tatsächlich eher um eine noch viel weiter zurückliegende Epoche handeln muss. In diesen Zeiten hatten die Leute keinen Weihnachtsbaum, sondern leisteten sich als besondere Annehmlichkeit eine andere Kostbarkeit, nämlich einen großen Holzklotz, die Bûche de Noël, die das Haus in behaglicher Weise die ganze Weihnachtsnacht hindurch wärmte.

Anais schlummert friedlich, hin und wieder behaglich seufzend, neben Katjas Schuh. Diese spielt still und glücklich mit ihrem neuen Musikgerät, während das junge Paar sich recht bald in Maurices Zimmer zurückgezogen hat. Zu den Klängen von Jingle Bells und Ähnlichem sitzen sie noch lange zusammen, bis alle nur noch schläfrig vor sich hinschauen und es Zeit wird, Hubert Brimont und Michelle nach Hause zu bringen.

Der Notar und seine Frau rechnen zu Weihnachten wie jedes Jahr mit einer größeren Gesellschaft von Kindern und Enkeln. Seitdem sie aber das Manoir an der Somme bewohnen, eignet sich dieser großzügige Rahmen noch viel besser als die Pariser Wohnung für ein derartiges Familienfest.

Als erste traf die Zusage der iranischen Familie, wie sie sie nennen, ein. Schon seit vielen Jahren gehört es zur festen Gewohnheit, dass Benédicte und Amin sowie die Kinder Weihnachten mit den Eltern feiern, zumal Amins Familie das Fest zwar respektiert, aber religionsbezogen keine besonderen Feiern zu diesem Anlass begeht. Etwas später folgte auch die positive Nachricht aus Rennes, freilich nicht ohne den besonderen, jedoch alljährlich bekannten, Zusatz, dass Bernard es trotz seiner besonderen Arbeitsbelastung glücklicherweise doch noch geschafft habe, sich für das Fest ein paar Tage von seinen drängenden Verpflichtungen zu befreien.

Zur großen Enttäuschung der Eltern wurde aus Nice mitgeteilt, dass der Schwiegersohn unmittelbar nach Weihnachten in der Klinik für eine größere und komplizierte Operation zur Verfügung stehen muss, die die Familie nun zu ihrem großen Leidwesen an der weihnachtlichen Reise in den Norden hindert. Dacourts bedauern dieses unglückliche Zusammentreffen der Ereignisse sehr, da sie auf ein Wiedersehen gerade auch mit den Kindern aus dem Midi gehofft hatten. Ihr letztes Treffen liegt bereits einige Jahre zurück, und die Großeltern kennen ihre beiden Enkel, die Zwillinge, kaum. Diese haben im vergangenen Herbst ihren achten Geburtstag gefeiert, an dem immerhin ein Videotelefonat geführt wurde. Seltsamerweise fällt Yves und Evelyne der Entschluss, selbst einmal in den Süden zu reisen, schwer, wahrscheinlich weil sie sich nicht sicher fühlen, dort auch wirklich willkommen zu sein.

Selbstverständlich dürfen sie mit Charlotte rechnen. Allerdings nahm diese sich auffallend gründlich Zeit, bevor ihr endgültiger Entschluss feststand, und gab erst nach längerem Zögern, ob sie Weihnachten an der Somme verbringen oder sich lieber in Paris zurückhalten lassen wolle, ihre Entscheidung bekannt. Schließlich sagte sie den Eltern doch zu, jedoch begleitet von der Ankündigung, in Gesellschaft ihrer Freundin Véronique zu erscheinen. Diese Eigenmächtigkeit, die im Widerspruch mit allen bisherigen Gepflogenheiten höflichen Verhaltens innerhalb der Familie stand, überraschte die Eltern nicht wenig. Letztlich wurde sie aber akzeptiert, nicht nur, weil Dacourts seit jeher in großzügiger Weise Gäste zu empfangen pflegten, sondern weil ihre Tochter offenbar großen Wert auf die weihnachtliche Begleitung legte, deren Vorzüge sie im Übrigen bereits anlässlich deren letzten Besuchs kennenlernen durften. Es versteht sich von selbst, dass insbesondere Yves Dacourt also die Ankündigung mit erheblicher Freude aufnahm.

Babette, ohne die die Familie seit Jahrzehnten kein Weihnachten mehr gefeiert hat, ist persönlich aus Paris angereist. Als André, der sie vom Bahnhof in Abbeville abholt, mit ihr auf dem Beifahrersitz in den Hof einbiegt, sieht er ihrer betont aufrechten Haltung an, dass sie ihren Stolz über das Manoir ihrer langjährigen Arbeitgeber kaum verbergen kann. Sie kümmert sich anschließend auch persönlich um die Vorbereitung der Zimmer, ebenso wie – in Beratung mit Evelyne – um die traditions- und stilgerechte Zusammenstellung der Mahlzeiten und den entsprechenden Einkauf. Madame Delommel zeigt sich zwar recht befremdet darüber, dass ihre Dienste bei dieser Gelegenheit in den Hintergrund treten sollen, fügt sich jedoch in ihre vorübergehende Rolle als Hilfskraft.

Schließlich erfolgt die Ankunft der Gäste bei herrlichem Winterwetter. Es hat nachts gefroren, und auf den Bäumen und Dächern liegt zarter Raureif, von der Dachrinne der großen Scheune hängen lange schlanke Eiszapfen herab, die in der Sonne glänzen. Alles sieht verändert und verwunschen aus.

Der große Audi aus Rennes lässt sich als erster blicken. Bernard Lebrun streckt sich nach der langen Fahrt, während Antoinette auf dem Rücksitz die kleine Lison tröstet, der es noch auf den letzten Kilometern der gewundenen Landstraße durch die Dörfer schlecht geworden ist, so dass sie sich übergeben musste. Louis dagegen springt seiner Großmutter fröhlich entgegen. Er feiert ja auch im kommenden Jahr schon seinen neunten Geburtstag und hat sich während der ganzen Reise aus der Bretagne mit einem spannenden Buch beschäftigt. Angesichts der notorischen Zeitnot des Strafverteidigers liegt das letzte Treffen mit den Großeltern mehrere Monate zurück, so dass die Freude des Wiedersehens die Begrüßung entsprechend herzlich ausfallen lässt. „Bist Du aber groß geworden!" Diese für Großeltern besonders typische Frage muss sich Louis denn auch sowohl von Evelyne als von Yves anhören, der etwas hinkend hinzukommt. André schleppt bereits das umfangreiche Gepäck in die vorbereiteten Zimmer.

Während sich Antoinette noch um die weinende Lison bemüht, die sich in ihr Leid hineingesteigert hat und sich recht trotzig dagegen wehrt, die Treppe hinaufgetragen zu werden, wobei sie mit dem Fuß aufstampft, biegt auch schon der Wagen aus Paris in den Hof ein. Aus den rasch aufgestoßenen Türen hüpft froh ein Enkelkind nach dem anderen: Bernadette, die mit ihren zwei Jahren ein sehr aufgewecktes kleines Mädchen ist, Benjamin der Vierjährige, Anne-Sophie, die im nächsten Jahr sechs wird und in die Schule kommt, was sie den Großeltern gleich sehr stolz berichtet, sowie schließlich als Letzter der achtjährige Jacob, der sich immer etwas mehr Zeit lässt als seine Geschwister und alles sehr besonnen anfängt. Da sie ihre Großeltern viel besser kennen als ihre Cousins und Cousinen, laufen sie unbeschwert fröhlich auf sie zu und hängen sich vertraut an ihre Arme. Kaum haben sie allerdings nach umfangreichen Küsschen die Familie aus Rennes wahrgenommen, richten sie ihre ganze Aufmerksamkeit auf die erhofften Spielgefährten und beginnen, sich gegenseitig um die große Treppe herum zu jagen, während Bénédicte und Amin ihrerseits die Eltern herzlich umarmen.

Es stellt einen sehenswerten Anblick dar, wie sich die blonden und recht weißhäutigen Enkel aus Rennes mit ihren Cousins und Cousinen aus Paris balgen, die von ihrem iranischen Vater sowohl das braune gelockte Haar als auch eine etwas getöntere Hautfarbe geerbt haben. Yves und Evelyne freuen sich jedenfalls über das Leben, das in ihrem sonst so friedlichen Manoir herrscht, auch wenn es sich gegenwärtig außerordentlich laut und aufgeregt darstellt.

Alle haben sich schon zum Tee versammelt, und die Kinder haben bereits mit großem Appetit erhebliche Mengen von dem traditionsreichen Weihnachtsgebäck verzehrt, das Babette aus Paris mitgebracht hat, als André mit Charlotte und Véronique vom Bahnhof in Abbeville zurückkehrt. Der Notar beobachtet ihre Ankunft durch das Fenster des Salons, während Amin aufspringt und den neu Angekommenen nach unten entgegeneilt. Yves sieht auch, wie Amin Charlotte herzlich in die Arme nimmt, ihr scherzhaft etwas zuflüstert und sie auf beide Wangen ausgiebig küsst. Véronique in dem eleganten schwarzen Mantel mit dem Pelzkragen, die sich in ihrer dezenten Art während dieser familiären Willkommenszeremonie etwas zurückhält, streckt er die Hand entgegen und begrüßt sie in liebenswürdiger Weise.

Als sich die Familie festlich gekleidet am Weihnachtsabend zu einem auserlesenen Menu zu Tisch setzt, ist die große Tafel mit dem besten Sèvre-Porzellan gedeckt, das das Haus aufweist, und das Familiensilber mit dem adligen

Monogramm der Hausherrin auf der Rückseite strahlt in frisch geputztem Zustand.

Auf dem kleinen Tischchen neben dem Kamin im Salon steht die in der Familie überlieferte Krippe mit ihren großen Figuren in ihren Gewändern aus feinen Brokatstoffen. Die Heiligen Drei Könige werden folgerichtig erst zum später vorgesehenen Zeitpunkt dazustoßen. Der gigantische Weihnachtsbaum, eine prächtige Nordmann-Tanne, die jedes Jahr schon im Lauf des November bestellt wird, erstrahlt bis in die hohe Stuckdecke hinein mit seinen großen silbernen und goldenen Kugeln im Licht einer Unzahl von elektrischen Kerzen. Vorher lagen für jeden in der Runde kostbare Geschenke darunter, sorgfältig in ebenfalls silbernes und goldenes Papier gepackt. Allerdings gingen die Großeltern schon vor Jahren dazu über, ihre Enkel mit Geld zu beschenken, nachdem die liebevolle Auswahl von Überraschungen nicht nur einmal zu Unzufriedenheit bei den Bedachten geführt hatte. Yves und Evelyne finden dieses Vorgehen selbst nicht besonders einfallsreich. Jedoch erweist es sich all die Jahre schon als recht erfolgreich, und der Notar hat zusätzlich noch ein Verfahren entwickelt, wonach sich der jeweilige Betrag aus bestimmten Kriterien ermittelt, wie etwa Alter, schulische Leistungen, sonstiges Betragen und Ähnliches. Die Bescherung gipfelt auf diese Weise auch noch in einer Art Notengebung, manche vergleichen es auch mit den Verfahren für die Ermittlung von Boni der Unternehmensvorstände, die mit harten und weichen Bemessungskriterien eine erfolgsbezogene Honorierung gewährleisten sollen.

Yves und Evelyne sind für sich schon seit Jahren übereingekommen, an Weihnachten von gegenseitigen Geschenken abzusehen. „Wir haben doch wirklich alles, und wenn Du mir ein Schmuckstück oder sonst eine Kleinigkeit schenken willst, kannst Du das ja auch sonst tun."

Im Lauf der Bescherung hat auch Véronique Weihnachtsgeschenke an ihre Gastgeber überreicht. Das seidene Tuch von erlesen geschmackvoller Farbgebung, das sie für Evelyne ausgewählt hat, findet großen Anklang, und Yves hält sie ein kleines schmales Päckchen entgegen. Als er es aus seiner Hülle aus feinem Goldpapier befreit, findet er eine Originalausgabe von Lamartines Gedichten.

„Ist das schön, Euch wieder einmal alle hier bei uns zu haben!"

Am Ende des großen Tisches sonnt sich Evelyne förmlich im Kreis ihrer Kinder und Enkel. Sie streicht der kleinen Lison, die mit ihrem dunkelblauen Samtkleidchen und dem weißen Spitzenkragen auf einem hohen Kissen neben ihr sitzt, liebevoll über den Kopf, von dem zwei kurze dünne Zöpfchen abstehen.

„Die Familie muss doch zusammenhalten, findet Ihr nicht?"

„Ja, nur schade, dass Geneviève mit Amaury und den Zwillingen nicht kommen konnte! Wieder einmal! Ärzte müssen ja unglaublich beschäftigt sein!"

Den Notar bedrückt die Abwesenheit seiner Tochter und ihrer Kinder aus dem Midi, die sich ihm immer mehr entziehen, stärker, als er selbst wahrhaben will. „Man kennt sie ja kaum noch."

Bevor die Stimmung in grauere Melancholie abzugleiten droht, hebt Amin sein Glas und bringt einen Toast aus. „Auf unsere Familie! Auf ein schönes Weihnachtsfest!" In einmütiger Erleichterung rafft sich die ganze Runde auf, alle wiederholen diesen Wunsch in betont frohem Ton und trinken sich gegenseitig zu. An den Tisch ist Lächeln und Lachen zurückgekehrt. Auch die Kinder reden jetzt durcheinander, so dass ihre jeweiligen Eltern sie mit kleinen Ermahnungen zurechtweisen.

Véronique, zwischen Charlotte und Bernard Lebrun platziert, wirkt in ihrem schlichten Kleid aus zartgrauer Seide, das in sonderbarer Weise ihren Charakter widerspiegelt, unauffällig elegant. Im Gegensatz zu ihrer Freundin, die den ganzen Abend über eher verdrossen vor sich hinblickt und sich nur recht zurückhaltend an den Gesprächen beteiligt, unterhält sie selbst sich angeregt mit dem Strafverteidiger, der ihr in aller Weitschweifigkeit offenbar die Hintergründe eines Falles erläutert, den er gegenwärtig vertritt und der in der Öffentlichkeit nicht unerhebliches Aufsehen erregt. Der Notar, zu dem nur einige Wortfetzen hinüberdringen, meint daraus zu erkennen, dass sie sich insbesondere über die Frage auseinandersetzen, inwieweit die schwere Jugend des Delinquenten als schuldmindernd oder gar -ausschließend gewertet werden könne.

Als Lebrun sich angelegentlich gestikulierend zu ihr hinüberbeugt, wendet sich Véronique unwillkürlich zur Seite, in Richtung des oberen Tischendes, an dem der Hausherr präsidiert. Es lässt sich nicht vermeiden, dass ihre Blicke sich treffen, aber offensichtlich ebenso wenig, dass diese nun vollständig ineinander versinken. Im allgemeinen Gespräch bleibt es unbemerkt, und bevor die Beklommenheit, die ihn erfasst, überhandnimmt, trinkt er ihr mit einer kleinen höflichen Verbeugung zu. Als er das Glas wieder absetzt, wendet er sich betont bemüht seiner Tochter Antoinette zu, die den Platz an seiner rechten Seite einnimmt. Während er sie zum Fortschritt der wohl recht aufwendigen Renovierungsarbeiten an dem Familiensitz in Rennes befragt, beschäftigt ihn die Erinnerung an die spätherbstlichen Gespräche in der Bibliothek.

Das Diner nähert sich allmählich seinem Ende, als sie bei dem traditionellen Dessert, dem Savarin, eine Spezialität von Babette, angelangt sind.

„Oh, Ihr Lieben, es ist schon nach 22 Uhr! Wir gehen dann doch alle zusammen in die Christmette, nicht? Es trifft sich gut, dass sie hier um 23 Uhr stattfindet. So soll es ja eigentlich auch sein. Ich war immer der Ansicht, dass eine Christmette schon um 20 Uhr etwa sinnlos ist, ist das nicht so? Und – Ihr werdet sehen - wir haben hier auch einen sehr netten Pfarrer. Er kommt aus Burkina Faso, spricht sehr gut Französisch und hat sich hervorragend eingelebt. Er wird sehr gut angenommen. Die Landbevölkerung hat da überhaupt keine Schwierigkeiten."

Evelynes Bemerkungen regen die Runde zu einem ausführlicheren Gespräch über den Pfarrer sowie die schwierige Situation in den Pfarreien an.

„Ja, soweit ist es schon gekommen, dass die Pfarrer aus Afrika importiert werden müssen, Die, die wir früher missioniert haben, kommen jetzt und führen uns das Christentum vor." „Kein Wunder, bei uns will das ja kaum einer mehr machen!" Solche und ähnliche Betrachtungen gipfeln dann in der Feststellung: „Die kleineren Kinder bei uns müssen den Eindruck gewinnen, dass Pfarrer immer schwarz sind." Alle finden den Scherz außerordentlich gelungen.

Dagegen lässt sich in Bezug auf die Christmette nicht so leicht Einigkeit herstellen, obwohl deren gemeinsamer

Besuch seit jeher zur weihnachtlichen Tradition der Familie gehört.

„Na dann aber los!" drängt Amin. „Ich kann Euch ja fahren. Lasst nur den armen André heute Abend bei seiner Familie! Die wollen doch auch feiern."

Die Reaktion aus Rennes in Gestalt von Antoinette fällt dagegen zögerlicher aus.

„Also, die Kinder sind schon mehr als müde. Seht Ihr das denn nicht? Wollt ihr denn die kleine Lison noch in die kalte Kirche schleppen? Sie ist sowieso so empfindlich. Ich fürchte, dass sie sich erkältet, dann sind die ganzen Feiertage verdorben."

Angesichts der fortgeschrittenen Stunde besteht nicht mehr viel Zeit für Diskussionen und nicht einmal für zeitraubende Proteste. Antoinette bleibt also mit Lison und auch deren Bruder, der allerdings keinerlei Zeichen von Müdigkeit erkennen lässt, sondern an sich immer noch aufgeweckt den Gesprächen der Erwachsenen folgt, zu Hause. Dabei fühlt sie sich ausgesprochen verletzt, dass Bernard als ihr Ehemann sich diesbezüglich nicht sofort solidarisch zeigt, sondern noch zögert, sich der Familie zum gewohnten weihnachtlichen Kirchgang anzuschließen, bevor er sich doch eher für das bleibende Wohlwollen seiner Frau entscheidet und sich ihrer Verweigerungshaltung fügt. Die Kirchenbesucher jedenfalls hüllen sich in ihre Pelze und besteigen ein Großraumtaxi, das bereits am Vortag bestellt wurde, um zur nahegelegenen Kirche zu fahren.

Es ist tatsächlich bitterkalt geworden an diesem Weihnachtsabend, und zudem weht ein eisiger Wind. Schaudernd steigen sie vor dem schmiedeeisernen Gitter aus und gehen auf dem knirschenden Kiesweg über den kleinen alten Friedhof, der sich mit seinen Kreuzen, weinenden Engeln und Grabsteinen vielfältiger Gestaltung rund um die Kirche herum drängt. Während sein warmer Atem in einer kleinen weißen Wolke in die Kälte weht, fühlt sich Amin offensichtlich noch zu einer weihnachtlich-friedfertigen Bestätigung der zu Hause Gebliebenen veranlasst. „Vielleicht ist es ja wirklich besser, wenn die zwei Kinder so empfindlich sind, dass sie zu Hause geblieben sind bei diesen Temperaturen."

Das Innere der Kirche kommt ihnen hell und festlich entgegen. Hinter dem Altar drängen sich mehrere hohe und buschige Tannenbäume mit gleißendem Lichterschmuck zu einem förmlichen Wald, und die Kinder laufen sofort begeistert zu der großen Krippe links vor dem Altar und bewundern vor allem Ochs und Esel, die sich dem Christkind in seiner Krippe mit echtem Stroh vertraut zuneigen. Dann erklingen auch die alten wohlbekannten Weihnachtslieder. „Il est né le divin enfant."[2] singt die gesamte Gemeinde am Schluss mit Inbrunst. „Schade, dass die Kinder aus Rennes nicht dabei sind." Darin sind sie sich alle einig. Louis hat nämlich das Lied in seiner Vorfreude doch schon den ganzen Tag gesungen, und die kleine Lison bemühte sich, an manchen Stellen einzustimmen, was ihr auch gar nicht schlecht gelang.

Auf der Fahrt nach Hause denken Yves und Evelyne in all ihrer gehobenen Stimmung der Weihnachtsfreude plötzlich an die Diskussion, die sie vor einigen Monaten mit Antoinette wegen der Erstkommunion des Enkels führen mussten. Während Yves und besonders auch Evelyne fest damit gerechnet hatten, dass Louis wie die allermeisten seiner Klasse

---

[2] Es ist geboren das göttliche Kind.

zum vorbereitenden Unterricht angemeldet würde, zeigten sich Tochter und Schwiegersohn hinhaltend. Nach weiteren und wiederholten Nachfragen mussten die Großeltern letztlich einsehen, dass eine Teilnahme ihres Enkels an der Erstkommunion aus grundsätzlichen Erwägungen nicht gewünscht wurde. Wie all die Monate seitdem, in denen das Thema sie unaufhörlich bewegt und empfindlich schmerzt, regen sie sich auch jetzt auf der Heimfahrt sehr darüber auf.

„Könnt Ihr das verstehen? Man kann das Kind doch nicht so ausschließen! Alle seine Freunde gehen zur Kommunion. Was er später daraus macht, muss er dann ja sowieso selbst wissen. Aber man muss ihm doch die Voraussetzungen schaffen, dass er sich überhaupt entscheiden kann!"

Im Grunde wissen sie jedoch Beide, dass letztlich nichts Anderes zu erwarten war, und dieser Gedanke erfüllt sie mit großer Bitterkeit.

Der Sylvesterabend wird schon seit vielen Jahren, das heißt, seitdem die Kinder daran teilnehmen können, außerhalb des Hauses mit Freunden gefeiert. So sehr Weihnachten seit jeher und ohne Frage ausschließlich der Familie gehört, so untrennbar verbindet sich der Jahresausklang mit dem weitgestreuten Freundeskreis. Huberts Vater etwa würde sicher auch nicht im Traum daran denken, an einer derartigen ausgedehnten Feier teilzunehmen, abgesehen davon, dass er das Jahresende immer ausgesprochen melancholisch betrachtet. „Lasst mich mal schön zu Hause. Sylvester ist für mich nichts Besonderes. Ein Tag wie jeder andere."

Wie schon in den letzten beiden Jahren bietet sich ihnen die günstige Gelegenheit, die Halle des örtlichen Fußballclubs, zu dessen Mitgliedern Marcel schon seit seiner Kindheit zählt, für diesen Abend zu mieten. Im Übrigen steht außer Frage, dass jeder Teilnehmer zur Gestaltung der Feier beiträgt, wobei der jeweilige Anteil bereits seit vielen Wochen besprochen, abgestimmt und festgelegt wurde. So schaffen die einen größere Mengen an preiswert erworbenem Champagner herbei, andere beziehen aus besonderen und günstigen Quellen die erforderliche Foie Gras, wieder andere steuern die traditionellen Boudins blancs sowie Berge von Brot bei. Dass Wein und Bier in mehr als großzügiger Weise geliefert werden, stellt eine Selbstverständlichkeit dar. Auch die nähere Ausgestaltung des Abends wird als Gemeinschaftsaufgabe aufgefasst. Schon am Nachmittag kommen einige Helfer zusammen, um die Tische zu stellen und das Buffet aufzubauen, nicht zu vergessen, auch für die notwendige Musik zu sorgen.

Gegen 20 Uhr treffen dann die zahlreichen Teilnehmer, Paare und Familien, ein. Lydie und Katja tragen an diesem Abend mit nicht geringem Stolz ihre neuen Festtagskleider. So kommt Lydie ganz in schwarz mit silbernen Glitzersternchen um den Ausschnitt, in dem sie gut sichtbar das Weihnachtsgeschenk ihres Mannes zur Schau stellt, während Katja in einem sehr kurzen gold-rosa Kleidchen über schwarzen Leggings erscheint. Nicolas und Maurice haben gezwungenermaßen frische weiße Hemden angezogen, nach längeren Protesten und Diskussionen aber dann doch auf Krawatten verzichtet. Selbstverständlich erscheint Michelle zusammen mit Maurice, obwohl ihre Familie eigentlich nicht zum Kreis der Festgemeinde gehört. Sie hängt sich an den Arm ihres Freundes, als drohe ihr ansonsten ernstere Gefahr bei dieser Unternehmung.

Schon zu Beginn und gewissermaßen zur Einstimmung in den Abend wird Champagner ausgeschenkt. Nicolas hätte lieber sein gewohntes Bier getrunken, lässt sich aber bei dieser besonderen Gelegenheit nichts anmerken. Lydie und die anderen Damen bestehen jedenfalls darauf, dass der Abend möglichst stimmungsvoll beginnt, und überreichen schon an der Türe jedem sein Glas.

Auch der Saal erscheint in festlicher Dekoration. Von der Decke schwingen sich vielfarbige Girlanden, und auf den Tischen findet sich bunter Tischschmuck mit kleinen Knallerbsen und Tischraketen, wofür wiederum die Damen gesorgt haben. Es gehört außerdem zu den hergebrachten Gewohnheiten dieser Veranstaltung, dass fast jeder einen Papphut oder eine ähnliche Kopfbedeckung aufgesetzt hat, wobei ein Exemplar mit dem anderen an Lächerlichkeit wetteifert. Nicolas selbst trägt einen Helm mit gebogenen Hörnern wie ein Wikinger - oder eben wie Asterix und Obelix. Es bleibt nicht aus, dass er mit dieser Kopfbedeckung schon zu Beginn mit lautem Jubel als „Gaulois Réfractaire" begrüßt wird und diese Rolle im Lauf der gesamten Festivität einnehmen muss. So feiern sie die Erwartung des neuen Jahres in ausgelassener Stimmung, wobei den ganzen Abend dazu laute Musik ertönt, so dass die Ohren dröhnen. Sie haben eigens zu diesem Zweck eine möglichst große Anlage herbeigeschafft.

Nachdem sie das gemeinschaftlich reich bestückte Buffet weitgehend geleert haben und Mitternacht unweigerlich immer näher rückt, macht sich emsige Geschäftigkeit im Saal breit. Schließlich stellen sich alle vor dem großen Fernsehschirm auf, der die Neujahrsshow überträgt. Schon seit Stunden treten hier einige populäre Schlagerstars auf und trällern ihre Lieder, während sie untereinander mehr oder weniger sinnreiche Gespräche über die Geschehnisse des alten und die Erwartungen an das neue Jahr führen: was es wohl bringen wird - denn angesichts der allseits bedrohlichen Weltlage sei ja nichts besonders Erfreuliches zu erwarten - oder einfach welche guten Vorsätze für das kommende Jahr vernünftigerweise zu fassen seien, und Vieles mehr.

Als die Zeiger sich tatsächlich dann der Mitternacht unmittelbar nähern, kündigt der Moderator mit erhobener Heroldstimme die Nähe des neuen Jahres an. Dies dient allen in der Halle als Signal, sich in einer Reihe aufzustellen, so wie es gleichzeitig auch im Fernsehen die geladenen Stars tun, und der Moderator beginnt von zehn ab rückwärts zu zählen wie beim Start eines Autorennens, wobei seine Gäste unter großem Gelächter einstimmen, als handle es sich dabei um ein nicht nur anregendes, sondern vor allem belustigendes Geschehen. Auch die Festgemeinde in der Halle von Nouvion sieht sich durch dieses Beispiel veranlasst, lautstark rückwärts mitzuzählen. Jeder setzt es daran, die jeweils folgende Nummer unter Einsatz seiner ganzen Stimmkraft noch lauter als die Anderen herauszuschreien. Schließlich sind sie zur Null gelangt. „Zéro!" brüllen sie im Chor, als verkündeten sie damit den Erfolg einer schwierigen und verdienstvollen Aktion. Die Champagnerkorken knallen – die jungen Leute haben sie schon vorsorglich gelockert und lassen sie nun bei dem allgemeinen Zéro auch alle gemeinsam los.

Es herrscht ein Riesenkrach im Saal. Alle schreien weiter und stürzen aufeinander los. Sie umarmen und küssen sich, als sei ihr größtes Glück angebrochen. Dabei weiß naturgemäß keiner, was das neue Jahr bringen wird, um derartige Glücksausbrüche zu rechtfertigen. Maurice und Michelle haben sich wie auch andere junge Paare in einem tiefen Kuss ineinander verkrallt. In einer anderen Ecke steht Katja mit ein paar Freundinnen. Sie halten ihre Colaflaschen in der Hand und kichern über die jeweiligen unterschiedlichen und zum Teil überschwänglichen Bekundungen gegenseitiger Verbundenheit in diesem beginnenden Jahr.

Im weiteren Verlauf des beginnenden Jahres trinkt Nicolas viel, vorzugsweise Bier, wie seine Freunde auch, bis zum frühen Morgen. Immer wieder animieren sie ihn auch besonders. „Der Gaulois réfractaire muss trinken! Er ist doch kein lutherischer Weichmann!" „Gaulois Réfractaires – plus de Bière!" In dieser Weise verpflichtet, leert er eine Flasche nach der anderen, obwohl allmählich schon viele Umrisse vor ihm verschwimmen.

Zwischendurch unternimmt er sogar einen kleinen Tanz mit Lydie, nicht weil er dazu besonders Lust hätte – Tanzen war nie sein Fall. Schon als sie sich als sehr junge Leute kennenlernten, wollte Lydie ihn zu einem Tanzkurs bewegen, was er von jeher strikt ablehnte. Er kommt sich dumm vor, fühlt sich lächerlich, zu einer Musik, die ihm ohnehin meist nicht gefällt, in aller Öffentlichkeit vorgegebene Bewegungen auszuführen. Aber Lydie liebt es, und er möchte ihr gerade zum Abschluss dieses Jahres, in dem es ja unglücklicherweise auch Unstimmigkeiten gab zwischen ihnen Beiden, zeigen, dass er ihr den Gefallen tut, weil – eben weil er sie lieb hat. Außerdem möchte er vermeiden, dass sie immer nur mit dem Metzger tanzt. Es war nun schon das vierte Mal. Er hat es trotz seiner Betrunkenheit genau wahrgenommen.

Also packt er sie, reißt sie aus einem Gespräch mit ihrer Freundin und zieht sie am Arm auf die Tanzfläche. Ganz trifft er den Rhythmus nicht und wackelt eher in Bärenart hin und her, aber er drückt seine Frau dabei fest an seinen Bauch, während er ihr fortwährend auf die Füße tritt. Zum Glück trägt er nicht seine klobigen Arbeitsschuhe, sondern die feinen, etwas spitz zulaufenden, die für bessere Gelegenheiten reserviert sind und die er zuvor sorgfältig geputzt hat, so dass sie glänzen. Sie drücken ihn schon den ganzen Abend. Aber als er durch seinen aufwabernden Alkoholschleier hindurch spürt, dass Lydie sich an ihn klammert, so dass sie sich ganz eng aneinander in einem Takt bewegen, der mit der Musik nicht sehr viel zu tun hat, der nur für sie allein existiert, fühlt er sich vollkommen glücklich und zufrieden.

Maurice und Michelle sind schon kurz nach Mitternacht aus dem Saal verschwunden, nachdem sie noch recht wild miteinander getanzt haben. Neben eng umschlungenen Bewegungen, bei denen sie kaum von der Stelle kamen, bemühten sie sich redlich, den Rock'n Roll vergangener Zeiten miteinander wiederzubeleben, was ihnen zwischendurch auch leidlich gelang. Jedenfalls fing Maurice seine Freundin zielsicher auf, als er sie vor sich über den Boden wirbelte. Den ganzen Abend hatten sie nur Augen füreinander und hielten sich an den Händen. Niemand weiß, wo sie jetzt sind. Es hat aber auch keiner danach gefragt. Zu sehr beschäftigt sind alle damit, das neue Jahr möglichst laut, lebhaft, feucht und sinnlos zu beginnen.

Katja ist mit einer ganzen Schar von Mädchen irgendwann verschwunden und schläft in der Zwischenzeit sicher schon irgendwo. Zu recht fortgeschrittener Stunde verabschiedet auch Lydie sich, als sie spürt, dass sie einfach nicht mehr kann.

Der ausharrende Rest wankt schließlich in der fahlen Dunkelheit des frühen Morgens, in der die Straßenlaternen noch ihr trübes Licht durch den recht dicken Nebel pressen, rundum beschwipst nach Hause. Noch auf dem ganzen Weg fühlen sie sich sehr glücklich und singen laut und mit vereinten Kräften.

Sylvester feiern der Notar und seine Frau in Paris, mit Freunden, wie das bei ihnen seit jeher Brauch war, auf dessen Einhaltung besonders Evelyne nach wie vor entschieden besteht. Denn das Jahresende stellt für sie die gegebene Gelegenheit dar, gesellschaftliche Kontakte zu pflegen beziehungsweise aufzufrischen. Allerdings ist Yves dieses Mal mit durchaus gemischten Gefühlen nach Paris gefahren.

Entgegen allen Erwartungen oder auch Hoffnungen, dass sich die Situation nach Weihnachten beruhigen würde, haben sich einige Tage vor dem Jahreswechsel in vielen Städten des Landes erneut Demonstranten zusammengerottet. In Paris fanden sich zudem einige Hundert Gelbwesten vor den Gebäuden von BFMTV und France Télévisions ein und protestierten lautstark gegen die Art der Berichterstattung dieser Sender. Ihrer Meinung nach betonten diese allzu sehr die herausragende Rolle der Casseure, und in der Tat begannen die Reportagen über die Gewalttaten, die sich seit Wochen überall im Rahmen der Proteste häufen, immer größere Bedeutung anzunehmen, so dass die eigentlichen Anliegen der Gilets Jaunes dahinter verblassten.

Im Zug dieser erneuten Proteste, immerhin nur zwei Tage vor dem Jahreswechsel, eskalierte auch eine der Blockaden in unmittelbarer Nähe der Wohnung des Notars im Pariser XVIème. Ein schwarzer Porsche und ein weinroter Jaguar, die ausgerechnet dort am Straßenrand geparkt waren, wurden von den schwarzvermummten Black Bloc in Brand gesetzt. Offenbar auch aufgrund von Brandbeschleunigern waren die Wagen sehr schnell von lichterloh hoch auflodernden Flammen umgeben, begleitet von erheblicher schwarzer Rauchentwicklung, und dies alles ausgerechnet vor der Fassade der Dacour'schen Wohnung. Es blieb nicht aus, dass dieser Brand, der nach der Explosion der beiden wohlgefüllten Tanks schließlich mehrere Meter hoch aufflammte, die Stuckfassade des Hauses nicht nur schwärzte, sondern erhebliche Schäden an ihr verursachte und auch den Balkon der Dacourts schwer in Mitleidenschaft zog.

In ihrem Manoir an der Somme beschäftigte sich Evelyne gerade damit, die Gästeliste für die Sylvesterfeier noch einmal auf ihre Vollständigkeit zu überprüfen, worauf sie immer besondere Sorgfalt verwandte, als Babette in hellem Entsetzen anrief.

„Madame, die fackeln unsere Wohnung ab! Die machen alles kaputt!"

Ihre Aufregung übertrug sich in noch weitaus gesteigertem Maße auf Evelyne, die den Anruf zu allem Überfluss mitten in ihren Vorbereitungen selbst entgegennahm. Sie geriet im wahrsten Sinn des Wortes außer sich. Den Telefonhörer noch in der Hand, stürzte sie in die Bibliothek.

„Yves! Yves, das hat uns grade noch gefehlt! Kann denn niemand diese unverantwortliche Horde aufhalten? Die sollte man alle ...."

Es fehlten ihr die Worte für ein Schicksal der unglücklichen Gilets Jaunes, das sie als angemessene Reaktion auf das erlittene Unrecht möglichst entsetzlich beschreiben wollte.

Die Aufregung legte sich auch im Laufe des Tages keineswegs. Im Gegenteil, sie dauerte an und steigerte sich im Rahmen des Möglichen noch immer weiter.

Sie traf den Notar in einer Stimmung, die sich alles andere als günstig in Bezug auf die Beschäftigung mit dem tragischen Ereignis erwies. Im Haus war im Anschluss an die Weihnachtsfeiertage Ruhe eingekehrt. Nach den Familien aus Rennes und etwas später aus Paris hatte auch Charlotte, nachdem sie wie ein Raubtier im Käfig unruhig durch die Räume geirrt war, schließlich wieder den Weg in Richtung Paris angetreten. Dort erwarteten sie wichtige und unaufschiebbare Erledigungen, ließ sie wissen. Daraufhin folgte eine Art kleiner Auseinandersetzung mit Véronique, die ihrerseits dieses Mal keine Lust zeigte, sich entgegen den ursprünglichen Planungen wieder so schnell in das winterlich graue Paris zu begeben. Nachdem ihr bedeutet wurde, dass sie als angenehmer Gast auch ohne Charlotte weiterhin willkommen sei, ließ sie die Freundin gern allein die Reise antreten.

Niemand erhob gegen diesen Entschluss weniger Einwände als der Notar. Weder er selbst noch Véronique konnten oder wollten verhehlen, dass sich in der Zwischenzeit eine Art geistige Verwandtschaft zwischen ihnen aufgebaut hatte. Wann immer der Tagesablauf neben den Mahlzeiten und winterlichen Spaziergängen es zuließ, fanden sie sich wie zufällig in der Bibliothek, wo sie sich stundenlang entweder in gemeinsame Lektüre vertieften oder in besinnliche Gespräche über Themen, die für Yves bisher lange Zeit wenig im Vordergrund gestanden hatten und ihm sich nun unter der behutsamen Anleitung seiner neuen Bekanntschaft ganz neu erschlossen. Dass es sich vorwiegend um den Bereich der Literatur handelte, folgte in natürlicher Weise der beruflichen Ausrichtung Véroniques, aber auch Fragen aus Philosophie oder Theologie fanden Beachtung, die die beiden Diskutanten immer in eine sehr ruhige und fast abgeklärte Stimmung versetzten.

Einer dieser versonnenen Abende gleich nach Weihnachten sollte ihm besonders in Erinnerung bleiben. Als sich die übrigen Familienmitglieder teils aus Erschöpfung in Folge der anstrengenden Feiertage, teils im Hinblick auf die für den nächsten Morgen vorgesehene Abreise schon früh nach dem gemeinsamen Abendessen zurückgezogen hatten, wollte der Notar noch kurz in der Bibliothek bei einem kleinen Whiskey für sich den Abend ausklingen lassen, wie er es oft tat. Da sah er sie vor dem Regal mit der Belletristik stehen, einen Band in der Hand, den sie aufgeschlagen und sich in eine seiner Seiten vertieft hatte. Er war sich nicht sicher, ob sie ihn überhaupt bemerkte, so dass er ganz leise hinter sie trat.

„Was lesen Sie denn da Schönes?"

Sie wandte sich leicht zu ihm um und sah zu ihm auf, denn er war ein ganzes Stück größer als sie. Da nahm er ihr das Buch aus der Hand und las an der aufgeschlagenen Stelle. Es war das „Adieu" von Apollinaire. Er erinnerte sich schwach, dass sie es damals in der Schule einmal behandelt hatten.

„J'ai cueilli ce brin de bruyère.
L'automne est mort, souviens-t'en.
Nous ne nous verrons plus sur terre.
Odeur du temps brin de bruyère.
Et souviens-toi que je t'attends.[3]

Damals, als Schüler, fand er das Gedicht recht überschwänglich und wusste nicht sehr viel damit anzufangen. Es verband für ihn den Geruch des absterbenden modrigen Herbstes, den er nicht liebte, mit einer Melancholie, die der aufstrebenden Befindlichkeit seiner Jugend in keiner Weise entsprach. Jedenfalls war es ihm seitdem auch ganz aus dem Gedächtnis entschwunden, wie so Vieles der Pflichtlektüre seiner Schulzeit, in der es zumindest zu den obligatorischen Gepflogenheiten gehörte, möglichst viele Gedichte der französischen Literatur auswendig zu lernen.

Als er den Text nun wieder vor sich sah in dem Buch, das sie ihm entgegenstreckte, berührte ihre Schulter leicht seinen Arm.

„So melancholisch heute?" fragte er sie und wusste gleichzeitig, dass diese wenig subtile und eher unbeholfene Art

---

[3] Ich habe diesen Zweig von Heidekraut gepflückt. Der Herbst ist tot, erinnere Dich. Auf Erden sehen wir uns nicht wieder. Duft der Zeit, Zweig von Heidekraut. Und denk daran, dass ich Dich erwarte.

von Fragen nur aus einem hilflosen Gefühl der Verlegenheit entstanden sein konnte.

„Aber ist das nicht sehr schön?" fragte sie ihn dagegen mit sehr ernstem Gesicht.

Mit einem Mal fühlte er sich sehr traurig. An dem Abend sprachen sie nicht mehr sehr viel.

Ausgerechnet in diese besinnliche Stimmung hinein traf am nächsten Morgen die bereits erwähnte Unglücksmeldung aus Paris. Als die Aufregung darüber ihren Höhepunkt erreichte, ließ Madame keinen Zweifel daran, dass sie sich unverzüglich auf den Weg nach Paris machen müsse.

Zuvor allerdings bestand sie darauf, dass sich ihr Mann dem sofortigen Aufbruch anschloss. Sie äußerte diese Erwartung in einer entschiedenen und gleichzeitig vorwurfsvollen Art, als trage Dacourt selbst die Schuld an dem Unglück. Es half nichts, dass der Notar selbst das Erforderliche unternahm und sofort seine Versicherung, das heißt, deren Vorstand persönlich, von dem Unglück benachrichtigte, der ihm auch diensteifrig zusagte, den Schaden auf der Stelle in Augenschein nehmen zu lassen. Darüber hinaus beruhigte er seinen alten Klienten, dass der Schadensausgleich doch selbstverständlich wie gewohnt vollständig, ohne Zweifel und ohne Zögern erfolgen werde. Bei dieser Sachlage, die ihm geregelt erschien, sah der Notar keinerlei Anlass, sich überstürzt nach Paris zu begeben. Die Besichtigung des Schadens durch ihn selbst konnte das Übel jedenfalls nicht mehr beheben.

Da in Fällen eines unerwarteten Unglücksfalles nicht selten Verstandeskräfte in den Hintergrund treten, gewissermaßen um sich noch weiter in der Ungerechtigkeit des

Vorfalls ergehen und das ohnehin bestehende Übel durch Hinzufügung weiteren Ungemachs abmildern zu können, ließ sich Madame jedoch auch nicht von der Aussicht einer unkomplizierten Schadensregulierung in ihrem Vorhaben beeindrucken. Sehr wahrscheinlich auch im vage empfundenen Unbehagen, Yves seiner Gesprächspartnerin zu überlassen, stellte sie ihrem Mann noch einmal ein Ultimatum, und als dieser sich auch hierdurch nicht bewegen ließ, packte sie die notwendigen Gepäckstücke in ihr weißes Mercedes-Coupé und verließ noch am späten Nachmittag allein unter protestierend aufheulendem Motor das Anwesen in Richtung Paris.

Yves zuckte die Schultern, als er den abrupten Start seiner Frau vom Fenster des Treppenhauses aus beobachtete, und es geschah nicht ohne Bitternis. Es hätte ihm gutgetan, in einer Angelegenheit, die ihn ärgerte, wie er sich eingestehen musste, mit dem anhaltenden Zuspruch seiner vertrauten Schicksalsgenossin rechnen zu können. Die Wohnung im XVIème nahm in ihrer Beziehung eine besondere Rolle ein. Als die Kinder klein waren und das Cabinet des Notars noch in den Anfängen seines späteren Erfolgs stand, bewohnten sie das Haus in Neuilly, das Evelynes Vater schon in seiner Jugend, als auch dort die Immobilien noch erschwinglich waren, gekauft hatte. Vielmehr standen ihnen dort die zwei großen Wohnungen im Erdgeschoß zur Verfügung, die sie miteinander verbunden hatten, um für die wachsende Familie ausreichend Platz zu schaffen. Die übrigen Wohnungen waren vermietet, woraus der Schwiegervater seine Altersversorgung bezog. Als die Kinder allmählich eines nach dem anderen aus dem Haus zogen und durch den Tod des Vaters das Mietshaus einschließlich seiner in der Zwischenzeit sehr üppigen Einnahmen an Evelyne fiel, entschlossen sie sich, ihr bisheriges Domizil mit einer Wohnung in Paris selbst zu vertauschen. Die hervorragenden Verbindungen des Cabinets führten sie recht bald auf die Spur des Appartements im XVIème. In einer ruhigen Seitenstraße gelegen, zwei Schritte zum Bois de Boulogne und in unmittelbarer Nähe des Eiffelturms, nur durch einen kleinen Park von ihm getrennt, erfüllte es alle Anforderungen an eine prestigeträchtige Lage. Zudem handelte es sich um ein Haus im schönsten Stil Haussmann mit hohen Räumen und schmalen Balkonen an der mit Stuck reich verzierten Fassade. Hier bot sich ihnen die Wohnung im zweiten Stock, großzügig geschnitten und geschmackvoll ausgestattet mit alten Boiserien und Marmorkaminen. Evelyne zeigte sich von Anfang an entzückt, und auch Yves ließ sich schnell überzeugen, zumal der ansehnliche Preis des Appartements in dieser erlesenen Lage gut angelegt zu sein schien. Als sie die Wohnung schließlich in Besitz nahmen, eröffnete sich ihnen mit ihr eine neue Phase ihres gemeinsamen Lebens.

Mit Seufzen wandte sich Yves vom Fenster ab, durch das er die überstürzte Abreise seiner Frau beobachtet hatte, und stieg hinauf zu seinem Zimmer, um sich für den Abend bereitzumachen. Dabei fiel ihm in unangenehmer Weise auf, wie still es im Haus geworden war, und es wurde ihm bewusst, dass nur mehr er selbst und Véronique geblieben waren von der festlichen und lebhaften Gemeinschaft der Feiertage. Auch Babette war ja schon früher abgereist, zusammen mit Charlotte, um die Sylvesterfeier gebührend vorzubereiten, wobei sie nun von dem Unglücksfall überrascht wurde.

Das Abendessen, ungewohnt zu zweit an dem großen Tisch des Esszimmers mit seinen unbesetzten Plätzen verlief etwas beklommen und nahezu schweigsam. Besonders von Evelynes Stuhl schien dem Notar eine eisige Leere auszugehen, so dass er den flaumigen Inhalt so manchen Brotes zwischen seinen Fingern zu gräulichen Klümpchen rollte. Madame Delommel hatte ihnen fürsorglich eine kalte

Mahlzeit vorbereitet und hinterlassen. Véronique ergab sich in das Schweigen, während sie Beide nur zögerlich aßen und fast erlöst danach den Raum verließen.

„Wollen wir noch etwas den Abend ausklingen lassen?"

Es war nicht ganz klar, wer von ihnen den Vorschlag gemacht hatte. Jedenfalls suchten sie ihre Zuflucht in der Bibliothek. Während Yves sein Whisky-Glas in der Hand drehte, warf er plötzlich die Frage auf, die er sich selbst schon seit Langem gestellt hatte.

„Verzeihen Sie, aber ich habe mich immer schon gefragt, ob Sie allein leben."

Die Frage schien sie in keiner Weise zu überraschen.

„Ja, das ist so. Seit Langem. Warum?"

„Nun, Sie sind eine attraktive Frau, und da ist das doch nicht so selbstverständlich. Gab es denn nie jemanden?"

Die Antwort ließ etwas auf sich warten, aber nicht sehr lang, nur so lang, um Raum für eine tiefe Traurigkeit zu schaffen, die wie ein grauer Schatten über ihr sonst so gelassenes Gesicht ging.

„Doch, da war jemand. Es ist lange her."

Er nahm diesen Schatten sehr gut wahr und hielt es für unangemessen, weiter nachzufragen. In dem lastenden Schweigen, das den Raum erfüllte, hob er den Blick von seinem Glas, das er die ganze Zeit aufmerksam betrachtet hatte, und sah in graue Augen, die offensichtlich schon seit Längerem auf ihn gerichtet waren und aus denen ihm große Zärtlichkeit entgegenstrahlte.

Er fand sich in einer Lage, die ihm unwirklich vorkam. „Sollte sich hier etwas anbahnen? Eine Affäre? Lächerlich, in meinem Alter!" Trotzdem musste er sich zugeben, dass der graue Blick eine tiefe innerliche Saite seiner Seele traf, von der er bisher wohl keine Kenntnis hatte. Aber die Zärtlichkeit dieses Blicks verband sich untrennbar mit der Harmonie ihrer bisherigen Begegnungen in einer organischen Symbiose, die ihm unendlich kostbar erschien. Es kam deshalb auch wie von selbst, dass er zu ihr hinüber ging, sich über sie beugte und vorsichtig einen zarten Kuss auf ihre Lippen drückte. Sie aber presste ihn an sich und umarmte ihn, als hinge ihr weiteres Schicksal, als hingen Leben und Tod davon ab, nicht von ihm getrennt zu werden.

Wie sie ihn so zu sich herabzog, fiel sein Blick auf den Teppich, auf den antiken Seidenteppich mit dem von Vögeln reich bevölkerten Lebensbaum, den er und Evelyne im Untergeschoss des Louvre gekauft hatten. Mit großer Zärtlichkeit, die sich in Höflichkeit auflöste, befreite er sich aus den Armen, die ihn in verzweifelter Entschlossenheit zu halten versuchten. Er nahm ihre Hände und küsste sie sanft, während er ihr noch einmal in die Augen sah. „Zu spät!" Mit tiefem Seufzen wandte er sich ab und ließ sie allein.

Mit Gewalt rief er sich zurück in die Wirklichkeit. Nach einer schlaflosen Nacht, in der er sich grübelnd hin und her warf, um diesen für ihn recht schwierigen Prozess zu einem einigermaßen sinnvollen Ende zu bringen, beauftragte er André mit der Aufsicht über das Haus und trat im Morgengrauen des stillen, diesigen Wintertages die Fahrt nach Paris an.

Die eingehende und wiederholte Besichtigung des Schadens in Verbindung mit den Vorbereitungen der Sylvesterfeier hatten in der Zwischenzeit sowohl die

Aufmerksamkeit als auch die Kräfte Evelynes vollkommen in Anspruch genommen und in dieser Geschäftigkeit den Ärger über die zögerliche Anteilnahme ihres Mannes unmerklich verfliegen lassen. Als dieser etwas bedrückt in das großzügige Entrée der Wohnung trat und seinen Autoschlüssel auf die Empirekommode legte, lief sie auf ihn zu und begrüßte ihn voller Freude mit einem Kuss, den er dankbar erwiderte.

„Schön, dass Du da bist, Chéri! Du siehst müde aus. Ich hoffe, die Fahrt war nicht zu schrecklich bei dem Verkehr jetzt am Jahresende. Ach, Du kommst wie immer gerade recht. Schau mal, meinst Du, der Champagner wird ausreichen?"

Am Sylvesterabend treffen schließlich die Gäste in der Wohnung ein, in der im warmen Licht unzähliger Kerzen das Silber glänzt und Blumensträuße duften. Evelyne hat Wert darauf gelegt - „schon, weil sich Yves doch so vergraben hat in seinem Refugium" -, möglichst viele der früheren engen Bekanntschaften, sie nennt sie „Freundschaften", bei dieser Gelegenheit wiederzubeleben. Entsprechend begeistert begrüßt sie jeden neu Angekommenen mit beidseitigen Küsschen und Umarmung. Bald füllt sich das Appartement mit einer festlich gekleideten und ebenso gestimmten Runde. Im Esszimmer findet sich das erlesene Buffet, wie es von Fouquet's angeliefert wurde. Sie beliefern an sich Private nicht, machen jedoch für alte Stammgäste hin und wieder eine Ausnahme.

Wie zu erwarten, lässt es sich nicht vermeiden, dass die unterschiedlichen Ereignisse der letzten Tage die Stimmung eindrücklich prägen. Während des ganzen Abends wird kaum ein anderes Gesprächsthema angeschnitten als das dem Haus widerfahrene Unglück und die näheren Umstände des Schadens ebenso wie dessen unerfreuliche Ursache. Madame versäumt es nicht, jeden Gast auf den beschädigten Balkon zu führen. „Da seht Euch das einmal an! Glück haben wir noch, dass sie uns nicht alles hier zusammengebombt haben."

Im Übrigen besteht sie darauf, die Übeltäter unter allen Umständen zu verfolgen. In den vergangenen Tagen ihres Ärgers hat sie sich eine Art Philosophie betreffend den Umgang mit diesen irregeleiteten Individuen zurechtgelegt. „Man muss ihnen doch endlich zeigen, dass jeder für seine Taten verantwortlich ist – auch sie." Dementsprechend lässt sie es sich auch nicht nehmen, ihren alten Bekannten, den Richter am Verwaltungsgerichtshof, sofort nach seinem Eintreffen beiseite zu nehmen und bezüglich einer zielführenden Klageerhebung sachverständigen Rat bei ihm einzuholen. Sie verbringt eine ganze Zeit mit ihm in einer Ecke des Salons in entsprechenden ernsten Beratungen.

Von der allgemeinen Aufregung über den Schadensfall hält sich Yves selbst abseits in einem versonnenen Zustand, als gehe ihn nicht alles um ihn her wirklich unmittelbar an. Ganz beherrscht ihn der Eindruck „zu spät", und im Hintergrund seines Bewusstseins wiederholen sich diese Worte immer wieder, wobei er solche spätherbstlichen Gefühle nur noch sehr entfernt auf die Ereignisse der vergangenen Tage bezieht. Während diese sich wie Herbstnebelschwaden schemenartig mehr und mehr verflüchtigen, steht er ganz unter der Gewissheit, dass der Verlauf seines Lebens im kommenden Jahr von einem elementaren Abschied geprägt sein werde.

Mit umfangreichen Begrüßungszeremonien ist auch Charlotte eingetroffen und reißt ihn aus seinen düsteren Betrachtungen.

„Papa, was machst Du? Wieso sitzt Du hier so traurig?"

Es lässt sich nicht übersehen, dass sie nicht allein gekommen ist, und diese Tatsache wird ihm auch ohne Zögern mit erheblichem Eifer weiter erläutert.

„Schau mal, wen ich mitgebracht habe! Papa, das ist Jacques-Ernest Roszenfeld, von dem ich Dir schon so viel erzählt habe. Siehst Du Ernesto, nun lernst Du endlich auch den großen Maître kennen."

Der Notar schüttelt eine schlanke, kühle und etwas schlaffe Hand. Er sieht sich einem Mann mittlerer Größe gegenüber, dessen hervorstechendes Merkmal seine mittellangen gelockten und zum Teil graumelierten Haare darstellen, die er malerisch über einem ausgeschlagenen weißen Kragen auf einem schwarzen Anzug phantasievollen Schnitts trägt. Kein Zweifel, es handelt sich um den besagten Philosophen, der sich nun in den Kreis der Festgemeinde einreiht.

„Ernesto-Chéri, es wird Dich interessieren: Papa denkt viel über die Gilets Jaunes nach. Weißt Du, mit seinem Freund Pierre diskutiert er kaum etwas Anderes. Papa, stell Dir vor, Jacques-Ernest schreibt momentan gerade über dieses Thema."

Zum Entsetzen des Notars schickt sich der Philosoph auf dieses Zeichen hin an, sich neben ihm niederzulassen und seine diesbezüglichen Theorien zu erläutern.

„Heute fühlen sich die Leute allein, im Stich gelassen. Früher gaben Kollektive wie eben die Gewerkschaften, den Arbeitern eine Heimat. Ohne eine solche irren so manche ziellos umher, und so sind viele zu haltlosen Egoisten geworden, die sich vor Veränderungen letztlich fürchten und deshalb radikale Parteien wählen. Und – Vorsicht!" Der bei diesem Wort erhobene Zeigefinger verlangt gesteigerte Aufmerksamkeit. „Es ist nicht das Gleiche, als Wohlhabender allein zu sein wie als Benachteiligter. Hinzu kommt, und dies wiegt schwer, dass das Gleichgewicht unserer Gesellschaft tiefgreifend gestört ist. Man fällt in ein postmodernes Universum, in dem der Konsens um die Institutionen erschüttert ist. All das bedeutet nichts weniger als das Scheitern der liberalen Demokratie selbst. Lassen Sie uns dabei ehrlich bleiben - verkennen wir nicht, dass auch die Linke Schuld daran trägt! Schwere Schuld. Sie hat ihre Rolle nicht wahrgenommen. Längst hat sie es doch aufgegeben, die Märkte zu beeinflussen. Sie ist längst selbst korrumpiert und spielt mit in diesem Theater."

Während der Philosoph seine Ausführungen durch gemessene Gesten und gelegentliches selbstbestätigendes Kopfnicken unterstreicht, sucht Yves sich seinerseits durch abwesendes, jedoch Verständnis andeutendes Nicken aus dem Diskurs zu befreien. Solche Zustimmung ermutigt dessen Urheber jedoch im Gegenteil zu weitergehenden Ausführungen.

„Der Hauptfeind ist die Ökonomie. Der Staat muss wieder das Primat vor der oligarchisch strukturierten Wirtschaft bekommen. Nehmen wir nur den Kampf gegen die Erderwärmung. Er ist nichts Anderes als ein Kampf auf dem Niveau der Multis in Sachen Erdöl, also letztlich ein politischer Kampf, ein Kampf verantwortungsvoller Politik gegen die ausschließlich profitorientierte Wirtschaft."

Hier fühlt sich Charlotte bemüßigt, ihrerseits einzugreifen. „Wir hoffen hier ja alle auf Emmanuel Macron."

Der Philosoph bemüht sich jedoch mit zweifelndem Wiegen seines Kopfes um exaktere Differenzierungen.

„Macron, meine Liebe, hat in der französischen Psyche die Bedeutung der Figur eines Königs unterstrichen. Aber man muss eine weitergehende Vision haben, die über die eigene Person hinausreicht."

Der Notar macht Anstalten, sich schließlich aus seinem Sessel zu erheben.

„Wirklich interessant, Herr Roszenfeld, wirklich! Ich bin gespannt auf Ihre Veröffentlichungen."

„Wir brauchen Referenden, Maître Dacourt, Referenden, damit die Bevölkerung die Kontrolle wiedergewinnt. Wir werden regiert von Horden sogenannter Experten - Juristen und Ökonomen, Pseudo-Eliten, die zwar vermeintlich vernünftige Entscheidungen treffen, aber doch in keiner Weise vom Volk legitimiert sind. Ich sage Ihnen, die Gesellschaft muss insgesamt wieder politischer werden. Bürger sollen sich in lokalen Gremien mit allen aktuellen Fragen, die die Gemeinschaft betreffen, auseinandersetzen."

Der Philosoph fühlt sich ganz in seinem Element und beglückt inzwischen unterschiedlichste Zuhörerkreise, die auf den Vortrag aufmerksam geworden sind und sich nach und nach um ihn geschart haben. Dieser Zustrom entbindet den Notar endlich von seiner herausgehobenen Position als Adressat der gesellschaftsphilosophischen Betrachtungen.

Gegen 22.30 Uhr trifft Pierre in Begleitung seines Sohnes ein. Yves begrüßt sein Patenkind mit einer herzlichen Umarmung.

„Thibault, mein Junge! Wir haben uns aber lang nicht gesehen!"

Auch Evelyne schließt Thibault in die Arme. Dessen Erscheinung steht in einem gewissen Gegensatz zu seiner herausgehobenen politischen Position. Thibault Trieux ist ein relativ kleiner und schmächtiger Mann, und mit seinem dunkelblonden Haar, das in nur mehr schütteren Strähnen auf dem etwas spitzen Kopf angeordnet ist, obwohl er gerade erst seinen 40. Geburtstag gefeiert hat, wirkt er unscheinbar. Sein längliches Gesicht ist blass, und nur die grauen, aufmerksam blickenden Augen verleihen ihm Lebendigkeit.

Sie kommen nur kurz vorbei, betonen sie, sind den ganzen Abend unterwegs im politischen Milieu, von einem Sylvesterempfang zum anderen, und müssen sich gleich noch rechtzeitig zu Mitternacht beim Umweltminister zeigen.

„Du verstehst das doch, alter Freund. Der Chef würde es sonst übelnehmen. Immerhin stellt es ja eine besondere Auszeichnung dar, dort eingeladen zu sein. Das darf sich Thibault nicht entgehen lassen."

Pierre genießt es offensichtlich, sich wieder einmal im politischen Milieu bewegen zu können, und sei es auch nur durch die Vermittlung seines Sohnes, dessen bedeutende Stellung er allerdings ohne Bedenken auch auf sich selbst überträgt. Im Wohlgefühl dieser Wichtigkeit fühlt er sich nun dazu berufen, einen politischen Ausblick auf das neue Jahr zu geben.

„Ja, wir haben einiges hinter uns, ohne Zweifel. Aber Ihr werdet sehen, das ist jetzt vorbei. Der Präsident hat alles im Griff. In ein paar Monaten wird er noch gestärkt aus dem

Ganzen hervorgehen und wieder auf der Höhe der Umfragen stehen - besser denn je. Denkt an mich. "

Angesichts der grundlegenden Betrachtungen seines Freundes scheut sich Yves, die leidige Geschichte der Windräder anzusprechen. Evelyne dagegen teilt solche Zurückhaltung nicht und zieht Thibault in eine Ecke des Salons. Ihrer lebhaften Gestik lässt sich unschwer entnehmen, dass sie ihm den Schaden an der Fassade schildert. Ein Gesprächsfetzen, der wie „Schadensersatz" und „Bestrafen" klingt, dringt besonders laut bis in den Raum hinein. Die Miene des Kabinettschefs, der aufmerksam lauscht, verharrt dabei in ihrer gewohnten Höflichkeit und Unverbindlichkeit.

Nach kurzer Zeit verabschieden sich die beiden Politiker auch wieder unter dem nochmaligen Ausdruck höchsten Bedauerns, nicht ohne die besten Wünsche zum neuen Jahr an die ganze versammelte Gemeinde ausgesprochen zu haben.

In der Zwischenzeit geht es bereits langsam auf Mitternacht zu. Der Champagner wird entkorkt, wobei besonderer Wert darauf gelegt wird, ganz nebenbei auf dessen illustre Herkunft hinzuweisen. Es handelt sich um den Champagner der Légion d'Honneur, und der Notar ist berechtigt, ihn zu beziehen, seitdem er vor mehreren Jahren diese Auszeichnung aus der Hand des Präsidenten der Republik persönlich erhalten hat. Vor fünf Jahren wurde ihm übrigens die zweite Stufe des Ordens verliehen. So beglückwünschen sich Gäste und Gastgeber mit diesem edlen Getränk gegenseitig zum Beginn des neuen Jahres.

Mit ihren Gläsern in der Hand betrachten sie das fulminöse Feuerwerk, das die Stadt Paris zu diesem Anlass traditionsgemäß veranstaltet. Während der Himmel von goldenen und silbernen Funken übersät ist und sprudelnde Lichtfontänen sich zu kunstvollen Gebilden formen, hat sich Evelyne an den Arm ihres Mannes gehängt. In ihren Augen spiegelt sich das Licht.

„Aber Vorsicht, dass nicht zu Viele auf den Balkon gehen!"

**Dritter Teil: Eklat**

Früh in den ersten Tagen des neuen Jahres nimmt die Beteiligung der Gilets Jaunes an den Protesten wieder zu, als hätten sie frische Luft und damit neue Kraft geschöpft während der erholsamen Feiertage. Weitaus nicht so viele Teilnehmer lassen sich verzeichnen wie im November, aber immerhin etwa 50.000 im ganzen Land, wobei die Zahlen wie gewöhnlich jeweils interessengeleitet divergieren zwischen den Angaben von Polizei und Regierung einerseits, der Veranstalter der Demonstrationen andererseits.

Umso heftiger gestalten sich die Proteste allerdings. So werden in Paris die Polizisten mit Flaschen beworfen und setzen als Gegenreaktion Tränengas ein. Mit einem Gabelstapler brach eine Gruppe von Gelbwesten das Tor zum Innenhof des Amtssitzes des Regierungssprechers Griveaux auf. Das Sicherheitspersonal musste seinen Chef evakuieren, der die Attacke als einen Angriff auf die Republik selbst bezeichnete und der Hoffnung Ausdruck gab, dass die Täter, „Feinde der Demokratie", „sehr, sehr scharf verurteilt werden". Wieder einmal ist der des Öfteren bereits erwähnte Anführer, der schon verschiedentlich durch spektakuläre Aktionen auffiel, in Paris festgenommen worden, musste aber rasch wieder freigelassen werden und soll im Februar abgeurteilt werden. Es sind übrigens mittlerweile über 4.500 Personen im ganzen Land, die kurzzeitig festgenommen wurden. Einige Hundert wurden schon zu Haftstrafen verurteilt, und weitere Gerichtsverfahren sollen ab Januar stattfinden.

Auch am Rondpoint in Amiens verlieren die Gendarmen mit der Zeit immer mehr die Geduld, als hätten sie mit den Mitteln des abgelaufenen Jahreshaushalts auch den letzten Rest ihrer Duldsamkeit ausgegeben. Sie zeigen sich längst nicht mehr so nachsichtig wie im alten Jahr und schreiten immer frühzeitiger gegen die Blockaden der Zu- und Abfahrten ein, ebenso wie die Kontrollen sich immer strenger gestalten. So trifft es auch zwei junge Leute aus dem Pas-de-Calais, die sich so kurz nach den Feiertagen zur Demonstration in Amiens einfinden wollen, um den zunehmenden Gewalttaten zu entgehen, die in ihrer Gegend überhandnehmen und die Proteste in unerträglicher Weise dominieren. Einer aus Abbeville kennt die Beiden und steht für sie ein. „Die sind in Ordnung. Die können ruhig mal hierherkommen zu uns. Da sehen sie, wie man es richtig macht."

Alles Warten auf die neuen Mitkämpfer erweist sich jedoch den ganzen Tag über vergebens. Ausgerechnet sie nämlich werden bei ihrer Ankunft schon eine beträchtliche Strecke vor dem Rondpoint von den Gendarmen kontrolliert, und bei der peinlichen Untersuchung, der sie unterzogen werden, finden sich in ihrem Kofferraum verdächtige Gegenstände: Leuchtraketen, ein Feuerzeug sowie eine Maske gegen Staub. Dieses Arsenal veranlasst die Ordnungshüter, sie auf die Polizeistation mitzunehmen, wo sie anstelle ihres geplanten Protestes den Tag verbringen müssen. Zusätzlich haben sie eine spätere gerichtliche Vorladung zu befürchten. Auch alle Erklärungen der jungen Leute, dass die mitgeführten Utensilien ausschließlich zu friedlichen Zwecken dienen sollten, bleiben ohne Erfolg. Sie wissen sich nicht anders zu helfen, als ihrem Ärger in zahlreichen Internetbotschaften an die Kollegen in Amiens Luft zu verschaffen, die den Kämpfern verdeutlichen, dass sie offenbar erneut auf ursprünglich hoch motivierte Mitstreiter künftig verzichten müssen.

„Ihr seid gut! Was habt Ihr Euch gedacht, uns nach Amiens zu locken? Das ist bei Euch ja schlimmer als bei uns! Da hätten wir im Pas-de-Calais bleiben können. Zum Teufel mit all dem Kram! Uns reicht's!"

Was allgemein als besonders unangenehm empfunden wird: Die Gendarmen setzen jetzt im neuen Jahr auch immer häufiger und immer früher Tränengas ein. Die Demonstranten versuchen sich soweit wie möglich zu schützen, indem sie Halstücher oder Jacken vor Nase und Augen halten, was ihnen aber nur sehr unzulänglich gelingt, denn das beißende Gas lässt sich gemäß seiner bekannten und zweckentsprechenden Konsistenz kaum davon abhalten. Jedenfalls beeinträchtigen derartig erforderliche Abwehrmaßnahmen die Bewegungsfreiheit und damit auch die Aktionen erheblich. Maurice und die anderen Jungen scheint der Gasangriff allerdings weiter anzufeuern, sofern dies noch denkbar erscheint. Sie binden sich ihre Halstücher dreifach vor das Gesicht und laufen gerade zum Trotz auf die Barrikaden, stellen sich in oft halsbrecherischer Weise ganz oben auf die Haufen von Gerümpel und schwenken ihre Protestfahnen unter lautem Geschrei.

Es lässt sich deshalb nicht vermeiden, dass sie am Abend mit rotgeränderten und entzündeten Augen nach Hause kommen. Lydie sieht sie mit Entsetzen in diesem erbarmungswürdigen Zustand.

„Was habt Ihr denn gemacht? Jetzt hört's aber auf! Wollt Ihr Euch endgültig fertigmachen lassen? Maurice, schau Dir doch nur Deine Augen an!"

Sie kämpft mit den Tränen, während aus Nicolas im Einvernehmen mit seinem Sohn die Empörung über den rücksichtslosen Einsatz der Gendarmen hervorbricht.

„Man sollte meinen, es gibt ein Recht darauf, zu demonstrieren. Was ist denn davon zu halten, dass sie einen fast vergasen, wenn man es dann macht? Ja, wo sind wir denn?

In der Presse liest Du übrigens nichts davon, und im Fernsehen halten sie sich auch schön bedeckt."

Unabhängig davon aber fühlt sich Nicolas zunehmend unbehaglich bei den Protesteinsätzen, denn die Casseure ärgern ihn mehr denn je. Sie haben an Zahl erheblich zugenommen und überschreiten die der anwesenden Gilets Jaunes mittlerweile weitaus. Ein Blick aus der Vogelperspektive auf den jeweiligen Ort des Geschehens weist immer mehr Schwarz an Stelle des ordnungsgemäßen Gelb auf. Auch bei ihren Aktionen kennen die Schläger keine Grenzen mehr. Weniger denn je möchte Nicolas mit ihnen und ihrer Gewalt, die sie ungeniert anwenden, identifiziert werden. Dafür geht er nicht auf die Straße, sagt er sich immer wieder. Auch im Fernsehen ist nur noch von den Casseuren die Rede, wobei diese zu allem Überfluss meist fälschlicherweise als Gelbwesten bezeichnet, zumindest nicht klar von ihnen unterschieden, werden. Die Nachrichten befassen sich ganz vorwiegend mit einzelnen besonders spektakulären Gewalttaten, und die eigentlichen Ziele der Gelbwesten gehen demgegenüber in der öffentlichen Wahrnehmung unter.

Zunehmend grübelt Nicolas allerdings still für sich - und es muss betont werden: ausschließlich nur für sich -, welche Ziele genau es eigentlich sind, die ihn ursprünglich dazu veranlasst haben, sich an den Protesten zu beteiligen. Armut kommt nicht in Betracht, denn er selbst verfügt über einen Arbeitsplatz mit auskömmlichem Gehalt und kann - vor allem möchte - sich nicht als arm bezeichnen. Seine Frau und er kommen im Allgemeinen gut zurecht, wenn man den Arbeitslohn von Lydie dazurechnet. Mit ihrem Bankkonto kommen sie nie ins Minus. Lydie achtet darauf aber auch mit größter Sorgfalt. „Schulden machen kommt nicht in Frage." Sie würde das fast als Schande betrachten.

In der Zwischenzeit hat er allerdings an so manchem Samstag Leute kennengelernt, die wirklich mit Problemen zu kämpfen haben und die sich verständlicherweise in ihrer jeweiligen Notlage bemerkbar machen wollen. Er denkt in diesem Zusammenhang an die traurige und verbissene alleinerziehende Mutter, aber auch an Amélie aus Arry, die mit ihrer kleinen Rente jeden Monat ganz allein für sich zu kämpfen hat. Gleichzeitig muss er sich aber zugestehen, dass sein Mitgefühl mit der Misere Anderer an sich nicht so weit reicht, deren Probleme wegen auf die Barrikaden zu gehen.

Je länger er darüber nachdenkt, desto klarer wird ihm, dass es ein allgemeines Unbehagen ist, das ihn selbst zum Protest getrieben hat, ein Gefühl, ungerecht behandelt, ja geradezu vernachlässigt oder ausgegrenzt zu werden. Wenn er an die für seine Begriffe schwindelnd hohen Gehälter von Vorständen in großen Unternehmen denkt, was im Gegensatz zu früher in letzter Zeit immer häufiger geschieht, drängen sich ihm solche Gedanken auf. Lydie hält sie ihm ja auch immer wieder vor als Beispiel einer der „schreienden Ungerechtigkeiten unserer Gesellschaft", wie sie sich ausdrückt.

Wenn er es sich recht überlegt, stellen derartig krasse Einkommensunterschiede für ihn zwar tatsächlich ein Ärgernis dar. Da ihm grundsätzlich Neid eigentlich fremd ist und diese Großverdiener ja möglicherweise auch klüger sind als er, noch mehr arbeiten und Risiken tragen, die er selbst sich niemals aufhalsen wollte, würde er wahrscheinlich aus diesem Grund aber nicht auf die Straße gehen.

Je länger er in sich gräbt auf der Suche nach der Ursache seines Protestes, desto sicherer ist er sich, dass der eigentliche Anlass seiner Empörung, der ihn dermaßen umtreibt, doch mehr der Eindruck ist, nicht ernst genommen und sogar missachtet zu werden. Das bedeutet für ihn wirkliche Ungerechtigkeit. Dabei klang es zu Beginn ganz anders, wenn man sich an die wiederholte Ankündigung des Präsidenten erinnert, er wolle die Leute „beschützen". Nicolas und seine Freunde hatten dieses Versprechen durchaus auch unmittelbar auf sich selbst bezogen, fanden den Anspruch von jeher allerdings recht anmaßend. „Der junge Schnösel, wie soll er denn das machen?" feixten sie untereinander. Umso mehr hält der Ärger über die Missachtung, die ihnen im Gegensatz zur väterlichen Ankündigung des jungen Mannes entgegengebracht wird, an und ist auch im Lauf der Proteste nicht abgeflaut. Im Gegenteil haben sie sich alle gemeinsam nur weiter hineingesteigert.

Bei den „Huttiers" versucht Nicolas sich an so manchem Abend wieder etwas Klarheit, auch über die Motivationslage der Kameraden, zu verschaffen. Die verdrossene Gesellschaft, die er hier antrifft, hat nicht viel gemein mit der Aufbruchsstimmung des letzten Herbstes.

„Sagt mal, das läuft ja zum Kotzen, unser Protest! Jeder redet da was Anderes im Fernsehen und so weiter. Die faseln ja auch von Sachen, die bei uns nie besprochen worden sind."

„Und was soll denn der ‚Sprecherrat', wie sie ihn nennen? Wer hat den denn gewählt? Ich jedenfalls nicht!"

„Am liebsten würd' ich alles hinschmeißen."

Auch Nicolas scheut sich nicht, auszusprechen, was offenbar viele von ihnen inzwischen denken. Marcel versteht das gut. Er kennt seinen Freund seit ihrer gemeinsamen Jugend und weiß, dass er dazu neigt, alles sehr grundsätzlich zu nehmen. Aber er selbst scheut offenbar vor einer solchen

Entscheidung, „alles hinzuschmeißen", noch zurück. Er gehört doch auch zu denen, die in Nouvion als Erste zum Protest aufgerufen haben, gewissermaßen ein Mann der ersten Stunde. Nicolas sieht es ihm an, wie er seine Bierflasche auf der Theke immer wieder von links nach rechts und zurück schiebt und dabei sehr bedenklich vor sich hinblickt, während er selbst seinen Überdruss zum Ausdruck bringt.

In diesem Moment allerdings mischt sich der Lange von der Déchetterie ein.

„Was jammert Ihr denn da rum wie die Klageweiber? Haben die Euch schon rumgekriegt mit ihren Almosen?"

Er spricht offensichtlich die vorweihnachtliche Ankündigung aus dem Elysée an, die die Gilets Jaunes und ihre anhaltenden Proteste durch vermeintliche Wohltaten besänftigen sollten. Dass diese die Erbitterung auch nach den Feiertagen, die ihnen genügend Zeit gegeben haben, darüber nachzudenken, noch auf einen neuen Höhepunkt getrieben haben, äußert sich nun überdeutlich in der Reaktion der versammelten Kameraden.

„Der Lange hat Recht. Man sieht es ja jetzt. Manu hat nachgegeben. Also was faselst Du da von Hinschmeißen?"

Gleich hakt ein anderer weiter hinten an dem kleinen Tisch in der Ecke ein, der bisher nur zugehört hat.

„Keine Erhöhung der Benzinsteuer momentan. Gut. Aber was bedeutet das, ha? Ich wett' meinen Monatslohn, dass die das ganze Theater nur aufführen, um uns rumzukriegen, und dass sie alle Schweinereien wieder aufnehmen, wenn die Demonstrationen nachlassen oder gar aufhören."

„Ja, und diese Sonderzahlung am Jahresende, die müssen ja auch nur die Unternehmen leisten, die das wollen, also freiwillig. Was ist das schon wert?"

So und ähnlich hört man es in der Kneipe. Marcels Chef etwa hat übrigens die Sonderzahlung tatsächlich geleistet, weil sie ihm einen Steuervorteil verschafft, den er gern wahrnehmen möchte. Marcel erzählt dies jedoch lieber nicht, um nicht als Verräter an der gemeinsamen Empörung dazustehen.

Während Nicolas vor Überdruss sein Bier auf der Theke unberührt lässt, so dass es schal wird, denkt er nach. Eine freiwillige Prämie? Er findet eine solche Idee lächerlich - Bauernfängerei. Sein eigener Arbeitgeber zumindest wird da ganz sicher nicht mitmachen, noch dazu mitten im Winter, wo das Baugeschäft sowieso nicht gut läuft. Bekommen hat er jedenfalls nichts.

„Es muss ja nicht weit her sein mit seinen großartigen Reformplänen, wenn der Präsident sofort einknickt bei ein paar Demonstrationen."

Einer hat sich neben die Theke gestellt und nimmt eine möglichst verächtliche Miene an, um die Anwesenden seine Ansicht wissen zu lassen. Er schlägt dazu sogar mit der Faust ein paar Mal bekräftigend auf die Metallplatte, so dass einige der Gläser darauf klirren.

„Sogar die 80-Kilometer-Beschränkung könnte überdacht werden, heißt es jetzt aus dem Elysée. Da sieht man doch auch wieder, dass die Demonstrationen Wirkung zeigen, Herrschaften! Sie knicken ein! Also weitermachen, weitermachen, um jeden Preis!"

Alle sind sie sich darin einig und bekräftigen dies durch erleichtertes lautes Lachen. Der Versicherungsangestellte sieht sich veranlasst, die Debatte noch auf höherem Niveau abzurunden, indem er Mélenchon zitiert. „Die Lösung ist das Volk." hat dieser gesagt und den Präsidenten aufgefordert, einfach alle Maßnahmen zurückzunehmen, die die Proteste ausgelöst haben, vor allem aber die Vermögensteuer wieder einzuführen, um den Haushalt auszugleichen. Noch genauer sagte er: „Vertrauen Sie dem Volk und lassen es wählen – das Problem ist bekannt, die Lösung ist das Volk."

Die gesamte Runde findet diese Worte schön und einleuchtend und erwärmt sich förmlich daran. Auch Nicolas muss der allgemeinen Meinung zustimmen. Sie sollen nur nicht glauben, dass er so dumm sei, sich beeindrucken zu lassen. Aber eigentlich weiß Nicolas, dass es ihm im Grunde weder um die 80 Kilometer noch um den Benzinpreis geht oder um andere Dinge, sondern um die Ungerechtigkeit. Ja, zum Teufel mit 80 Kilometern und all dem anderen Zeug! Er möchte ernst genommen werden! So trägt er am Schluss auch noch einmal zur Diskussion bei.

„Man sieht es ja: Die Wiedereinführung der Vermögensteuer lehnen sie nach wie vor ab. Also!"

Vor einem der nächsten Samstage kommt im Internet plötzlich eine Idee auf, die früher schon einmal Gegenstand einer der ersten Forderungen bildete, aber erst jetzt wiederauflebt, vielleicht auch unter dem Eindruck der erhellenden Erkenntnis, dass „das Volk die Lösung des Problems" sei. Der Gedanke klingt zündend nach Demokratie und wird im Kreis der Kombattanten schnell und freudig aufgenommen. Er besteht in der Forderung nach Einführung eines Referendums.

Immer noch wissen wenige so genau, worum es sich dabei wirklich handelt, oder auch wie ein solches Referendum aussehen soll, aber es klingt gut, und so beteiligt sich eben jeder an der Diskussion darüber und begeistert sich mit. Schnell werden auch wieder einmal die entsprechend angepassten Transparente angefertigt, die bei den nächsten Demonstrationen in vorderster Linie getragen werden sollen. Einige besonders Fürsorgliche haben die diesbezüglichen Plakate aus dem vorigen Jahr aufbewahrt und ziehen sie nun zu erneutem Gebrauch hervor.

Schnell befassen sich auch die Diskussionen in den unterschiedlichen Medien eingehend mit dem neuen Aufbruch zu unmittelbarer Demokratie. Politologen, die als Fachleute rasch hinzugezogen werden, äußern sich mit gelehrter Miene über Funktion und Wirkung von Referenden, wie sie aus anderen Staaten zumindest in Ansätzen bekannt sind, und beschreiben die Vor- und Nachteile sowie die Auswirkungen derartiger Instrumente demokratischer Mitwirkung. Philosophen, die die Lage berufsbedingt grundsätzlicher betrachten, sinnieren über den menschlichen Trieb an sich, mitbestimmen zu wollen, wie er sich offenbar seit Beginn der Moderne zunehmend ausprägt. Auch ein gewisser Jacques-Ernest Roszenfeld zeigt sich in diesen Wochen als gefragter Mann in den verschiedenen Sendungen und vertritt im Besonderen die Theorie der modernen Autonomie des Menschen und seiner immer noch anhaltenden und neu aufbrandenden Entwicklung vom Untertanen zum Bürger, gewissermaßen als Spätwirkung der Aufklärung. Die Nation befasst sich also rundum mit der besagten Forderung nach Einführung eines Referendums. Man berauscht sich an Modellvorstellungen wie vor allem der Schweiz. Etwaige Unterschiede des politischen, sozialen und besonders des von jeher auf Konsens angelegten Gesellschaftssystems der Eidgenossenschaft bleiben dabei vorzugsweise unerwähnt.

Dementsprechend schnell und heftig flammt auch die Empörung bei den militanten Vertretern der Idee darüber auf, dass der Präsident nicht sofort auf diese zentrale Forderung eingeht. Man sieht seine zögerliche Haltung als einen erneuten und durchschlagenden Beweis, dass er mit dem Volk eigentlich gar nichts zu tun haben, sondern sich es lieber möglichst weit vom Halse halten will. „Was schert er sich um die Meinung des Volkes? Die stört ihn doch nur!"

Umso mehr schreien sich Maurice und seine neuen Freunde am Rondpoint die Lungen aus dem Leib in der Forderung nach einem solchen Referendum, als gehe es um ihr ewiges Seelenheil. An diesem Samstagabend kommt der Junge vollkommen heiser nach Hause, und eine schwere Erkältung kündigt sich zudem bei ihm an. Die vorwurfsvollen Blicke Lydies treffen Nicolas in brennender Schärfe, während sie Kräutertee für ihren Sohn zubereitet.

„Du musst es ja wissen. Du schleppst den Jungen ständig mit. Schau ihn Dir jetzt an! Fehlt nur noch, dass das eine Bronchitis wird und er am Montag nicht zur Arbeit kann!"

Nicolas hat sich – schon aus eigener Ratlosigkeit - angewöhnt, auf solche Anwürfe hin nur mehr leise zu grummeln. Eigentlich muss er ihr Recht geben, wenn er seinen Sohn niesend, hustend und nur noch erbärmlich krächzend vor sich sieht. Jedenfalls erweist sich seine defensive Haltung als weitaus klüger, denn die Meinung seiner Frau im Hinblick auf die Proteste hat sich in der Zwischenzeit keineswegs zum Besseren entwickelt. Sogar im Supermarkt wird Lydie nun fast jeden Tag von den Mitarbeitern auf Nicolas und seine andauernden Aktivitäten angesprochen, wobei die ursprüngliche Bewunderung einer sehr viel größeren Skepsis gewichen ist.

„Dein Mann ist ja wohl jetzt wirklich in die Politik gegangen, hört man? Siehst Du ihn überhaupt manchmal noch?"

Dazu schauen sie immer so etwas spöttisch vor sich hin. Sie wissen ja auch, dass Lydie, die sie seit vielen Jahren kennen, von derartigen Aktionen - wie überhaupt von der Politik - nichts hält. Solange sie dieses Thema aufwerfen, wenn der Chef nicht zuhört, geht es ja noch. Aber gestern hat er es mitbekommen, als die Kollegin von der Nachbarkasse für alle hörbar zu ihr hinüberrief: „Du Lydie, hat Dein Mann auch schon Autos angezündet?" Sie spürte, wie ihr die Röte heiß ins Gesicht stieg, während sie hastig eine Packung Mineralwasser abrechnete und das kleine Papierschild mit dem Code fast hätte fallenlassen. „Nein, natürlich nicht! Was denkst Du denn?" Mehr als die Bemerkung ärgerlich abzuwehren, konnte sie zu dieser lächerlichen Unterstellung nicht sagen, aber die ganze Angelegenheit empfindet sie als immer unbehaglicher, und in ihr stieg ein Zorn gegen Nicolas und sein unsinniges Tun auf wie ein giftiger Nebel. In wütender Schnelligkeit registrierte sie unter schrillem Piepsen der elektronischen Kasse einen Artikel nach dem anderen.

Etwa gleichzeitig hält es auch der Chef von Maurice für nötig, sich erneut einzuschalten. Seitdem die Gewalttaten immer dominanter werden, zeigt auch er sich bekanntlich mehr als zurückhaltend. In einer der Arbeitspausen nahm Monsieur Dupont schließlich seinen Lehrling beiseite. Er zog ihn in seinen Glaskasten über der Werkstatt und schloss behutsam die Türe hinter sich.

„Hör jetzt mal zu! Schlimm genug, dass Du da immer noch mitmachst! Aber das sag ich Dir: Dass Du mir bloß nicht auch solchen Unsinn machst! Lass mich bloß nicht hören, dass Du bei den Casseuren bist oder irgendwas mit denen zu tun hast! Was sollte man denn von unserer Garage denken, wenn so was rauskäme? Kunden möcht ich jedenfalls nicht deshalb verlieren, das sag ich Dir! Sei also bloß vorsichtig!"

Das und Ähnliches äußert er nun immer öfter und zunehmend eindringlicher, obwohl Maurice all seinen Mut zusammennimmt und dem Chef standhaft beteuert, dass es ihm selbst und seinen Freunden um die gute und gerechte Sache geht und sein Vater sogar schon mehrmals versucht hat, die Casseure von den Demonstrationen ausschließen zu lassen. Aber beruhigt zeigt sich der Chef dadurch keineswegs.

Dann kommt es in Paris zu dem Vorfall mit dem Tränengas, das die CRS in die Richtung einer Gruppe von Frauen mit ihren Kindern abgeschossen hat. Trotz der allgemeinen Empörung, die dieses Ereignis hervorruft, fragt sich Nicolas insgeheim, was diese Frauen, und dann gar noch mit den Kindern, bei den Protesten zu suchen haben, deren Gefährlichkeit bekanntlich immer mehr zunimmt. Er betrachtet das ganze Unternehmen überhaupt nach wie vor eher als ureigene Männerangelegenheit, also als eine Ehrensache, die letztlich auch dazu dient, Frauen und Kinder vor Schlimmerem zu beschützen. Denn – davon haben sie sich mittlerweile ausnahmslos überzeugen lassen – Schutz dürfen sie von Seiten des Staates nicht erwarten, weder gegenüber dem zu befürchtenden Risiko allmählicher Verarmung, noch gegen die das Land allem Anschein nach bedrohende Flüchtlingswelle aus dem Nahen Osten und den afrikanischen Ländern, von der offensichtlichen Unmöglichkeit einer Sicherung der Außengrenzen Europas überhaupt nicht zu reden.

Trotz seiner Vorbehalte sieht er letztlich aber ein, dass bei diesem wichtigen Vorhaben schließlich jede Person von Nutzen ist und sich Frauen heute ja auch sogar in der Armee betätigen. Im Übrigen nehmen sie, wie er und seine Kameraden verschiedentlich und auch dankbar bemerkt haben, tatsächlich bei den Demonstrationen eine durchaus nützliche Rolle ein. Dabei denkt er nicht nur an Amélie und ihre fast mütterliche Fürsorge für das leibliche Wohl der protestierenden Kameraden. Sehr häufig zeichnen sich die Frauen wider Erwarten besonders zupackend, manchmal geradezu fanatisch, beim Bau der Barrikaden und letztlich auch bei den Blockaden selbst aus.

Wenn Nicolas den Vorfall in Paris bedenkt, scheint ihm der Einsatz von Tränengas jedenfalls doch vollkommen unangebracht. Die Frauen mit ihren Kindern haben doch nur an einer Demonstration teilgenommen, also ihr Bürgerrecht ausgeübt, und nichts getan, was solche unangemessene Gewaltanwendung gerechtfertigt hätte. Es lässt sich freilich dabei auch nicht übersehen, dass die Steinewerfer ganz in der Nähe ihr Unwesen trieben und die Ordnungshüter nach Kräften mit einem anhaltenden Hagel von Pflastersteinen bedeckten, so dass gegen diese Übeltäter sich jedenfalls auch drastische Abwehrmaßnahmen rechtfertigen ließen. „Trotzdem." wiederholt er sich ständig. „Trotzdem geht so was nicht." Das sehen auch seine Kameraden in gleicher Weise. Einer erinnert sogar daran, dass Mélenchon Gewalt schon sehr frühzeitig als legitimes Mittel einer Revolution bezeichnet habe. „Und das ist doch hier eine Revolution, oder?" Man empört sich also gemeinsam und hetzt sich gegenseitig noch auf, so dass sich die Erbitterung immer weiter steigert.

Es ergibt sich im Übrigen auch keinerlei Möglichkeit, sich zu beruhigen, denn in diesen Tagen folgt eine

Hiobsbotschaft auf die andere. So sah sich im Rahmen des letzten Protestes in Paris ein ehemaliger Berufsboxer veranlasst, einen CRS-Mann auf seinem Motorrad anzugreifen und ihn mit ein paar professionellen Hieben fast k.o. zu schlagen – ein in jeder Hinsicht unerhörter Vorgang. Manche berichten, er habe auch noch auf den Polizisten eingetreten, als er schon am Boden lag. Nach kurzer Bedenkzeit stellte sich der verwegene Sportsmann schließlich selbst der Polizei, nicht allerdings ohne schon vor seiner Festnahme und Vernehmung, die dann erwartungsgemäß unmittelbar stattfanden, eine öffentliche Erklärung im Internet abzugeben, die seine edle Gesinnung offenbaren sollte. Er habe nicht tolerieren können, dass auf Frauen und Kinder geschossen wurde. Dies habe er als in einem solchen Maße als unerträglich empfunden, dass es ihn förmlich hingerissen und er ganz unwillkürlich zu der ungewöhnlichen Maßnahme gegriffen habe. Er sitzt jetzt im Gefängnis. Sicher wird er verurteilt, und für den Schaden des CRS-Mannes sowie dessen Motorrad muss er auch aufkommen. Im Internet haben Sympathisanten die Initiative ergriffen und eine Sammlung für ihn eröffnet. 100.000 € sind schon zustande gekommen. Die Sammlung wurde jedoch sehr schnell verboten und das Geld eingezogen.

Nicolas ist sich nicht ganz sicher, wie er diesen Vorgang beurteilen soll. Auf die Seite eines Menschen, und wenn es sich auch um einen Boxer handelt, der einen Polizisten, hier gar einen CRS-Mann, niederschlägt, möchte er sich nicht stellen. Das verbietet ihm sein anerzogener Respekt vor der staatlichen Autorität und erscheint ihm im Übrigen auch zu gefährlich. Andererseits kann er die Motive des Boxers im Grunde gut verstehen. Jedenfalls nimmt er sich vor, bei nächster Gelegenheit auch mit Maurice eingehend über den Vorfall zu sprechen, damit dieser sich künftig mehr zurückhält und nicht etwa auch auf ähnliche dumme Gedanken kommt. Bei dem Engagement, das sein Sohn bei den Demonstrationen zeigt, lassen sich gewisse Exzesse nicht ausschließen.

Während sich die äußeren Umstände des Protestes wie auch dessen eigentliche Motivation zunehmend undurchschaubarer und schwieriger darstellen, benehmen sich zu allem Überfluss die Journalisten in der Zwischenzeit immer aufdringlicher. Mehr als je zuvor sind bei jeder Demonstration eine ganze Anzahl von ihnen anwesend, wohl im Wettbewerb darum, wer als Erster von etwaigen möglichst spektakulären Gewalttaten zu berichten weiß. In immer größerer Zahl brausen sie schon früh am Morgen in ihren Autos, manche auch auf Motorrädern, an die zahlreichen Schauplätze der Proteste. Den ganzen Tag laufen sie zwischen den Demonstranten geschäftig umher, behindern auf diese Weise manche Aktion, fotografieren die errichteten Barrikaden und die Hütte der Gilets Jaunes - alles beobachten und notieren sie, wobei der Haufen Pflastersteine, die die Black Bloc am Rande des Geschehens bereithalten, ihre besondere Aufmerksamkeit erregt. Dabei schleppen die Medienvertreter riesige Mikrophone mit sich, die sie in Fell eingewickelt haben, wie um sie warm zu halten. Gelegentlich sprechen sie selbst hinein, um eine ihnen wichtig erscheinende Beobachtung für die Redaktion festzuhalten oder ihrer Berichterstattung mit erklärenden Kommentaren einen mehr oder weniger erhellenden Rahmen zu geben.

Einer von ihnen, ein kleiner dünner Mann, demgegenüber das Mikrophon, an das er sich förmlich klammert, besonders riesig wirkt, kommt auf Nicolas zu, gerade als dieser sich zusammen mit ein paar Kameraden müht, aus Kisten und alten Brettern eine neue Barrikade vor einer Ausfahrt des Rondpoint zu errichten. Der Journalist baut sich vor Nicolas auf und hindert diesen damit am Weitergehen, so dass er das schwere Stück Blech, das er zu dem Bauwerk hinüberschleppen will, krachend fallenlassen muss, was ihn zu einem unflätigen Fluch veranlasst.

Das Gesicht des Mannes wirkt ziemlich müde und blass unter seiner gestrickten Pudelmütze, weil er allem Anschein nach schon seit dem frühen Morgen an unterschiedlichen Demonstrationsstellen vor Ort tätig war. Er scheint jedenfalls einwandfrei ausgerüstet. Über einen Kopfhörer hält er unmittelbaren Kontakt mit der Redaktion. An seinem Rucksack außen hängt ein Schutzhelm befestigt und im Rucksack befinden sich wahrscheinlich neben einer Atemschutzmaske eine Taucherbrille und Augentropfen für alle Fälle, wenn er sich in die für die Berichterstattung besonders interessanten Tränengaszonen begeben muss. Eine entsprechende Ausrüstung gehört in diesen Tagen bekanntlich zu den obligatorischen Sicherheitsmaßnahmen für einen jeden von ihnen. Wohlweislich hat er außerdem, wie so viele seiner Kollegen, das Erkennungszeichen seines Senders am Mikrophon entfernt, um etwaige Aggressionen der Befragten gegenüber seinem Arbeitgeber zu verhindern.

Trotz der sichtbaren Verärgerung des potentiellen Interviewpartners weicht der kleine Journalist keinen Schritt aus seiner eingenommenen Position, und mit einer Aufdringlichkeit, die in umgekehrt proportionalem Verhältnis zu seiner Körpergröße steht, hält er Nicolas das Mikrophon mit einer überraschend schnellen Bewegung dicht vor den Mund, so dass dieser sich unwillkürlich weit zurückbeugen muss, um das Gerät nicht als Schlagwerkzeug in seinem Gesicht zu spüren.

„Was halten Sie von den Brandstiftungen am letzten Samstag in Paris? Sind das für Sie legitime Methoden? Finden Sie es richtig, dass der Arc de Triomphe beschmiert worden ist?

Unterstützen sie ein solches Vorgehen? Hier sind doch auch schon Autos angezündet worden – haben Sie daran mitgewirkt? Wie lange werden Sie Ihren Aufstand noch durchhalten?"

Wohl in der gerechtfertigten Erwartung eines gewissen Widerstandes gegen das Interview lässt er seine Fragen nach der Methode „einer kommt durch" möglichst gehäuft auf sein Opfer niederprasseln. Nicolas kann sich nicht anders helfen, als ihn und sein Mikrophon mit dem Arm abzuwehren, und er bewegt sich dabei so heftig, dass er ihm das Mikrophon fast aus der Hand und zu Boden gestoßen hätte.

„He Du, pass bloß auf, mach mir hier bloß nichts kaputt!" empört sich der Reporter. „Das kann für Dich teuer werden. Das sind hochwertige Geräte."

Die Kameraden haben längst bemerkt, dass es an der neuen Barrikade Ärger gibt, und Mehrere laufen hilfsbereit herbei.

„Dreckiger Zeitungsschmierer!" schreit einer von ihnen schon aus beträchtlicher Entfernung. Es handelt sich dabei wahrscheinlich wieder um den Mann aus Abbeville, der sich auch schon das letzte Mal durch möglichst unflätige Beschimpfungen der anwesenden Medienvertreter hervortat. Die anderen finden die drastische Bezeichnung anscheinend lustig und nehmen die Anregung gemeinsam auf. „Dreckiger Zeitungsschmierer!" schreien sie nun alle zusammen aus Leibeskräften, obwohl der Journalist wahrscheinlich von einem der zahlreichen Rundfunk- oder Fernsehsender kommt. Der Mann aus Abbeville versucht nun sogar, dem Journalisten, der sich verzweifelt dagegen wehrt, das pelzbesetzte Mikrophon zu entreißen. Inmitten des Aufruhrs steht Nicolas neben seinem

Stück Blech und muss fürchten, in das Handgemenge einbezogen zu werden.

Robert, durch das Geschrei aufmerksam geworden, hat schon seit einiger Zeit den aufbrandenden Tumult mit gerunzelter Stirn beobachtet. Im Bewusstsein seiner Führungsverantwortung brüllt er: „Lasst den Mann in Ruhe, verdammt noch mal!"

Als sie trotz seiner Aufforderung nicht sofort von dem Unglücklichen ablassen, sondern ihn nur noch weiter bedrohlich umzingeln, rennt Robert in Person herbei und stößt die Kameraden heftig zurück.

„Seid Ihr jetzt ganz verrückt geworden? Schluss jetzt!"

Unabhängig davon, dass er die Kollegen vernünftigerweise vor unüberlegten Ausschreitungen bewahren will, die allerdings für die Berichterstattung von besonderem Interesse wären und auf die die Medienlandschaft deshalb nur begierig warten würde, nimmt er selbst offenbar schon seit Beginn der Proteste eine recht aufgeschlossene Haltung gegenüber den Medien ein. Wenn sich Journalisten oder auch Reporter an Robert wenden - das haben die anderen schon des Öfteren beobachtet -, hat er immer sofort ein paar griffige Parolen auf Lager, die er sich allem Anschein nach jedes Mal schon zuvor sorgfältig zurechtlegt und mit denen er die Interviewer erfreut. „Bis zum bitteren Ende halten wir durch. Es wird keine Ruhe geben, bis nicht unsere Forderungen erfüllt sind."

Während er solche und ähnlich gehaltene Grundsatzerklärungen von sich gibt, stellt er sich jedes Mal breitbeinig auf, um seine Stärke zu demonstrieren, was ihm sehr häufig auch bildhafte Präsenz in den unterschiedlichen

Fernsehprogrammen verschafft. Gern wird er gezeigt inmitten der geschäftigen Meute gelber Westen, selbst malerisch neben einer Barrikade positioniert, umwallt vom rauchigen Nebel der Kampfstätte, der bisher allerdings meist aus dem Brasero neben der Hütte stammte, neuerdings jedoch immer öfter wahrhaftem Tränengas weichen muss. In manchen Sendungen wurde er bereits als „der Löwe von Amiens" vorgestellt, wobei der ironische Unterton nur von dem wahrgenommen wurde, der ihn auch suchte – er selbst jedenfalls nicht.

Robert scheint seine neue mediale Rolle ausgesprochen zu genießen. Er legt es offensichtlich geradezu darauf an, eingeladen zu werden in das Studio von BMTV, die den ganzen Tag ohne Unterlass von der Front der Gelbwesten senden, immer wieder die gleichen Bilder, unterbrochen von langwierigen, mehr oder weniger heftigen und sinnhaften Diskussionen zwischen den verschiedensten Teilnehmern. In solchen Sendungen sind schon einige der Gilets Jaunes aufgetreten, um die Gelegenheit wahrzunehmen, über die Demonstrationen und ihre Zielsetzungen zu sprechen. Mehr oder weniger gut haben sie solche Auftritte gemeistert, findet Nicolas, der sich nicht in jedem Fall mit den Aussagen dieser selbsternannten Vertreter der Bewegung einverstanden erklärt. Manche Gäste derartiger Sendungen brachten es allerdings kaum fertig, auch nur einige wenige zusammenhängende Sätze von sich zu geben und setzten sich damit dem Spott der Öffentlichkeit aus. Nicolas und seine Freunde finden solche Vorstellungen ausgesprochen peinlich.

Auch jetzt steht Robert dem kleinen Journalisten, den er aus der Bedrohung durch die Übermacht der Aktionisten gerettet hat und der ihm dies sichtbar für alle durch eine betont zuvorkommende Haltung dankt, fast staatsmännisch eine gute Viertelstunde Rede und Antwort. Die anderen mühen sich in der

Zwischenzeit weiter an ihrer Barrikade, auf der das letzte Stück Blech nicht halten will.

Am Abend dieses Samstags hat Katja schon auf ihren Vater gewartet, obwohl es recht spät geworden ist. Sie setzt sich ihm mit ernstem Gesicht gegenüber, als er sich erschöpft von dem nicht gerade erfreulichen Tagesverlauf in seinen Sessel fallen lässt.

„Papa, heute haben wir in der Schule von Euch gesprochen."

„Wie das, mein kleiner Spatz?"

„Na von Euch, den Gilets Jaunes, das seid Ihr doch auch, Du und Maurice."

„Ah, so, ja natürlich. Und was habt Ihr da besprochen?"

„Alles, Papa. Stell Dir vor, dafür ist sogar Mathe ausgefallen. Die Lehrerin sagt, wir müssen alles offen ansprechen: Was Ihr wollt, warum Ihr demonstriert und warum Ihr so großen Schaden anrichtet. Am Schluss hat uns die Lehrerin dann diskutieren lassen über die Frage: ‚Wer ist böse?' Das hat uns alle sehr interessiert. Am Ende der Stunde war es schade, dass wir aufhören mussten, weil wir noch eine ganze Menge Fragen zu den Gilets Jaunes hatten. Wirklich schade! Aber der Geschichts-Lehrer hat schon gewartet. Der nimmt das immer übel, wenn der Lehrer vorher überzieht. Deshalb haben wir auch als Hausaufgabe über das Wochenende, dass wir uns weiter überlegen, was böse ist und wer denn jetzt eigentlich böse ist. Weißt Du, Du hast mir ja ziemlich viel erzählt, aber die anderen haben überhaupt keine Ahnung, wie das läuft, wenn Ihr protestiert. Die sind so neugierig und können sich das alles gar nicht vorstellen. Die Margot fing sogar fast an zu weinen wie ein ganz kleines Mädchen. Sie hat dabei immer wieder gejammert, dass sie solche Angst hat. Die ‚Bösen', so nennt sie Euch nämlich, könnten zu ihr nach Hause kommen und ihr oder ihrer Familie was antun. Das fand ich natürlich voll blöd."

„Ja, hast Du denn in der Klasse erzählt, dass der Maurice und ich da mitmachen?"

„Das wissen die doch längst, Papa. Aber als sie immer wieder damit angefangen haben, dass die Gelbwesten doch böse sind, hab' ich mich zurückgehalten. Trotzdem hat sich der Mike immer wieder umgedreht und zu mir hergeschaut und mich blöd angegrinst. Da hab' ich ihm die Zunge rausgestreckt, und die Lehrerin war deshalb mit mir böse."

Katjas kleines Gesicht ist immer noch blass vor Aufregung, während sie diese erlittene Ungerechtigkeit und die Einzelheiten der Diskussion in der Schule ihrem Vater berichtet. Nicolas tut es plötzlich sehr leid, dass er seiner Tochter das alles nicht ersparen kann. Er zieht sie an sich in den Sessel, nimmt sie fest in den Arm und drückt ihr einen dicken Kuss auf ihre feinen blonden Haare.

„Papa, machst Du denn da immer noch weiter mit?"

Sie schaut mit einer unbestimmten Erwartung zu ihm auf, und Nicolas zögert etwas mit seiner Antwort.

„Hör mal, Kleine, das muss ich doch. Weißt Du, wenn man erwachsen ist, hat man Verantwortung für alles, was passiert. Da kann man nicht wegschauen und immer sagen, die Anderen sollen's machen. Und wenn man sieht, dass alles schiefläuft, muss man dagegen aufstehen. Sonst darf man sich nicht beklagen, wenn eben alles so bleibt, wie's ist."

Katja überlegt eine ganze Weile.

„Ja, Papa, das versteh' ich schon. Aber müssen ausgerechnet Maurice und Du das machen?"

Nicolas fühlt sich plötzlich sehr müde. Diesmal bleibt er ihr die Antwort schuldig.

Die Besorgnisse über die anhaltenden Proteste und ihre immer spürbarer werdenden Auswirkungen sind in der Bevölkerung tatsächlich noch weiter erheblich gestiegen, und entgegen der anfänglichen allgemeinen Sympathie unterstützt nur mehr eine Minderheit im Land die Demonstranten, während sich im Übrigen mehr und mehr Erbitterung gegenüber den anhaltenden Unruhen und ihren schädlichen Auswirkungen breitmacht.

Ein untrügliches Zeichen dafür, wie ernst das Problem der Gilets Jaunes und insbesondere der mit ihnen verbundenen Gewaltanwendung allmählich angesehen wird, ist es, dass sich nun die Pädagogen einschalten und sich um die schonende Vorbereitung der Jugend auf das neue gesellschaftliche Phänomen sorgen. Diese dürfe nicht dem Zufall oder gar unkontrollierter Medienerfahrung überlassen werden, ohne größeren psychischen Schaden in Kauf zu nehmen. Sogar in die Unterrichtspläne selbst findet das Thema immer ausführlicheren Eingang. Werden die Lehrer schon seit Wochen dazu angehalten, den Schülern die Situation zu erklären, was sie mit mehr oder minder großer Sachkenntnis unternehmen, schafft sich nun die pädagogische Phantasie in dieser Beziehung weiteren Raum. In einer Schule etwa hat ein literarisch offenbar begabter Lehrer sogar ein Theaterstück verfasst und probt es jetzt mit seiner Klasse. Es handelt sich hier darum, die Schüler Gesetze erfinden zu lassen zur Lösung von fiktiven Problemen, die die Kinder zu Recht oder Unrecht stören, wie z.B. eine denkbare Abschaffung der Pausen und ähnliches Unheil. Ziel dieser lehrreichen Veranstaltung ist es, aufzuzeigen, dass es gute Gründe gibt, für die es sich zu demonstrieren lohnt, aber auch schlechte und ungerechtfertigte Anlässe. Das Fernsehpublikum erfährt davon durch den Bericht einer Schülerin aus dem Pariser XXeme, die eigens zur Schilderung dieses Leuchtturmprojekts eingeladen wurde, allerdings bei der Gelegenheit auch keinen Zweifel daran lässt, dass sie und ihre Freundinnen die Demonstrationen allmählich etwas leid sind. Auch der sechsjährige Adam aus dem VIII. Arrondissement, das ganz besonders unter vielfältigen Schäden bei den Demonstrationen gelitten hat, teilt diese Meinung.

Immer häufiger werden nämlich jetzt auch Schüler in den Medien interviewt, um aufzuzeigen, welche Haltung die junge Generation gegenüber den Protesten einnimmt. So findet zum Beispiel die kleine S. (Die Eltern legen Wert auf die Anonymität ihrer Tochter.), fünf Jahre, die Gilets Jaunes „nicht mehr sehr nett", seit ein Lastwagen, der die Lebensmittel für ihre Schulkantine liefern sollte, durch eine Demonstration blockiert wurde und sie deshalb auf die Nachspeise verzichten musste. Die kleine M. wiederum zeigt sich fest entschlossen, sich im Karneval unter dem Thema „Meer" als Gilet Jaune zu verkleiden, und verkündet dies auch öffentlich, wobei sie sich aber lieber den „Gilets Bleus" anschließen, wie sie sagt, und die Aufschrift „Nein zur Meerverschmutzung" auf dem Rücken tragen möchte.

Für viele Kinder stellen die Aufständischen auch nach wie vor eine besondere Attraktion dar: „Wenn ich schnell aus der Schule komme, hat man mir versprochen, dass ich die Gilets Jaunes sehen darf." Sie wollen Selfies machen mit ihnen, wenn sie den Verkehr blockieren, und die hupenden Lastwagen erleben. „Das ist einwandfrei die Attraktion des Viertels." verkündet die Lehrerin einer Schule in der Nähe eines der unzähligen Rondpoints, der von den Gilets Jaunes dauerhaft besetzt ist.

Sehr häufig finden es die Schüler zudem besonders interessant, den gegenwärtig verbreiteten Grundprotestruf „Macron Démission" anzustimmen. „Selbst in der Klasse hören sie nicht damit auf." bestätigt eine Lehrerin. Allerdings fügt sie auch hinzu, dies müsse den Kindern verboten werden. „Ich habe sie ermahnt, sie dürfen das nicht sagen, weil sie noch keine Wähler sind."

Darüber hinaus scheint wieder einmal die hohe Zeit der Psychologen und Psychotherapeuten angebrochen. Die Vertreter dieser Berufsgruppen treten nun noch gehäufter als sonst auf in den Medien und werden zur Problematik der Proteste und insbesondere ihrer etwaigen fatalen Auswirkungen auf die Psyche der Kinder eingehend befragt, woraufhin sie bereitwillige und ebenso eingehende Ausführungen unterbreiten. Mit den Kindern müsse man alles offen ansprechen, mahnen sie ein um das andere Mal. Ohne Tabu sei zu erörtern, welche Forderungen die Gilets Jaunes erheben, und vor allem auch über die Gewalt müsse man ohne Vorbehalte sprechen. Nur so könnten die Kinder lernen, damit umzugehen. Es erweist sich in der Praxis, dass sich trotzdem manche Lehrer weigern, das Thema im Unterricht zu behandeln, weil sie fürchten, allzu sehr in politische Zusammenhänge einbezogen zu werden, die sie sonst – teilweise aus gutem Grund – sorgfältig meiden. Ohne Frage findet ein solcher Rückzug in die Passivität einhellige Ablehnung bei den Fachleuten.

Nach längerer Pause, in der die üblichen Neujahrsbesuche zu absolvieren waren, trifft Pierre wieder einmal im Manoir an der Somme ein. Hier findet er seinen Freund in einem wenig erfreulichen Zustand vor. Bereits bei seiner Ankunft fällt ihm auf, dass der Notar sich nur mühsam fortbewegt und sich sogar eines Stocks bedient, was er früher schon in der Vorausschau nicht nur für sich selbst immer entschieden abgelehnt, sondern auch bei anderen als ein Zeichen der Schwäche unbarmherzig und etwas hochmütig verspottet hatte.

„Yves, mein Alter, was ist los? Du humpelst ja nur noch!"

„Ach lass! Der Ischias lässt mich überhaupt nicht mehr los. Tut verdammt weh, besonders bei schlechtem Wetter. Gut, dass Du da bist."

Evelyne, die mit wehendem Halstuch zum Empfang herbeigeeilt ist, bemüht sich, die kargen Auskünfte ihres Mannes noch etwas anzureichern.

„Er versucht das immer kleinzureden. Aber seit Neujahr geht es ihm einfach nicht mehr gut. Du siehst ja selbst, er kann sich kaum noch bewegen. Wenn Du aber glauben solltest, dass er sich behandeln lässt, irrst Du Dich sehr. Niemand hat je einen eigensinnigeren Menschen erlebt."

„Bleib mir vom Leib mit Deinen Orthopäden! Die machen alles nur schlimmer." brummt der Notar, indem er sich die Stufen zur Haustüre hinaufschleppt und sich jede Hilfe bei diesem schmerzhaften Unternehmen strikt verbietet.

Als er anschließend recht mühsam Stufe für Stufe sein schmerzendes Bein auch die Treppe zur Bibliothek hinaufgeschleppt hat, lässt er sich schwer aufseufzend in seinen Sessel vor dem Kamin fallen. Die Lampe unter ihrem Seidenschirm auf dem Tischchen daneben beleuchtet sein ursprünglich noch so glattes Gesicht mit seinen neuen Falten, die sich ihm anpassen wie etwa ein kürzlich erworbener Anzug. Pierre kann die Augen kaum von diesem so vertrauten und nun veränderten Gesicht abwenden. Sein Freund scheint ihm seit ihrem letzten kurzen Zusammentreffen anlässlich der Sylvesterfeier in Paris auf eine sonderbar eindringliche Art gealtert zu sein. Von seiner straffen und aufrechten Haltung lässt sich ebenso wenig mehr etwas wahrnehmen wie von seiner lebhaften und bestimmenden Gestik.

Pierre Trieux bemüht sich, seine eigene Verlegenheit, die ihn angesichts dieser Beobachtung überfällt, so gut wie möglich zu überbrücken. Der sichtbare Verfall seines Freundes und langjährigen Weggefährten geht ihm näher, als er sich wahrhaben will, und angesichts ihrer engen Verbindung seit den gemeinsamen Jugendjahren scheint er ihn selbst in unausweichlicher Art mit zu betreffen, so dass er nach Worten sucht.

„Na ja, alter Freund, allmählich werden auch wir Beide älter. Das bleibt auch uns wohl nicht erspart."

Er nimmt es seinem Freund nicht übel, dass dieser derart floskelhafte Betrachtungen nur mit einem recht müden Lächeln bedenkt und ihm mit einer abfälligen Handbewegung bedeutet, andere Gesprächsthemen vorzuziehen.

Pierre greift die Anregung bereitwillig auf, und während dieses ersten Aufenthalts an der Somme im neuen Jahr zeigt sich der ehemalige Politiker ganz folgerichtig nicht nur als fügsames Sprachrohr der Haltung der Regierung, sondern auch als Echo der mehr und mehr mit ihr übereinstimmenden schwankenden öffentlichen Meinung. Eindrücklich beklagt er nun wieder einmal die Gefährdung des Wirtschaftswachstums durch die anhaltenden Demonstrationen.

„Auch Du musst es nun endlich zugeben, Yves: Unverantwortlich ist das. Diese sogenannten Gilets Jaunes schaden sich mit ihrem chaotischen Protest nur selbst – ja, das könnte noch hingenommen werden. Aber sie schaden vor allem dem ganzen Land, und das ist unverzeihlich. Die Euro-Kriterien können wir für dieses Jahr sowieso vergessen. Einhalten werden wir sie jedenfalls nicht, das ist jetzt schon klar. Wir können uns schön dafür bei diesen Nichtsnutzen bedanken."

Yves, den die angeregte Anklage staatsbürgerlicher Verfehlung etwas aus seiner bedrückten Stimmung hebt, weiß sehr gut, dass die Protestaktionen gerade in den großen Städten für die Geschäftsleute erheblichen Schaden angerichtet und unübersehbare nachteilige Rückwirkungen auf den Tourismus, aber besonders auch das vorweihnachtliche Geschäft gezeigt haben. Noch besorgter nimmt er allerdings die ihm logisch erscheinende Ankündigung seines Freundes auf, dass aller Wahrscheinlichkeit nach die Kriterien für den Euroraum durch Frankreich nicht mehr eingehalten werden können. Er hält dies für ein ausgesprochenes Armutszeugnis, das zu einem erheblichen Prestigeverlust für das Land innerhalb der Europäischen Union führen kann, was ihn nicht nur als überzeugten Europäer persönlich besonders schmerzt, sondern auch, weil er, wie sehr viele seiner Landsleute, sich und seine Nation in jeder Beziehung gern in einer unbestrittenen europäischen Vorrangposition sieht. Durch solche Zustimmung ermutigt, ereifert sich Pierre weiter.

„Es ist ja außerdem absurd. Beteiligt hat sich doch von Anfang an bei den Protesten letztlich nur ein kleiner Teil unserer Bevölkerung, der jetzt ja, wie man sieht, auch noch zu einer lächerlichen Minderheit zusammenschrumpft. Mit welchem Recht rufen sie also immer: ‚Wir sind das Volk'? Das sind doch wohl die anderen auch, die sich absolut friedlich verhalten, und die sind eindeutig in der Mehrheit. Ich bin auch das Volk, wenn Du so willst, und ich bin keineswegs einverstanden mit den Schreihälsen."

„Na ja, Pierre, aber Du kannst ja nicht bestreiten, dass die schon auch das Volk sind, zumindest ein Teil davon, wie wir alle. Obwohl – darüber, wer tatsächlich das Volk genannt werden kann, könnte man lange diskutieren. Jedenfalls hat man sich seit jeher trefflich darüber gestritten. Die Feuillants – Du siehst, wir sind wieder bei der Revolution - haben darunter die abstrakte „Nation" verstanden, wie sie in der Menschenrechte-Erklärung aufgeführt wird, also die ‚Gesamtheit aller Individuen, aus denen sich die Nation zusammensetzt'. So schrieb es jedenfalls einer ihrer damaligen Journalisten, sehr folgerichtig, denn sie arbeiteten ja auch gerade gegen die radikalen Jakobiner. Ich hab' das übrigens neulich wieder erst gelesen. Hochinteressant, diese Parallelen mit dem, was heute geschieht!"

„Ja, aber das bestätigt mich ja. Dann dürften sich nur alle gemeinsam ‚das Volk' nennen, nicht schon jede aufrührerische Minderheit. Wie hat es doch einer so schön ausgedrückt, als die Aufstände der Revolution begannen? ‚Wenn ein Aufstand allgemein ist, braucht er keine Rechtfertigung; wenn er nur von Teilen des Volkes getragen wird, ist er stets rechtswidrig.' "

„Ach, das war Boissy d'Anglas! Wie kommst Du jetzt auf den? Na, der musste es als Abgeordneter der Generalstände und der Constituante ja wissen. Nun, immerhin hat er als Anhänger der konstitutionellen Monarchie versucht, die Hinrichtung des Königs hinauszuschieben, und sich nicht an der Terreur beteiligt. Dann stellte er sich mit gegen das Direktorium. Aber, Pierre, so einfach ist es nicht, wie er sagt. In der Demokratie - das muss ich grade Dir doch nicht sagen, da müssen sich auch Minderheiten äußern können. Sonst wäre unser Demonstrationsrecht ja sinnlos."

„Ja, Yves, klar, keine Frage. Aber, sieh mal, Demokratie spielt sich bei uns doch ganz vorwiegend in Wahlen ab, nicht in Aufständen, und das ist gut so. Ich muss grade Dir doch nicht erst unsere Verfassung zitieren. Die Wahlen sind der gegebene Ort und Zeitpunkt, an denen das Volk die Staatsgewalt ausübt. Natürlich können die Leute zwischendurch auch demonstrieren, wenn sie wollen. Vor allem früher, als es noch nicht die ständigen Meinungsumfragen gab, war das schon wichtig für die Politik, um das Ohr, wie man so schön sagt, auch zwischen den Wahlen am Puls des Volkes zu haben. Heute schleimen sie sich ja im Internet jederzeit mehr als genug aus. Aber zunächst einmal sollten sie doch in Wahlen entscheiden und dort - wenn sie wollen - auch mit ihrer Stimme protestieren, wenn ihnen etwas nicht gefällt an der gegenwärtigen Politik. Aber, ha, seien wir doch ehrlich - die meisten von denen gehen doch gar nicht einmal zur Wahl. Da hört es dann mit dem großartigen staatsbürgerlichen Mitwirkungswillen auf. Die haben im Hirn Null, nichts, sag ich Dir, absolute Leere! Sonst wüssten sie, was sie anrichten mit ihrem Getobe und Geschrei. In ihrer Dummheit fallen sie dann ja auch umso leichter, wie man sieht, auf ein paar Unruhestifter herein, die ihnen einreden, sie seien das Volk und also der Souverän. Aber was willst Du, schon de Gaulle hat gesagt, die Franzosen sind wie die Kälber. Na, und das ist noch nett ausgedrückt."

Yves gibt seine Versuche, für die Proteste um einen Rest demokratischen Verständnisses zu werben, dennoch nicht ganz auf.

„Jetzt setzt Euch mal nicht so auf's hohe Ross! Das Volk hat das Recht darauf, weniger Verstand zu haben als die, die sich wählen lassen, und das Volk hat Anspruch darauf, dass sich die Gewählten, die mehr Verstand und Durchblick haben oder das zumindest meinen, mit ihm und seinen Anliegen beschäftigen. Entschuldige, aber die Leute so pauschal als dumm zu beschimpfen, zeugt nicht gerade von sehr viel staatsmännischer Sicht. Das ist doch genau die überhebliche und abschätzige Haltung, gegen die sie sich wehren!"

Er weiß, dass er mit diesem Vorwurf sehr weit gegangen ist und seinen Freund möglicherweise verletzt hat. Ein paar Minuten herrscht deshalb Schweigen zwischen ihnen, und Pierre betrachtet sehr angelegentlich die Whiskykaraffe, als könne sie ihm Aufschlüsse darüber liefern, wie er mit diesem Angriff auf sein politisches Renommée umzugehen habe.

„Hast Du eine neue Marke? Wunderbar moorig schmeckt der!"

„Ja, ich hab' da eine ganz neue Quelle entdeckt, direkt aus Schottland. Schön, dass er Dir zusagt! Wenn Du willst, kann ich Dir ja die Adresse geben."

Bald kommt der Notar aber auf eine Frage, die ihn seit Beginn der Unruhen in zunehmendem Maße beschäftigt.

„Und was sagen denn eigentlich unsere Leute von der Rechten zu dem Ganzen? Du, da hält man sich aber schön bedeckt. Ich weiß wirklich nicht, wie die LR wieder Profil gewinnen will, wenn man sich so wegduckt, und das in dieser essentiellen Frage!"

Pierre muss der Besorgnis seines Freundes schweren Herzens zustimmen. Er selbst ist ja auch nicht lange Zeit nach der Wahl in das LREM-Lager gewechselt, was ihm sowieso vielerorts als Verrat angekreidet wird. Dabei hängt er nach wie vor an seiner alten Partei. Aber nachdem Thibault die wichtige Position in der LREM-dominierten Regierung einnimmt, konnte er als sein Vater nicht abseits stehen bleiben.

„Na ja, nach den anfänglichen Anbiederungsversuchen des Vorsitzenden an die Gilets Jaunes haben die es ja auch nicht ganz einfach. So überzeugen wir niemanden mehr."

Yves lacht etwas bitter.

„Innerhalb der Partei ist ja auch keiner mehr mit dem anderen in irgendetwas einig. Alle wollen sich nur persönlich profilieren. Das führt zur absoluten Lähmung, muss es auch. Aber zumindest sind wir nicht allein mit dieser Misere. Hast Du bei dem ganzen Theater etwas von der PS gehört? Die haben doch wirklich auf der ganzen Linie versagt, haben ihre Rolle überhaupt nicht wahrgenommen. Das wird sich rächen. Dann braucht man sie endgültig nicht mehr."

„Ja, es wird dem Präsidenten dann nicht mehr sehr schwerfallen, in das Vakuum, das sie allesamt hinterlassen, hinein weiter alle heimatlosen Splitter aufzusammeln und um sich zu scharen."

„Ja, aber, Yves, wie kann sich ein ganzes Land derart in Geiselhaft nehmen lassen von solchen Nichtsnutzen? Das sind doch alles Ratés, Gescheiterte, Arbeitslose und sonstiges Gelichter. Für sie ist das Ganze nur Spektakel. Wie Rugby oder Fußball. Panem et Circenses brauchen sie, wie im alten Rom, da hat sich nichts geändert. Nur geht es jetzt auf Kosten der Allgemeinheit. Und dass diese Schafsköpfe ‚Macron Démission' schreien, ist doch der Gipfel der Arroganz! Die Krönung des Ganzen liefert ja auch noch Mélenchon! Der gießt von Anfang an Öl ins Feuer. Erinnerst Du Dich noch, wie er schon sehr frühzeitig, ich glaube es war in BMFTV, ganz großartig verkündete, dass es sich hier um das Entstehen einer bürgerlichen Revolution handle? Wie hat er das ausgedrückt? Warte mal! ‚Und weil die Regierung das nicht versteht und weil es mit der Macronie vollkommen vorbei ist, werden die Dinge sich weiterentwickeln bis hin zu einer offenen politischen Krise.' Schön, nicht? Zündeln nennt man sowas!"

Der Notar erinnert sich noch sehr gut.

„Weißt Du auch noch, wie er in der Nationalversammlung aufgetreten ist und mit seinem Pathos, ganz typisch für ihn, der Regierungspartei ins Stammbuch geschrieben hat, dass hier eine Epoche beginne. Es handle sich um einen politischen Höhepunkt, und es ereigne sich gerade französische Geschichte. Sie sollten sich im Klaren sein, dass es sich nicht nur um eine kleine Störung ihrer parlamentarischen Arbeit handle."

„Gut, dass er offensichtlich nicht Recht behalten hat, wie sich jetzt beobachten lässt! Französische Geschichte! Schämen müsste man sich, wenn unsere Geschichte auch sonst so hirnrissig wäre! Und all das ohne jeden einsichtigen Grund! Nur weil es ihnen zu gut geht!"

Pierre ergreift die Gelegenheit, zu einem ausführlicheren Vortrag auszuholen, und vertieft sich in eines seiner Lieblingsthemen. Er hält seinem Freund zum wiederholten Male vor Augen, dass Armut allem Anschein nach jedenfalls nicht das gerechtfertigte Motiv der Demonstranten sein kann.

„Worüber beschweren die sich? Frankreich gehört zu den Staaten in der Welt mit dem größten Wohlstand, dem am besten ausgebauten Sozial- und Gesundheitssystem und einer Fülle an Familienleistungen, Unterstützung noch und noch. Die sollten einmal sehen, wie es andernorts in der Welt zugeht! Nach Afrika sollten sie schauen, da wären sie dann aber mehr als zufrieden mit ihrem eigenen Leben."

Yves wendet ein, dass sich seiner Ansicht nach die Situation im Lande nicht ohne weiteres mit den elementaren Problemen der afrikanischen Staaten vergleichen lasse. Den Leuten gehe es in der Tat relativ gut. Jedoch fühlten sie sich zu sehr vom Wohlstand der Reichen abgehängt, der sich überproportional entwickelt habe.

„Das ist es doch, was bei ihnen die Unzufriedenheit und tatsächlich auch Erbitterung erzeugt! Sie sehen ja auch, dass die Schere zwischen arm und reich sich bei uns noch immer mehr öffnet. Also, ich halte das Ganze schon für ein erhebliches Gerechtigkeitsproblem unserer Gesellschaft."

„Ach komm, Yves, jetzt hör' aber auf! Die jammern wirklich auf sehr hohem Niveau! Da trägt übrigens Mélenchon auch ganz erheblich Schuld. Der hetzt die immer noch auf mit seinem Gejammere über die armen Franzosen, die am Monatsende nicht wissen, wovon sie eigentlich leben sollen, und sich auch keine Wohnung leisten können. Deshalb sei ganz Frankreich wütend. Er prophezeite übrigens in dem gleichen Zusammenhang, dass das auch nicht aufhören würde. Da wird er sich wundern! Dass der Front National natürlich in das gleiche Horn stößt, verwundert niemanden. Also alles an diesen absolut irrationalen Protesten dient nur als Steilvorlage für die Radikalen! Das merken die Schafsköpfe aber gar nicht."

Wie so oft bemüht sich der Notar um mehr Differenzierung.

„Na ja, manche merken das sehr wohl und nützen es auch für sich aus. Nach allem, was man hört, mischen sich ja auch gar nicht so wenige Radikale von links und rechts unter die Demonstranten. Aber hör, Pierre, auch die Frage von Armut oder Wohlstand, die Dir so am Herzen liegt, lässt sich so nicht durchweg verallgemeinern. Zum Beispiel kannst Du nicht die Verhältnisse in Stadt und Land einfach vergleichen. Der ländliche Raum ist ja nun wirklich in vielen Regionen benachteiligt, das musst Du doch auch zugeben. Da gibt es unbestrittenermaßen sehr viel Arbeitslosigkeit und Armut. Schau mal in den Norden, ins Pas-de-Calais zum Beispiel. Kein Wunder, dass die dort dann auch immer mehr RN wählen! Das ist für mich übrigens eine wirklich bedenkliche Entwicklung."

Pierre regt sich dennoch immer weiter auf über die „Faulen, die lieber im sozialen Netz sich räkeln als arbeiten". „Besonders auch die vielen Ausländer, die nach Frankreich einwandern mitsamt ihren Großfamilien und dann von den

Sozialleistungen profitieren. Wie soll man das noch einem braven Steuerzahler erklären können?"

Yves muss zugeben, dass es in der Tat auch Leute solcher Art gibt, viel zu viele sogar, und dass diese Tatsache erheblichen Ärger hervorruft bei all denen, die brav und fleißig ihre Arbeit tun. Letztere aber, so meint er, seien einwandfrei nach wie vor die große Mehrheit im Lande.

„Ach weißt Du, Pierre, so einfach kann man es sich doch nicht machen, meine ich. Pauschalverdächtigungen helfen da nicht weiter. Ich glaube schon, dass das Problem sehr viel tiefer geht. Wenn Du mich fragst - ich halte die ganze Entwicklung für eine schwere Krise der parlamentarischen Demokratie überhaupt. Die Leute fühlen sich abgehängt – fast wie damals in der Monarchie. Deshalb fand ja auch die eigentliche große Revolution schon vorher und ganz unabhängig von der späteren Gewalt im Lande statt. Erst wollte sich der Tiers Etat in den Generalständen nichts mehr von oben oktroyieren lassen, und schließlich standen dann die Cordeliers, einer der revolutionärsten Distrikte in Paris auf dem Hügel Sainte-Geneviève, auf gegen das Rathaus und forderten Volksabstimmungen und unmittelbare Demokratie. Und jetzt schau Dich doch mal heute um bei uns und auch in anderen Staaten! Die alten hergebrachten Parteien, die bisherigen Volksparteien, nehmen überall ab, die Wähler entziehen ihnen das Vertrauen. Unglücklicherweise suchen sie ihre Zuflucht in neuen, sogar radikalen Parteien. Hauptsache, die bieten ihnen ein irgendwie gestaltetes Programm oder versprechen die Lösung von Problemen, die momentan aufscheinen. Allmählich gibt es doch immer weniger große Parteien, die die Gesellschaft wirklich zusammenhalten und gewissermaßen auch befrieden können. Uns trifft es jetzt mit den ständigen Protesten besonders in dieser allgemeinen Parteienmisere. Es ist aber auch wahr: Nur unser Land, das wissen wir doch aus unserer Geschichte manchmal mehr, als uns lieb sein kann, nur unser Land kennt diese unglaubliche revolutionäre Energie. Die ist ja nicht nur schlecht – keineswegs! Damit haben wir ja auch in früheren Jahrhunderten schon viele Male die Welt bewegt. Ich bin übrigens überzeugt, es wird Nachahmer in anderen Staaten geben, wie das jedes Mal war, wenn bei uns Revolutionen losbrachen."

„Da hast Du ja Recht, mein Alter. Du hattest schon immer das Talent, Zusammenhänge zu analysieren. Hab' ich immer schon bewundert an Dir. Solche Berater bräuchten wir in der Politik sehr viel mehr. Schade, dass Du nicht mehr zur Verfügung stehst!"

„Aber das führt mich zu einem anderen ganz aktuellen Thema, das mich wirklich tief besorgt." fährt der Notar fort. „Du weißt sicher, dass Regierungsbefürworter angekündigt haben, eine Gegendemonstration zu veranstalten. Pro Macron gewissermaßen. Ich kann mir schon vorstellen, dass das ganze Unternehmen auch in Regierungskreisen mit seinen Ursprung hat. Jedenfalls wird es zweifellos von dort aus gern gesehen. Aber weißt Du, das alarmiert mich geradezu. Pierre, das kann eine totale Spaltung der Gesellschaft bedeuten!"

„Ja, meine Güte, wer hat denn damit angefangen? Die Gelbwesten waren es doch, die mit ihrer sogenannten Bewegung den Boden bereitet haben für die unglaublichen Gewaltakte, die jetzt passieren. Denk' doch nur an die entsetzlichen Parolen, Macron guillotinieren zu wollen! In welcher Verfassung muss Einer sein, der so etwas von sich gibt?"

„Ja, wirklich schlimm! Erinnere Dich, dass aus einem Fernsehstudio einer der Anführer der Gilets Jaunes aufrief „zum Sturm auf den Elysée", und deshalb unter großem öffentlichen Eklat verhaftet wurde. Ganz ungeniert erklärte der Bursche daraufhin, dass er all das bewusst provoziert hat. Klar, das spricht für sich. Aber Pierre, sogar der Regierungssprecher gibt zu, dass die Gelbwesten selbst sich überwiegend an die Gesetze halten."

„Yves, das kann schon sein, aber die ganze Bewegung ist doch endgültig jetzt eine Sache von üblen Aufwieglern geworden, die die Regierung stürzen wollen. Und die Zahlen haben wieder zugenommen, das weißt Du doch. Sie hören nicht auf, Du, sie hören nicht auf, obwohl die Regierung ihnen ja wirklich entgegengekommen ist. Sprich doch mal mit den Leuten auf der Straße: Die Nation ist verstört durch so viel Unsinn und Gewalt!"

„Da musst Du dann aber auch nach den anderen Schuldigen hierfür suchen, wenn Du Dich dermaßen erregst, mein Freund. Zum Beispiel die Medien. Die haben einen erheblichen Anteil daran, dass die Öffentlichkeit der Bewegung solche Aufmerksamkeit schenkt. Alle haben sie Öl ins Feuer gegossen. Vor allem die Nachrichtensender müssen sich den Vorwurf gefallen lassen, dass sie mit ihrer Berichterstattung und Dramatisierung die Revolte verstärkt und damit auch die Gewalt gefördert haben. Für sie hat es sich ausgezahlt: Ihre Einschaltquoten übertreffen tatsächlich seitdem alles bisher Dagewesene bei Weitem. Debatten und Magazine weisen spektakuläre Quoten auf. Du weißt, dass die Staatliche Medienaufsicht deshalb sogar eine Untersuchung eingeleitet hat. Man möchte Richtlinien ausarbeiten für den Umgang der Medien mit Revolten – meiner Meinung nach überfällig."

„Was ich aber mehr als bemerkenswert finde, Yves, sind die Umfragen. Während sich die Franzosen brennend für die Aktualitäten interessieren, die ihnen von Zeitungen, Rundfunk und Fernsehen in ihrer ganzen Fülle serviert werden – und die können nicht fürchterlich und grausam genug sein -, steht gleichzeitig das Vertrauen der Bevölkerung in die Medien auf dem Tiefststand. Nie gab es einen fruchtbareren Boden für Fake News, Verschwörungstheorien und Feindbilder. Und dazu kommt jetzt noch eine ganz wesentliche und geradezu revolutionäre Entwicklung: Die Gilets Jaunes haben nicht nur eine neue Epoche in der Geschichte der Revolten eingeläutet, sondern gleichzeitig auch der Medien, mit denen sie im schönen Gleichklang zusammenarbeiten. Die Aufständischen organisieren sich über soziale Netzwerke, und gleichzeitig heizen die Nachrichtensender im Kampf um die Einschaltquoten die Lust an der Zerstörung an – eine societas leonina. Ein Medienkritiker, ich weiß nicht mehr genau, wer es war, sagte: ‚Es handelt sich nicht mehr um die Verbreitung von Nachrichten, sondern von Angst. Und um Voyeurismus.' "

Nicolas, der in dieser Hinsicht früher nie die geringsten Schwierigkeiten kannte, schläft in letzter Zeit immer schlechter. Bisher erfreute er sich im Allgemeinen der für ihn selbst glücklichen Gabe, sofort in tiefes Schnarchen zu verfallen, sobald er sich zu Bett legte. Lydie erwähnt oft, dass sie ein Lied davon singen könne, vielmehr manchmal noch lang wach liege, während ihr Mann längst in seinen tiefen und lautstarken Schlaf versunken sei. Allerdings beeinträchtigt dies das herzliche Einvernehmen der Ehepartner in keiner Weise. Im Gegenteil empfindet Lydie es als beruhigend, wenn gleichmäßiges Schnarchen neben ihr anzeigt, dass Nicolas seine erholsame Ruhe gefunden hat.

Die Lage hat sich in den letzten Wochen entscheidend verändert. Nicht nur, dass Nicolas lange Zeit, manchmal Stunden, braucht, um überhaupt einzuschlafen; mitten in der Nacht, meist etwa gegen vier Uhr, wacht er nach quälenden Albträumen, wie er sie vorher nie kannte, schweißgebadet auf. Dabei handelt es sich nicht nur um schwere Träume, wie er sie nach gelegentlichen Feiern mit seinen Freunden und einigen Bieren zu viel kennt.

Immer öfter quält ihn ein bestimmter Traum, der ihm höchstes Unbehagen, ja Angst verursacht. Es ist das Gesicht seines Bruders Antoine. Der Traum folgt jedes Mal einem ganz bestimmten Ablauf. Aus einem Hintergrund, der anscheinend aus nebligen Schwaden besteht und auf dem sich zunächst nichts unterscheiden lässt, formen sich langsam Umrisse heraus. Einer davon kommt ihm langsam entgegen, verdeutlicht sich, und nun erkennt er das Gesicht seines Bruders. Es schaut ihn an, aber nicht in einer Weise, wie Menschen sich ansehen. Vielmehr handelt es sich um ein starres Glotzen. Schlimmer noch ist, dass er auch nicht das vertraute Gesicht Antoines vor sich sieht, wie er es aus ihrer gemeinsamen Kindheit und Jugend kennt. Ihm kommt das Gesicht entgegen, wie es nach dem Unfall aussah, ein bleiches Gesicht, in dem nur das dünne Blutgerinnsel um den Mund herum und der große blutige Fleck auf der Stirn noch Farbe aufweisen. Das Furchtbarste dabei sind die Augen, die ihn offen und leblos anstarren.

Es nützt nichts, sich selbst die Augen zuzuhalten, um dem Anblick zu entgehen, so fest er auch im Traum die Fäuste darauf pressen oder den Kopf in die Kissen wühlen mag, wenn er überhaupt seine Arme bewegen kann. Es ändert nichts an diesem entsetzlich toten Blick, denn das Bild befindet sich nicht außen. Nachdem Nicolas nutzlos und ohne Ergebnis sich verzweifelt gewehrt hat, wird ihm jedes Mal deutlich, dass es von innen, aus ihm selbst heraus kommt und bei geschlossenen Augen nur noch immer deutlichere und bedrohlichere Züge annimmt.

Wenn er dann aufschreckt nach einem solchen Albtraum, laufen die Vorkommnisse der Nacht von damals wie ein schrecklicher Film in seinem Inneren ab. Dann befällt ihn das Gefühl zu ersticken, und er erträgt er es nicht mehr, im Bett liegen zu bleiben. Er tastet sich durch das dunkle Zimmer hinaus. Meist stößt er dabei in seiner Benommenheit etwas um, zumindest quietscht die Türklinke, so dass Lydie aufwacht. „Was ist los, Nico, kannst Du wieder nicht schlafen?" Selbst aus dem tiefsten Schlaf heraus fragt sie in ihrer Sorge um ihn so oder ähnlich. Statt einer Antwort brummt er meist irgendetwas Unverständliches, das beruhigend klingen soll. Gegen Morgen fällt er dann in einen abgrundtiefen Schlaf und hat alle Schwierigkeiten, aus dem Bett zu kommen, wenn der Wecker läutet.

Nach einer solchen Nacht fährt er wieder einmal in panischem Schrecken auf, als Lydie ihn heftig rüttelt.

„Wach auf, Nico! Es ist Samstag, höchste Zeit für die Demo! Der Wecker hat schon zwei Mal geläutet."

Es bleibt nicht einmal mehr Zeit für ein Frühstück.

Am Rondpoint ziehen graue Nebelschwaden fast bis zum Boden herab, und es schleiert ein feiner kalter Nieselregen, der in kürzester Zeit alles durchnässt. Sie schaudern, als sie nach einer in ihrer Müdigkeit schweigend verbrachten Fahrt noch recht schlafumfangen aus dem warmen Auto steigen. Aufgeregt laufen ihnen schon die Leute aus Abbeville entgegen, kaum dass der Motor abgestellt ist. Sie haben die gelben Westen noch nicht angelegt. Seitdem die Polizei schon an den Zugängen zum Rondpoint kontrolliert und sowohl Leuten mit gelben Westen als auch mit schwarzer Vermummung ohne Ausnahmen den Zutritt verwehrt, ziehen sie ihre Protestkleidung erst unmittelbar auf dem Kreisverkehr unter ihren Hemden hervor, wo sie sie wegen denkbarer Durchsuchungen verborgen haben, und legen sie an, so dass sich die Szene mit einem Mal gelb zu färben beginnt. Leider mischt sich von einem Samstag zum anderen auch immer mehr Schwarz dazwischen.

„Da seid Ihr ja endlich, Ihr Schlafmützen! Könnt Ihr überhaupt schon aus den Augen schauen? Kommt her, es gibt Neuigkeiten."

Sie können es offenbar kaum abwarten, ihre Botschaft zu verkünden, und die Krankenschwester stößt ihre Kameraden recht unsanft in die Seite und drängt zur Eile. „Jetzt sag' schon! Los!"

Einer unterbricht den anderen im Bestreben, die Botschaft zu überbringen, bis sie endlich berichten, dass sie den Brief haben. Der Präsident hatte bereits angekündigt, sein wochenlanges Schweigen, das viele befremdete, nun endlich zu brechen und sich in einem Schreiben an die Nation zu richten. Sie alle haben davon gehört, und auch die Inhalte, die sich darin finden sollen, wurden von den Medien in Umrissen bereits im Vorhinein besprochen. Nur ein wirklicher Brief ist bisher – soweit sie wissen - bei keinem eingegangen, so sehr mancher von ihnen, der die Ankündigung in personalisierter Form begriffen hatte, auch gewartet und seinen Briefkasten durchwühlt hat. Auch der Postbote konnte diesbezüglich keine weiterführenden Auskünfte geben. In der Kneipe am Vorabend war es deshalb schon lustig zugegangen.

„Vielleicht hat er sich in der Adresse geirrt." meinte ein Witzbold. „Kann gut sein, dass er aus Versehen an die Lutheraner geschrieben hat."

Andere wieder betonten mit düsterer Entschiedenheit, dass sie von diesem Präsidenten überhaupt keinen Brief wollten, ja dass sie einen solchen gar nicht annehmen, sondern postwendend zurückschicken würden. So und in ähnlicher Weise ging es mit großem Hallo hin und her zwischen ihnen.

„Wir haben den Brief!" schreien jetzt die Kameraden aus Abbeville. „Die Frau vom André arbeitet in der Mairie, da hat sie ihn mitgebracht."

Bei besagtem André handelt es sich um den Inhaber eines Klempnerbetriebs, der hin und wieder für die Gemeinde arbeitet und der sich selbst dem Team aus Abbeville angeschlossen hat. Er nimmt die lobende Erwähnung seines Botendienstes mit Zufriedenheit zur Kenntnis. Die anderen schwenken triumphierend eine ganze Anzahl von beschriebenen Seiten, denn es handelt sich um ein ungewöhnlich langes Schreiben.

„Wir haben schon mal reingeschaut. Also, die große nationale Debatte steht wirklich drin."

Manche von ihnen haben schon einmal von einem solchen Vorhaben gehört, zum Beispiel hat es der Präsident bereits auch in seiner Rede im Dezember erwähnt. Niemand von ihnen schenkte der Ankündigung damals aber größere Aufmerksamkeit.

„Ist das vielleicht endlich auch zu Euch vorgedrungen in das letzte Provinzloch? Ihr seid ja wirklich nicht auf dem Laufenden! Wo steckt Ihr denn die ganze Zeit? Habt Ihr Euch in Euren Huttes vergraben?"

Ja, vage haben auch sie von einem solchen Projekt gehört.

„Bis zum 15. März soll die gehen, die Debatte." weiß die Krankenschwester. „Da können dann alle vorbringen, was sie auf dem Herzen haben."

Wie sie dies zitiert, verlautet es zumindest auch aus dem Elysée. Um die angekündigte Klagemauer zu errichten, sollen in den einzelnen Gemeinden Bücher ausgelegt werden, in die sich die Bürger mit ihren Sorgen eintragen können. Manche erinnern sich aus ihrer Kinderzeit noch daran, dass die Leute ihre Gebetsanliegen in dafür vorgesehene Bücher eintragen konnten, die in der Kirche auf einem Pult in der Nähe des Eingangs auslagen, in der Hoffnung, dass jemand von den Sorgen seiner Mitmenschen Notiz nimmt und das Anliegen des Glaubensgenossen mit seinem Gebet unterstützt. Nicolas stellt sich diese Bücher vor, wie sie in der Mairie liegen, wahrscheinlich an einer für alle gut zugänglichen Stelle, denn wer würde sich schon eintragen, wenn er das Ganze erst suchen oder gar eigens herausverlangen müsste? In Nouvion kommt hierfür nur das Sekretariat in Frage, durch das alle Besucher des Rathauses gehen müssen. Madame Belois, die in diesem Büro schon seit Jahrzehnten das Regiment führt, wird sich sicher wenig begeistert davon zeigen, wenn sich die Schlangen der Petenten um ihren Schreibtisch drängen.

Hier wird also jedenfalls das Buch liegen wie ein Kondolenzbuch, oder eigentlich wie jemand, der aufgebahrt wird – des Eindrucks kann sich Nicolas nicht erwehren. Denn er bleibt nicht der einzige, der sich unwillkürlich sofort fragt, was wohl mit diesen Büchern und ihrem Inhalt später geschieht. Kaum vorstellbar erscheint es, dass alle die Wünsche, die ihnen anvertraut werden, erfüllt werden wie an Weihnachten der Brief an den Père Noel, und selbst hier blieb der eine oder andere Wunsch, wie etwa eine Erweiterung der Anlage der elektrischen Eisenbahn, zuweilen unberücksichtigt. Nur stellen sich alle das präsidentielle Verfahren sehr viel komplizierter und die denkbare Liste der Wünsche weitaus vielfältiger vor. Sicher möchte der eine mehr Kindergartenplätze, der andere wünscht eine Umgehungsstraße für seinen Wohnort, der wieder andere braucht eine höhere Rente, und so wird es endlos weitergehen. Also wird man aller Wahrscheinlichkeit nach das aufgebahrte Buch letztendlich auch begraben einschließlich aller seiner schönen Wünsche.

So stehen sie im morgendlichen Nieselregen und betrauern von vornherein diese Bücher, diese Livres de Doléance, deren trauriges Schicksal ihnen bereits besiegelt zu sein scheint.

Und dann soll auch die große nationale Debatte beginnen. Aber die Frage bleibt, wie eine solche Debatte, abgesehen von den bereits besprochenen Wunschbüchern, aussehen soll. Wird wirklich debattiert werden? Wer wird daran teilnehmen? Sie alle, jeder Einzelne von ihnen? Kaum vorstellbar! Und was wird der Inhalt sein? Sicher werden dann wieder Wünsche vorgebracht. Was soll das Theater?

Unter den feinen Regentropfen, die ohne Unterlass auf die kleine Gruppe von Gelbwesten herunterschleiern, zerfließt alles in Ratlosigkeit. Ganz grundsätzlich aber geht ihnen eine Frage durch den Kopf: Sollte das alles gewesen sein? Der ganze Erfolg der Bemühungen von Monaten – eine Debatte?

Trotz allem und vielleicht gerade deswegen machen sie sich wieder an die mühsame Arbeit ihres Widerstandes, verdrossen zwar und ohne große Begeisterung, aber wild entschlossen in ihren gelben Westen, deren Protest durch diesen grauen Morgen noch greller zu leuchten scheint. Es gibt tatsächlich einiges zu tun. Die Barrikaden müssen erneuert und auch die Transparente gesichtet und neu verteilt werden.

Denn die Forderungen haben sich in der Zwischenzeit weiterentwickelt und eher grundsätzliches Profil angenommen. Immer mehr von ihnen tragen jetzt die Aufschrift „Macron Démission". Es gibt auch ein paar Schilder mit der Bezeichnung „Macron – Tête de Con". Allerdings bleiben diesbezüglich zumindest bei dem Trupp aus Nouvion Zweifel in Bezug auf die Sachdienlichkeit der Aussage und dementsprechende Hemmungen bestehen. Sie würden ja auch nicht zum „Sturm auf den Elysée" aufrufen wie einer ihrer selbsternannten Anführer, der – vielleicht ermutigt durch die Revolutionsvergleiche Mélenchons – aus einem Fernsehstudio heraus zu diesem Angriffsakt aufrief. Als er unter großem öffentlichen Aufsehen umgehend verhaftet wurde und dabei noch trotzig betonte, diese Arretierung bewusst provoziert zu haben, konnte er sich zumindest zugutehalten, zur Freude der Medienlandschaft ein erneutes Spektakel aufgeführt zu haben. Die Gilets Jaunes am Rondpoint von Amiens sehen hierin keine

Unterstützung ihrer Knochenarbeit hier an den Barrikaden. Im Gegenteil fühlen sie sich durch die öffentliche Provokation eher selbst in ihren ernsthaften Protestbemühungen karikiert, ja auf den Arm genommen, wobei sie diesen ungünstigen Eindruck unter sich auch weitaus drastischer ausdrücken.

Sehr viel lieber wäre ihnen gewesen, die Anführer aus Paris hätten ein vernünftiges Gespräch mit dem Präsidenten, zumindest mit der Regierung, geführt. Darauf warten alle, die sich an den Barrikaden mühen, nun seit Wochen. Hier hätten sie nämlich die Anliegen der Gilets Jaunes vorbringen können. Und wozu protestieren sie denn um des Himmels Willen, als zum Zweck des Widerstandes gegen die aktuellen Missstände sowie zur Durchsetzung ihrer berechtigten Forderungen? Irgendwann einmal muss hierzu doch auch gegenüber dem Gegner, also in diesem Fall dem Präsidenten und seiner Regierung, erklärt werden können, warum man auf die Straße geht. In ihnen wächst die Befürchtung, dass sie anderenfalls noch sehr lange demonstrieren können, ohne dass sich im Geringsten ein Effekt erwarten lässt. Gegenwärtig sieht es so aus, dass die Bewegung selbst lautstark protestiert, dabei aber im Grunde stumm bleibt. In der Zwischenzeit ist zwar auch ein Sprecherrat gegründet worden, der sich, mangels geeigneter Wahlverfahren in der zufällig zusammengewürfelten Bewegung, selbst ernannt hatte. Dementsprechend standen denn auch erwartungsgemäß andere Aktivisten dagegen auf und protestierten gegen die fehlende Legitimität dieses Rates, den sie aus diesem Grunde nicht anerkennen könnten. Tatsächlich fände der Präsident also überhaupt keinen Ansprechpartner, der ihm die Anliegen der Gilets Jaunes erklären könnte, auch gesetzt den wenig realistischen Fall, das Staatsoberhaupt würde ein solches Gespräch ernsthaft suchen.

Diese Überlegungen gehen Nicolas durch den Kopf, während er im Nieselregen schuftet. Er hat das ihm grundlegend scheinende Problem schon einige Male Marcel gegenüber angesprochen. Jedoch wusste auch sein Freund, den er in politischen Angelegenheiten doch für weitaus bewanderter hält als sich selbst, keine befriedigende Antwort auf solche Zweifel. Zwar teilt er die Bedenken im Hinblick auf die begrenzten Aussichten eines Protestes, der seine Forderungen wortlos in die dumpfe Wut eines Aufstands verschließt, zuckt aber nur ratlos die Schultern, wenn Nicolas von ihm wissen will, welcher Ausweg sich hier bieten könnte.

„Kein Wunder, wenn er dann so was wie die komischen Wunschbücher und die Debatte im Kopf hat, der Präsident. Was soll er denn sonst machen, wenn niemand ihm sagt, was wir wirklich wollen?"

Der Gedanke geht ihnen nicht mehr aus dem Kopf. Besonders tröstlich empfinden sie heute bei all ihrem rat- und ziellosen Hin- und Her-Agieren das „Haus der Gilets Jaunes", das sie sich auch an diesem Schauplatz des Protestes sehr bald nach dem Wechsel an den Rondpoint errichtet haben. Es bricht in der Zwischenzeit allerdings fast schon wieder zusammen, weil das letzte Mal keine Zeit mehr verblieb, um das Dach, auf dem wegen des starken Windes während der Woche zuvor eine Wellblechplatte seitlich heruntergerutscht war, neu zu befestigen. Auch der Brasero steht bisher wegen des Nieselregens beschäftigungslos an seinem Platz. Jedenfalls können sie sich in die Hütte aber von Zeit zu Zeit zurückziehen. Dort erwartet sie auch der warme Tee, den Amélie aus Arry immer noch unbeirrt jeden Samstag in großen Thermoskannen herbeischleppt und ihnen in einer der noch intakten und deshalb trockenen Ecken mit gewohnter Liebenswürdigkeit präsentiert.

Sie freut sich, bei diesen Gelegenheiten die Kameraden, mit denen sie ausnahmslos im Lauf der Proteste eine fast freundschaftliche Beziehung entwickelt hat, zu sehen und mit ihnen ins Gespräch zu kommen. Deshalb bemerken sie auch sofort, dass Amélie heute außergewöhnlich bedrückt scheint. Nicolas legt ihr die Hand auf die Schulter.

„Was ist los, Amélie? Fällt Dir der Regen auf's Gemüt?"

Sie fängt plötzlich ganz still zu weinen an, so dass Nicolas erschrickt.

„Ja, meine Güte, was ist denn?"

„Danke Dir, dass Du mich fragst. Es ist etwas ganz Schreckliches passiert. Meine Katzen sind tot." Die Tränen rinnen weiter über die verhärmten Backen, ohne dass sie sie abwischt. „Die waren doch alles, was ich noch hab'!"

„Das weiß ich schon, aber wie ist das denn gekommen?"

„Irgend Jemand hat da Gift ausgelegt. Am Montag Früh sind sie vor der Haustür gelegen und haben jämmerlich gemaunzt, die armen Tiere. Mir hat's das Herz umgedreht. Nichts hat mehr genützt. Am Mittag waren sie dann schon tot."

Sie weint bitterlich. Nicolas und Marcel schweigen betroffen. Alles, was sie für die arme Frau tun können, ist dafür zu sorgen, dass diesen Vormittag über immer einer bei ihr bleibt, um sie ein wenig von ihrem Schmerz abzulenken, denn es scheint ihr gutzutun, von ihrem bitteren Verlust zu erzählen. Immerhin lässt sich bei dieser Gelegenheit auch ein Blick in das Schreiben des Präsidenten werfen, dessen zahlreiche bedruckte Seiten im Haus der Gilets Jaunes schon etwas zerknüllt und mit mehreren Fettflecken zwischen den Thermoskannen herumliegen.

Auch Maurice hat sich zwischendurch ganz kurz mit dem Brief befasst, anschließend jedoch sofort wieder die Protestaktionen, insbesondere die Blockade des Verkehrs, aufgenommen. Er zeigt sich weiterhin außerordentlich aktiv in der Gruppe der Jungen, die nun noch durch die Leute aus Abbeville bereichert worden ist. Sie bilden eine regelrechte Bande, unternehmen alles gemeinsam und mit erheblichem Einsatz. Sie agieren, als hätten sie mit den Samstagsdemonstrationen von höchster Stelle eine wichtige Aufgabe zugewiesen erhalten, die sie nun mit peinlicher Gewissenhaftigkeit erfüllen.

Nicht nur einmal musste Nicolas seinen Sohn schon wieder ermahnen, dabei nicht zu übertreiben. „Du, Maurice, hör mal, es geht um's Demonstrieren, nicht um's Rumtoben." Eindeutig würde dem Jungen etwas fehlen, wenn die Proteste irgendwann einmal eingestellt werden müssten. Selbst seine Freundin vernachlässigt er immer mehr. Lydie hat ihren Sohn schon einige Male gewarnt: „Pass bloß auf, dass sie Dir nicht wegläuft! Das geht schneller, als man manchmal glaubt." Immerhin kümmert er sich um Michelle noch regelmäßig am Sonntagnachmittag und auch manchmal abends während der Woche, wenn die beiden nicht zu müde von Arbeit beziehungsweise Schule sind oder am nächsten Tag nicht allzu früh aufstehen müssen.

Trotzdem hat sich die vernachlässigte Kleine schon mehrfach bitter bei Lydie beklagt. Nicolas rechnet es seiner Frau hoch an, dass sie bei solchen Gelegenheiten trotz ihrer eigenen elementaren Bedenken gegen die Protestaktionen eindeutig zu ihm hält. Sie springt gewissermaßen über ihren

Schatten und versucht, Michelle zu erklären, warum und zu welchem Zweck ihre beiden Männer an die Front gehen. Zufällig wurde er selbst einmal Zeuge eines solchen Gesprächs, als er überraschend nach Hause kam und die Beiden nebeneinander auf dem Sofa vor dem Kamin fand. Immer noch beeindruckt ihn, wie überzeugend Lydie an diesem Tag von dem Engagement am Rondpoint und seiner Sinnhaftigkeit sprach. Er selbst, muss er sich eingestehen, sähe sich dazu nicht mehr in der Lage.

Gegen Mittag haben die Jungen sich dann den Brief des Präsidenten geholt. Amélie versuchte noch bei all ihrem Schmerz, sie davon abzuhalten.

„Ihr da, Jungs, lasst das! Den wollen doch die anderen noch lesen."

„Keiner will den lesen! Gaulois Réfractaires können nicht lesen!" erhält sie zur Antwort, und alle lachen über den gelungenen Scherz.

Ein langer dünner Junge hält die Blätter jetzt hoch, während er schnell vom Haus der Gilets Jaunes auf die neue Barrikade zuläuft. „Wer will ihn lesen? Wer will ihn lesen?" schreit er dazu aus Leibeskräften, dass es über den Rondpoint gellt, und klettert auf die rostige Blechhaube, die den Haufen ziert.

Sie rennen ihm nach, lachen übermütig, und manche schreien im gleichen Takt: „Niemand, niemand!"

Nicolas hätte es eigentlich interessiert, das Schreiben in Ruhe zu lesen, aber er verkneift es sich. Zu begeistert toben die Jungen umher. Außerdem muss er wieder seinen Dienst an der Blockade antreten. Zu viele Autos sind im Lauf der letzten Stunde schon unbehelligt durchgefahren.

Dann zünden die Jungen einen alten Stuhl an, der hoch oben auf der Barrikade seine dünnen Beine nach oben streckt, und unter lautem Gejohle verbrennen sie den Brief. Das Ganze zelebrieren sie wie eine kultische Handlung, Seite für Seite.

Die Demonstranten nutzen eine Pause um die Mittagszeit, als der Verkehr am Roindpoint naturgemäß erheblich nachlässt, weil die Leute zu dieser Stunde alle beim Mittagessen sitzen. Der Nieselregen hat etwas nachgelassen, so dass sie den Brasero anzünden können. Dabei stehen sie vor dem Gelbwestenhaus und sprechen über den Brief. Manche rauchen.

„Vielleicht hat er ja was gelernt, wenn er jetzt mit allen reden will."

„Blödsinn! Außerdem - wie will er das denn machen?"

„Das will er doch auch gar nicht. Dem sind wir schnurzegal. Er will uns nur Sand in die Augen streuen."

„Ja, und wenn er uns alle nach Hause geschickt hat, und wir alle brav unsere Wünsche aufgeschrieben haben, macht er genauso weiter wie bisher. ‚Kinder, Weihnachten ist vorbei. Jetzt aber brav an die Arbeit!' So wird es heißen. Seid doch nicht so blöd!"

„Also ich mach' da nicht mit."

Schon nach kurzer Zeit zeichnet sich ab, dass sie mit großer Mehrheit eine Beteiligung an der Debatte ablehnen, ja es als Verrat betrachten, wenn einer sich dazu hergibt.

„Das hätt' noch gefehlt! Als Staffage für den Präsidenten sich hergeben! Dann hätt' er endgültig erreicht, was er wollte. Wir schuften uns hier kaputt, und der untergräbt unsere Anstrengungen mit so einem Firlefanz!"

Angesichts des allgemeinen Aufruhrs, der sich ganz ohne ihn abspielt, fürchtet Robert allmählich um seine Führungsrolle und ergreift das Wort zu einer grundsätzlicheren Erklärung.

„Sicher ist: Man kann denen nicht trauen, Kameraden, nicht über den nächsten kleinen Weg. Lasst Euch nicht täuschen. Das ist ein ganz durchsichtiges Manöver. Die wollen jetzt nur alle beruhigen, damit wir schön nach Hause gehen, und dann machen sie weiter wie bisher. Jeder muss wissen, das ist eine Falle, in die wir nicht tappen dürfen. Wer bei der sogenannten Debatte mitmacht, wird bei uns hier ausgeschlossen, ein für alle Mal, das muss klar sein."

In den nächsten Wochen zieht der Präsident höchstpersönlich durch die Lande und diskutiert mit den Bürgermeistern in einzelnen ausgewählten Regionen. In ihrem besten Sonntagsstaat und angetan mit ihren breiten Trikoloreschärpen um die Bäuche sitzen sie da im Bewusstsein ihrer Würde im Kreis um den Präsidenten, der sich die Krawatte ausgezogen und die Hemdsärmel hochgekrempelt hat, um harte Arbeit zu demonstrieren. Er gibt sich die größte Mühe, schont sich nicht, das muss jeder, der ihn so sieht, zugeben. In diesen Kreisen der Gemeindeoberhäupter agiert er wie ein rühriger Unterhalter oder eben mit dem entschlossenen Eifer, den er während seiner Wahlkampagne an den Tag gelegt hat.

Die Presse weiß schon zu vermelden, dass der Präsident zu seiner alten Hochform aus dem Wahlkampf um die Präsidentschaft zurückgefunden habe. Selbst so mancher treue Anhänger der Rechten zeigt sich beeindruckt von der „brillanten" Weise, in der der Präsident auftritt, und von seiner Sachkenntnis, durch die er beim Gespräch mit den Bürgermeistern glänzt. Selbst über Wölfe und Bären in den Pyrenäen weiß er Bescheid. Viele erinnern sich aber auch, dass dieselben Bürgermeister, die sich nun im präsidentiellen Glanz sonnen, sich zuvor in offener Opposition und mit harschen Worten gegen die Regierung gestellt haben. Besonderen Anlass hierzu bot ihnen die Abschaffung der Wohnsteuer, die seit jeher zu den wichtigen Finanzquellen der Gemeinden zählte und für die sie nun verzweifelt nach Ersatz suchen müssen. Diese Aufgabe haben sie allerdings einstweilen vertagt, denn jetzt scheinen sie jedenfalls mit großer Begeisterung auf das präsidentielle Diskussionsangebot einzugehen. Dies muss ihnen auch deshalb angebracht erscheinen, als die öffentliche Meinung sich zwar nach wie vor im allgemeinen Zweifel über den konkreten Nutzen einer solchen Debatte windet, das Vorhaben insgesamt jedoch ganz überwiegend positiv beurteilt.

Pierre Trieux hat sich eigens an die Somme begeben, um mit seinem Freund die – so sieht er es - geniale Idee des Präsidenten zu feiern. Er hat zu diesem freudigen Zweck sogar eine Flasche des edlen Margaux Grand Cru Classé mitgebracht.

„Was hab' ich Euch an Sylvester vorausgesagt? Du siehst, er ist wieder ganz obenauf."

„Ja, ich weiß Bescheid. Unser Bürgermeister hier hat mich schon ausführlich unterrichtet. Weißt Du, er gehört nämlich zu den Auserwählten, die an der Diskussion in Amiens teilnehmen durften, was er natürlich als hohe Auszeichnung für sich persönlich versteht. Er hat sich irgendwie die Meinung gebildet, dass nur die Besten zu dieser illustren Runde zugelassen werden. Und jetzt hat er mir in den höchsten Tönen davon vorgeschwärmt, wie glänzend Macron aufgetreten ist. ‚Ganz der Alte' hat er immer wieder betont, ‚ganz der Alte'. Vor allem zeigte er sich auch sehr beeindruckt, wie gut der Präsident in allen Fragen Bescheid weiß. ‚Brillant!' hat er immer wiederholt und konnte sich gar nicht mehr beruhigen. Das Ganze scheint dem Ego der Bürgermeister aber auch ausgesprochen gut getan zu haben! Der Präsident nannte sie seine „Vermittler". Das ist schon sehr geschickt. Dagegen kommt dann Baroin mit seiner Union der Bürgermeister Frankreichs auch nicht mehr an."

„Aber schon das Schreiben war genial, musst Du zugeben."

„Höchste Zeit nach seinem langen Schweigen! Das begann schon zum Problem zu werden. Man fragte sich schon, wo er geblieben ist."

„Ja komm, Hauptsache, er ist jetzt auf dem Plan. Wie er von der Wut der Menschen geschrieben hat, vielmehr sogar von Wut im Plural…"

„…den es überhaupt nicht gibt in unserer Sprache!"

„Er ist eben erfindungsreich. ‚Mit gemeinsamen Anstrengungen nach Lösungen suchen' klingt jedenfalls sehr gut."

„Lösungen, die eigentlich er selbst und seine Regierung bringen sollten, nicht das Volk, oder?"

„Sei doch nicht so destruktiv, Yves! Und in dem Schreiben fehlt es ja auch nicht an wirklichen Anstößen zur Diskussion. Mindestens 30 Fragen wirft er auf. Meiner Meinung nach treffen die auch genau den Nerv der Leute. Welche Steuern sollten prioritär gekürzt werden? Welche Staatsaufgaben sollen vermindert werden? Wo soll gespart werden? Wer soll die Energiewende bezahlen? Soll man die Zahl der Abgeordneten begrenzen? Das sind doch alles Fragen, die den Leuten auf den Nägeln brennen."

„Ja, das Team um den Präsidenten war fleißig."

„Jetzt wirst Du aber zynisch, Yves! Sieh mal, wie systematisch er auch vorgeht: Vier große Felder nennt er: Steuern, Organisation des Staates und der Behörden, ökologischer Übergang und schließlich Demokratie und Bürgerschaft. Besser kann man es doch nicht machen! Thibault ist übrigens auch sehr angetan von der Gliederung. Er war ja mit den Aussagen zum ökologischen Übergang maßgeblich mit befasst. Weißt Du, was er mir gesagt hat? Er kann das ja immer besonders gut auf den Punkt bringen. Er sagte: ‚Das Ganze spiegelt wahrhaft den cartesianischen Geist wider.' Ich fand das genial."

„Nun, das wird die Leute wahrscheinlich sehr beeindrucken. Das Thema der Vermögensteuer bleibt jedenfalls nach wie vor ausgeklammert."

„Das hat er ja auch immer betont. Das ist für ihn tabu. Hör mal, wenn er das Paket wieder aufschnüren würde, müsste er ja seine gesamte wirtschaftspolitische Ausrichtung total verändern. Seien wir mal ehrlich, er ist doch wirklich schon genug Kompromisse eingegangen – für meinen Geschmack viel zu viele. Gegen seinen meritokratischen Ansatz lässt sich ja wirklich nichts einwenden." Pierre zitiert die entsprechende Stelle aus dem Gedächtnis. „‚Die Gesellschaft, die wir uns wünschen, ist eine Gesellschaft, wo man zum Erfolg keine Beziehungen oder Vermögen braucht, sondern Anstrengung und Arbeit.' Und dass eine Politik für mehr Beschäftigung bei den Unternehmen ansetzen muss, dürfte doch auch jedem einleuchten."

„Das geht ja noch. Aber so wie das Schreiben im Übrigen abgefasst ist, wird es wohl nicht für sehr viele verständlich sein. Und im Hinblick auf mehr Bürgerbeteiligung hält er sich ja auch recht vornehm zurück, wenn ich richtig gelesen habe."

„Hör mal, das kannst Du aber wirklich nicht sagen! Schau, er schreibt, in der Großen Debatte soll man mutig über alles reden. Dass er deutliche Grenzen markieren muss und eigene Schwerpunkte setzt, ist doch auch verständlich. Anders geht das doch nicht."

„Aber im Ernst, glaubst Du wirklich, Pierre, dass sich die Proteste durch ein solches Schreiben beruhigen lassen? Schau mal, am Schluss stellt der Präsident selbst klar, dass es sich bei der Debatte weder um eine Stimmabgabe noch um ein

Referendum handelt, also gerade nicht die unmittelbare Beteiligung, die sie gefordert haben."

„Ja, ja, Macron ist ja nicht dumm. Sonst würden sie sich doch alle, weiß Gott etwas erwarten."

„Sie haben sich aber auch viel erwartet. Und nun wird von Vornherein klargestellt, dass das Ganze unverbindlich ist. Der Präsident definiert, worüber geredet werden darf. Schon das bringt sie auf die Palme. Sie dürfen reden, ‚mutig reden' sogar, wie der ‚Souverän' schreibt, aber was letztlich die Debatte bewirken soll, bleibt ganz im Unverbindlichen. Du glaubst doch wohl nicht, dass sich dadurch Frieden herstellen lässt! Also, jedenfalls ist das ja auch keineswegs etwas Neues. Schon unter dem Ancien Régime hat es die ‚cahiers de doléances' gegeben. Am Anfang der Revolution gab es diese ‚Beschwerdehefte', die die Abgeordneten zu den Generalständen mitgenommen haben. Du weißt doch, die Register in denen Eingaben und Proteste der Bürger aufgenommen wurden, die die parlamentarischen Versammlungen dann an den König richteten. Das ging dann von der Schädlichkeit der Industrie für die Gesundheit über die Trinkwasserverschmutzung bis hin zu den geringsten Einzelheiten – ein kleiner Vorgeschmack der bevorstehenden Debatte. Kurioserweise verfasste der Dritte Stand seine Wunschlisten meist am Sonntag, wo sich alle Dorfbewohner in der Messe trafen. Solche Listen dienten dann auch den Abgeordneten des Dritten Standes 1789 in Versailles, um sich mit all den dort verzeichneten Eingaben zu profilieren."

„Interessant, Yves, das war mir gar nicht mehr so gegenwärtig."

„Das ist überhaupt nicht mehr bekannt, aber Historiker behaupten, dass es in der Geschichte vorher kein ähnliches Beispiel für eine solche schriftliche Volksbefragung gegeben hat. Es war eine gewaltige Fülle von Anliegen, die damals in den Heften gesammelt wurden, wenngleich viele zu dieser Zeit noch nicht schreiben konnten und deshalb auf die Feder des Pfarrers oder Juristen angewiesen waren, und auch aus Paris wurden den Gemeinden wohl vorgefertigte Musterformulierungen zur Verfügung gestellt. Eine Befriedung konnte durch dieses Beschwerdeverfahren nicht erreicht werden, wie allgemein bekannt ist. Im Gegenteil – alles andere! Klar, auch jetzt wird so mancher einen guten Willen hinter dem Manöver dieser Debatte sehen und besänftigt in das Regierungslager umschwenken. Aber Du wirst auch erleben, dass ein harter Kern übrigbleibt, der sich hinters Licht geführt fühlt und seine Enttäuschung in immer noch mehr Gewalt einmünden lässt. An diesem Kern werden wir unter Umständen sehr schwer zu knacken haben. Denn sieh mal, wenn sich so viele geäußert haben und bei aller Unverbindlichkeit des Verfahrens darauf hoffen, dass gerade ihr Wunsch umgesetzt wird – wie soll das möglich sein? Je mehr Wünsche es gibt – und es gibt unzählige davon, desto weniger lässt sich ein allgemeiner Wille ausmachen. Das war 1789 genauso. Und schließlich noch etwas Anderes: Wenn schon alle ausdrücklich nach ihren Wünschen gefragt werden wie die Kinder vor Weihnachten, umso größer fällt die Enttäuschung aus, wenn gerade das eigene Anliegen keine Berücksichtigung findet. Und dass das für die Mehrzahl derer, die sich beteiligt haben, so sein wird, ist unausweichlich."

Diese Entwicklung düsterer Gedanken bleibt bei Pierre nicht ohne Wirkung. Sie stört ihn in dem vielversprechenden Gedankengebäude, das er – auch unter dem Einfluss seines Sohnes – auf der Grundlage des präsidentiellen Schreibens entwickelt hat. Er fühlt sich deshalb recht erleichtert, als Evelyne zum Abendessen ruft und auf diese Weise dem destruktiven Vortrag des Notars ein Ende bereitet.

Bei Tisch verbietet sich das allzu politisch ausgerichtete Gespräch ohnehin, zumal Madame ihren seit den unerfreulichen Erlebnissen des Jahreswechsels tief verwurzelten Groll gegen die Gilets Jaunes keineswegs überwunden hat. Obwohl die in Mitleidenschaft gezogene Fassade des Pariser Hauses außergewöhnlich schnell wiederhergestellt wurde, sinnt sie weiter darüber nach, wie die Verantwortlichen zur Rechenschaft gezogen werden könnten. Das Thema empfiehlt sich also im Interesse eines friedlichen Abends besser zu meiden. In der Suche nach einem unverfänglicheren Gegenstand kommt Pierre beim Dessert stattdessen auf den Bürgermeister zurück.

„Sag' mal, Euer Bürgermeister hat Dich doch offensichtlich heimgesucht, wie Du vorhin erzählt hast. Gibt es denn Neuigkeiten bezüglich der Windräder?"

Er hätte eigentlich ahnen können, dass es sich dabei um ein weiteres, nicht minder prekäres Thema handelt. Der Notar zögert denn auch etwas mit seiner Auskunft und scheint sich selbst überwinden zu müssen, um sich nun in die unerfreuliche Angelegenheit zu vertiefen. Nachdem er sein Besteck betont sorgfältig auf dem Teller abgelegt und sich ein paar Mal mit der Serviette sehr gründlich über den Mund gewischt hat, nimmt er schließlich einen Schluck Wein, allerdings in einer Weise, in der er dabei die Lippen zusammenpresst, die seine Missstimmung mehr als deutlich zum Ausdruck bringt. Evelyne stochert währenddessen ungewohnt unlustig in ihrem Soufflé, das zu ihren

Lieblingsdesserts gehört und das sie selbst auch hervorragend zuzubereiten weiß.

„Na ja, wenn Du so willst, gibt es da eine ganze Menge Neuigkeiten. Unser Freund Maître Ronsard scheint ja juristisch recht erfolgreich zu argumentieren. Daran hatte ich auch nie den geringsten Zweifel. Deshalb haben wir ihn ja auch für die leidige Angelegenheit herangezogen. Erinnerst Du Dich noch an damals, als er mit großer Geste die einschlägige Gerichtsentscheidung aus dem Jahr 1912 hervorzog und die Einwände der Verwaltung gegen den Ausbau des großen Anwesens in Fontainebleau daraufhin in Nichts zusammenfielen? Ja, das ist schon ein Meister seines Fachs. Jedenfalls hat er nun sowohl die Gemeinde als auch den Souspräfekten offenbar mit juristischen Gegenargumenten dermaßen eingedeckt, dass sie seit ein paar Wochen darauf herumkauen. Besonders der Unterpräfekt hat sich wohl davon sehr beeindrucken lassen. Bisher sind sie jedenfalls nicht in der Lage, das Planungsverfahren für ihre Windräder überhaupt einzuleiten."

„Das ist aber doch eine sehr gute Nachricht!"

Pierre zeigt sich erfreut über diese augenscheinliche Erfolgsmeldung und zuversichtlich, dass sich die Stimmung seiner Freunde damit wohl bald aufheitern werde.

„Wie man es nimmt, Pierre, alter Freund! Wenn da nicht die Bauern wären. Sie waren natürlich die Ersten, die die Schriftsätze unseres Maître gelesen haben. Wahrscheinlich lassen sie sich längst juristisch beraten, da bin ich mehr als sicher, aber dumm sind sie ja auch selbst keineswegs. Ob sie den Schriftsatz jetzt wirklich verstanden haben, weiß ich nicht. Aber als ihnen klar wurde, welche Wirkung unsere

Argumentation auf den Souspräfekten hat, wurden sie jedenfalls fuchsteufelswild."

Evelyne, die dem Bericht ihres Mannes bisher schweigend und mit bitterer Miene gelauscht hat, lacht an dieser Stelle höhnisch auf. „Das kannst Du wohl sagen!"

„Nun, als alter Politiker erinnerst Du Dich wahrscheinlich aus Deiner aktiven Zeit, wie es ist, wenn die Bauern wütend werden."

Der Notar winkt müde ab, als sich Pierre offenbar herausgefordert fühlt, seine diesbezüglichen Erfahrungen näher zu schildern.

„Hör auf, das kennen wir Beide ja zur Genüge! Müssen wir nicht wieder aufwärmen. Mir reichen meine ganz frischen Erlebnisse. Vor einer Woche fing das an. Morgens früh zog ein Mistgeruch zu uns herein, wie er seinesgleichen sucht. Ganz ungewöhnlich ist so etwas auf dem Land nicht, wenn sie den Dreck zum Düngen auf den Feldern ausbreiten oder auch nur davor lagern, jedoch überstieg die Intensität des Duftes alle bisherigen Erfahrungen. Die Ursache war auch schnell gefunden, nämlich in Gestalt eines enormen Misthaufens, der sich an diesem Morgen unter unseren Schlafzimmerfenstern befand. André lief sofort los, um Erkundigungen einzuholen, aber natürlich ließ sich kein Urheber ausfindig machen. Und auch keiner aus dem Dorf einschließlich Umgebung zeigte sich auch nur im Entferntesten dazu bereit, den Mist zu entfernen. Alle waren ausgerechnet an diesem Tag bis unters Dach und mit dem letzten Wagen beschäftigt. Bis ich einen gutwilligen Fuhrunternehmer fand, der noch am gleichen Tag aus Abbeville herausfuhr und uns von dem Gestank befreite. Dem guten

Mann bin ich ewig dankbar. Aber das Ganze war schon ein wirkliches Abenteuer."

„Das ist ja schrecklich!"

Obwohl er sich im Allgemeinen nicht frei von einer Anlage zur Häme weiß, empfindet Pierre ehrliches Mitgefühl, während Evelyne unter dem Eindruck der Erinnerung an diesen für sie nicht nur äußerst unästhetischen, sondern vor allem auch demütigenden Vorfall längst ihr kleines Spitzentaschentuch herausgezogen hat und einige Tränen abwischt. Dazu seufzt sie etwas, während sie den Kopf nach oben bewegt und die Augenlider ein paarmal auf und zu klappt.

„Ja, und der Besuch des Bürgermeisters kam natürlich auch nicht von ungefähr." erzählt der Notar weiter. „Kaum war der Mist verschwunden, erscheint unser Maire höchstpersönlich bei mir unter dem Vorwand, mir von seinem gloriosen Erlebnis bei der Großen Debatte zu erzählen. Eine solche Anhänglichkeit an seine Gemeindemitglieder steht einem Bürgermeister ja an sich recht gut an, obwohl ich in diesem Augenblick eher argwöhnisch blieb, wie Du Dir vorstellen kannst. Aber ganz am Schluss, als er schon halb draußen war, und Du kannst Gift darauf nehmen, dass es der eigentliche Zweck seines Besuchs war, drehte er sich noch einmal zu mir um. ‚Übrigens, Maître Dacourt, ich muss Ihnen schon sagen, in der Gemeinde ist man sehr aufgebracht, dass die Angelegenheit mit den Windrädern so zögerlich vorangeht. Die Bauern haben längst mit den Einnahmen aus den Eoliennes gerechnet. Die stehen mir jeden Tag in der Mairie und fragen, wie es jetzt weitergeht. Ins Internet schau ich schon gar nicht mehr. Da bedrängen sie mich in Massen. Fehlen nur noch Morddrohungen.' Und dann – das Schönste! – schaut er mich ganz freundlich und verschlagen an und sagt: ‚Besonders wütend sind sie auf den Advokaten aus Paris. Auf den stoßen sie die schlimmsten Verwünschungen aus. Wissen Sie, Maître, ich versteh' ja, dass Sie die Windräder nicht haben wollen. Aber unsere Leute hier finden es absolut unerhört, dass sich jemand von außen in unsere Angelegenheiten einmischt. Da werden die sehr unangenehm.' Ich habe ihm daraufhin mitgeteilt, dass mir diese unangenehme Art seiner Gemeindemitglieder zumindest seit deren ausufernden Umgangs mit ihren Düngemitteln mehr als bekannt ist, und dann habe ich ihn schon sehr unmissverständlich gebeten, diesbezüglich für Ordnung zu sorgen. ‚Sie sind schließlich für die Sicherheit und Ordnung in der Gemeinde zuständig.' Ich musste einfach sein Gedächtnis auffrischen, wozu er hier überhaupt herumsitzt. So etwas wie den Mist wolle ich nicht noch einmal erleben, habe ich ihm unmissverständlich erklärt. Pierre, weißt Du, was er dann gemacht hat? Er hat die Arme ausgebreitet und tatsächlich seinen Bankrott als Bürgermeister erklärt. ‚Da bin ich machtlos! Soll ich meine Gemeindemitglieder mit dem Gewehr bedrohen, oder soll ich sie in der Mairie einsperren?' Damit hatte er wohl seinen Auftrag erfüllt, aber Du kannst Dir vorstellen, dass der Abschied von meiner Seite etwas kühl verlaufen ist."

Unglaublich findet Pierre das Verhalten des Gemeindevorstehers und schließt einen kleinen Vortrag an über die vornehme und verantwortungsvolle Aufgabe der Bürgermeister in der Republik als Vertreter der dem Volk am nächsten stehenden Ebene politischen Handelns.

Allmählich verringert sich die Zahl der Teilnehmer an den Samstagsdemonstrationen noch immer weiter, obwohl sich jede Woche fast überall im Land wieder unentwegte Trupps zusammenfinden, um weiter zu protestieren. Allerdings lassen diese sich zahlenmäßig keineswegs mit den beeindruckenden Massenauftritten der ersten Zeit vergleichen, und zu allem Überfluss dominieren dabei immer mehr die Gewalttätigkeiten. So fackeln die Black Bloc ein Restaurant bei Toulouse einfach ab mit der Begründung, der Inhaber habe die Gilets Jaunes kritisiert. Dabei lassen sie es nicht bewenden, sondern zünden als zusätzlichen Racheakt das Auto des Wirtes an. Da das Restaurant aufgrund der Attacke erhebliche Schäden aufweist, muss es für längere Zeit geschlossen bleiben, was die wirtschaftliche Existenz des Inhabers ernstlich bedroht. Gerechtfertigt fühlen sich die Gewalttäter dabei durch einen der Hauptanführer der Gelbwestenbewegung selbst, der in Paris mit großer Erbitterung eine Fortsetzung der Proteste „mit allen Mitteln" fordert. Sie nehmen diese Aufforderung, die nicht einmal an sie selbst gerichtet ist, wörtlich.

Auch bei der Truppe am Rondpoint in Amiens lichten sich die Reihen allmählich erheblich. Sogar mehrere Teilnehmer der ersten Stunde geben auf. Verschiedenste Gründe mögen hierfür angeführt werden. So ist etwa die schwere Verletzung einer der Anführer der Gilets Jaunes in Paris nicht ohne Eindruck auf die Moral der Kämpfer geblieben. Es handelt sich um einen Vorfall, dessen genauere Umstände auch nach eingehenden Untersuchungen höchst umstritten bleiben werden.

Sicher ist, dass auf der Place de la Bastille in Paris die Ordnungskräfte geschossen haben, wobei jedoch bisher nicht zweifelsfrei festgestellt werden konnte, ob es sich um einen Flashball, ein LBD40, handelte oder einfach um ein weitaus harmloseres Geschoss, das dazu dient, die Demonstranten zu zerstreuen. „LBD" sind pyrotechnische Kartuschen, aus denen unter anderem Hartgummiprojektile verschossen werden. Sie können von den Sicherheitskräften bei Demonstrationen gegen Gewalttäter eingesetzt werden. Bei unsachgemäßem Gebrauch oder ungenügender Ausbildung kann der Einsatz dieser Waffe zu schweren Verletzungen führen. Nach den polizeilichen Bestimmungen dürfen zwar nur gezielte Schüsse auf den Körper oder die Extremitäten - nicht auf Kopf oder Genitalien – abgegeben werden. Da sich die Zielpersonen jedoch bei ihren Protestveranstaltungen in zum Teil heftiger Bewegung befinden, lässt es sich im Einzelfall wohl nicht vermeiden, dass der Einsatz der Projektile auch unabsichtlich zu Fehltreffern führen kann. Schon mehrere Fälle schwerer Verletzungen haben sich ereignet, die zum Verlust des Augenlichtes oder auch Frakturen des Schädels geführt haben oder - wie 2010 in Marseille - sogar zum Tode.

Jedenfalls wurde nun der Mann getroffen, der neben der Julisäule in der Mitte der Place de la Bastille stand, die ausgerechnet an die drei Revolutionstage 1830 erinnert, die zum endgültigen Sturz der Bourbonen führten. Er selbst beschäftigte sich wohl damit, die Auseinandersetzungen zwischen Demonstranten und Polizei zu filmen. Durch das Geschoss soll er die Sehkraft auf dem betroffenen Auge verloren haben. Gleichzeitig wird auch berichtet, dass bei Auseinandersetzungen zwischen Demonstranten der Gelbwestenbewegung und der Polizei ein Demonstrant, ein freiwilliger Feuerwehrmann, vom Geschoss eines Flashballs am Hinterkopf getroffen wurde und nach notärztlicher Behandlung und Operation in einem künstlichen Koma liegt. Bedauerlicherweise handelt es sich dabei keineswegs mehr um

Einzelfälle. Vielmehr wissen gut unterrichtete Kameraden immer öfter von schwerwiegenden Gewaltexzessen der Sicherheitskräfte zu berichten mit der Folge ernstzunehmender Verletzungen von Protestierenden.

Es verwundert nicht, dass sich viele bisherige Kämpfer durch die erhöhte Risikolage abschrecken lassen. Dies wird auch am Rondpoint von Amiens deutlich, an dem sich die Reihen bedenklich lichten. Bemerkenswerterweise bleiben vor allem die Frauen übrig. Weit mehr als die Hälfte der Demonstranten stellen sie nun, nachdem sich ein Kamerad nach dem anderen aus den unterschiedlichsten Gründen verabschiedet.

Wie ernst sich die Lage darstellt, zeigt sich darin, dass unter dem Wandel der öffentlichen Meinung selbst der harte Kern der Bewegung zusammenzuschmelzen beginnt. So muss auch Marcel sich schließlich gezwungenermaßen von den Protesten zurückzuziehen. Ohne Vorwarnung stellte ihm kurz nach Neujahr sein Chef, der Bäcker, der zu Beginn der Unruhen bei jeder Gelegenheit seine Sympathie für die Gilets Jaunes zum Ausdruck gebracht hatte, gewissermaßen eine Art Ultimatum. Es gehe nicht an, dass Marcel auf die Dauer jeden Samstag, also mitten im Wochenendgeschäft, seinem Dienst fernbleibe. Er habe das bisher geduldet, wohl oder übel, denn als guter Staatsbürger kenne man ja die Bedeutung des Demonstrationsrechts. Nun tue es ihm aber außerordentlich leid: Sollten sich die Abwesenheiten seines Angestellten in dieser Art fortsetzen, sähe er sich zu seinem Bedauern gezwungen, das Arbeitsverhältnis zu kündigen und sich nach einem geeigneten Ersatz umzusehen, der ihm im Übrigen auch bereits dauerhaft und zuverlässig in Aussicht stehe. Man müsse Verständnis dafür aufbringen, dass er sich diesbezüglich bereits erkundigt habe und sich auch schon eine ganz bestimmte Person aus dem Ort vorstellen könne. Während Marcel diesen Stimmungswandel seines Chefs zur Kenntnis nehmen muss, durchfährt ihn blankes Entsetzen. Der Verlust seiner Arbeitsstelle würde für ihn mit Frau und drei Kindern im schulpflichtigen Alter die wirtschaftliche Katastrophe bedeuten, und bei der gegenwärtigen Lage auf dem Arbeitsmarkt fände er so schnell keine andere Beschäftigung in seinem Beruf, zumindest nicht in erreichbarer Nähe – und schon gar nicht beim bloßen Übergang der Straße, wie es der Präsident verheißen hatte. Es verbleibt ihm also keine andere Möglichkeit, als sich zu fügen.

Für die Truppe aus Nouvion, aber besonders für Nicolas stellt das Aufgeben seines Freundes einen herben Schlag dar. Marcel war es doch, der ihn selbst und seinen Sohn zur Teilnahme an den Protesten ermuntert, ja der sie überhaupt auf diese Spur gesetzt hat. Mit seinem alten Freund gemeinsam aufzubrechen und für die gute Sache einzustehen, bedeutete doppelte Motivation und besondere Freude für Nicolas. Mit Marcel agierte er einträchtig Samstag für Samstag Seite an Seite, sie teilten ihren Zorn ebenso wie die Mühen der verschiedenen Aktionen, zitterten gemeinsam unter Frost und Regen, wärmten sich zusammen am Brasero, und zwischen den beiden Kameraden fand zu jeder Zeit ihres gemeinsamen Protestes ein reger Gedankenaustausch statt, wie mit keinem anderen aus der Truppe.

Angesichts des zusammengeschmolzenen Haufens, der zukünftig am Samstagmorgen zum Rondpoint fährt, haben sich die Leute aus Nouvion nun auch entschlossen, den gemeinsamen Transport aufzugeben. So machen sich Nicolas und Maurice im Kangoo allein auf den Weg. Sie empfinden es wie eine kleine Niederlage, wenn sie nur zu zweit am Kreisverkehr oder der Péage ankommen und nicht mehr als gemeinsam entschlossene Gruppe auftreten können. Sie fühlen sich, als hätten sie einen guten Teil ihrer eigenen Kampfkraft verloren.

Im Übrigen haben auch in Amiens nun trotz aller Versuche, sie fernzuhalten, die Scharfmacher endgültig die Oberhand gewonnen. Sie scheren sich nicht im Geringsten darum, wie sich die Reaktionen auf ihre Proteste mittlerweile darstellen, weder um das Echo in den Medien noch gar von Seiten der verbliebenen Gilets Jaunes. Sie hören auf nichts mehr, lesen nichts, stoßen nur mit grimmiger Miene wüste Drohungen aus und stürzen sich in blinder Wut auf alles und jeden, der ihnen entgegenkommt. In der Zwischenzeit nimmt zwar das seit Längerem angekündigte Gesetz allmählich Gestalt an, wonach unter anderen Maßnahmen einzelnen Gewalttätigen die Teilnahme an Demonstrationen grundsätzlich verboten werden kann. Weit entfernt davon, die wütenden Black Bloc abzuschrecken, löst diese – im Hinblick auf ihre verfassungsrechtliche Zulässigkeit nicht unumstrittene - Absicht des Gesetzgebers nur neue Empörung bei ihnen aus und ermuntert sie zu weiteren Schandtaten.

Als Nicolas und Maurice an diesem Samstag ankommen und sich gerade damit beschäftigen, neben der seit dem vorigen Mal halb verfallenen Barrikade ihre gelben Westen anzulegen, hat sich dort bereits ein größerer Trupp der Black Bloc zusammengerottet. Sie tragen noch ihre normale Straßenkleidung, um nicht schon von vornherein von den Gendarmen, die die Zufahrtsstraßen zum Rondpoint vorsichtshalber schon seit dem Morgengrauen belagern, zurückgehalten zu werden.

„Du, Papa, was machen die denn da schon so früh?"

Maurice ist es wie alle anderen auch gewohnt, dass die Casseure erst im Lauf des Vormittags eintreffen.

„Ich weiß auch nicht so recht, aber da gibt's Ärger, wie's aussieht."

Nicolas bemerkt sofort den Aufruhr, in dem sich die schwarze Truppe anscheinend befindet. In der Zwischenzeit laufen auch mehrere Gilets Jaunes hinzu, um nichts von der zu erwartenden Auseinandersetzung zu versäumen. In der Mitte des Trupps steht so breitbeinig wie möglich ein ziemlich großer und grobschlächtiger Mann und spielt sich auf. Er gestikuliert wild um sich, schreit aus Leibeskräften wie ein Tier und spart dabei nicht an unflätigen Ausdrücken. Grund seiner Aufregung bildet, wie sich herausstellt, als sie dem barbarischen Geschrei eine Art Sinn entnehmen können, der besagte Vorfall in Paris.

Die interessierte Bevölkerung konnte den Mann mit seiner wohl recht ernsthaften Verletzung am Auge schon die ganze Woche über mit einer schwarzen Augenklappe angetan in den verschiedensten Medien antreffen, wo er den Hergang des unglücklichen Ereignisses immer wieder eindrücklich schilderte und die Gewalttätigkeit der Ordnungskräfte anprangerte. Die Teilnehmer solcher täglichen Dauerdiskussionen halten zwar fast durchweg das Risiko der Verletzung im Laufe einer Demonstration ohne Zweifel durchaus zu den berechenbaren Ereignissen. Nach wie vor streitet man sich in diesem Fall aber immer noch heftig um die genaueren Umstände der Ursache des Unglücks. Denn wenn sich die Verletzung wirklich auf eines der berüchtigten Gummigeschosse zurückführen ließe, woran der Betroffene selbst keinen Zweifel lässt, müsste dies sehr viel schwerwiegender beurteilt werden als einfach ein Schuss mit einer Abgrenzungsgranate.

Die empörten Casseure halten sich ihrerseits mit derartigen Feinheiten nicht auf. Für sie liegt die Antwort klar auf der Hand. „Verbrecher! Mörder!" An solchen und ähnlichen Bezeichnungen wird nicht gespart, obwohl das Gelbwesten-Opfer nicht einmal zu ihrer mehr als fragwürdigen Truppe zählt.

Solchen offenbar willkommenen Vorwand für weitere Gewalttaten, den sie vorsorglich bereits zu früher Stunde manifestieren, nehmen die Black Bloc im Lauf des Tages mehr als ausreichend wahr und schlagen in ihrer blinden Wut in einer Weise um sich, dass die Unternehmung dieses Samstags, ursprünglich als Demonstration gedacht, zunehmend zu einer wilden Schlacht ausartet. Brennende Autos und zerschlagene Schaufenster häufen sich, die Gendarmen schießen eine Tränengaspatrone nach der anderen über die Menge, betätigen ihre Wasserwerfer und verbergen sich zwischendurch so gut wie möglich hinter ihren Schilden gegen die Pflastersteine, die auf sie einprasseln. Es fragt sich, wie die Casseure es fertiggebracht haben, ihre Werkzeuge durch die Kontrollen auf den Platz zu schaffen. Wahrscheinlich hatten sie diese schon früher hinter den kleinen Hecken versteckt, die den Rondpoint an vielen Stellen einsäumen.

Nicolas sieht entsetzt und sprachlos diesem beispiellosen kriegerischen Treiben zu. Was ist aus dem Protest gegen Ungerechtigkeit geworden, wie er und seine Freunde ihn ursprünglich begonnen haben? Wo ist er selbst hingeraten, muss er sich fragen.

„Ist das die gute Sache, für die ich kämpfen wollte? Geglaubt hab' ich im vollen Ernst, dass ich Verantwortung als Bürger hab' und aufstehen muss gegen den Unsinn, den sie da oben machen. Dafür soll ich mich jetzt für diesen Saustall hergeben, für dieses kriminelle Herumgetobe, alles viel schlimmer als jeder Unsinn der Regierung? Dafür jeden Samstag schuften, Ärger mit Lydie riskieren und auf die Hutte verzichten?"

Während er nur knapp einem Pflasterstein ausweichen kann, der haarscharf an seiner Schläfe vorbeisaust, wird ihm endgültig bewusst: „Das eigentliche Anliegen der Gilets Jaunes, unser Anliegen, hat mit diesem wüsten Gerangel überhaupt nichts zu tun." Um welches Anliegen es sich dabei ganz konkret handelt, spielt für ihn in diesem Moment keine Rolle. Jedenfalls wollten sie für Gerechtigkeit im Land aufstehen. Das nimmt aber niemand hier auf dem Platz und – schlimmer - auch in der Öffentlichkeit niemand mehr wahr. Überall werden sie nur noch mit den Gewalttätigen und Scharfmachern identifiziert. Und das ist ja auch nicht verwunderlich, wenn ein paar wildgewordene Schwachköpfe, die den gerechtfertigten Protest benutzen, um ihre kriminellen Komplexe abzureagieren, alles verderben.

Nicolas presst seinen dicken Wollschal zum Schutz vor dem Tränengas, das schon eine ganze Weile den Platz mit trägen Schwaden überzieht, fest vor das Gesicht, duckt sich und läuft, sein zusammengeklapptes Transparent wie eine Lanze vor sich ausgestreckt, so schnell er kann, hinüber zum Haus der Gilets Jaunes, in dem er, wie er weiß, immer einige der Kameraden antrifft. Er hofft auch Maurice in der Nähe zu finden, den er während des Tumults vorübergehend aus den Augen verloren hat, was ihn sehr beunruhigt.

Als er sich der Unterkunft nähert, sieht er, dass auch die Hütte an einer Ecke bereits brennt. Wahrscheinlich hat sie Feuer gefangen, als eines der Feuerwerksgeschosse, mit denen die Black Bloc hantieren, sich auf dem teils mit Pappe grob unterfütterten Blechdach verfangen hat. Ringsum herrscht großes Geschrei und heller Aufruhr. Amélie, die trotz des

Tumults hier ausgeharrt hat, versucht mit größter Anstrengung ihre Teekannen und Tassen zu retten. Einige besonders Tatkräftige beschäftigen sich damit, so schnell wie möglich die brennenden Teile des Dachs abzureißen, damit das Feuer nicht auch noch auf die gesamte Hütte übergreift, was ihnen schließlich auch gelingt. Erschöpft halten sie ein und betrachten den Schaden. Er zeigt sich erheblich, und der gesamte Teil des Bauwerks müsste an sich erneuert werden. Aber der Brand ist zumindest eingedämmt.

Obwohl Nicolas sieht, dass sich dieser dramatische Moment nicht besonders günstig darstellt, um Adressaten für seine grundsätzlichen Bedenken zu finden, versucht er, die Kameraden, die zu seinem kleinen Trupp aus Nouvion, zum Teil aber auch Abbeville gehören, in eine Diskussion einzubeziehen.

„Hört mal, das können wir doch nicht mitmachen! Jetzt ist aber endgültig Schluss! Wollt Ihr mit diesen absoluten Cons, mit diesen Verbrechern gemeinsame Sache machen, die alles zusammenschlagen und den Gendarmen die Köpfe einhauen? Da müssen wir uns doch wehren!"

Er hat sehr laut und sehr schnell gesprochen in seiner Aufregung, und sein Kopf glüht bereits in der tiefroten Farbe, die Wut immer bei ihm hervorruft. Kaum hat er ausgeredet, muss er jedoch einsehen, dass es für solche Überlegungen oder gar Ermahnungen bereits zu spät ist.

„Was beißt Dich denn?" fährt ihn ein Versicherungsangestellter aus Abbeville harsch an. „Bist Du jetzt unter die Weicheier gegangen? Da geh lieber gleich nach Haus'! Wo gehobelt wird, fallen Späne. Du siehst doch, wo es hinführt, wenn wir nur mit lieben Sprüchen rumrennen und ein bisschen mit den Autofahrern schäkern! Zur großen nationalen Debatte führt das! Lächerlich! Sch.... ist das, sag ich Dir! Die brauchen Gewalt, sonst reagieren die überhaupt nicht!"

Eine kräftige Frau, deren Gesicht geschwärzt ist von Rauch, steht mit den Händen in die Seiten gestützt dabei. Sie nickt ernsthaft und energisch zu diesen markigen Worten und schickt sich an, schon wieder hinaus auf den Kampfschauplatz zu laufen. Zwar schaut der Müller aus dem Sommetal, der sich aus dem gemeinsamen Fundus gerade noch eine Flasche Wasser gesichert hat, recht bedenklich drein und murmelt etwas in seinen Bart über die Kriminellen, die man eigentlich nicht unterstützen darf, und über deren unverantwortliches Benehmen. Er nimmt einen kräftigen Schluck aus der Flasche. Weiterführende Folgen zeitigt seine Besorgnis aber nicht.

Nicolas fühlt sich sehr allein. Was hat er mit all denen zu tun?

Da kommt Maurice angelaufen. Auch sein Gesicht zeigt Rauchspuren, und seine geröteten Augen tränen vom Gas.

„Was ist, Papa? Hat es gebrannt? Kann man helfen?" Als er das vor Zorn bleiche Gesicht seines Vaters bemerkt, erschrickt er fast. „Was hast Du, Papa? Ist Dir nicht gut?"

Da weiß Nicolas, dass alles vergebens war. Mit der letzten Kraftanstrengung, der er noch fähig ist, schmeißt er sein Transparent auf den Boden, dass es krachend auseinanderbricht. „Volk in Wut" stand übrigens darauf.

„Ihr seid ja hier auch nur Schwachköpfe! Alles habt Ihr verdorben!"

In der Nacht darauf quälen ihn dann die Albträume wieder ganz besonders. Antoine legt sich ihm auf seine sehr wunde Seele, mit dem ganzen bleiernen Gewicht seines toten Körpers. Zu allem Überfluss beginnt dieser dann auch noch zu sprechen. Er erzählt mit einer Art monotoner Stimme, immer auf der gleichen mittleren Tonhöhe, die Geschehnisse der damaligen Nacht in jeder Einzelheit. Dabei belässt er es auch nicht, sondern beginnt immer wieder von Neuem und dies sehr ausführlich. Er wiederholt immer wieder mit unbarmherziger Eindringlichkeit, was Nicolas seit all den Jahren mehr als nachdrücklich in das Gedächtnis eingebrannt ist, was er aber immer wieder verdrängt hat.

Antoine erzählt mit seiner eintönigen Stimme, wie er sich freute, dass sein großer Bruder Nicolas, den er ohnehin immer bewunderte, ihn mitnahm zu dem Treffen mit seinen Kameraden. Groß und erwachsen war er sich vorgekommen, als sie ihn begrüßten und ihm dabei auf die Schulter schlugen: „Ah, Du bist der Bruder von Nico?" Sie waren wie üblich in eine der zahlreichen Kneipen der Gegend gefahren, und Nicolas hatte ihn auch immer wieder ermuntert, mit ihnen zu trinken. „Du musst jetzt zeigen, dass Du ein echter Kerl bist. Mach mir keine Schande! Stoß mit uns an!" Antoine gab sich denn auch redliche Mühe, sich nicht anmerken zu lassen, dass er zwar ganz gelegentlich schon heimlich mit seinen Kollegen von der Agrargenossenschaft, wo er als Lehrling arbeitete, von der einen oder anderen Flasche probiert hatte, allzu viel Alkohol aber noch keineswegs gewohnt war. Da Nicolas selbst und seine Freunde ihm immer wieder freundschaftlich zuprosteten, wollte er sich um keinen Preis eine Blöße geben oder seinem großen Bruder gar Schande bereiten. „Komm, sei nicht so, musst Dich an was Anständiges gewöhnen!" hieß es auch.

Es war schon sehr spät, als sie aus der Kneipe torkelten und dazu kindisch lachten, ohne zu wissen, worüber. Nicolas fand zunächst den Autoschlüssel nicht und suchte überall, in seinen Taschen, im Handschuhfach, im Kofferraum und sogar unter den Sitzen, bis er bemerkte, dass er den Schlüssel die ganze Zeit über schon in der Hand hielt. Während sie sich nun darüber vor Lachen bogen, fiel es ihm wohl auch nur nebelhaft auf, dass plötzlich Antoine mit dem Schlüssel herumwedelte. Auf einen solchen Gedanken wäre er allerdings auch bei klarem Bewusstsein nicht gekommen, denn Antoine hatte ja keinen Führerschein. Deshalb nahm Nicolas es auch hin, dass Antoine umso kräftiger Gas gab, nachdem er sich auf den Fahrersitz geworfen hatte, denn, wie gesagt, er hatte ja gar keinen Führerschein. Antoine gab auch noch volles Gas, als sie mit quietschenden Reifen auf die Nationalstraße nach Nouvion einbogen, und Nicolas grölte dazu aus vollem Hals, aber sehr falsch das Lied „Malbrough s'en va-t en guerre"[4], wie es ihm sein Großvater oft gesungen hatte. Während sie, begleitet von der Weise des in den Krieg ziehenden Ritters, um die Kurve vor Forest-Montiers schlitterten, gab Antoine immer noch mutig Gas, während sie beide nun gemeinsam aus voller Kehle sangen, und selbst als der Wagen auf den Baum zuraste, gab er volles Gas.

Antoine erzählt die Geschichte in jeder Einzelheit wie ein Protokoll, bei dem es auf jedes Detail ankommt. Er setzt gerade zu einer weiteren Wiederholung des gesamten Fortgangs an, als Lydie ihren Mann heftig wachrüttelt.

„Nico, was ist? Du schreist ja wie am Spieß!"

---

[4] Marlborough zieht in den Krieg.

„Wir sind wieder obenauf, alter Freund! Unser Land macht seinem Ruf alle Ehre. Unruhige Monate waren das! Auseinandersetzungen, Proteste - heftig wie selten, Schwarzmaler, die unseren Untergang schon prophezeit haben! Aber wie stehen wir da? Gestärkt wie nach einem reinigenden Gewitter. Du kannst es auch nennen: Phönix aus der Asche. Andere Nationen versinken in stumpfer Gleichgültigkeit, nehmen alles stoisch hin, was die Politik ihnen vorsetzt, bis sie vor Überdruss, den sie in sich hineinfressen, nicht mehr wissen, was sie für ihr Land und für sich selbst überhaupt noch wollen und deshalb vielleicht aus lauter Frust radikale Parteien wählen. Bei uns heißt es Protest, ja, oft auch unsinniger und heftiger Protest. Aber danach, wenn der Rauch sich verzogen hat, sieht jeder: Es ist etwas Gutes daraus entstanden. Ich wusste es immer: Dieser junge Präsident meistert auch eine solche Herausforderung."

„Ja schon. Es sieht jetzt danach aus. Aber ob die Probleme gelöst worden sind, das bleibt noch die Frage."

„Alle kannst Du nie lösen, Yves. Aber jetzt wollen wir doch auf dem Teppich bleiben. Sieh Dir unser Land doch einmal an. Frankreich gehört heute nach jüngster Umfrage, übrigens immerhin von A.T.Kearney, zu den fünf attraktivsten Wirtschaftsstandorten der Welt. Das heißt, wir haben an Japan und China vorbeigezogen – an China, Yves! Seit Macron Präsident ist, nimmt das Vertrauen in die Wirtschaft ständig zu, und auch die Gilets Jaunes konnten daran nichts ändern."

„Das hat sie ja gerade in solche Wut versetzt, dass er ihrem Gefühl nach nur ein Präsident der Wirtschaft und der Finanz ist."

„Ach komm, was heißt das denn? Die Dummköpfe durchschauen das doch überhaupt nicht. Wem bitte kommen die Reformen denn zugute? Doch vor allem ihnen! Und wichtige Reformen hat er ja nicht nur von vornherein angekündigt, nein, im Gegensatz zu anderen hat diese Regierung doch vieles auch schon umgesetzt. Schau mal, wir haben Erleichterungen im Arbeitsrecht, wir haben Ansätze zur Vereinfachung der Regulierungen, an denen es ja in unserem Land wirklich nicht fehlt. Die Arbeitslosigkeit sinkt, langsam, zugegeben, ist aber jetzt auf dem niedrigsten Stand seit 10 Jahren. 8,7 %, das haben wir lange nicht gesehen. Natürlich, schon Hollande hat umfangreiche Steuersenkungen eingeleitet, das muss man ihm trotz allem lassen. Seine paar Einzelmaßnahmen konnte man aber doch nicht Reform nennen. Heute haben wir eine Senkung der Gewinnsteuern auf Unternehmen. Die Investoren schätzen das. Du kannst sagen, was Du willst, Macron ist ein großer Reformer, und der Macron-Effekt ist ja auch schon fast sprichwörtlich."

„Da hat er aber grade noch die Kurve gekriegt – meine Güte! Es hätte auch ganz anders kommen können, und die Schäden sind jedenfalls beträchtlich. An ihnen werden wir noch einige Zeit zu arbeiten haben."

„Was willst Du? Die Proteste blieben zu jeder Zeit eingegrenzt, die Regierung war stets handlungsfähig, nie gab es eine Blockade im Parlament. Vergleiche das mal mit Spanien, Italien oder gar Großbritannien, welches Chaos dort herrscht! Unser Land ist eine wahre Insel der Stabilität, wie es neulich ein bekannter Ökonom genannt hat. Außerdem: Wer wirklich reformieren will, muss auch Federn lassen, anders geht das nicht. Er muss erhebliche Kosten aufwenden und auch Risiken eingehen. Schau Dir nur Schröder an, den deutschen Bundeskanzler, der seine gesamte politische Zukunft aufs Spiel gesetzt hat, wahrscheinlich auch die seiner gesamten Partei, aber lassen wir das. Jedenfalls hat er eine Reform auf die Beine gestellt, der Deutschland noch viele Jahre danach sein Wirtschaftswachstum zu verdanken hat. Vorher musste man sich ja geradezu Sorgen um das Land machen. Und jetzt ist das Schrödersche Programm auch für uns nach wie vor beispielhaft – man kann es nicht anders sagen. Macron ist aus dem Holz geschnitzt, er lässt sich nicht beirren. Wenn er unter dem Druck der Proteste - mit bewundernswerter Flexibilität übrigens - vorübergehend wieder mehr auf Nachfragepolitik setzt, kann das nur sehr klug genannt werden. Umso konsequenter kann er anschließend seinen vernünftigen Reformkurs fortsetzen."

„In Europa tritt er aber ganz anders auf. Da predigt er stattdessen seit eh und je Umverteilung und Vergemeinschaftung. Sehr konsequent finde ich das nicht. Außerdem verschreckt er damit ja auch andere Mitgliedstaaten. Die Visegrad-Staaten hat er zum Teil schon offen zu seinen Feinden erklärt. Findest Du das besonders klug?"

„Yves, jetzt mäkelst Du allmählich an allem herum. Einer muss doch in Europa wenigstens einmal die Initiative ergreifen. Sonst geht das alles doch den Bach herunter. Was tun denn die anderen? Grade mit den Visegrad-Staaten kommen doch überhaupt keine vernünftigen Einigungen mehr zustande. Außerdem vergiss nicht: Seine europäischen

Ansätze zielen letztlich alle darauf, die Franzosen, ihre Wirtschaft und ihre Finanzen zu schützen."

Der Notar gibt seiner Verdrossenheit Ausdruck, nach wie vor in einem Land der Regulierung und Staatsgläubigkeit zu leben, woran offenbar auch die neue Regierung nichts ändern wird.

„Yves, Du hältst Dir eine ganze Armada von Zeitungen, die Du auch regelmäßig liest, wie ich weiß. Dann müsstest Du doch zur Kenntnis nehmen, dass es gerade jetzt erhebliche Dezentralisierungsansätze im Lande gibt, zugegeben auch mit durch die Protestbewegung veranlasst. Schau Dir nur einmal an, wie der Einfluss der Unternehmen bei der Berufsausbildung gestärkt werden soll! Oder nimm alle die Privatisierungsbemühungen, gegen die übrigens immer wieder Sturm gelaufen wird und zwar ausgerechnet von denen, die den Staatseinfluss sonst wortreich beklagen. Aber heute schon sind doch die meisten Unternehmen bei uns privatisiert, beziehungsweise hält sich der Staat sehr klug immer mehr aus dem operativen Geschäft zurück, auch wenn er noch Anteile besitzt – auch dann. Du wirst lachen, neulich hat mich Thibault erst darauf angesprochen, dass es heute in Deutschland mehr staatlich betriebene Unternehmen gibt als bei uns. Vor einiger Zeit haben sich die Deutschen noch als Privatisierungschampions aufgespielt. Frankreich bewegt sich, mein Freund! Nach dem Ranking von renommierten Forschungsorganisationen liegt unser Land unter den Staaten mit hoher struktureller Qualität und einem günstigen Umfeld für die Unternehmen weltweit auf Platz zehn, fünf Plätze vor Deutschland. Siehst Du! Besonders hoch eingeschätzt werden unsere Produkt- und Prozessinnovationen und – ganz wichtig - die Verfügbarkeit von Risikokapital. Wir haben eine gewachsene Start-up-Kultur wie wenig andere Länder. In Paris sitzt die größte Einrichtung der Welt dieser Art mit dort angesiedelten tausend Start-ups. Auch die Mentalität hat sich geändert. Heute wimmelt es nur so von jungen Leuten, die ihr eigenes Unternehmen gründen wollen. Das ist doch positiv! Du glaubst gar nicht, wie viele liberale Elemente es in unserem Land gibt, man muss sich nur einmal mit offenen Augen umschauen. Auch unsere Öffnungszeiten im Einzelhandel sind lockerer als in Deutschland – schon seit Sarkozy. Die kennen auch immer noch ein öffentliches Bankenwesen mit Landesbanken und Sparkassen. Das gibt es bei uns nicht. Die Wirtschaft wird vor allem von privaten Banken finanziert, wie es sich gehört."

Während Pierre sich in wachsende Begeisterung redet und der Vortrag den Bogen immer weiter spannt, hört Yves seinem Freund müde zu. Je länger der Lobpreis des Landes und seiner günstigen wirtschaftlichen Umstände anhält, desto mehr entfernen sich seine Gedanken in drückende Niederungen familiärer Angelegenheiten, die ihn seit dem Vorabend schon den ganzen Tag beschäftigen.

Sie veranlassen auch Evelyne, wieder einmal überstürzt die Fahrt nach Paris anzutreten, obwohl sie eine solche erst für die nächsten Wochen geplant hatte. Der Grund dafür ist ein absolut dringlicher Anlass. Es geht wieder einmal um Charlotte, das Sorgenkind, die in einem telefonischen Hilferuf an ihre Mutter ihren gegenwärtigen Zustand für untröstlich, ja geradezu verzweifelt erklärt hat.

Den Gegenstand ihrer Verzweiflung bildet die Beziehung zu Jacques-Ernest, dem Philosophen, von der sie sich von Anfang an unendlich viel erhoffte, die sich jedoch keineswegs in der von ihr gewünschten Weise gestaltet. Roszenfeld hält zwar an seiner Freundin und Bewunderin fest, schwört ihr sogar immer wieder heftige Zuneigung, verweigert jedoch gleichzeitig jeden Ansatz von Treue oder gar Ausschließlichkeit in ihrer Beziehung. Verschiedentlich schon musste Charlotte feststellen, dass sich der Philosoph auf Abwege begab und Nächte in den Betten anderer Damen verbrachte, wie es ihr durch wohlmeinende Freunde glaubwürdig zugetragen wurde. Nachdem sie zunächst aus Ungläubigkeit im Hinblick auf solchen Verrat, später in der Hoffnung auf eine Änderung des treulosen Verhaltens ihres Angebeteten geschwiegen hatte, nahm sie den ihr verbliebenen Mut zusammen und stellte ihn endlich zur Rede. Zu ihrer Überraschung und wachsenden Empörung leugnet er seine Fehltritte nicht. Im Gegenteil betont er in geradezu dramatischer Weise, dass er keinesfalls mit Charlotte brechen möchte, was diese ihm im Überschwang ihres Entsetzens unter Tränen vorschlug. Die Beziehung mit ihr bedeute ihm außerordentlich viel. Sie inspiriere ihn geradezu. Er lässt jedoch auch keinen Zweifel daran, dass eine Persönlichkeit wie er als exzeptionell zu betrachten sei und nicht mit normalem Maß gemessen werden könne. Vor allem, so erklärt er kategorisch, denke er in keiner Weise daran, sich in enge und spießige bourgeoise Moralgrenzen einbinden zu lassen.

Dass derartige Eröffnungen auf Charlotte einen denkbar ungünstigen Eindruck hinterließen, umso mehr nach den vorgängigen einschlägigen Erfahrungen mit ihrem Ehemann, muss als verständlich angesehen werden. Der Notar leidet jedoch unter der mehr als verworrenen Lebenssituation seiner Tochter, zumal diese seinem angeborenen und beruflich noch verstärkten Sinn für Ordnung zutiefst widerspricht. Zum wiederholten Male ist er sich schmerzlich bewusst, dass Kinder auch im Erwachsenenalter ihren Eltern nicht weniger, sondern eher ein vermehrtes Maß an Problemen und Schmerz bereiten können.

Im Haus deuten Geräusche aus dem Schlafzimmertrakt und auf der Treppe auf die fortgeschrittenen Vorbereitungen zur Abreise hin. Yves entschuldigt sich deshalb bei seinem Freund.

„Du, verzeih vielmals, wenn ich Dich jetzt unterbreche, aber ich kann Evelyne unmöglich einfach so fahren lassen."

Obwohl Pierre bereits zu neuen Elogen auf die günstige Entwicklung des Landes unter der neuen Regierung angesetzt hatte, zeigt er volles Verständnis für die familiäre Zwangslage seines Freundes.

„Ja natürlich, geh nur! Ich wollte sowieso noch einen kleinen Spaziergang machen. Es scheint ja aufzuklaren."

Indem er sein schmerzendes Bein möglichst entlastet, steigt Yves hinauf und findet Evelyne in ihrem Zimmer, das er ansonsten selten betritt. Sie hat den schönen Raum mit dem freien Blick über den Park sofort nach dem Kauf des Hauses für sich reserviert und ganz nach ihren Wünschen ausgestattet, worüber er selbst nach der anfänglichen Abneigung seiner Frau gegen das neue Anwesen große Erleichterung empfand. Mit seinen üppigen taubenblauen Vorhängen, deren Muster der seitlich geraffte Bettvorhang entspricht, dem zierlichen Empire-Toilettentisch mit den zwei schlanken Sèvre-Vasen darauf und den beiden stilistisch darauf abgestimmten Sesseln spiegelt es den Charakter seiner Frau in treffender Weise wider. Diese Feststellung drängt sich ihm jedes Mal auf, wenn er hier gelegentlich einmal hereinschaut.

Sie packt ihren kleinen Koffer aus hellem Schweinsleder und wirkt dabei sehr beschäftigt und konzentriert. Sie beugt sich über ihr Bett, auf dem sie die einzelnen Kleidungsstücke ausgebreitet hat, wobei eine Haarsträhne halb ihr Gesicht verdeckt. Trotzdem sieht er, dass sie geweint hat. Er weiß, dass er sie gerade heute nicht gehen lassen darf.

„Evelyne, Chérie, komm, fahr doch nicht! Bleib doch hier!"

„Ach Yves, es muss doch sein, das weißt Du doch!"

„Lass mich doch nicht allein!"

Sie wendet sich zu ihm um und wundert sich mit einem kleinen Lachen.

„Was ist denn mit Dir los? Ich fahr doch nicht nach Fernostasien!"

Er nimmt sie in den Arm, was er lange nicht mehr in dieser Art getan hat, und sieht sich dem Gesicht gegenüber, das fast sein ganzes Leben widerspiegelt. Dabei fühlt er sich ihr sehr verbunden, fast wie damals, als sie die Pariser Wohnung für ihren neuen Lebensabschnitt einrichteten.

„Fahr doch lieber wenigstens erst morgen. Tu mir den Gefallen! Dann könnten wir noch den Abend gemeinsam verbringen. Schau, sonntags ist es ja auch viel besser zu fahren, da sind die Straßen frei, auch ohne Lastwagen, man kommt sehr viel schneller vorwärts. Der Samstag ist doch denkbar ungünstig. Da triffst Du doch überall auch noch Demonstrationen. Wer weiß, ob Du da überhaupt durchkommst."

Plötzlich erfüllt ihn eine unbestimmte und elementare Angst.

„Möchtest Du mir nicht den einen Wunsch erfüllen? Evelyne chérie, lass mich doch hier nicht allein sitzen!"

Evelyne befreit sich sanft aber bestimmt aus seiner Umarmung und damit gleichzeitig aus seinem lästigen Drängen, indem sie ihm ein paar Mal entschieden über den Arm streichelt.

„Yves, ich weiß wirklich nicht, was Du heute hast. Als ob ich nicht fast jede Woche nach Paris fahren würde! Außerdem, Du weißt sehr gut: Charlotte braucht mich. Ich kann das Kind jetzt doch nicht mit seinem Gram alleinlassen. Kann man sich denn vorstellen, auf welche dummen Gedanken sie noch kommt? Das würde ich mir nie verzeihen – und Du übrigens auch nicht. Ich muss mich beeilen - sie erwartet mich zum Apéro. Wo weiß ich noch nicht genau, aber das appt sie mir noch. Also, da können wir bestimmt schon Vieles klären. Vielleicht kommt sie ja auch mit mir zurück."

Als sie das bleiche Gesicht ihres Mannes sieht, fügt sie noch hinzu: „Du hast doch Pierre hier bei Dir, und ich bin ja auch so bald wie möglich wieder zurück."

Das weiße Mercedescoupé biegt aus dem Hof hinaus auf die Straße, und er sieht ihr noch nach. Ein unerklärliches Angstgefühl presst ihm den Atem ab, so dass er kaum Luft bekommt und sich schnell setzen muss. Auf dem großen geschnitzten Stuhl neben der Garderobe in der Eingangshalle, für den sie vor vielen Jahren gemeinsam den Lederbezug ausgewählt haben, wartet er ganz zusammengekrümmt, ohne zu wissen, worauf. So findet ihn Pierre, als er von seinem Spaziergang zurückkehrt.

Sie sind wieder am Rondpoint vor der Autobahnausfahrt, da, wo sie vor Monaten ihre Proteste begonnen haben. Nun erweist sich der Kreisverkehr am Industrieviertel nach den vielen Wochen seiner Besetzung als verbraucht für wirkungsvolle Aktionen. Die Autofahrer meiden ihn, besonders seit Monsieur Picandet und seine Kollegen für ihre Kunden eine Umleitung ausfindig gemacht haben. Außerdem haben sich die Casseure dort endgültig festgesetzt.

Auch Nicolas und Maurice sind morgens an dem Ursprungsort des Protests eingetroffen und befinden sich bereits in voller Aktion. Dies ist keineswegs selbstverständlich. Nach dem aufsehenerregenden Ereignis am Samstag zuvor, als er seinen Kameraden voller Zorn das die Wut des Volkes verkündende Transparent vor die Füße geworfen hatte, kostete es einige Mühe, Nicolas zu überreden, sich trotz allem wieder an der Demonstration zu beteiligen. Getreu seinem Entschluss weigerte er sich zunächst strikt. „Ich geb' mich doch nicht als Trottel für die Kriminellen her. Das hab' ich Euch nicht nur einmal gesagt. Ihr wisst es sehr gut. Nein, nein, auf keinen Fall mach' ich da weiter mit!"

Als mehrere Versuche, ihn umzustimmen, fehlgeschlagen waren, schaltete sich Robert höchstpersönlich ein und redete dem Abtrünnigen eine geschlagene Stunde lang telefonisch ins Gewissen, wobei er ganz besonders an dessen Verantwortung als Staatsbürger appellierte. Auch er, und gerade er erntete mit seinen Bemühungen jedoch nur umso gefestigteren Widerstand. Zu gut ist es Nicolas in Erinnerung geblieben, wie halbherzig dieser selbsternannte Anführer alle Appelle, die Gewalttäter auszuschließen, beantwortet hatte.

Schließlich tauchte dann am Freitag bei Brimonts Marcel auf, der alte Freund und Genosse der ersten Proteste. Er läutete, gerade als die Familie sich zum Abendessen an den Tisch gesetzt hatte.

„Wer kann das denn jetzt wieder sein? Grade jetzt!"

Lydie zeigte sich alles andere als angetan von einem sich zu dieser Uhrzeit ankündigenden Besuch, beruhigte sich allerdings schnell, als sie Marcel erkannte, den auch sie seit den vielen Jahren ihrer Bekanntschaft schätzt.

„Komm, setz Dich und iss mit. Ist nichts Besonderes heute, aber wird schon schmecken."

Während der alte Freund diese Gastfreundschaft gern annahm und das einfache Abendessen der Familie teilte, kam er auf sein Anliegen zu sprechen, obwohl es ihm sichtlich peinlich war.

„Nico, willst Du wirklich nicht mehr mitmachen?"

Die Antwort bestand in einem entschiedenen Kopfschütteln, begleitet von einem harten Schlag der Faust auf den Tisch.

„Das weißt Du doch ganz genau. Jetzt bring mich nicht in Wut!"

Marcel beeilte sich zu betonen, dass er die Reaktion seines Freundes sehr gut verstehen könne. Daraufhin begann er aber von den Anfängen ihres gemeinsamen Protestes zu sprechen und rief ins Gedächtnis, wie sie Beide sich empört hatten über die wiederholte und offene Missachtung, die ihnen von Seiten der Regierenden entgegengebracht wurde. Er erinnerte an ihre Übereinstimmung in der Beurteilung der Ungerechtigkeiten, wie sie in der Gesellschaft des Landes herrschen. Es muss darauf hingewiesen werden, dass sich an dieser Stelle seines Vortrags übrigens unverkennbare Zustimmung von Seiten Lydies nicht überhören ließ. Marcel nahm diese Unterstützung mit einem anerkennenden Nicken in ihre Richtung gern zur Kenntnis.

„Siehst Du, und deshalb haben wir doch gemeinsam damals den Entschluss gefasst, zusammen auf die Straße zu gehen, um gegen das alles zu protestieren, was im Land schiefläuft."

Er, Marcel, sei ja leider daran gehindert worden, weiter mitzumachen bei diesem Unternehmen von allerhöchster Bedeutung. Man müsse dies verstehen, es gehe ja immerhin um seine berufliche Zukunft. Auch hier brachte Lydie ihr volles Verständnis zum Ausdruck, so dass sich die Beiden einen Moment lang in gemeinsamem Kopfnicken verbunden fühlten. Aber, so schloss Marcel folgerichtig sein Plädoyer, umso wichtiger sei es, dass Nicolas und auch Maurice weiter die gerechte Sache verträten, denn wenn Leute von Verantwortung wie sie aufgäben, überließe man das Terrain ganz den Casseuren.

Während Nicolas bei den Ausführungen seines Freundes noch bedächtig sein Abendessen kaute, verging ihm angesichts dessen Schlussfolgerung jeder Appetit. Er legte sein Besteck beiseite.

„Meinst Du das wirklich, Marcel?"

„Wenn ich's Dir doch sage! Du kannst doch jetzt nicht aufgeben!"

Die Kinder hatten bisher aufmerksam gelauscht. Keiner von den Beiden hätte jemals gewagt, sich in das Gespräch einzumischen. Nun aber atmete Maurice spürbar auf und richtete den Blick erwartungsvoll auf seinen Vater. Katja dagegen zeigte sich schon überzeugt vom Ausgang der Angelegenheit und flüsterte ihrem Bruder zu: „Du wirst sehen, er lässt sich rumkriegen."

Die Vorhaltungen seines alten Freundes hatten Nicolas zwar ehrlich beeindruckt, jedoch noch keineswegs überzeugt, vielmehr wehrte er sich noch gegen eine entsprechende Einsicht.

„Du gibst Dir wirklich Mühe, alter Freund. Vielleicht hast Du ja auch Recht. Lass mir bis morgen. Ich muss drüber schlafen."

An Schlaf ließ sich in der folgenden Nacht zunächst weniger denken – weder für Nicolas noch für seine Frau. Stattdessen saß Nicolas mit trotziger Miene und verschränkten Armen auf der sich rundlich wölbenden gemeinsamen Decke aufrecht in seinem Bett, nachdem er der Familie nochmals seinen unerschütterlichen Entschluss bekanntgegeben hatte, sich auf gar keinen Fall überreden zu lassen. Neben ihm bemühte sich Lydie redlich, alle denkbaren und vernünftigen Argumente für und wider eine weitere Teilnahme ordentlich nebeneinander zu legen wie auf ein Tablett. Verständlicherweise vergaß sie auch nicht, ihre eigene grundsätzliche und unveränderte Ablehnung des Vorhabens in diese Anordnung an gebührender Stelle einzureihen. In solchem einmütigen Zusammenspiel trotzten und redeten sie sich in eine Müdigkeit hinein, die es ihnen schließlich nur noch gestattete, sich fest umarmt aneinander zu drücken und einzuschlafen.

Nun sind sie also doch wieder zum Protest gefahren, Nicolas und Maurice einträchtig nebeneinander im Kangoo im kalten Morgenlicht des Januartages. Lydie hat großen Wert darauf gelegt, mit ihnen aufzustehen, und hat ihnen in ihrem geblümten Schlafrock noch nachgewunken, bis sie um die Ecke gebogen waren.

Im Lauf des Vormittags wird am Kreisverkehr die Parole ausgegeben: „Eine Stunde lang lassen wir keinen durch." Um dieses Vorhaben auszuführen, laufen die einen zur Autobahneinfahrt, wo sie durch die Péage versperrt wird, die anderen entsprechend zur Ausfahrt, und versammeln sich jeweils ein paar Meter davor. Sie sind etwa 50 an diesem späten Samstagvormittag und teilen die verschiedenen Aufgaben unter sich auf. Die Jungen lassen es sich auch bei dieser Aktion nicht nehmen - sie stehen wieder einmal an vorderster Front. Sie bilden gemeinsam einen kleinen Wall, pressen sich wie die Soldaten eng in eine Linie, drängen sich eifrig aneinander, um auf keinen Fall Raum zu lassen für allzu ungeduldige Fahrer. Maurice zwängt sich in die Mitte der Reihe, die die Zufahrt zur Autobahn blockiert. Die Kameraden ziehen ihn zwischen sich hinein.

Sehr bald münden die ersten Autos in die Péage ein, ziehen die Karte aus dem Automaten und wollen weiterfahren. Der Wall der gelben Westen hindert sie daran, und es besteht kein Durchkommen. Manche besser gelaunte Fahrer lachen, drehen das Seitenfenster herunter und suchen das Gespräch mit den jungen Demonstranten. „Na, Ihr Gilets Jaunes, seid Ihr wieder unterwegs?" und so ähnlich, nur um etwas zu den jungen Leuten zu sagen. Einer ruft ihnen auch zu: „Na Ihr! Seid Ihr der Gelbwesten-Nachwuchs?" Die Jungen ärgern sich etwas darüber, weil es danach klingen könnte, als würden sie nicht ernst genommen, lassen es aber schnell dabei bewenden. Einige Fahrer haben auch wieder eine gelbe Weste gut sichtbar vorne rechts auf die Ablage gelegt, um zu zeigen, dass sie sich mit den Demonstranten solidarisch fühlen, oder eine solche Haltung auf diese Weise auch nur vorgeben, um in Ruhe gelassen zu werden. Ihnen öffnet sich die Durchfahrt, begleitet meist von lautem Johlen und Freudengeschrei. „Der ist für uns. Lasst ihn durch!", und sie lotsen ihn an den anderen warteten Autos vorbei, einzelne laufen sogar noch ein paar Meter freundschaftlich neben dem Wagen mit seinem Sympathisanten her.

Nicht wenige Autofahrer dagegen sitzen, je nach Veranlagung vor Ärger kochend oder auch still und stumpf in ihr Schicksal ergeben, in ihren Wagen und warten, dass sich die Blockade irgendwann einmal auflöst. Besonders Erboste schimpfen lautstark aus ihrem halb heruntergelassenen Fenster und regen sich auf. „Was fällt Euch denn ein? Lasst mich sofort vorbei, sonst ruf' ich die Polizei! Banditen seid Ihr, Straßenräuber! Euch sollte man einbuchten." Und so ähnlich. Ein paar Autofahrer weiter hinten in der schon sehr langen Schlange, die noch nicht einmal in die Nähe der Schranke gelangt sind, steigen sogar aus und stellen sich neben ihre Wagen, um besser zu sehen, was vorne vor sich geht. Sie lehnen sich mit den Ellbogen auf die geöffnete Autotüre und kommen auf diese Weise auch mit ihren jeweiligen Schicksalsgenossen in ein Gespräch, während dessen sie sich austauschen über ihre Verwunderung, ihren Ärger oder ihre Wut und Erbitterung oder auch über ganz alltägliche Angelegenheiten. Allmählich bildet sich in jeder Richtung eine immer längere Schlange, über der die schlechte Stimmung wie eine gräuliche Wolke hängt.

In der Zwischenzeit ist auch Robert, der bisher noch durch einen Auftritt in der Nachrichtensendung des Vormittags festgehalten wurde, am Rondpoint eingetroffen. Er sieht sich auf dem Schauplatz des Protestes um wie ein Feldherr und trifft sofort seine Anweisungen.

„Jungs, so geht das nicht. Ihr müsst von Zeit zu Zeit trotz allem ein paar durchlassen. Ihr seht doch - wie Ihr das macht, blockiert Ihr nicht nur die Gegner. So stehen ja unsere Sympathisanten auch stundenlang in der Schlange. Passt bloß auf, dass wir die nicht verärgern! Die brauchen wir doch."

Befehl ist Befehl auf diesem Kampfplatz, dem sie etwas murrend folgen. Sie haben zwar den ganzen Vormittag über die langen Schlangen als einen sehr erfreulichen Erfolg ihrer vereinten Bemühungen angesehen, aber der mäßigende Einwand leuchtet ihnen letztlich ein. Sie lassen auf jeder Seite die ersten Wagen passieren, allerdings betont langsam, im Schritttempo, begleitet von durchdringendem, nervenaufreibendem Geschrei, und trommeln mit den Fäusten auf die Motorhauben. Das verärgert die Fahrer, deren Geduld ohnehin meist bereits zum Zerreißen angespannt ist, immer noch mehr. Manche lassen ihrer angestauten Wut Raum, indem sie laut aufheulend Gas geben, und preschen, kaum der jugendlichen Meute entgangen, so schnell wie möglich davon, erleichtert, der Blockade entronnen zu sein. Das Spiel wiederholt sich auf diese Weise über eine Stunde lang.

In Nicolas, der sich ja ohnehin nur widerstrebend noch einmal bereiterklärt hat, am Ort des Protestes zu erscheinen, steigt die Verdrossenheit erneut hoch. Er hat sich letztlich nur noch einmal zu einer weiteren Teilnahme entschlossen, weil hier an der Péage, wo keine Pflastersteine auszubrechen und keine Schaufensterscheiben einzuschlagen sind, normalerweise weniger Casseure auftreten als am Kreisverkehr im Industrieviertel, was durchaus auch zutrifft. Da er die Aktionen in diesem Augenblick aber für ausgesprochen stumpfsinnig hält, zieht er sich in die Baracke am Rand des Rondpoints zurück. Er gießt sich Kaffee ein aus der Thermoskanne, die dort bereitsteht. Entgegen seiner Erwartung trifft er Amélie heute nicht an ihrem gewohnten Platz, und er hofft, dass sie nicht krank ist. Was immer sie davon abhält, jedenfalls hat sie es sich nicht nehmen lassen, auch in ihrer Abwesenheit für die Verpflegung der Truppe zu sorgen.

Nachdem seine Kameraden nach wie vor vollauf beschäftigt sind mit der Blockade wie mit einem stetig sich wiederholenden Ritual, fühlt sich Nicolas am Rande des Geschehens sehr viel wohler. Er lehnt sich an die Bretterwand der Hütte und wärmt sich am Kaffee, indem er in kleinen Schlucken trinkt und den bunten Becher mit beiden verfrorenen Händen umklammert. Aus seiner Position bietet sich ihm die Szene an der Autobahneinfahrt in voller Breite wie ein Schauspiel dar, und er beobachtet das Hin und Her, das Geschrei und Getrommle wie ein mäßig beeindruckter Zuschauer.

Maurice zeigt sich mit unermüdlichem Eifer als einer der Ersten, wenn es darum geht, einen Wagen aufzuhalten. Er wirft sich den Fahrzeugen förmlich entgegen. Nicolas empfindet es allmählich schon als etwas peinlich, wenn sein Sohn entgegen aller ständiger Ermahnungen allzu sehr auf den verschiedenen Motorhauben herumtrommelt. „Der Junge muss es doch immer übertreiben! Wenn das Lydie sehen würde!"

Es ist mittlerweile Nachmittag geworden, und aus dem grauen Himmel fallen ein paar verirrte Schneeflocken. Während einige Kämpfer sich von Zeit zu Zeit in der Hütte stärken oder auch draußen eine Zigarette rauchen, lassen die anderen wieder ein paar Autos durchfahren. Dann schließen sich die Reihen und auch die Blockade wieder, was zu dieser Stunde, in der allmählich der samstägliche Berufsverkehr beginnt, seine nachhaltige Wirkung nicht verfehlt.

Schon von Weitem sehen sie das weiße Mercedes-Coupé.

„Schaut mal den Schlitten! Irre! Dem zeigen wir's!"

Als sich der Wagen in der Schlange nähert, winken sie rasch ein paar kleinere Autos durch, um sich dem auffälligen Gefährt schneller widmen zu können.

„Weg mit dem Kleinmist! Auf den dicken Brummer!"

In eine Linie stellen sie sich, gegenseitig eingehakt, vor den Wagen hin und bilden wieder einmal ihre undurchdringliche Mauer. Die Jungen feixen untereinander, hampeln kindisch herum, als wollten sie vor dem Auto einen grotesken Tanz aufführen. Am Steuer sitzt eine Dame, und durch die Windschutzscheibe lässt sich erkennen, wie die Fahrerin vor Wut förmlich kocht. Sie gestikuliert wild um sich mit Bewegungen, die eine Aufforderung bedeuten sollen, ihr den Weg freizumachen. Als diese ohne Wirkung bleibt, lässt sie die Scheibe herunter.

„Ihr da, lasst mich sofort durch, sonst passiert etwas!"

Die Stimme klingt schrill und in höchster Aufregung. Eine weitere Aufforderung, den Weg freizugeben, lässt bereits unzweifelhafte Panik erkennen. Die Antwort besteht in erneutem lauten Gejohle und immer wilderem Trommeln auf der Kühlerhaube. Einer der Jungen – der kleinste der Reihe – beugt sich fast in das Seitenfenster hinein und schneidet eine Grimasse.

Nicolas, der sich wieder einmal auf seinen Beobachtungsposten an der Hütte zurückgezogen hat und sich an die Bretterwand lehnt, verfolgt die Ereignisse genau, jede Einzelheit. Er sieht alles ganz langsam wie in einem Film, der in Zeitlupe abläuft. Er sieht, wie der Mercedes plötzlich offenbar wildentschlossen Gas gibt und ruckartig auf die Linie der Jungen zufährt, wohl um den Widerstand zu brechen. Die Front weicht jedoch keineswegs zurück. Die Mauer steht, und die Jungen halten sich fest an den Händen. Nicolas sieht, wie der Wagen in diese eiserne Linie hineinfährt. Er sieht, dass er sie zerreißt wie eine Kette, und er sieht, wie die Glieder dieser Kette auf die Seiten gesprengt und auf den Boden geworfen werden. In der unbarmherzigen Stille, die plötzlich herrscht, wird ihm bewusst, dass sich zuvor großes und entsetztes Geschrei erhoben hatte.

Der weiße Wagen rast davon, durch die offene Schranke auf die Autobahn, als werde er vom Teufel gejagt. Nicolas bleibt starr vor Schreck und Entsetzen. Er ist nicht einmal in der Lage, seine Tasse abzustellen, die er deshalb auch nach wie vor hoch erhoben in der Hand hält. Auch das Geschehen am Rondpoint scheint stillzustehen.

Da sieht er, dass die Jungen sich allmählich wieder hochrappeln, langsam einer nach dem anderen, mehr oder weniger mühsam der eine und der andere. Manche ächzen und humpeln schwerfällig etwas weiter weg, Einige bleiben sitzen und halten sich mit schmerzverzerrtem Gesicht ein Bein, einen Arm oder eine andere Partie.

„Na, ist ja scheint's nochmal gut gegangen." denkt sich Nicolas und atmet auf. „Wo gehobelt wird, fallen Späne. Aber das nächste Mal müssen sie vorsichtiger sein. Sowas kann schlimm ausgehen."

Der Verkehr läuft zügig durch die Péage. Nachdem Nicolas nun endlich seine Tasse abstellt, will er hinübergehen und den Betroffenen beistehen, so gut es möglich ist. Da sieht er: Einer bleibt liegen. Ganz ruhig. Wie ein kleiner Haufen.

Nicolas braucht eine Weile. Plötzlich rennt er los. Als er sich nähert, kommen ihm schon ein paar der jungen Kämpfer entgegen, die sich als Erste wieder aufraffen konnten. Er schaut in die Gesichter der Jungen, die mit ihren Schürfwunden und Verstauchungen dastehen, ratlos, verletzt, nicht nur körperlich, sondern vor allem in ihrer Begeisterung. Sie wirken wie Kinder, die hingefallen sind und sich über den Schrecken und auch den Schmerz wundern, den ein solcher Fall verursacht. Dass sie nicht weinen, ist alles.

Aber Maurice ist nicht dabei. Maurice! Der Name seines Sohnes klingt in sonderbarer Weise in seinem Kopf. Nicolas weigert sich, den Gedanken in sich aufzunehmen, dass es Maurice sein soll, der da ruhig am Boden liegt.

Nun rennen ein paar der Älteren hin zu dem kleinen reglosen Haufen, beugen sich über ihn, einer kniet sich auch daneben auf den Boden, um die Lage besser durchschauen zu können. Mit einem Mal macht sich große Unruhe breit. Sie schreien, sie gestikulieren, einer zieht mit hektischer Bewegung sein Handy aus der Tasche, so dass es ihm fast auf den Boden gefallen wäre. Er schreit offensichtlich aus vollem Hals in den Apparat. Jedenfalls tönt seine Stimme über den ganzen Platz.

Nicolas geht langsam in die Richtung der allgemeinen Aufregung. Er bringt es nicht fertig, anders zu gehen als ein Automat.

„Was ist?" ruft er hinüber.

„Nico, lass, bleib weg, wir machen das schon! Sicher ist es nicht so schlimm wie es aussieht. Der Notarzt muss gleich kommen."

Nicolas stößt alle von sich, die hier herumstehen und ihn am Weitergehen hindern, so rüde, wie es sonst nie seine Art ist. Er geht einfach an ihnen vorbei, und sie machen ihm Platz.

Maurice liegt auf dem Boden. Er hat die Augen geschlossen und ist ganz bleich im Gesicht. Irgendwie liegt er sonderbar verdreht. So liegt sonst kein Mensch.

Nicolas beugt sich herunter, um ihn bequemer hinzulegen, etwas zurechtzurücken, denn in dieser Stellung kann niemand länger liegenbleiben. Sie reißen ihn gemeinsam an der Weste zurück.

„Fass ihn bloß nicht an! Wer weiß, was Du ihm antun kannst."

Er sieht es nicht ein, dass sie ihn zurückhalten, will es trotzdem seinem Sohn etwas leichter machen und stößt ihre Hände, die ihn halten, von sich. Da ertönt durchdringend die Sirene, und das Blaulicht flackert grell neben der Baracke. Sie rasen heran, haben sich schon in der Nähe aufgehalten wegen der Demonstration. Die Kameraden halten Nicolas noch immer fest. „Schau, da sind sie schon." Das sieht er selbst auch. Gleichzeitig rast ein Polizeiwagen mit Sirene und Blaulicht heran und fährt an der Péage vorbei direkt auf die Autobahn. Es kommt Nicolas in den Sinn, dass Maurice, als er klein war, eine besondere Vorliebe für jede Art Rettungswagen hatte und jedes dieser Fahrzeuge mit einem fröhlich geschmetterten „Tatü, Tata" willkommen hieß.

Sie beugen sich über Maurice, einer von ihnen, offenbar der Arzt, gibt ein knappes Kommando. Die Sanitäter laufen mit einer Trage herbei, vorsichtig heben sie Maurice auf und legen ihn darauf, schleppen ihn eilig zum Wagen, der mit weit offener hinterer Türe und immer noch blinkendem Blaulicht ganz in der Nähe wartet, und heben ihn hinauf. Von drinnen scheint grelles Licht nach draußen, und es lassen sich die schnellen Bewegungen heftigen Arbeitens durch die milchigen Scheiben wahrnehmen.

Nicolas steht vor der geöffneten Hintertür des Rettungswagens.

„Was ist? Ich bin sein Vater."

Einer von ihnen schaut kurz auf und dreht sich zu Nicolas um, sein weißer Kittel ist etwas mit Blut befleckt.

„Hier können wir nicht viel für ihn tun. Wir fahren so schnell wie möglich ins Krankenhaus. Kommen sie rein!"

Nicolas steigt ein, ohne zu überlegen, und setzt sich auf den Klapphocker an der Seite. Ohne ihn zu beachten, setzt der Arzt seine Bemühungen fort und macht sich weiter in angestrengter und konzentrierter Haltung an Maurice zu schaffen. Nicolas kann nicht erkennen, was genau um seinen Sohn herum vorgeht.

Der Wagen startet abrupt, so dass Nicolas fast von seinem kleinen Sitz fällt und sich nur mit Mühe aufrecht hält. Die Sirene tönt ohrenbetäubend und nerv aufreibend, das Blaulicht blendet panisch herein, der Wagen rast wie verrückt, halsbrecherisch um alle Kurven. Nicolas kann Maurice nicht sehen, weil sie sich alle gleichzeitig über ihn beugen und mit hektischen Bewegungen weiterarbeiten.

Plötzlich brechen sie ab. Die bisher angestrengt aktiven Retter richten sich auf, alle auf einmal, treten von der Bahre, auf der Maurice liegt, zurück. Einer von ihnen gibt dem Fahrer ein Zeichen. Im nächsten Moment schweigt die Sirene still. Nicolas fühlt nur, dass seine Hände und Füße, sein ganzer Körper, kalt werden wie Eis. Er wagt nicht zu fragen.

Sie schauen ihn alle an mit betretener Miene, der Arzt nähert sich ihm, legt ihm eine Hand auf die Schulter. So ist das also.

Wie er nach Hause gekommen ist, weiß er nicht so genau, und es ist ihm auch vollkommen gleichgültig. Irgendwie haben sie ihn mit seinem Wagen dorthin gefahren, denn dieser steht im Hof. Oder sie haben ihm den Wagen nachträglich gebracht. Sie haben ihn auf einen Stuhl gesetzt und schließlich allein gelassen, nachdem sie alle denkbaren Arten einer ziel- und ergebnislosen Tröstung unternommen haben.

Im Raum leuchtet nur die kleine Lampe neben dem Fernseher, der schweigt. Anais liegt betroffen neben dem Kamin, still und regungslos, nur manchmal richtet sie den Blick schräg von unten auf ihren Herrn, um sich seiner Gegenwart zu vergewissern.

Dann kommt Lydie, die den Nachmittag über bis spät Dienst im Supermarkt hatte und dort wohl von einem der Kameraden benachrichtigt wurde. Katja übernachtet, wie so oft am Wochenende, bei einer Freundin und weiß offenbar noch nichts von dem Unglück.

Als die Türe geht, befällt Nicolas auf seinem Stuhl eine Angst, seiner Frau in die Augen zu schauen, die ihn vollständig überwältigt. Er sieht ihr entgegen wie einem Richter, der mit seinem Urteil über Tod und Leben entscheidet, noch einmal an diesem Tag. Für einen Tag eines einzelnen Menschen ist all dies eigentlich zu viel.

Ihr Gesicht haben die Tränen, die sie ohne ihn schon geweint hat, ganz verschwollen. Sie geht auf ihn zu. „Nico!" Mehr sagt sie nicht und bleibt stattdessen vor ihm stehen. Sie sieht vollkommen aufgelöst aus, und er glaubt, dass sie am ganzen Leib zittert. Da bricht er in Tränen aus, in ein lautes und unbeherrschtes Schluchzen, das seinen ganzen Körper schüttelt und ihm den Atem nimmt. Lydie kniet sich vor ihn hin und klammert sich um seine Knie, die er weit auseinanderstreckt vor Weinen. Auch sie weint laut und hemmungslos. „Nico, Nico, was für ein Unglück, was für ein schreckliches Unglück!" schreit sie ein um das andere Mal, und diese Schreie befeuern sein Weinen und Schluchzen immer noch mehr. „Lydie, ach komm!" Er klammert sich fest an sie. So halten sie sich aneinander fest und steigern sich gegenseitig in ihren Schmerz hinein, der ihr gemeinsamer Schmerz ist und in dem sie gemeinsam schluchzen und sich gegenseitig hilflos beim Namen nennen. Irgendwann läutet es an der Haustüre, ein paar Mal, aber sie finden in ihrem Leid weder Zeit noch Kraft, jemanden hereinzulassen. Vielleicht haben sie das Klingeln auch nicht gehört.

Recht spät ebbt das Klagen ab, und sie bleiben nur noch still umklammert. Lydies Kopf liegt auf seinen Knien.

„Komm, ich bring Dich rüber. Du musst Dich hinlegen."

Behutsam richtet er sie auf und hilft ihr hinüber zum Schlafzimmer, zieht sie vorsichtig und unbeholfen aus und deckt sie fürsorglich zu. Sie liegt nun da wie eine weggeworfene Puppe, und sie tut ihm unendlich leid.

„Nico, bleib da, geh nicht weg!"

Wieder laufen dicke Tränen über ihr Gesicht. Er streicht über ihre Haare, weil er etwas Anderes nicht tun kann, sehr, sehr lange, bis sie in einen unruhigen Schlaf fällt. Er selbst brächte es jetzt noch nicht fertig, sich neben sie zu legen. So geht er aus dem Zimmer, nicht ohne die Türe weit offen zu lassen, denn sie könnte ihn vielleicht brauchen.

In seinen Sessel setzt er sich, wahrscheinlich in der Suche nach einem Stück Vertrautheit. Hier sitzt er an diesem Abend noch lang. Er denkt an Lydie, und sein Mitleid mit ihr überwältigt ihn umso mehr, als sie die einzige und untrennbare Genossin seines schweren Leids ist. Sie liegt nebenan, von Zeit zu Zeit schluchzt sie auf, dann herrscht wieder Stille.

Aber zu seiner Trauer und seinem Mitleid gesellt sich nun ein neuer Gefährte. Es wird ihm deutlich, dass er hier sitzt zusammen mit einer wenig liebenswürdigen Genossin, aber einer, das ist sicher, die ihn sein Leben lang nie mehr verlassen wird. Mit seiner Schuld muss er in Zukunft leben wie in einer unauflösbaren Ehe.

Dieses Bewusstsein ist mehr, als er ertragen kann. Warum hat es ihn getroffen? Er hat nichts anderes getan als alle anderen, die sich an den Protesten beteiligt haben. Warum musste ausgerechnet ihn dieses Unglück treffen? Der Gedanke erfüllt ihn mit einem tiefen Bewusstsein der Ungerechtigkeit, die ihm widerfahren ist. Diese Ungerechtigkeit lässt sich mit nichts vergleichen, was er je erlebt hat. Im Verhältnis zu ihr ist alles, was er bisher als ungerecht empfunden hat und wogegen er protestierte, lächerlich und unbedeutend. Er weiß, dass er gegen diese unabänderliche Ungerechtigkeit nichts unternehmen kann. Es gibt keinen Rondpoint, an dem hiergegen demonstriert werden könnte, und es gibt auch niemanden, dem man seinen Protest ins Gesicht schreien könnte. Es hilft nichts zu toben, und es hilft nicht einmal etwas zu weinen, was er in seinem Leben bisher ohnehin nie getan hat, weil er es schon als Kind immer als nutzlos erkannt hat, wie er nun ja auch erleben muss.

Von Zeit zu Zeit sieht er nach Lydie, die sich unruhig hin und her wälzt, von Zeit zu Zeit aufwacht und in stilles Weinen ausbricht. Manchmal bringt er ihr ein Glas Wasser.

Als der Morgen dämmert, öffnet Nicolas die Haustüre, um Anais hinauszulassen. Als Erstes schießt ein Journalist auf ihn zu, der wohl vor dem Haus auf ihn gewartet hat. Hinter ihm drängen sich schon weitere Medienvertreter in den kleinen Hof. Der Schnellste von ihnen hält ihm ein riesiges, mit Pelz umwickeltes Mikrofon vor den Mund.

„Ihr Sohn ist getötet worden. Die Polizei hat die Frau gefasst, wissen Sie das? Werden Sie Klage erheben? Hat sich das Ganze für Sie gelohnt?"

Er wirft diese Fragen mitten hinein in das leere und ratlose Gesicht.

Nicolas hält dies alles für so unglaublich, dass er das Mikrofon packt und es dem Mann aus den Händen reißt. Er wirft es grob auf den Boden.

„Seid Ihr jetzt alle vollkommen verrückt geworden?" schreit er wie von Sinnen. „In Ruhe sollt Ihr mich lassen, verdammt! Haut ab, aber schnell!"

Vor dem Manoir steht der Wagen bereit zur Abfahrt. Der Notar schließt die große Haustüre mit dem Familienwappen darüber, das gar nicht sein eigenes Wappen ist, zweimal ab. Noch einmal wirft er einen letzten Blick auf den winterlichen Park, der sich zum Tal hinunterzieht, und auf die sanften Hügel über der Somme. Er stützt sich schwer auf seinen Stock.

Evelyne wartet auf ihn. Die Gendarmerie hat sie festgenommen. Nicht einmal einen Kilometer von der Péage entfernt stand das Mercedescoupé am Autobahnrand. Als die Gendarmen die Fahrertüre öffneten, fanden sie eine völlig verstörte und kaum ansprechbare Frau vor. Offenbar bemüht sich gegenwärtig ein ganzes Heer von Psychotherapeuten um sie. Gegen Mittag soll sie dem Untersuchungsrichter in Amiens vorgeführt werden. Bernard Lebrun ist bereits benachrichtigt und auf dem Weg. Er lässt es sich nicht nehmen, seine Schwiegermutter selbst zu verteidigen.

Dann wendet der Notar sich um. Als der Wagen durch das Tor gefahren ist, dessen Vorhängeschloss an seiner soliden Kette André noch fest verschlossen hat, entschwindet das Haus dem Blick.

Kinder spielen im Schulhof.

Sie spielen nicht Räuber und Gendarm. Dieses Mal sind es die Gilets Jaunes gegen die CRS. Ein Kleiner soll Gilet Jaune sein, sagen sie. Er weigert sich aber, während ihn die anderen dazu zwingen wollen. „Nein, die Gilets Jaunes sind die Bösen. Sie zerschlagen Schaufenster. Da gibt es Ärger zwischen ihnen und den Polizisten." Ein etwas größerer Junge schlägt sich dagegen lieber auf die Seite des Protestes. „Ich bin lieber Gilet Jaune als Polizist, ich renne nicht gern."

Nachdem sie sich offenbar über die Rollenverteilung geeinigt haben, hört man im Schulhof lautes Schreien: „Macron Démission". Sie singen das zu einer bestimmten Melodie.

Der Kleine, der nicht Gilet Jaune sein will, nimmt ein Stück Kreide und zieht einen Strich – dick zieht er ihn entlang der johlenden Meute. „Darüber kommt Ihr nie, Ihr Dummköpfe!"

ISBN 978-3-7529-4423-5

www.epubli.de